Narratori Feltrinelli

Daniel Pennac
Capolinea Malaussène

Il caso Malaussène 2

Traduzione di Yasmina Melaouah

Titolo dell'opera originale
TERMINUS MALAUSSÈNE
LE CAS MALAUSSÈNE 2

Traduzione dal francese di
YASMINA MELAOUAH

Prima edizione ne "I Narratori" marzo 2023

Stampa Grafica Veneta S.p.A. di Trebaseleghe - PD

ISBN 978-88-07-03532-6

FSC
www.fsc.org
MISTO
Carta
da fonti gestite in
maniera responsabile
FSC® C021883

Alla memoria di Joseph Ponthus
e nel ricordo dell'amico Nemo.

$\tau = \log(\Omega \times t) / \Omega$

Emeric Falize

Fai agli altri ciò che non vuoi
sia fatto a te (...) e andrai lontano.

Huysmans, *A ritroso*

Riassunto del volume precedente
Il caso Malaussène

In due parole. Si intitolava *Il caso Malaussène* (sottotitolo *Mi hanno mentito*); i tre cugini Malaussène: Maracuja, È Un Angelo, Signor Malaussène (Mara, Nange, Sigma), insieme con il loro amico Iuc, rapivano Georges Lapietà (uno sgargiante uomo d'affari, peraltro padre del suddetto Iuc) per fare un'"installazione", una "performance", insomma un'opera d'arte spettacolare. Succedeva però che alcuni veri malviventi decidevano a loro volta di rapire Lapietà. Chi sono costoro? È quel che scoprirete in queste pagine.

Ah! Un'altra cosa. Alceste, romanziere del filone della "verità vera", autore di *Mi hanno mentito*, sta per pubblicare un altro romanzo con le Edizioni del Taglione: *La loro grandissima colpa*.

E per adesso è tutto.

A pag. 383 un Repertorio dei personaggi semplificherà la vita al lettore.

LA TRIBÙ MALAUSSÈNE

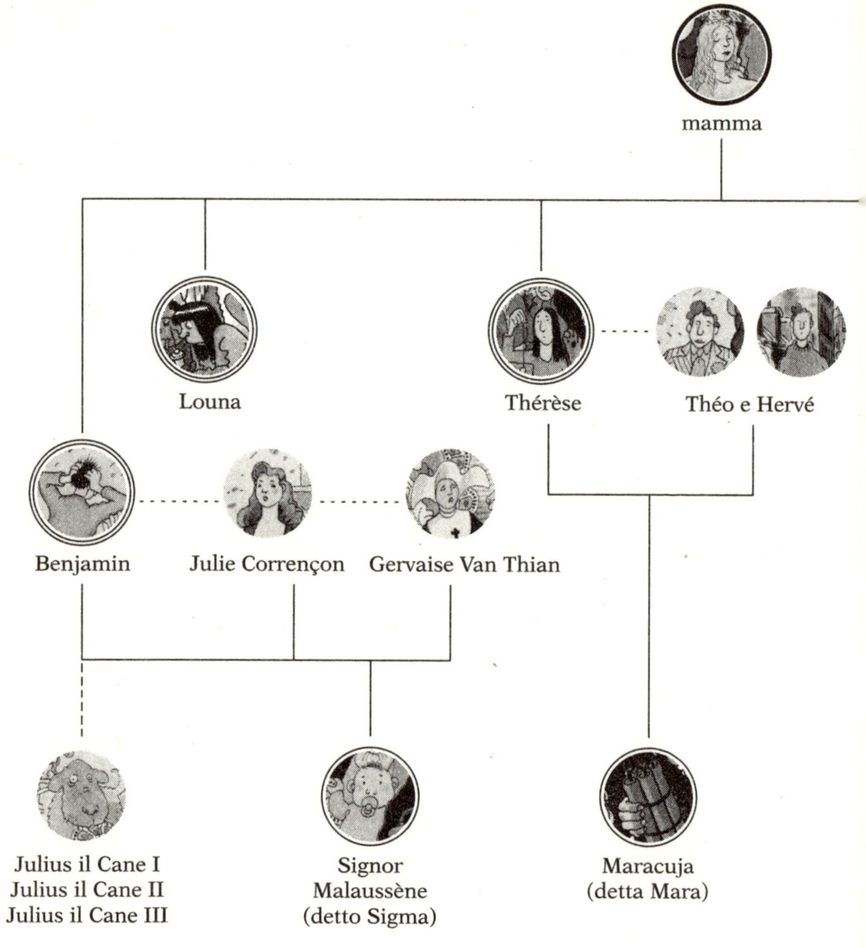

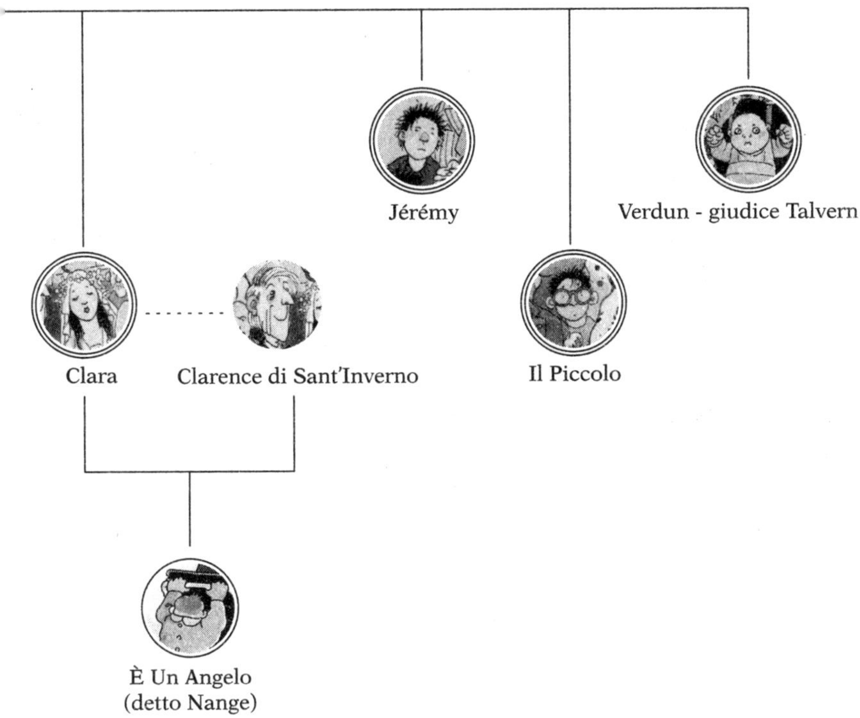
Jérémy
Verdun - giudice Talvern
Clara
Clarence di Sant'Inverno
Il Piccolo
È Un Angelo
(detto Nange)

1.
Nonnino

"'Papà' mi avrebbe fatto cagare, invece 'nonno' mi garba assai! O Nonnino, se preferite. Ho sempre pensato che sarei stato un ottimo nonno. I figli no, niente figli, ai figli non puoi insegnargli niente. I nipoti invece sì, quelli ti rispettano."

Nonnino

1.

"Allora, Kebir, hai ripulito per bene?"

Com'è possibile che Nonnino faccia così paura? Con la sua valigettina e la sua voce dolce, com'è possibile? Se lo chiedono tutti, ogni volta che parlano con lui. Non soltanto Kebir, pure gli altri.

"È andata come volevi tu? È tutto in ordine?"

Una voce gentilissima, la sua. Mai che ti insulti; ti parla.

"La pulizia è importante, figliolo."

Spiega le cose.

"Una camera pulita e in ordine è come una mente chiara."

Spiega sempre, lui.

"Il letto, per esempio; ti rifai il letto alla perfezione, e dopo pensi meglio. Dico bene? Dopo non ti puoi più sbagliare. Insomma, meno."

Ripete, gentile:

"Dico bene, Kebir mio?".

Sorridendo a tutt'occhi, con quella voce dolce, mentre ti posa la vecchia mano sulla testa per poi ritrarla sfiorandoti l'orecchio. Senti il freddo dell'anello con lo stemma.

"Lo stesso vale per le scarpe ben lucidate. Ti ci puoi specchiare, son terse. Sono la tua coscienza. E saltano subito all'occhio. Tu arrivi, e si capisce immediatamente che rispetti te stesso e gli altri. È come per il gabinetto."

Anche lì, lui ci tiene alla pulizia. Tantissimo.

"Hai presente, nelle toilette, che ogni tanto si trova quella scritta: 'Siete pregati di lasciare il bagno pulito come vorreste trovarlo'. Una roba del genere. Nel locale di Albert, nel cesso dello zio Albert, c'era, questa frase, te lo ricordi?"

Se lo ricordano tutti, per forza, era scritto grosso così.

"Sai che cosa significa?"

S'impara ogni volta qualcosa, con Nonnino. E dire che non hai l'impressione di imparare. Lui ti fa riflettere, cioè. Fai dei passi avanti nella riflessione. E ogni giorno progredisci un po'.

"Significa pensare davvero agli altri."

È vero.

"Chi piscia sulla tavoletta del water agli altri non ci pensa."

No.

"Pensa solo a pisciare, e se ne frega di quello che viene dopo. O di quella che viene dopo. È una roba ancora più schifosa, quando è *una* che viene dopo."

E pure questo è vero.

"Non son cose che si fanno, Kebir."

No.

"Per non parlare dell'odore."

Ha sempre qualcosa in più da dire, lui.

"Perché quando poi ristagna, l'odore, capisci, non è che lo sente solo quello che viene dopo. Lo sentono tutti. E pure a lungo. Giusto?"

Certo.

"Perciò quello lì, quello che piscia sulla tavoletta del water, io dico che non pensa a nessuno. Non dico che non pensa a niente, ma a nessuno, poco ma sicuro. Si fa solo i cazzi suoi."

Vero.

"La vita di famiglia, Kebir mio, non funziona così."

Per Nonnino è tutto, la vita di famiglia.

"Bisogna pensare agli altri."

Sì.

"Altrimenti non funziona."

No.

"Se ti lasci dietro la merda, logico che poi non funziona."

Giusto.

"Ve lo insegno da quando eravate piccoli."

Sì.

"Ve l'ho anche dimostrato. Spesso."

Sì, sì.

"Ci ho messo tutto il mio impegno."

Su questo, non si può proprio dire di no.

"Non si può dire di no, eh? Con ciascuno di voi, mi ci sono messo di impegno. A suon di pazienza. Vi ho insegnato tutto, e ho sempre verificato che aveste capito. Dico bene?"

Sì, sì.

"E che cosa faccio qui con te adesso, Kebir mio?"

Adesso escono dalla stazione. Kebir è andato a prendere Nonnino alla stazione. Non si sa mai da dove viene. Si sa solo dove arriva. Arriva alla stazione del posto dove ti dice di aspettarlo. Una stazione qualsiasi, può essere pure una stazione dei bus. Comunica la stazione e l'ora, scende dal treno o dal bus, sale in macchina con la sua valigettina e tu vai dove ti dice di andare. Pure dove, non lo sai mai. Se gli chiedi da dove viene (all'inizio capita, ovvio, quando non sei abituato), lui risponde gentilmente: "Te ne faccio, io a te, di domande indiscrete?". E nessuno glielo chiede più.

"Parlavamo di pulizia, dico bene? Gira a destra e poi dritto per quindici chilometri."

La prossima a destra, ok.

"Dicevamo. Allora, hai ripulito bene dopo il lavoro?"

Be', ecco, in effetti...

"Hai ripulito bene, Kebir?"

Lui non si chiama Kebir. Si chiama Marcel. Nonnino però lo chiama Kebir. Non ha mai capito perché a Nonnino faccia tanto ridere Marcel Kebir. E comunque Nonnino non è suo nonno, vuole che lo si chiami così, punto e basta.

"'Papà' mi avrebbe fatto cagare, invece 'nonno' mi garba assai! O Nonnino, se preferite. Ho sempre pensato che sarei stato un ottimo nonno. I figli no, niente figli, ai figli non puoi insegnargli niente. I nipoti invece sì, quelli ti rispettano. Io, mio nonno l'ho sempre rispettato."

Alza il dito che porta l'anello con lo stemma. Un anello pesante, lungo, rettangolare. Tutta la prima falange dell'anulare. Oro.

"Me l'ha lasciato mio nonno. La mia unica eredità."

Vabbè, ma adesso non si sta parlando di nonni o di eredità, si sta parlando di pulizie.

"Quattro possibilità, Kebir. Due volte due. O hai ripulito o non hai ripulito. (Due.) Se hai ripulito: o l'hai fatto bene o l'hai fatto male. (Due.) Totale, quattro. Siamo d'accordo?"

Difficile vedere le cose diversamente.

"Allora?"

Allora? Allora, è complicato da spiegare...

"Non c'è fretta, eh, figliolo, abbiamo ancora quattordici chilometri."

Difficilissimo da spiegare.

"Ma prima di allora me lo devi dire, sennò poi è troppo tardi."

È con frasi del genere che Nonnino mette paura. Eppure l'ha detta come tutto il resto, in modo gentile.

"Perché a me hanno detto che non hai ripulito."

Kebir non ha *potuto* ripulire, non è la stessa cosa.

"Cos'avevi da fare? Restavano le scale. Ripulire le scale, che sarà mai?"

Perché glielo rinfaccia? Lo sa che sono stati presi alla sprovvista.

"A volte mi sembra proprio di non averti insegnato niente."

Merda, ma Nonnino fa come se non ci fosse stato nessun imprevisto.

"E ci rimango male, Kebir, te lo dico sinceramente."

E davvero non è giusto.

"Cos'è? Per il fatto che Pascou è stato colpito?"

Sì, Nonnino lo sa benissimo che è per questo.

"Allora, invece di ripulire le scale sei tornato su di corsa?"

Eccerto, per aiutare Pascou, per vedere in che condizioni era. Quando è arrivato su, però, Kebir si è accorto che Gérard era messo pure peggio. Gégé non si muoveva proprio più. Gli mancava metà della testa. La metà superiore.

Di colpo Nonnino sembra stanco.

"Questo non c'entrava niente. Non te ne dovevi occupare tu, di Gérard. E neppure di Pascou. Tu dovevi occuparti di ripulire le scale."

Ma Kebir era salito per coprire Pascou! Pascou non poteva più sparare. Gli era caduta la pistola.

"Appunto. Pascou viene colpito, la pistola gli cade giù dalle scale, e tu, invece di andare a recuperarla, sali di corsa verso l'uscita! Hai avuto paura? Davvero, Kebir, hai avuto paura?"

No, non aveva avuto paura. È adesso che ha paura.

"Quanti erano, giù dalle scale?"

Erano in tre. I tre Malaussène. I due ragazzi e la ragazza.

"E?..."

E cosa?

"E la pistola di Pascou."

Sì.

"Ne lasci vivi tre, e come se non bastasse gli molli pure una Shoeltzer 72!"

Ma porca troia, è stata una cosa velocissima! Una questione di secondi. Kebir e Pascou avevano sguainato le armi, stavano per ripulire le scale, e di colpo gli sparano. Pascou viene colpito e gli cade la pistola. Kebir sale per coprirlo.

Una reazione istintiva, insomma. Là sotto non vedeva da dove sparavano, e perciò è salito, ovvio! Non voleva che facessero fuori Pascou!

"E questo tu lo chiami ripulire..."

"Sono andato su per coprirlo, cazzo!"

Qui, qualche secondo di silenzio.

Poi, la voce paziente di Nonnino:

"Numero uno, caro il mio Kebir, con me non usi questo tono. Numero due, rispondi alla domanda: Sopra, cos'hai visto?".

Sopra, Kebir aveva visto le due auto dietro la barriera chiodata, e poi aveva visto Pascou davanti alla barriera chiodata che era messo proprio male – il braccio gli penzolava come morto – e Gérard che non aveva più la testa. E poi c'era uno, matto totale, che veniva avanti verso il furgone dove gli altri gettavano il corpo di Gérard. Sparava con tutt'e due le mani, quello lì. Fuori di brutto! Gli altri rispondevano, ma lui se ne sbatteva i coglioni. E quello del pulmino lo copriva. Proiettili che venivano da tutte le parti. Che rimbalzavano. Se restavano lì, rischiavano di farsi beccare sulle scale. Però se l'erano filata. Con Kebir che copriva Pascou. In tutti i sensi della parola coprire. Correva chino su Pascou sparando al nemico.

"Cos'erano, i veicoli di quegli altri?" chiede Nonnino.

Erano una BMW rossa e un pulmino Volkswagen color crema.

"Li hai presi i numeri di targa?"

Una cosa che Nonnino gli ha insegnato. Prendere la targa di tutte le auto che si trovano sul terreno dell'operazione. Sempre "acquisire i numeri di targa afferenti agli autoveicoli collocati in prossimità degli eventi". È così che dice.

"Kabir, le hai prese le targhe?"

Quella del pulmino sì, ma non quella della BMW. Il corpo del tipo beccato da Gégé nascondeva la targa.

"Dammi quella del pulmino."
Nonnino annota il numero sul palmo della mano.
"Erano sbirri veri, secondo te?"
Ce n'era uno che aveva mostrato una specie di tesserino, ma i loro non erano mezzi della polizia. Né sirene né lampeggianti, niente. Auto civetta forse, ma una BMW rossa con carrozzeria aerodinamica puzza un po' per uno sbirro. E poi erano solo in tre. Un po' pochini per un'impresa del genere. Ritrovare Lapietà, figuriamoci! La BRB* avrebbe mandato un esercito. Con dietro pure la televisione.
"Allora è come dicevo io; te la sei filata senza ripulire le scale. Quanto ti ci voleva? Tre secondi. Uno, due, tre. Non ce li avevi, tre secondi?"
No, infatti, non ce li avevano più, tre secondi. Dovevano filarsela prima che arrivasse quel fuori di testa che sparava con due mani. Una P5 nella sinistra, una Stein nella destra.
"Hai riconosciuto i calibri?"
Dalla musica. Quando ha compiuto vent'anni Kebir ha avuto in dono una Stein, e Nonnino gli ha regalato una P5 dopo il colpo di Beauregard.
"Ecco, a proposito di Beauregard, lì è stata usata la Shoeltzer di Pascou. Lui mi ha detto di no, ma io sono sicuro di sì. E non l'ha buttata. Bel regalo che hai fatto ai tipi della balistica, Kebir mio."
Oh, porca troia...
"Lo vedi cosa vuol dire non fare pulizia."
Porca troia...
"Fermati lì, all'incrocio."
Nonnino non scende dalla macchina. Non parla più. Tiene la valigetta sulle ginocchia, ben dritta, come la borsetta

*Brigade de repression du banditisme (Brigata per la repressione del banditismo): una delle brigate della polizia giudiziaria parigina. [*N.d.T.*]

di una vecchia. È una valigetta fetente. Tutta scrostata. Che neanche sembra più di pelle. Una valigetta come le scarpe di un barbone. Non ha più colore. Di cartone, sembra. E però Nonnino ci tiene. Non lo vedi mai senza. Il mio borsello, dice lui. Ma adesso tace. Guarda la strada, davanti a sé.

Dopo un momento di riflessione dice:

"Il tipo del pulmino ci ha messo tre secondi a vuotare mezzo caricatore nella testa di Gérard e tu, nel triplo del tempo, manco sei stato buono a ripulire le scale. La vedi la sproporzione, Kebir?".

Kebir ci sta meditando su quando arriva l'altra auto. Un'auto elettrica. Una Voxor ultimo modello. Si ferma lì accanto senza far rumore. Kebir sobbalza. Chi la guida? Mistero di vetri oscurati. L'auto è scivolata così vicino a loro che Kebir non riuscirebbe neppure ad aprire la portiera. I finestrini della Voxor non si abbassano e il tempo smette di passare. Questo sente Kebir: il tempo è passato, non ce n'è più. Come una bottiglia vuota. Kebir vorrebbe che Nonnino lo guardasse, e invece no. Nonnino guarda dritto davanti a sé. Neppure un'occhiata alla Voxor lì accanto.

"Hai pisciato sulla tavoletta del water, ragazzo mio."

Kebir vorrebbe tanto difendersi. È vero, dai, stavolta è stato clean. Ha comunque salvato Pascou. Ha corso impavido sotto i colpi del fuori di testa con le due pistole. Ha raggiunto l'auto di Kamel nel momento in cui stava partendo. Ancora un secondo e Kamel li mollava lì sotto i colpi del matto e di quell'altro, quello che sparava dal pulmino. È stato lì che Pascou si è beccato il secondo proiettile. Nel piede, quello. Ma Kebir non c'entra niente. Lui ha salvato Pascou, punto e basta.

Nonnino riflette senza guardarlo. Questo è sempre un momento difficile, nel loro rapporto. Chiedersi a cosa pensa quando qualcosa è andato storto. Lunghi secondi... Nonnino scuote la testa.

"Adesso c'è puzza per tutti quanti."

I vetri oscurati della Voxor...

Kebir ci vede riflessa la propria faccia.

Finalmente Nonnino posa lo sguardo su di lui.

"Ma voglio darti un'ultima possibilità, figliolo."

Kebir ci mette un po' a capire cos'ha detto Nonnino. E di colpo: Ah! Allora non sono morto? Cazzo, non sono morto! Madonnasanta, a momenti me la facevo sotto. Oh! che sollievo...

"Ma è l'ultima volta. Se fai una cazzata..."

Tutto quello che vuoi, Nonnino! Parola mia, tutto quello che vuoi! Oh! che sollievo. Tutta quest'aria, di nuovo, nei polmoni...

E a quel punto Nonnino ordina, tranquillo:

"Adesso torni a Parigi e recuperi la Shoeltzer".

Certo, come no! Subito, domani! Mica la lascerà a quegli stronzetti, la pistola!

"Ci siamo intesi, Kebir? Stavolta niente errori. Recuperi la Shoeltzer e me la consegni personalmente."

Da qualcosa nella voce di Nonnino, Kebir si vede tornare *senza* la Shoeltzer. Arrivare davanti a Nonnino *senza* la pistola.

Allora mormora:

"E se l'hanno data agli sbirri? O se l'hanno buttata, semplicemente?".

Nonnino lo guarda pieno di pazienza.

"Sono dei ragazzini, Kebir, se la saranno tenuta. Ai ragazzini piacciono, le armi. Non ti piacciono, a te, le armi? Non sei un ragazzino anche tu? E Pascou, non è un ragazzino? Tenersi un arnese che è stato usato... ti rendi conto della cazzata! Roba che possono fare giusto dei ragazzini. No?"

Certo, certo, come no. Se Kebir non fosse stato il pischello che è avrebbe avuto il senso delle priorità: uno, ripulire le scale, due, recuperare la Shoeltzer, tre, salire ad aiutare Pascou.

La mano di Nonnino si posa sulla testa del ragazzo.

"Tranquillo, eh? I Malaussène sono un gioco da ragazzi. Loro, almeno, sappiamo dove stanno."

Kebir ha un attimo di esitazione prima di chiedere:

"Ci vado da solo?".

Nonnino gli concede il suo sorriso bonario.

"No, figliolo, non preoccuparti, ti do tre uomini."

Kebir sente il freddo dell'anello.

"Stai tranquillo," mormora Nonnino. "Quando sei sul posto, ti concentri bene. La cosa importante è il risultato. Li trovate, recuperate la Shoeltzer, e poi..."

Nonnino gli ha afferrato l'orecchio.

"E poi finisci di fare pulizia."

Una pausa.

"Li elimini. Tutti e tre. Anche la ragazzina."

Gli tira piano il lobo.

"Perché un testimone, Kebir mio, testimonia."

2.

Io, Benjamin Malaussène, zio e padre dei tre cretini che hanno rischiato di farsi ammazzare su quelle maledette scale, ricordo benissimo come sono venuto a sapere la cosa.

Ero in branda, il corpo incucchiaiato addosso a Julie, il naso deliziato dall'aroma di Julius il Cane che dormiva davanti alla porta della nostra camera da letto, quando fui svegliato da un impellente bisogno di pisciare, come ormai accade spesso da qualche mese (bisogna che ci faccia caso, a questa cosa), che mi costrinse ad alzarmi dal letto senza svegliare Julie, a scavalcare Julius inchiodandolo a terra con un perentorio dito indice affinché non mi seguisse, a scendere le scale della Ferramenta senza far scricchiolare i gradini, senza accendere la luce una volta arrivato di sotto, metti caso fosse rimasta aperta la porta del dormitorio, a impersonare insomma il fantasma della prudenza per non svegliare Sigma, Nange e Mara che dormivano il sonno del giusto nel dormitorio familiare. Ero quindi da basso, con la vescica tesa, avanzavo in punta di piedi verso la porta del bagno quando mi giunse all'orecchio un brusio di frasi.

Fermo lì.

C'era qualcuno che parlava.

Due voci monocordi.

Le voci di Signor Malaussène e di È Un Angelo.

È una roba pazzesca, la curiosità. Bisogno di pisciare? Ma quando mai? Mi si schiusero le orecchie.

Questo dicevano mio figlio e mio nipote nel buio del dormitorio:

NANGE *(il nipote)*: Li hai sentiti, quando armavano le pistole?

SIGMA (*il figlio*): Come no! Quel rumore lì non credo che me lo dimenticherò tanto presto.

NANGE: Lo stesso rumore che al cinema. Forte, no?

SIGMA: Un sacco. Mi ha fatto schiantare.

NANGE: E lo stesso modo di parlare: "Cazzo, la situazione si fa pesa, filiamocela! Muoviti, Kebir, falli secchi, quei bastardi! Bisogna ripulire tutto". Un lessico da cinema.

SIGMA: Eppure non devono andarci spesso, quelli, al cinema.

NANGE: No, lo alimentano.

Silenzio. Lungo. Poi Nange, nel tono estraneo a ogni inquietudine che assume da sempre quando deve capire.

"Sul serio, Sigma, mi chiedo perché nei film passino il tempo ad armare le pistole. Compreso nei western. Il tamburo di una rivoltella gira da solo quando si preme il grilletto, no?"

"Certo, quando si preme la leva di scatto," puntualizzò Sigma.

"Quindi non c'è bisogno di armare," concluse Nange. "Specie con le pistole moderne. Significa che, fin dagli albori del cinema sonoro, quello scatto è per i registi una forma di linguaggio. Obbedisce alle leggi della narrazione: Attenti che carico. Clic! Spettatore, sei avvisato. Una specie di cenno che stuzzica la fantasia prima del passaggio all'azione, al cinema come nella realtà."

A quanto pareva, Sigma non era dell'umore. Bofonchiò:

"Dacci un taglio, Nange. Se ci tieni tanto a trasformare la cosa in un dibattito da cineteca, vai dal mio vecchio padre. Lui è il tipo da appassionarsi a queste finezze".

Il vecchio padre sono io. Ma era detto senza cattiveria. Giusto un'ombra di noia filiale, tutt'al più. È nell'ordine delle cose: i figli fanno perdere la pazienza ai padri fino al giorno in cui i padri esasperano i figli. Divertito dal commento di Sigma, feci un passo verso il dormitorio per partecipare alla conversazione. Ma qualcuno mi agguantò da dietro e mi immobilizzò mettendomi una mano sulla bocca. Una voce familiare mi mormorò all'orecchio:

"Muto, Ben, e non muoverti".

Era Hadouch.

Ingiunzione confermata dalla comparsa di mia sorella Verdun che mi si piazzò davanti con un indice sulle labbra e l'altro a indicare una terza figura che, addossata alla parete del dormitorio, ascoltava con noi la medesima conversazione. Mi parve di riconoscere Titus.

Silenzio.

Immobilità e silenzio.

Finché nel buio non si è udita di nuovo la voce di Sigma.

SIGMA: Quei tipi ci conoscevano.

NANGE: Cosa te lo fa dire?

SIGMA: Sapevano come funzioniamo. Si sono fiondati subito su Mara per bloccare tutti. Lo sapevano che non avremmo alzato un dito se Mara correva qualche rischio.

NANGE: Chiunque avrebbe potuto ragionare così.

SIGMA: Non chiunque. Per puntarle subito un coltello alla gola, bisognava conoscerla, Mara, e conoscere anche la natura dei nostri legami, il nostro affetto per lei, diciamo così, e la sua storia con Iuc.

NANGE: Una lama alla gola di chiunque avrebbe avuto lo stesso effetto.

SIGMA: No, se non fosse stata la gola di Mara, sarei andato giù diretto. C'è stato un momento in cui il tipo si è un po' rilassato. Avrei potuto lussargli la spalla e spaccargli il gomito. Invece ho esitato.

NANGE: Se lo avessi fatto, tutti gli altri ci sarebbero saltati addosso.

SIGMA: No, perché a quel punto sarebbe stato lui ad avere il coltello puntato alla gola.

Nel silenzio che seguì, Hadouch ha allentato la stretta e mi ha tolto la mano dalla bocca. Di cosa parlavano, dio santo? Qualcuno poteva spiegarmi di cosa parlavano 'sti sbarbati? Questo dovevano esprimere i miei occhi sgranati nella penombra, tanto che Verdun mi fece segno che me l'avrebbero spiegato, sì, più tardi.

SIGMA: La persona che ci ha traditi ci conosce benissimo, fidati. Non solo sapevano che avevamo rapito Lapietà, ma sapevano anche chi siamo, chi è Mara! Sapevano che sta con Iuc. Volevano solo fregarci Lapietà e suo figlio. Ostaggi. Riscatto. E noi tre, testimoni scomodi, eliminati al minimo problema. Cosa che poi a momenti succedeva su quelle cazzo di scale. Ci è mancato un pelo.

NANGE: Tre o quattro secondi, direi.

Silenzio.

NANGE: Allora, chi ci ha venduti a quegli stronzi, secondo te?

SIGMA: Chi lo sa... Qualcuno di vicino, in ogni caso.

E qui si è udita la voce di Mara, dal letto di sopra. Nitida, ha annunciato:

"Io lo so".

SIGMA: Tu sta' zitta.

Prima che Mara potesse ribattere, le è caduto addosso come una valanga il suo curriculum. Chi era stato a tirarli in mezzo a quel troiaio – rapire Lapietà? Mara. Chi aveva seguito Iuc nel progetto di quella performance? Mara. Chi, fin da piccolissima, faceva sfasare tutti con una minchiata dietro l'altra? Mara! Una cazzo di serie tv con un numero incalcolabile di episodi. E sempre lo stesso copione: Mara si lancia in un'avventura pazzesca. La famosa spontaneità di Mara! La foga di Mara! L'entusiasmo di Mara! L'incomparabile energia di Mara! Mara e le sue installazioni! Mara e le sue performance! Mara e i suoi amori travolgenti! Iuc, la sua ultimissima passione! Il rapimento di Lapietà, l'ultimissima idea! E quel cretino di Nange ogni volta le va dietro per proteggerla dall'inevitabile catastrofe. E a dramma concluso, quell'altro cretino di Sigma fa sparire le tracce per evitare a Benjamin le rotture di coglioni delle conseguenze.

Qui Mara commentò con voce pacatissima che, a suo modesto avviso, Sigma aveva peraltro un po' la tendenza a "iperproteggermi". (Questa la parola che ha usato.)

SIGMA: Ah, sì? Ti pare che non abbia già abbastanza da fare, il mio vecchio padre, con tutte le grane che gli piovono addosso? Non basta che i vostri genitori l'abbiano tirato scemo per tutta la sua giovinezza? Dobbiamo aggiungerci dell'altro? In nome di cosa? Della tradizione Malaussène? Ma se ne potrà pure stare un po' tranquillo, sì o no? C'è proprio bisogno di dirglielo, che per colpa tua abbiamo rischiato di farci ammazzare tutti e tre? E che quando l'avevamo sfangata, ti sei messa a sparare a uno sbirro? A uno sbirro, Mara, hai sparato a uno sbirro, porca di una zozza! E l'hai pure colpito due volte! Due proiettili di Shoeltzer 72 nella pellaccia di uno sbirro! Maracuja Malaussène! E questo dovrei andare a dirlo a Benjamin? Che sua nipote accoppa gli sbirri!

Qui non eravamo più nel sussurro, ma non ancora nell'urlo. L'espressione un po' tesa di un'autorità fraterna, tutt'al più. Il tono con cui parlavo a Thérèse alla stessa età, mi sembrava.

Seguì un profondo silenzio. Che Nange interruppe nel suo modo pacato:

"Quel che Sigma sta cercando di dirti, Mara, è che si è stufato di vuotarti la cassetta della cacca. Vorrebbe che tu crescessi un po'. Che ogni tanto andassi a farla fuori".

"E poi piantala di angosciarti per Iuc," concluse Sigma. "Finché non pagano il riscatto, al tuo tipo non può succedergli niente."

3.

Nonnino è passato da un'auto all'altra senza neppure uno sbattito di portiera. Si è seduto accanto al conducente, ha dato l'itinerario e poi è rimasto zitto. Perché quel silenzio? Non sono domande da fargli. Lui se parla, parla. Se tace, tace. L'auto elettrica è partita con un sussurro. Non si sente altro che lo sfrigolio degli pneumatici sull'asfalto. L'auto elettrica scivola sulla strada inondata di sole.

Dopo un po', il conducente dice:

"Bella giornata, eh, Nonnino?".

"Cos'è, lavori al meteo?"

Uscito e rientrato come la lingua di un serpente.

Silenzio, di nuovo.

È una bella giornata, sì, ma come se non dovesse mai più piovere. Loro sono due pesci rinsecchiti che scivolano sotto un cielo infuocato. Il più vecchio pensa al ragazzo che ha lasciato al volante dell'altra macchina. Che me l'abbiano sviato? Il dubbio gli piomba addosso come una tarantola. Kebir sviato? Nonnino non penserà più ad altro, lo sa. Vediamo un po', ricapitoliamo. Pascou lascia cadere la Shoeltzer con le sue impronte in fondo alle scale e Kebir non va a recuperarla. Non è forse intenzionale, una cosa del genere? Fatta di proposito? E lasciare tre testimoni vivi! Dopo tutto quello che gli ho insegnato, a quei ragazzi! Non è che lui ha preso la palla al balzo per regalare agli sbirri su un piatto d'argento indizi e testimonianze? E peraltro, che ci facevano lì, gli sbirri? Chi li ha avvisati? Lo erano davvero, poi, sbirri? E se non lo erano, cos'erano?

Al conducente, Nonnino dice:

"La terra si sta facendo secca come un fico nel Sahara e tu questo lo chiami bel tempo?".

Fandonie del genere si sentono ogni mattina alla radio, che fa bel tempo, e poi tutti quanti lo ripetono venti volte al giorno. Un gregge di pecoroni che morirà di sete parlando del bel tempo.

"Rifletti un po', cazzo."

Ricapitolando, quindi: l'anno scorso Kebir scambia la sua Shoeltzer con la Stein di Pascou. Pascou ha sempre avuto la fissa della Shoeltzer. Quando viene in possesso di quella di Kebir, fa a colabrodo tutti i bersagli. Farcisce di piombo gli alberi nei boschi. Sfronda rami. Un'orgia di munizioni. E per coronare il tutto, se ne serve al casinò di Beauregard. Per niente, così, per pura goduria, come dicono loro. Risultato, due feriti. E Pascou a quel punto mica se ne libera! Un'arma che ormai è come la sua impronta digitale! E che lascia cadere in fondo alle scale quando viene colpito e che Kebir non va a recuperare. In altre parole, che Kebir regala agli sbirri.

Come Volevasi Dimostrare.

Al conducente, Nonnino dice:

"Rifletti un po' prima di ripetere le cose a pappagallo".

Fa bel tempo, fa bel tempo... Come quell'altra, a Parigi, con le sue spiagge... Abbronzarsi tutto l'anno. Con la scusa della lotta all'inquinamento nella capitale. Spiagge in riva alla Senna... Chissà chi lo controlla, quel mercato di sdraiati. Mi piacerebbe tanto saperlo...

"Non ripetere nulla di quel che dicono i media. Te l'ho detto mille volte."

Me l'hanno sviato, il piccolo Kebir. Sicuro. Rigirato come un calzino. Da quando? Da chi? In cambio di cosa? Nei venti chilometri successivi, Nonnino non riesce a pensare ad altro. I cinesi? No, Kebir non l'avrebbe mai toccato, un cinese. Neanche con la coda dell'occhio. E poi perché i cinesi? Con loro siamo in affari. È tutto regolarissimo. E quel cretino al volante: "Bella giornata, eh, Nonnino!".

"Usa un po' la testa, porca miseria!"

Silenzio.

Il conducente accenderebbe volentieri la radio, ma a Nonnino non va.

"È rumore, quella vostra musica del cazzo."

Nell'auto elettrica, con il suo borsello sulle ginocchia e gli occhi fissi davanti a sé, Nonnino pensa alla menzogna... Non solo alle bugie dei suoi ragazzi. Alla menzogna in generale. La menzogna intima e quella pubblica. La menzogna come strumento di comunicazione, come modalità di governo, come strategia e come forza d'impresa. È incredibile quel che puoi far bere all'elettore, al cittadino, al cliente, al dipendente, al residente... La sindaca, con le sue spiagge. C'è poco da dire, sono forti. Per noi non c'è proprio gara, con i mezzucci che abbiamo... La menzogna, Nonnino, mai e poi mai. Ai suoi non gli ha mai fatto prendere lucciole per lanterne. Li ha educati alla verità cash. Il mondo così com'è. Senza fronzoli. Niente bugie. O se tocca mentire, solo alla polizia e al servizio della verità. Altrimenti sei morto.

"Hai tolto il GPS?"

Prima di partire, sì, risponde il conducente, smontato. Niente più GPS in quella macchina. È venuto senza.

"Hai fatto il tragitto con la cartina?"

Sì.

"È un casino, oggi, trovare delle cartine stradali."

Sì.

"Alla prossima gira a destra."

Ecco.

E se mi sbagliassi? Se Kebir fosse pulito? No, la menzogna è qualcosa che si sente. Su questo non mi ha mai fregato nessuno. Se non mi avesse tradito, perché oggi avrebbe avuto una tale paura di me? Oggi molto più del solito, sì. È sempre stato un po' timoroso con me, questo è vero, ma prima era proprio strizza, l'avvertivi come un odore. No, me l'hanno sviato. Tutto quel tempo in cima alle scale senza neutralizzare i tre testimoni là sotto, formato come l'ho formato io, è semplicemente impossibile.

Al conducente, Nonnino domanda:

"E il tuo cellulare?".

Spento.

"Spento spento, o solo chiuso?"

Spento, spento, tolta la batteria eccetera.

"Da quanto è che ce l'hai?"

Rubato due giorni prima.

"Dove?"

Gare Saint-Lazare a Parigi. Rubato, tolta la sim e riconfigurato.

Ah! Benissimo. Quanto a precauzioni, niente da dire.

"Benissimo, figliolo."

Ancora qualche chilometro.

Tacciono.

Poi Nonnino si rivolge al conducente chiamandolo per nome.

"Frédéric?"

"Sì, Nonnino?"

"Quanti anni avevi quando ti ho fatto la prima lezione?"

"Dodici anni e mezzo."

"E che cosa ti ho detto? La prima cosa?"

"Guai a vanvereggiare."

Prima lezione, sulla menzogna per l'appunto. Una decina di anni prima. Boulevard de Courcelles. La mano di Frédéric bloccata dalla stretta di Nonnino nella tasca del suo cappotto. Che ci fa la tua mano nella mia tasca, giovanotto? La derubo, signore. E che cosa rubi? Il suo cellulare, signore. A vederli camminare così, uno accanto all'altro, loden, cachemire e velluto a coste, avresti giurato che fossero nonno e nipote alla passeggiata domenicale. Non ce l'hai? Sì, signore, ce l'ho. Allora perché rubare il mio? Ne avevo voglia. Voglia del mio cellulare? No, signore, voglia di rubare. Bene, figliolo, aveva commentato Nonnino senza lasciare andare la mano del ragazzetto, rubi male ma almeno non vanvereggi.

Frédéric, ladro senza necessità, reclutato nei quartieri alti. Alcuni, Nonnino li ha beccati così. Pure vocazioni. La quota chic delle sue truppe. Con una Lacoste addosso e una copia di "Valeurs actuelles" sotto il braccio, non insospettiscono nessuno durante i sopralluoghi. Va bene aprire alla marmaglia di periferia l'accesso alle grandi università, ma a condizione di includere nelle gang una percentuale di fighetti del centro. Lo stato sociale secondo Nonnino. Mischiare, questa la sua convinzione.

Frédéric gira deciso la testa verso Nonnino. Sorride ripensando a quella prima volta.

"Me lo ricordo perché all'epoca vanvereggiare non sapevo mica cosa volesse dire."

Ah! La questione del linguaggio. Le lingue rispettive di quei ragazzi. Si sono dovuti mescolare i loro modi di parlare. Che la seta imparasse la *banlieue*, e viceversa. Che non facessero a cazzotti per questioni di vocabolario.

Nonnino sente il bisogno di tornare all'inizio della loro conversazione.

"Fred, non ripeterle, le cose. È importante, ti assicuro."

Frédéric fa un cenno di assenso.

L'auto elettrica procede silenziosa sul suo tappeto di asfalto in via di liquefazione.

"Se alla mattina senti una cosa alla radio, (ha sempre

voluto che si informassero, giornali, radio, che non fossero abbonati solo alle voci che corrono), anche una vanverata del meteo, tienitela per te. Idem se ricevi delle fake news sul telefonino. Non stare a diffonderle. Datti il tempo di digerirle. Verifica la notizia con gli amici, se occorre chiedete a me, e solo dopo ne puoi parlare. Ma solo se ne vale la pena. Perché, francamente, dire che fa bel tempo quando il cielo è azzurro, ce n'è proprio bisogno, Frédéric?"

No. A pensarci bene, a Frédéric non pare.

Ancora qualche chilometro di strada. Il tempo di finire la lezione.

"Lo sai perché non bisogna ripetere le cose?"

"Per non passare per scemo?"

"Al contrario, a volte è utile far la parte degli idioti. È disarmante. Un segno di innocenza. Pensaci bene, figliolo. Perché bisogna tenere la bocca chiusa?"

Adesso viaggiano in aperta campagna. Nonnino aspetta la risposta giusta. Ma Frédéric proprio non ci arriva.

"Perché parlare per non dire niente, figliolo, è il tipico riflesso condizionato del delatore."

Un delatore, spiega Nonnino, è in primo luogo un chiacchierone che gioca d'anticipo su qualunque argomento; lui parte, e ciancia, ciancia, finché a un certo punto la spara fuori. Basta saperlo far deviare... E alla fine dice sempre quello che non va detto. Il delatore peggiore, e il più diffuso, è il delatore involontario.

"Ve l'ho spiegato, questo. Spesso."

Hanno pure fatto delle esercitazioni. Nonnino poneva delle domande. Se uno non rispondeva lo stretto necessario, pagava pegno. Poteva essere una trattenuta sull'argent de poche. Frédéric ci si era giocato qualche bel biglietto da venti.

"Ecco. Lasciami qui."

Una linea retta fra i campi arati. L'orizzonte alle due estremità. Nonnino dice:

"Sono arrivato".

Non scende, però.

"Devo chiederti un favore, figliolo."

"Riguarda Kebir?"

"Non fare domande. Cosa ti ho appena detto? Non precipitarti, ti ripeto. Parlare troppo e precipitarsi sono la stessa cosa. Ti esponi. Perché dovrebbe riguardare Kebir? Perché avete sentito che ce l'avevo con lui per la faccenda delle scale? Non sono affari vostri."

Una pausa.

"No, non riguarda Kebir."

Un'altra pausa.

"Riguarda il tipo del pulmino."

"Quello che copriva l'uomo con le due pistole?"

"Quello, sì."

"Ha fatto un bel po' di danni, lui da solo."

Ma cazzo, pensa Nonnino, non ci riuscirò proprio mai a farlo star zitto, questo. Deve sempre commentare, è più forte di lui. Deve mettersi in mostra. Questo bisogno di affetto, santo dio, fra i giovani altolocati, una vera piaga. Ma sì, bello mio, Nonnino ti vuol bene, su. Dai, ascolta un po'. Piantala di scodinzolare come un cagnolino. Ce l'avrai, il tuo zuccherino.

Nonnino posa la mano sulla testa del ragazzo.

"Voglio che me lo ritrovi, il tipo del pulmino, e che me lo porti."

"È come se fosse fatto, Nonnino!"

Ma no, porca merda, come fa a essere fatta, una cosa, finché non è fatta!

"Lo sai almeno dove abita?"

Frédéric sente il peso freddo dell'anello sulla nuca. E una certa stanchezza nella voce di Nonnino quando gli annuncia:

“Ho la targa del veicolo. Domani ti do le sue generalità e il domicilio”.

Nonnino afferra l’orecchio del ragazzo.

“Dai, conto su di te, figliolo.”

Gli tira piano il lobo.

“Ti do altri tre ragazzi, per l’operazione. Il capo sei tu. Fai al meglio.”

Poi scende.

Gli piomba addosso il sole.

La terza auto compare solo dopo che è sparita l’elettrica.

4.

La mia notte si concluse in cucina, seduto davanti a un caffè che non riuscii a bere per la paura retrospettiva e lo sbigottimento. A momenti mi ammazzavano i miei tre ultimi. Tremavo così forte che dovevo tenermi al tavolo.

Avrei preferito provare il classico furore dei genitori nei confronti del figlio che non è morto, quello mancato per un pelo da un'auto, quello trascinato via dalla corrente ma restituito miracolosamente vivo dal mare, il bambino caduto dalla scogliera ma trattenuto da un ramo provvidenziale. Te l'avevamo detto, sì o no, di non sporgerti, di non allontanarti dalla riva, di guardare prima di attraversare? Quante volte bisogna ripetertele, le cose? Ti rendi conto di cos'hai fatto? Ma lo fai proprio apposta, non è possibile! Lo vedi in che stato è tua madre? Guarda, non so proprio cosa mi trattiene dal... Da cosa, in realtà? Dal gettare lo scampato dalla finestra facendola finita una volta per tutte con i terrori ancestrali? C'è un po' di questo, nel sollievo furibondo delle famiglie; un consolante desiderio di infanticidio che purtroppo non è nelle mie corde. Ogni volta che un membro della mia tribù sfiora la morte, infatti, mi vedo scorrere davanti agli occhi il catalogo completo: Jérémy che esplode con la sua bomba artigianale (*Il paradiso degli orchi*), Julie gettata con le ossa a pezzi su una chiatta (*La fata carabina*), Clara che va al massacro nel letto di Sant'Inverno e Verdun sotto il fuoco nemico contro il petto del vecchio Thian (*La prosivendola*), Thérèse che brucia viva nella sua roulotte di cartomante (*La passione secondo Thérèse*)... Per citarne solo alcuni... E poi Louna minacciata di sgozzamento da quell'amante neurologo che Jérémy aveva soprannominato windsurf (*Cristianos y Moros*), e in *Signor Malaussène* Julie e Gervaise che perdevano nello stesso ospedale l'una nostro figlio e l'altra la vita. In duemila pagine e rotti, mi hanno fatto di tutto. E adesso gli ultimi nati – tre insieme, stavolta! – presi a pistolettate in fondo a una rampa di scale. Sì, l'immagine è proprio questa: Mara, Nange e Sigma, morti in una pozza di sangue scuro, con le mani legate dietro la schiena, un sacco della spazzatura sulla testa, in fondo a una scala che puzza di piscio metropolitano e hashish stantio. Né più né meno che un mucchio di rifiuti da crivellare di proiettili. Non riuscivo a *non immaginarli morti*, era più forte di me. Aggiungeteci lo spavento che dovevano aver provato, il terrore, la solitudine e l'orribile stupore che accompagnano dipartite di questo genere... Non riuscivo a misurare l'infinitesimale colpo di fortuna che me li aveva restituiti vivi, intenti a chiacchierare come se niente fosse nel dormitorio dove erano cresciuti i loro fratelli maggiori; non ci credevo ancora.

Da cui l'immobilità del caffè nella mia tazza.

E io sul fondo.

Intorno al tavolo, Verdun, Hadouch, Titus (e Julie che ci aveva raggiunti) non sembravano impazienti di vedermi riemergere. Temevano forse una mia piazzata? Perché, insomma... Da quanto tempo lo sapevano, loro? E cosa sapevano, esattamente? Sapevano che erano stati i nostri ragazzi a rapire Lapietà? Mara l'aveva comunicato a Titus? "Padrino, stiamo creando una *installazione*, vedrai che roba!"? E quello scontro sotto la spianata della Défense in cui a momenti me li ammazzavano tutti e tre, è stata Verdun a commissionarlo? C'era anche Titus? Con chi? Silistri? Hadouch? Mo e Simon? La santa alleanza della pula e della mala? Chi altro era al corrente? Il resto della mia tribù? L'unico coglione ero io? Per quanto tempo pensavano di tenermi all'oscuro? Fino alla fine dei miei giorni? Che altro mi nascondevano? Facciamo davvero delle vite così separate? La tribù nella realtà e io in formalina? Tutte domande in cui si insinuava un giramento di scatole che ora mi faceva tornare bruscamente a galla.

Nell'istante in cui riemersi, Julie posò sul tavolo un registratore.

"Ascolta un po' qua, Benjamin, e dopo parlerai."

Julie accese l'apparecchio.

Sentii una domanda:

"*E lei, signore, cosa ne pensa del caso Lapietà?*".

Ovviamente riconobbi la voce che rispondeva. Era la mia.

"*Penso alle famiglie.*"

La mia voce. Risposta a quel cazzo di giornalista sul TGV che mi riportava indietro dal Vercors. Aveva appena intervistato il reverendo Courson de Loir a proposito del rapimento di Lapietà e ne approfittava per interrogare il suo vicino di posto, cioè il sottoscritto. Chiedeva:

"*Alle famiglie? Alla famiglia Lapietà? Alle famiglie degli ostaggi in genere?*".

E mi sentii rispondere:

"*Più a quelle dei rapitori. Forse in questo momento non sanno ancora cos'hanno fatto quei ragazzi, ma quando li prenderanno per i familiari sarà terribile*".

E ricordo benissimo di aver pensato, mentre parlavo: ma taci, coglione!

"*Che cosa le fa pensare che si tratti di ragazzi?*"

E invece di star zitto, ecco che pontificavo:

"*Il contenuto del loro manifesto. Conosce un solo adulto, oggi, specie fra i nostri uomini politici, che possa mostrare un tale grado di coscienza sociale?*".

Povero me.

Un fitto silenzio calò sulla tavola dopo che Julie ebbe messo via il suo arnese.

"Ecco perché non ti abbiamo detto niente, tesoro."

Hadouch posò davanti a me un altro caffè.

"Bevilo prima che si raffreddi, questo."

Il resto della notte lo passammo ad analizzare quel che avevano detto i ragazzi nel dormitorio. Verdun e Titus li avevano già interrogati ma speravano che quel bisbigliare notturno dicesse qualcosa di più sulla banda di incappucciati che gli aveva portato via Lapietà e il figlio. Invece niente. Mascherati e bardati in stile commando, non si erano lasciati scappare né un nome né un cognome. Erano bene armati, a giudicare dalla Shoeltzer 72 caduta sulle scale e dal kalašnikov che aveva falciato Silistri. Gente violenta, che non esitava a far uso del suo arsenale.

Il caffè mi strozzò:

"Silistri è morto?".

Hadouch mi diede una pacca sulla schiena.

"Non ancora, lo stanno operando."

"Chi lo opera?"

"Postel-Wagner. Con l'infermiere Sébastien."

"È grave?"

"Non proprio un graffietto," concesse Titus.

"Torniamo ai ragazzi," propose Verdun.

Che buttò lì, a bruciapelo:

"Mara è incinta".

Io:

"Incinta? Ma abbiamo appena festeggiato i suoi diciassette anni!".

Hadouch annuì.

"Un po' grandicella, infatti. Quanti ne aveva tua madre quando sei nato, Ben?"

"Incinta di chi?"

"Di chi secondo te?" chiese Verdun. "Di Lapietà figlio, ovvio."

"Di Iuc? E cosa ti fa dire che sia incinta?"

"Un'aria abitata. E poi è tiepida senza essere febbricitante."

"Un po' ubriaca senza aver bevuto," aggiunse Julie.

"Lo sa?"

"Che è incinta? Poco probabile, è troppo presto. Ne ha un sentore, forse."

Ho fissato Verdun, a lungo. A restituirmi lo sguardo è stata la Verdun neonata, quella che ti fulminava appesa al petto del vecchio Thian. Verdun era arrabbiata. Tornando al motivo centrale delle loro preoccupazioni, chiese:

"Secondo voi, chi è stato a tradire i ragazzi? Chi ha venduto Lapietà a quella banda?".

"Tre piste," rispose Titus. "L'autista del camion che quei cretini hanno noleggiato alla società Bernhard per caricare la Clio di Lapietà oppure l'amico di Lapietà figlio, che sta in rue Charenton, dove hanno nascosto la Clio dopo il rapimento, oppure quell'Alice, la suonatrice di OMNI, a cui nome hanno firmato il noleggio del camion. Verificherò. Ho mandato il tenente Valmondois a Colmar a interrogare il tipo del camion, mentre il tenente Brochard si occupa dell'amico di Iuc. Ci possiamo fidare, sono due che la gente la sanno far cantare. Di Alice mi occuperò io personalmente. Ma c'è una cosa più importante."

"La Shoeltzer?" chiese Hadouch.

"Sì. L'ho data a un collega della balistica che ha velocizzato un po' le cose. Quella pistola è già stata usata. Al casinò di Beauregard. Un proiettile nella mano di un croupier che non era stato abbastanza veloce ad alzare le braccia, mentre un altro proiettile ha mozzato il naso di una guardia che voleva azionare l'allarme."

"Precisa, la Shoeltzer," confermò Hadouch.

"Quelli verranno a riprendersela," annunciò Titus. "Penseranno che i ragazzi se la sono tenuta e vorranno recuperarla prima che finisca nelle mani della polizia."

"E siccome non sanno se voi eravate degli sbirri veri," aggiunse Verdun, "verranno qui per verificare."

Dopodiché passarono ad altro, come se ricevere a domicilio la visita degli assassini che a momenti facevano fuori la nostra progenie fosse su per giù l'equivalente di un aperitivo con amici.

Verdun chiese a Titus il suo programma della giornata. Doveva consegnare il rapporto sul caso Lapietà al commissario di divisione Menotier, suo superiore diretto, su cui Legendre, capo dei servizi attivi, esercitava una pressione da martello pneumatico, dovuta con ogni probabilità alle irrequietezze ministeriali.

"Anch'io sono attesa," disse Verdun. "Convocazione dal procuratore."

"Souzier?"

"Sì. Un mio indagato è stato ritrovato impiccato nella sua cella, sabato, al risveglio. Con una calza contenitiva. Ho chiesto al procuratore di accelerare l'indagine amministrativa. Conto di fare un giro in cella per interrogare quelli che erano detenuti con lui."

Qui si voltò verso Titus.

"Se hai un momento, Titus, ti chiederei di perquisire il suo appartamento. Potresti?"

"Come si chiama il tuo impiccato?"

"Balestro. Jacques Balestro."

"Vada per la perquisa. Farò un salto da lui appena finito con Menotier. Dove stava, il Balestro?"

“Un grattacielo, sul Front de Seine. Quello che assomiglia a una catasta di acquari.”

“Ah, ho capito. Il paradiso dei qatarioti. Cosa cerchi? Calze contenitive?”

“Anche. Voglio sapere soprattutto che tenore di vita aveva Balestro. Ce la fai? Ti preparo un mandato. Nel frattempo andrò a esaminare il suo corpo all'obitorio.”

Poiché la conversazione prendeva una piega un po' tecnica, cominciarono a calarmi le palpebre. Il sonno interrotto reclamava i suoi diritti. Ero lì lì per abbioccarmi, quando un vago ricordo mi fece riaprire un occhio:

“Scusate, ma prima, nel dormitorio, Sigma ha mica detto che Mara aveva fatto fuori uno sbirro?”.

“Ma non è niente, uno sbirro,” mi tranquillizzò Hadouch.

“E poi è uno sbirro piccolo piccolo,” precisò il capitano Adrien Titus.

5.

Lo sbirro piccolo piccolo in questione stringeva i denti mentre Nadège gli cambiava la medicazione. Il fatto era che per pochi centimetri quei due tiri l'avrebbero resa vedova. Una fidanzata vedova: non c'è di peggio in termini di vendetta. La fidanzata medicava l'ispettore stagista Manin borbottando promesse:

"Cazzo, 'sta troia, giuro che se la becco...".

Cosa gli era saltato in mente, a Manin, di dirle che si trattava di una donna? Gli era scappato nella foga del ricongiungimento.

Una volta ricucito dal gigante Talvern e medicato da Clara e Gervaise, l'ispettore stagista Manin era stato riportato a casa dal suo capo, il capitano Adrien Titus, a casa sua, al 62 di rue Julien-Lacroix, casa sua, casa di Nadège, casa loro... Casa di chi, di fatto? Era un motivo di discussione fra lui e Nadège, questo. Avevano cominciato da coinquilini, l'aspirante sbirro e la giovane infermiera. Per abitare a Parigi, alla loro età, due stipendi bastano appena, anche nel XX arrondissement. Coinquilini, perciò, senza nessun secondo fine. E poi, visto che la necessità non ha legge, avevano condiviso il letto. Per allargarsi un po'. Un letto per due liberava una stanza, e per giunta fra loro due a letto andava un gran bene. Andava bene come quei vini assaggiati al ristorante dagli intenditori, i quali non dicono mai che è "buono", il vino, ma che "va bene". "Va bene, sì, può andare." Si erano assaggiati e andava bene, insomma. Ma restavano coinquilini, eh? Certo, ognuno la sua libertà, ci mancherebbe.

Insomma, Manin era tornato all'ovile verso le quattro del mattino, neanche tanto sicuro che ci fosse Nadège ad accoglierlo, visti i decibel della loro ultima separazione. Benché quella fosse casa sua quanto di lei, poteva benissimo succedere che gli sbattesse la porta in faccia. Ma vedendolo lì impalato sulla porta, un morto in piedi, Nadège aveva gridato il suo nome. L'aveva abbracciato così forte che lui era svenuto.

Il letto.

I vestiti tolti con cautela.

Alla vista della medicazione, Nadège aveva chiesto:

"Chi è stato?".

Risposta evasiva:

"Non è niente, è stata solo un po' più tosta di come pensavamo".

Sì, giusto un filino più tosta: Manin aveva visto il commissario di divisione Silistri venire mozzato in due da una raffica di kalašnikov. E lui aveva ucciso il suo primo uomo e ricevuto la prima ferita di guerra.

Nadège fece la stessa domanda l'indomani, cambiandogli la medicazione:

"Chi è stato a farti 'sta roba?".

"Non è niente, t'ho detto. Giusto un graffio, lo vedi. Brucia ma non è grave. E poi mi hanno ricucito bene."

"Sì, ma chi è stato a farti 'sta roba?"

"Boh, era in cima alle scale, non son stato attento, ho..."

Manin, ragazzo mio, l'aveva avvisato un giorno il capitano Titus, ficcati bene in testa che quel che riguarda le indagini non riguarda la famiglia dell'agente che indaga. Su questo, il capitano Adrien Titus era categorico. Altrimenti ti metti in coppia con una poliziotta, le vostre vite diventano una sfilza di straordinari e il tuo divorzio una richiesta di trasferimento. Non è un cliché. Te lo può dire chiunque ci ha provato.

Manin temporeggiò:

"Ascolta, Nadège, fino a prova contraria tu non sei una poliziotta...".

"Chi è stato a farti 'sta roba?"

"Ma non è niente! E poi non ha fatto apposta, lei!"

Eccolo qui lo sbaglio. Buttar lì quel pronome.

Come? Una donna?

"Cosa? È stata una tipa a farti 'sta roba?"

"Non l'ha fatto apposta, t'ho detto, mi ha scambiato per..."

Ma ecco che tirava di nuovo fuori le indagini, stava dicendo troppo, non doveva...

"Nadège, che palle, tu..."

"È la ragazza della farmacia?"

Beccata, al primo colpo! Il famoso intuito femminile. C'è da dire che all'inizio delle indagini, prima che il capitano Titus mettesse il veto, Manin l'aveva coinvolta nelle sue ricerche, Nadège. Avevano telefonato insieme alle farmacie, per trovare quella che aveva venduto i cateteri necessari alla sopravvivenza di Georges Lapietà. E bingo: la farmacia del centro commerciale della Défense. Una tipina aveva lasciato la sua immagine nella videocamera di sorveglianza. Un'inglese, all'apparenza. In realtà, la figlioccia del capitano Titus! Una ragazza della tribù Malaussène. Maracuja, si chiamava. Ecco, era stata quella Maracuja Malaussène a spararagli sulle scale, a lui, Manin, venuto a salvarla. Tre colpi, di cui due andati a segno. Due proiettili di Shoeltzer nella pelle. La figlioccia del capitano Titus... Tutte cose che ovviamente non poteva raccontare a Nadège.

"Perché ti ha fatto 'sta roba, la tipa della farmacia?"

Perché? Perché? Perché la gente fa quello che fa? Silenzio. L'ispettore stagista Manin, però, era inadatto alla menzogna. Proprio per questo motivo, d'altra parte, aveva scelto la polizia. Ed era rimasto molto stupito, semmai, nel constatare che il culto della verità, nella polizia, non fosse poi così diffuso. Manin non sopportava di sentire i colleghi mentire dalla mattina alla sera agli incriminati, ai superiori, alle mogli e anche a lui.

"Ti assicuro, a volte penso che mi parlino solo per esercitarsi a mentire."

La menzogna nella polizia era qualcosa che a Manin non andava proprio giù. Perché allora com'è? Nessuna verità da nessuna parte? E come si fa a reggere? C'è poco da stupirsi, poi, che i pazzi del Profeta si mettano a svuotare caricatori in nome della verità divina.

Manin aveva cercato di portare Nadège su quel terreno.

"A proposito di donne, lo sai che i killer della vera fede ci credono di brutto alle settantadue vergini promesse nel giardino di Allah?"

"Eh?"

"Che poi è una stupidaggine, perché, a pensarci bene, settantadue scopate a disposizione per l'eternità sono proprio pochino."

Colta alla sprovvista, Nadège non capiva più di cosa parlavano.

"Oh, mi vuoi mandare in confusione?"

Manin pensò di poter sfruttare il vantaggio:

"Oppure sono vergini che poi si ricuciono, e allora però stiamo parlando di merce taroccata".

"La smetti di tirarmi scema?"

Alla fine, l'ispettore stagista Manin dovette dare prova di fermezza:

"Ascolta, Nadège, non te lo dico chi è. Non stare a insistere, che tanto non te lo dico. Eccheppalle. L'inchiesta è l'inchiesta. Si tiene la bocca cucita e amen. Segreto professionale".

Qui lei aveva preso una scorciatoia:

"Se non me lo dici, significa che è la tipa della farmacia".

Niente da rispondere, ovvio.

Il giorno dopo, la domanda aveva cambiato forma.

"Perché ti ha sparato, quella troia?"

Nadège non gli aveva più dato tregua.

"Eh, perché? La conoscevi? Lo sapevi, chi era? Cosa le hai fatto a quella zoccola, che poi ha voluto spararti?"

Sotto un bombardamento, mantenere un segreto è qualcosa di eroico. Manin ebbe una fugace visione di Stalingrado, una battaglia della Seconda guerra mondiale che appassionava il suo ultimo prof di storia. C'era, in una via di Stalingrado, una casa al numero 6/1, tenuta da un gruppo di anarchici che resistevano ai bombardamenti e agli assalti tedeschi mentre, sul retro, i commissari politici staliniani istruivano il loro processo. Come che andasse, gli anarchici erano fottuti e lo sapevano. Il prof leggeva pagine che a Manin stritolavano il cuore. I nazisti si rompevano le corna contro la resistenza eroica della casa 6/1 e gli staliniani già preparavano il plotone di esecuzione che avrebbe fucilato i suoi difensori. Manin aveva provato una specie di sollievo quando, alla fine, i carri armati tedeschi avevano raso al suolo la casa come un rullo compressore. L'onore, almeno, era salvo.

A Nadège disse soltanto:

"Non si può certo dire che faciliti la cicatrizzazione, tu".

E Nadège, tagliando con i denti l'ultimo pezzo di cerotto:

"Cazzo, 'sta troia... Ti giuro che se la becco...".

Dei colpi alla porta suonarono la fine del round.

"Vado io," disse Manin tirandosi su con una smorfia.

"No. Tu resti a letto. Ci vado io."

Manin non si fece pregare. Nel coricarsi ebbe la strana sensazione di ritrovare un corpo anteriore alla ferita, di stendercisi sopra, senza più alcun dolore. Si addormentò all'istante.

Per essere svegliato dal capitano Adrien Titus al telefono.

"Stammi bene a sentire, Manin."

Manin non chiedeva altro.

"Come va, intanto? Non hai perso troppo sangue? Ti ci reggi, in piedi?"

"Tutto bene, sì... Mangio sanguinaccio e fegato di vitello. Dicono gli esperti che fanno bene per il ferro."

Non mi chiama con il mio grado, pensò Titus, mi sa che "l'esperta" è nei paraggi.

"Va bene, chiamami pure zio Jules se questo placa un po' la guerra coniugale, però stammi bene a sentire."

Era a proposito del pulmino Volkswagen che il capitano gli aveva chiesto di scovare per l'operazione Lapietà. Quello era un intervento ufficioso, non avevano potuto usare un furgone della polizia, nemmeno un furgone civetta. Avevano dovuto servirsi in strada. Manin aveva preso il primo furgoncino che gli era capitato. Una volta che l'operazione era andata a buon fine (si fa per dire), i Malaussène e i Ben Tayeb avevano cancellato le impronte di Manin dal pulmino ma avevano lasciato i proiettili che ci si erano conficcati dentro. Dopodiché avevano mollato il furgoncino in una via del XIX arrondissement e fatto una telefonata anonima al commissariato di zona.

"Ridotto a un colabrodo, quel povero catorcio. Almeno dodici impatti. Peccato, perché era un bel pulmino. Un piccolo capolavoro del faidaté. Ci avevi fatto caso che però era una biblioteca ambulante? Alcuni proiettili sono conficcati nella carne dei libri."

No, Manin non ci aveva fatto caso ai libri. Andavano un po' di fretta.

"Alla fine hai avuto proprio culo a uscirne vivo, Manin mio. A saperlo, non ti coinvolgevo in questo tiro al piccione. Un po' tosto come battesimo del fuoco."

Manin chiese notizie del commissario Silistri.

"Un po' malconcio, ma è fuori pericolo. Ufficialmente ha una peritonite con in più un'embolia polmonare, due magagne dell'età matura. Considerato il suo stile di vita, nessuno andrà a verificare."

Titus lasciò al giovane Manin qualche secondo per digerire queste balle. Lo sapeva restio alle menzogne. Sapeva anche che ci avrebbe fatto il callo. Era difficile, nel mestiere, rinunciare a quello strumento di lavoro.

Poi chiese:

"Di' un po', se ti dico Vaubertin, ti dice qualcosa?".

"Vaubertin?"

"Pascal Vaubertin."

"No, capitano, perché?"

"Capitano"... Benissimo, Manin si era riconnesso alla faccenda. Titus lo sentiva ascoltare.

"È il proprietario del pulmino che hai rubato."

Non rubato, corresse mentalmente Manin, preso in prestito. Per ordine altrui.

"Figurati un po' che non ne ha denunciato la scomparsa."

Pura verità. Per tre giorni, nessuno aveva reclamato il pulmino. Era stato ritrovato dalla polizia di zona che l'aveva poi portato al deposito. La balistica aveva avuto il tempo di fare le sue analisi. Roba da professionisti, i proiettili.

"Fra i quali due pallottole della Shoeltzer persa dal tipo che ho colpito sulle scale. È l'arma usata nella rapina di Beauregard."

"Il casinò?"

"Esatto. Insomma, Manin, come puoi ben immaginare a noi suona proprio strano che a uno gli rubano il veicolo e quello non viene a reclamarlo. Specie se poi il suddetto veicolo lo ritroviamo bersagliato di proiettili. Lo sai dove abita, questo Vaubertin?"

E come faceva Manin a saperlo?

"Abita nel tuo palazzo, bello mio. 62 rue Julien-Lacroix. Hai fregato il furgone davanti a casa tua, e il proprietario abita proprio lì. Potresti occuparti della faccenda? Veloce, che è urgente."

Manin chiese la natura dell'urgenza.

"La piccola banda, t'immagini, vorrà scoprire l'identità di chi ha fatto esplodere la testa del loro finto *gendarme*. E, visto il modus operandi, si diranno che non eravamo dei veri sbirri. Chi siamo, allora? Che genere di concorrenza? Se hanno preso la targa del pulmino, hanno l'identità del proprietario e non tarderanno a venire a torchiare quel Vaubertin."

Manin chiese come mai, in questo caso, non fossero già passati.

"Margine precauzionale. Sono dei professionisti. In questo momento, di sicuro sono appostati nella tua via. E tengono d'occhio il palazzo. Ti sei fatto vedere fuori, negli ultimi due giorni?"

E come avrebbe potuto, Manin, farsi vedere fuori, con un'infermiera come la sua?

"Allora aspettano. Se vanno dritti da quel Vaubertin, di sicuro lo beccano. Cerca di impedirlo."

"Ok, esco a comprare una baguette per vedere se sono qui."

"Occhio, però. Prenditi l'arma di servizio."

Prima di chiudere la telefonata, il capitano Adrien Titus fece questo complimento:

"Tu la testa di un finto gendarme, io una spalla. Spari meglio del tuo superiore, Manin. Dirlo in giro potrebbe nuocere alla tua carriera".

Manin aveva appena chiuso la telefonata quando Nadège arrivò con una cioccolata fumante su un vassoio.

"Tieni, bevi questa, gioia mia, che fa bene alle arterie."

Manin lasciò che il primo sorso gli accarezzasse le coronarie. Non era una volgare cioccolata in polvere, ma una vera tavoletta fatta sciogliere lentamente in un pentolino, sotto un filo costante di latte, fino alla dose e alla densità giuste.

"Il segreto," mormorò lei, "è la punta di caffè alla fine. Fa risaltare il sapore del cioccolato."

Manin chiuse gli occhi. Con voluttà lasciò che si dileguasse quel sapore consolante e, prima di bere un secondo sorso, chiese:

"Chi ha suonato, prima, alla porta?".

"Nessuno," rispose Nadège, "un vicino. È tornato dal fine settimana e non ha più trovato il suo pulmino. Una biblioteca ambulante, oltre tutto. L'aveva parcheggiato proprio qui sotto, dice, e voleva sapere se avevamo visto o sentito magari qualcosa di strano. Chissenefrega. L'ho mandato a cagare. Vaubertin, si chiama."

Con la tazza sospesa, Manin fissò la sua coinquilina. Lei sgranò gli occhi:

"Be', che c'è? Mica potevo dirgli che gliel'avevi fregata tu, la sua biblioteca! Che poi, a cosa serviva? E dov'è finito, quel pulmino? Che ne avete fatto?".

6.

Nonnino è arrivato, adesso. Gli hanno montato un tavolo pieghevole. Un tavolo da bridge. Velluto verde. Con una specie di poltroncina Luigi qualcosa. E quella dove l'avranno scovata? Nonnino si è seduto senza dire una parola, ha aperto il suo borsello, ha tirato fuori il taccuino della contabilità, la penna, la carta assorbente, il calamaio, tutto il suo armamentario. Sta ancora tracciando le colonne con il righello quando li portano di sopra.

Lapietà padre e figlio.

Eccoli qua.

Mani legate dietro la schiena.

Be', non li hanno ridotti troppo male.

Ah! il padre un po' sì, però.

"Vi avevo detto di non toccarli."

Sì, ma il padre aveva sgangherato un braccio a Selim.

"Si vede che non siete stati attenti."

Sì, forse.

"Non forse. Sicuramente."

Gérard morto, Pascou due proiettili, Selim il braccio rotto, Kebir che si lascia dietro un'arma con la firma e tre bocche pronte a parlarne: cominciava a essere parecchia roba. Santo dio, proprio vero che i tempi cambiano. Non sono più le squadre di una volta... Troppo giovani, forse... I giovani d'oggi sono più giovani dei giovani di ieri. Tutto troppo in fretta. Fanno tutto troppo in fretta. Non si concentrano, questi.

Nonnino guarda il padre del ragazzo. L'hanno fatto sedere a forza. Proprio un duro, come da reputazione. Non dirà una parola, è garantito, terrà la bocca cucita. E non sarà certo pestandolo ancora che se ne potrà cavare qualcosa.

Nonnino in ogni caso gli domanda:

"Lei è Georges Lapietà?".

Silenzio.

E aggiunge, burlone:

"Metti caso che ci fossimo sbagliati...".

I ragazzi ridono, ma nessuna risposta da Lapietà.

Era prevedibile.

Nonnino allora si rivolge al figlio.

"E tu sei il figlio. Com'è che ti chiamano, già? Iuc, giusto? Buffo, come soprannome."

Per poi aggiungere:

"Iuc, figliolo, vieni un po' qui, che ho bisogno che tu mi dia una mano".

Nella zampona di Armand il ragazzino non pesa niente. I piedi decollano e lui atterra davanti a Nonnino come se cadesse dal cielo.

Nonnino scuote la testa in segno di riprovazione.

"Sempre le maniere forti, eh, Armand?"

'Sto burino del Nord... Sempre andare giù duro... Il ragazzino sarebbe venuto da sé, ma niente da fare, Armand è Armand.

"Armand, sei l'orso della favola."

Armand non sa né quale orso, né quale favola, ma dirlo bisognava dirlo.

"Sei coglione, insomma."

Vabbè, il tempo passa e c'è quel taccuino da riempire.

Riempire il taccuino, andare a Parigi, rifilarlo a chi di dovere perché finisca poi in mano al ministro.

"Hai paura?"

Domanda che Nonnino rivolge a Iuc.

Guarda il figlio e il padre.

"Proprio una cosa curiosa, la famiglia. Tuo papà non l'hai mai potuto reggere. Ti ha scassato gli zebedei per tutta l'infanzia con la sua parlantina da venditore ambulante internazionale. L'hai sempre trovato ridicolo, uno sbruffone... Uomo eminente, ma ridicolo. Tu e la tua amichetta Maracuja l'avete rapito per pigliare per il culo la sua 'immagine', come dite oggi nei vostri ambienti yeah, e adesso che siete qui tutti e due hai paura per lui. Più che per te, sono sicuro. Perché il vero duro, di voi due, sei tu. Eh, Iuc? Be', hai paura per niente, giovanotto, perché al tuo papà non gli faremo del male."

Allora Nonnino posa la vecchia mano sulla testa del ragazzo.

"Voglio solo fargli qualche domanda, e vedrai che lui risponderà senza fare storie."

O il ragazzo ha un cranio più piccolo di quel che la sua chioma lascia immaginare, oppure la mano del vecchio è enorme. La testa di Iuc sta in quella mano come la testa di un pulcino.

"Ti fidi di me, vero?"

Iuc non risponde.

"Non fa niente. Non ho bisogno che parli. Diresti solo cose intelligenti."

Sorride.

"Non è di parole che ho bisogno, io, ma di cifre."

La mano del vecchio è ruvida. I capelli del ragazzo hanno ancora la setosità dell'infanzia. E, là sotto, il collo di un pollo.

"Di cifre, tuo padre se ne intende."

Nonnino mostra al ragazzo il taccuino:

"Guarda".

Fa pressione sul cranio di Iuc perché abbassi la testa sul taccuino fino a poter leggere l'elenco dei nomi scritti con l'inchiostro viola nella colonna di sinistra. Iuc resiste un po', ma c'è poco da fare, la testa si china.

"Cosa leggi, lì?"

È un elenco di nomi. Iuc riconosce quelli di Gonzalès e di Ménestrier... E altri, famosissimi. Ministri, banchieri, attori, pure degli stranieri, tutti straconosciuti...

"Gente su, eh?"

Alcuni, Iuc li ha incrociati, venuti a casa di suo padre a beccarsi lo show del superpotente. Certe cene pazzesche. Il più delle volte lui, Iuc, se la svignava subito dopo le presentazioni. Mi sfiniscono, papà, 'ste stronzate, cosa vuoi, in fondo ce le ho anch'io le mie conoscenze importanti. I Malaussène, per cominciare. Mara, per cominciare. Ben presto Maracuja Malaussène ha guadagnato punti nel cuore di Iuc.

Iuc prova a rialzare la testa, ma il vecchio mantiene la pressione.

"Tuo padre sa delle cose interessanti su ognuno di loro."

Suo padre sa un sacco di cose su un sacco di gente. Non lo nasconde. Tutti dei Tartufi, figlio mio, con le mani nel sacco, tutti quanti.

La voce di Nonnino fa come un'eco a questi ricordi.

"Ti rendi conto, figliolo? Li ha tutti in pugno!"

Niente da fare, Iuc non può rialzare la testa.

"Adesso deve dirmi cosa sa. E quanto possono fruttare. Perché questa montagna di segreti, dammi retta, dev'essere bella redditizia!"

La presa del vecchio... il peso di quell'anello...

"Pensi che non mi dirà niente, eh?"

Iuc soffoca.

"E invece io ti dico di sì. Adesso farò l'appello di tutti quei nomi lì, nella colonna di sinistra, come a scuola. Su ognuno di loro tuo padre mi dirà quello che sa e io lo trascrivo nella colonna centrale."

Una pausa.

"E in quella di destra, Iuc, figliolo, cosa scriviamo?"

Un'altra pausa.

"Scriviamo quanto frutta, ragazzo mio! È la colonna delle cifre. Va bene?"

Il vecchio allenta la pressione. Si alza sorridendo mentre Iuc si tira su. Gli dà qualche lieve pacca sulla testa. La mano di nuovo scende accarezzandogli l'orecchio.

E nel farlo glielo mozza.

L'orecchio mozzato.

Il grido breve di Iuc.

Il sangue.

L'urlo di Lapietà.

Piegato in due da un calcio nello stomaco nell'istante in cui fa per lanciarsi verso il figlio.

L'anello che si rimangia la corta lama, il vecchio che avvolge l'orecchio nella garza, lo infila in un barattolo sterile, si pulisce le mani con un fazzoletto a quadretti e porge il barattolo ad Armand.

"Congelatore. Non si sa mai, può sempre tornare utile."

E che conclude risedendosi:

"Sta al padre decidere".

Con le mani legate dietro la schiena, Iuc non può alleviare il dolore. Però non grida più. Non geme neppure. La sorpresa è passata.

"Bene," dice Nonnino tuffando la penna nel calamaio e alzando gli occhi su Lapietà, "cominciamo?"

2.
Si cerca

“Lo chiamava Nonnino, signora giudice.”

Rafi, o Lulu

7.

Tornando a letto al piano di sopra, sono passato davanti alla camera della mamma. Dalla porta socchiusa ho intravisto È Un Angelo che leggeva a sua nonna. Come mi succede spesso quando mi cade l'occhio sulla mamma distesa, mi è tornata in mente una frase che Jérémy bambino pronunciava a proposito di lei: "È bella come una bottiglia di Coca-Cola riempita di latte".

Un pomeriggio, fotografandola durante il suo riposino, Clara aveva mormorato:

"C'è da chiedersi come invecchi".

Ci fu anche questo commento del Piccolo (sempre con i suoi occhiali rosa, ma oggi un metro e novantotto, astrofisico di fama nonché direttore di ricerca all'Osservatorio di Parigi, e scusate se è poco), questo commento del Piccolo, dicevo, ieri mattina, mentre se ne stava in piedi davanti al letto della mamma, reggendo il suo vassoio della colazione:

"Potrebbe spegnere una supernova, Ben, non ti pare?".

"Una che?"

"Niente, l'implosione di una stella."

Durante la cena della tribù che ci aveva riuniti il giorno in cui avevamo scoperto che la mamma si era sposata senza avvisarci (con un certo Paul Lalbrache, ex commerciante in vini e spiriti), Thérèse aveva fatto la sintesi di quelle piccole frasi:

"La mamma sarà sempre la mamma".

Tautologia che, vai a sapere perché, Maracuja interpretò come un assioma di eternità.

"Vuoi dire che è immortale?"

L'ipotesi aveva suscitato l'interesse di Verdun:

"Sarebbe tanto meglio per lei".

Verdun aveva preso informazioni sulla residenza per anziani di Beaujeron-sur-Meuse dove nostra madre aveva accompagnato il marito ormai rimbambito. Gli Aliossi, questo il nome della struttura. Secondo Verdun, lì i degenti non vivono molto più a lungo delle mosche.

"Eppure è un posto ben tenuto," aveva obiettato È Un Angelo, "e non si mangia neanche male."

Nange è l'unico di noi ad andare a trovare regolarmente nostra madre a Gli Aliossi. È di gran lunga il suo nipote preferito, in parte per doti sue proprie, in parte perché le ricorda l'ispettore Pastor, l'amore più intenso di nostra madre, morto fra le sue braccia a Venezia ormai qualche decennio fa. Quei due, È Un Angelo e la mamma, si dicono tutto. Nange è il nostro ambasciatore presso l'autorità materna.

"Non state a venire, Benjamin, avete ben altro da fare. E poi Paul è stanco, la compagnia lo agita. Non ama le folle. Al limite, mandatemi Nange, se non è troppo preso."

E così, da quando la mamma e Paul sono stati accolti agli Aliossi, ogni mercoledì Nange prende il treno, pranza con lei, le legge qualcosa fino all'ora del sonnellino e se ne va solo quando lei dorme della grossa.

"Di noi chiede?" è invariabilmente la domanda di Thérèse.

"Sempre, sì, ma in modo vago," risponde Nange. "Niente di specifico."

"Che tipo è, il compagno della nonna?" aveva chiesto un giorno Maracuja.

"Non il compagno, Mara, il marito," l'aveva corretta Thérèse.

"Ok, mamma! Che tipo è il marito della signora Lalbrache?"

"L'ultima volta che l'ho visto," ha risposto Nange, "si guardava in un cucchiaio da minestra. Altrimenti lo piazzano davanti alla televisione. Gli piacciono i programmi sugli animali. Oppure dorme. Ma la nonna non lo lascia mai."

"Sì, però che tipo è non l'abbiamo ancora capito," aveva osservato Sigma.

"Difficile da dire. Uno di quei tempi là. Un vecchio in bianco e nero. Un po' sul genere di quel vecchio attore che piace tanto a Ben, sai quello là... che c'era in *Vite vendute*."

"Charles Vanel," dico.

"Ecco, assomiglia a quel tipo lì."

"Perfetto," aveva concluso Maracuja, "assomiglia a un vecchio di cui non si ricorda nessuno."

Da qualche tempo i giovani della tribù ostentano con somma disinvoltura una gerontofobia che a quanto pare è una conquista della loro generazione. Sono ormai vicini i tempi in cui si prenderanno tutto lo spazio pubblico consentendo a noi vecchi di camminare rasente i muri, se facciamo i bravi.

"Anche gli altri vecchi dormono molto," aveva aggiunto Nange.

"Tra una fuga e l'altra," aveva precisato Verdun.

Stando alle sue informazioni, un'altra caratteristica degli Aliossi erano le fughe. Un tasso estremamente alto. La direzione non sembrava allarmarsene. Riteneva che il confinamento accelerasse la letargia dei pazienti e che quindi una gitarella ogni tanto non potesse nuocergli.

"Troppo figo," fece Mara.

Di conseguenza, questo o quel degente periodicamente spariva. Se ne andavano a zonzo nei dintorni, per qualche giorno o a volte per qualche settimana, e tornavano sempre sfiniti, accompagnati da un gendarme. Poiché Paul non faceva eccezione, la mamma aveva deciso di passare con noi i periodi di licenza che l'amico Aloïs Alzheimer concedeva a suo marito. Appena Paul faceva una fuga, la mamma arrivava. Si piazzava nella Ferramenta e subito tutta la tribù piombava lì. Nostra madre ha sempre agito su di noi come una calamita. Noi che in tempi normali ci vediamo di rado, cediamo senza ammetterlo al richiamo materno. E quando siamo riuniti intorno a lei facciamo a gara a chi le porterà su la colazione o la minestrina serale. Da quando ho memoria, non c'è nulla che ci faccia felici come la presenza di quella donna assente.

Una sera in cui lavavamo i piatti insieme, Hadouch ha sobriamente sintetizzato la nostra storia:

"In fondo, Ben, avete passato la vita a vegliare sul sonno di una donna che si sveglia solo per far delle cazzate".

Le cazzate in questione si chiamano Benjamin, Louna, Thérèse, Clara, Jérémy, Il Piccolo e Verdun.

Insomma, tornando a letto ho visto È Un Angelo che leggeva alla mamma. Nange è un lettore nato. La sua voce quieta fa di ogni parola un'evidenza rivelata, nel senso fotografico del termine. Quando Nange legge, qualunque testo diventa *visibile*. Assistere a una lettura di È Un Angelo significa concedersi un biglietto d'ingresso nella testa dell'autore. Si vede l'emozione trasformarsi in intenzione, l'intenzione elaborarsi in pensiero, il pensiero sbocciare in frasi, le frasi sgranarsi in parole, alcune delle quali, ma non le prime che capitano, presentano fioriture spettacolari.

Vedendo me e Julius, Nange mi ha strizzato l'occhio: "Ciao, vecchio zio". Mi sono coricato accanto alla mamma, Julius dall'altra parte. Nange ha sollevato il libro per mostrarmi il titolo. Era l'ultimo romanzo di Alceste, ancora in bozze. Si intitolava *La loro grandissima colpa*.

Nange mi ha fatto il riassunto delle prime pagine per poi riprendere dal punto in cui era arrivato:

"È ambientato a Fortaleza, zio, nel Nord-est del Brasile. Fuori da un'università, un piccolo straccione di dieci o undici anni crea un ingorgo giocando con un vecchio pallone da calcio rattoppato e facendolo rimbalzare contro il poliziotto ciccione che dovrebbe dirigere il traffico all'incrocio. Pian piano si forma un gioioso imbottigliamento. Anziché protestare, tutti si divertono, compreso il poliziotto. Il ragazzino è così bravo che la gente scende dalle auto per applaudirlo".

Nange ha ripreso a leggere e io ho chiuso gli occhi. Il ragazzino, in effetti, tira pallonate contro lo sbirro ciccione, che tenta di acciuffarlo. Ma il piccolo lo schiva. La palla gli torna sempre fra i piedi e allora lui tira di nuovo; il culo dello sbirro ciccione gli restituisce la palla, poi è la schiena, poi il panzone, poi le spalle, e la folla applaude a tempo, lo sbirro ha il fiatone ma partecipa, tira pure un colpo di testa e il ragazzino glielo restituisce, e tutti e due ora giocano di testa, nel tripudio generale.

Fino allo stridore di una sirena.

È un'auto della guardia civile che arriva sparata e si ferma in mezzo alla folla. Ne scende un gran caboclo con la faccia gialla e la divisa grigioverde. È il colonnello Augusto Parmenido Faca. È lungo e secco come un manganello. Va con passo deciso verso il ragazzino. Che lo centra in pieno. Una cannonata precisa in faccia. Il pallone prende il posto della testa del colonnello Faca e da lì non si muove più.

E qui mi sono addormentato.

8.

Quando la mamma mi svegliò, È Un Angelo non c'era più ma io e Julius eravamo ancora stesi accanto a lei. Mi porgeva il telefono:

"La tua capa, credo," mi disse.

In un bisbiglio precisò:

"L'editrice".

Era la Regina Zabo, infatti.

"Potrebbe cortesemente indicarmi, Malaussène, fino a che ora mi autorizza ad aspettarla?"

Erano le undici e mezza e avevamo appuntamento al Taglione alle nove in punto.

"Abbandona ancora una volta l'editoria, Malaussène? O che altro intende annunciarmi? Il suo cane ha sbranato un barboncino? Ha deciso di riconvertirsi nell'accoglienza di persone anziane non autosufficienti? Se così è, mi iscrivo alla sua lista d'attesa, Loussa e io non siamo autosufficienti senza di lei."

La sua voce, ormai arrugginita, più che la collera tradiva uno sfinimento colmo di disincanto.

La domanda successiva me la fece nel suo ufficio, dopo che Loussa de Casamance mi ebbe offerto il caffè di benvenuto.

"Ha letto, poi, il romanzo di Alceste che le avevo affidato?".

"Ci ero immerso quando mi ha chiamato, Maestà."

"Allora?"

Quando un editore ti chiede un parere su un manoscritto con quella smorfia dubitativa significa che un parere suo già ce l'ha, spesso elaborato sotto un influsso che non è il tuo.

"Debolissimo, no?"

Be', oddio... Il ricordo di quel lungo colonnello della guardia civile, Augusto Parmenido Faca, con un pallone da calcio al posto della testa era un'immagine parecchio forte. E trovavo la scrittura di Alceste più vivace che nel libro precedente.

La Regina non era di questo parere.

"Francamente, Malaussène, cosa gli è preso al suo Alceste per appiopparci una rifrittura del realismo magico in salsa brasiliana? Parliamo di una roba vecchia di sessant'anni! E, diciamolo pure, la letteratura ci avrebbe solo guadagnato a saltarla, quella stagione lì!"

Bah, insomma.

Loussa, in piedi dietro di me, mi aveva posato la mano sulla spalla. Nel nostro codice, significava che mi suggeriva di lasciar perdere. Evidentemente si era beccato la tempesta prima di me e mi sconsigliava di affrontare tuoni e fulmini.

"Malaussène, ho speso una fortuna per nascondere Alceste nel suo Vercors mentre scriveva questo libro. (Si veda, ma senza obbligo, il volume precedente.) Quei suoi montanari addetti alla sorveglianza mi sono costati un occhio della testa. I due cinesi che Loussa mi ha fatto ingaggiare per la sua protezione a Parigi... com'è che si chiamano, già?..."

"Bo e Ju," rispose Loussa.

"Ecco, mi sommergono di fatture. Se poi ci aggiunge

che Alceste mi ha estorto un anticipo astronomico, sono in diritto di aspettarmi che mi consegni il romanzo che mi ha promesso, no? Cioè il seguito del precedente! E nello stesso stile! Non un trattato di calcio brasiliano!"

"Quel piccolo calciatore ha valore di metafora, Maestà," azzardai. "È solo introduttivo, lui..."

Sentii le dita di Loussa stringersi sulla mia spalla. Da qualche anno ormai la parola "metafora" è l'ultima da pronunciare alle Edizioni del Taglione.

"Me ne infischio delle metafore, Malaussène! E il calcio lo detesto! Degli idioti con la testa vuota che corrono dietro a un pallone pieno d'aria! Quindi, figuriamoci!, una metafora che ha come ingrediente il calcio! E brasiliano, per giunta! Non pago Alceste perché mi faccia fare del turismo nel Nord-est del Brasile. Gli ho commissionato il seguito del primo romanzo, punto e basta. E nello stesso tono! Quando si catturano così tanti lettori con un primo romanzo, non li si può poi destabilizzare già al secondo. Bisogna aspettare almeno dieci libri prima di cambiare tono. Cos'è, Alceste vuole perdere metà dei suoi lettori? Questa roba io non la pubblico. Che mi rimborsi, e se ne vada da un altro editore."

Tacque solo per riprendere fiato.

"Da quanti secoli non lo lava, il suo cane?"

Allusione a Julius, peraltro compostissimo e molto più paziente di me. Seduto nei suoi effluvi, Julius il Cane non si perdeva una briciola di quanto eruttava la mia regale capa. Ascoltava, con la bava alla bocca.

"E poi, abbia pietà del mio parquet, per favore, metta questo sotto quella fontana," ringhiò gettandomi un manoscritto rifiutato. "E gli dica di smetterla di guardarmi a quel modo. Quando lo capirà, quell'animale, che non apparteniamo alla stessa specie?"

Il fatto è che la mia capa ha sempre esercitato un indiscutibile fascino su Julius. Le guanciotte cascanti, forse. Quella Regina e quel cane invecchiano dalle guanciotte.

Mormorai:

"Julius, per favore".

Con un cenno del capo gli indicai la finestra. Il cane distolse a malincuore lo sguardo e lo posò su Parigi.

Venne poi l'ora di pranzo.

"Un Pippo, stronzetto?"

Un piacere che apprezziamo da sempre, Loussa de Casamance, Julius il Cane e io, è quello di pranzare insieme. Nei primi tempi ci ritrovavamo al Koutoubia, in boulevard de Belleville, il ristorante dei Ben Tayeb, i genitori di Hadouch. Poi, quando il vecchio Amar se n'è andato a curarsi i reumatismi nel Sahara, abbiamo vagato fra ristoranti di cuscus e altri più o meno orientali fino a gettare l'ancora qui, al Sorriso, in piena Sicilia, in rue Bayle, da Pippo, a due tombe dal Père-Lachaise e proprio in faccia a casa di Loussa. Da una decina d'anni, il grande Dany ci fa sedere al nostro tavolo, Julius corre in cucina a salutare Mamadou, Pippo ci serve la pasta di sua scelta e noi due chiacchieriamo.

Loussa aprì metodico il suo tovagliolo immacolato (il suo, sì, personale, lo accompagna in tutti i ristoranti), lo infilò tra la vecchia glottide e la cravatta per poi annusare il profumino degli spaghetti all'amatriciana.

"Loussa," dissi, "ti va di fare una scommessa con me? Se perdo, sgancio io, se vinco il conto è tuo. Ci stai?"

"Ci sto, vada per la giocata."

Loussa non ha mai resistito a una scommessa. È il più cinese di tutti i senegalesi di mia conoscenza. Quindi sono andato giù bello diretto:

"Mentre mi cazziava, la nostra capa (unico e sterile amore della tua vita, peraltro), mi son fatto l'idea che lei il libro di Alceste non l'ha letto. Mi sbaglio?".

Se è possibile mandar giù un boccone con ammirazione, questo fece Loussa de Casamance.

"Perspicace, ragazzo mio. Neanche mezza parola, in effetti. Il conto è mio."

Ecco qua.

"L'hai letto tu?"

Nuovo boccone.

"Dato una scorsa."

Aggiunse:

"Non male, peraltro".

Il grande Dany mostra una bottiglia di lambrusco.

"Signori, allungate i bicchieri che Pippo offre da bere."

Dietro i fornelli, Pippo se la rideva alla grande. Come qualunque siciliano degno di questo nome, avrebbe bevuto una goccia di lambrusco solo con un bazooka puntato alla tempia. Ma a Loussa quel vino piaceva. Lo trovava oggettivamente schifoso e soggettivamente delizioso; il vino degli innamorati e dei ricongiungimenti.

"Ok," dissi alzando il bicchiere alla sua salute, "cosa sta succedendo fra Alceste e Zabo?"

Loussa mandò giù con il primo sorso una forchettata di spaghetti, quindi a malincuore:

"Tra lei e lui niente. Alceste non sa ancora nulla. La cosa si giocherà tutta fra te e lui. Lei vuole che tu glielo faccia rimaneggiare".

(Far rimaneggiare il romanzo ad Alceste? Prodigargli consigli di scrittura? Io, Malaussène? A lui, Alceste?)

"Non se ne parla."

"E invece ti toccherà. Il realismo magico..."

Mi commuovo sempre, quando un amico mi mente. La sua goffaggine è una prova del suo affetto.

"Loussa, piantala. Realismo magico, un cazzo. La verità è

che è successo qualcosa tra la Regina e il suo autore di culto. Dimmi perché rinuncia a pubblicarlo."

Per tutta risposta, Loussa agitò il piatto vuoto.

Il grande Dany lo afferrò:

"Un bis per Monsieur de Casamance!".

Il piatto tornò pieno.

Il tempo che impiegò Loussa per vuotarlo una seconda volta era quello del dilemma: stava per dirmi la verità e tradire così la sua capa. Il che induce a masticare lentamente.

Alla fine, si pulì le labbra:

"Non preoccuparti, lo pubblicherà, il suo Alceste. Troppa la paura che lui si fiondi dalla concorrenza. Vuole solo rimandare l'uscita de *La loro grandissima colpa*".

"Perché?"

Seguirono alcuni giri di forchetta su cui si arrotolarono gli ultimi spaghetti.

"Manoscritto con vincolo di riservatezza," buttò lì finalmente.

Ecco qua.

"Una bomba," aggiunse.

In altre parole, le Edizioni del Taglione avevano acquisito (probabilmente a peso d'oro) un manoscritto il cui titolo, contenuto e nome dell'autore sarebbero stati rivelati solo una settimana prima della pubblicazione. Eh sì, da qualche anno la pratica dello scoop, finora riservata solo ai giornali, si era impadronita dell'editoria. La tale celebrità rivelava in una confessione di duecentocinquanta pagine che i genitori gli saltavano sopra a piè pari nella culla, i media facevano da cassa di risonanza, l'opinione pubblica si schierava, tutti si indignavano, o protestavano o ridevano, la curiosità dilagava, il soggetto del libro diventava l'argomento di qualunque conversazione, per due o tre settimane le vendite si impennavano sicché l'editore ritardava l'uscita dei romanzi in programma per quella data, gli autori lesi tuonavano e a Benjamin Malaussène toccava convincere Alceste che ci aveva dato troppo dentro con il realismo magico.

"Si chiama la *rentrée* letteraria, stronzetto."

"Vabbè. Di chi è, questo libro con vincolo di riservatezza? E su cosa?"

"Se ti dicessi che non lo so nemmeno io, mi crederesti? Ma poi, in fondo, che ci frega?"

9.

C'erano i commissari di divisione Foucart, Allier, Goujon, Bertholet, Klein, Menotier, Carrega, ossia i capi al gran completo. Dietro, piazzati da bravi sui gradoni della sala ad anfiteatro, i membri delle loro squadre, come in un coro. Tra questi, Adrien Titus.

Il commissario Legendre, capo dei servizi attivi, acconsentì a fare la propria apparizione dopo aver lasciato passare il consueto tempo di attesa.

"Signori, spero non abbiate pranzato con troppo appetito, poiché rischio di guastarvi la digestione."

Sempre uguali, i suoi esordi. Mettere in scena la sua importanza su un podio qualsiasi, all'americana, provare a fare di quell'occhietto da piccione uno sguardo d'aquila, fissare i presenti e cominciare con l'intimidazione.

"Qualcuno di voi ha fatto per caso qualche passo avanti nella vicenda Lapietà?"

Nell'imbarazzo che seguì, Titus rivide il corpo di Silistri scagliato contro la calandra della BMW dalla raffica del kalašnikov, vide la testa del finto gendarme esplodere sotto i proiettili di Manin, si rivide colpire alla spalla il tipo sulle scale, tuffarsi dentro la BMW, recuperare dal vano portaoggetti la P5 di Silistri per aumentare la propria potenza di fuoco, si vide scendere dall'altra portiera dell'auto e fiondarsi sparando con due mani verso quelli che caricavano il cadavere del finto gendarme nel finto furgone della polizia, si vide sparare alla cieca in direzione del nemico, sentì lo stridore dei proiettili contro il cemento e l'asfalto, si vide correre fra le scintille, i due ostaggi spinti a loro volta nel furgone sono Lapietà e il figlio, pensa, devo riuscire ad arrivare in tempo, colpisce alla gamba il tipo già beccato alla spalla e che urla prima che una portiera sbatta, che il furgone e la finta auto della polizia partano lasciandosi dietro un odore di cordite e di gomma bruciata. Si guarda vuotare inutilmente il resto dei caricatori nella loro direzione. Poi si rivede chino sul corpo di Silistri e si sente urlare il nome dell'amico... Joseph! Porca troia, non te ne andare! Adesso è al volante della BMW rossa, corre a rotta di collo verso il dottor Postel-Wagner, mentre tutto il sangue perso da Joseph forma una pozza vischiosa fin sotto il pedale del freno... Joseph, rispondimi, Joseph, non te ne andare!

Eccezion fatta per questi dettagli, il capitano Adrien Titus non aveva sentito parlare del caso Lapietà.

Preferiva lasciare che il commissario di divisione Legendre facesse il suo rapporto. Rapporto al termine del quale si rileva, cari colleghi, che il reverendo Courson de Loir ha provocato un vero e proprio disastro rifiutandosi di organizzare la consegna del riscatto sul sagrato di Notre-Dame come imposto dai rapitori e come io stesso avevo auspicato. Tutto era stato predisposto in modo da poter arrestare la banda nel momento in cui i signori Ménestrier, Vercel, Ritzman e Gonzalès avessero consegnato il riscatto al reverendo...

"Li tenevamo per i coglioni, porca troia, quei figli di puttana," tuonò il commissario di divisione Menotier, "ma quel prete di merda ha mandato tutto in vacca con i suoi principi del cazzo. Chiedo scusa, commissario."

"La penso come lei, Menotier. Un atteggiamento che rasenta la complicità."

E così la banda si era dileguata, letteralmente uscita fuori dai radar, e quella mattina erano tutti lì riuniti per ripartire da zero.

"Non esattamente allo stesso prezzo," puntualizzò Legendre. "Le richieste dei rapitori relativamente al riscatto sono aumentate in misura..."

Diede una rapida occhiata a una scheda.

"Inaccettabile."

Qui a Titus vibrò il cellulare in tasca. Venne a sapere, Titus, che tal Freddy, il primo sospettato dei cugini Malaussène, l'autista del camion noleggiato alla società Bernhard per caricare la Clio di Lapietà, era pulitissimo. Questo in ogni caso sosteneva il tenente Valmondois, mandato da Titus a indagare a Colmar, sede dell'autotrasportatore.

"Titus, quel tipo lì è a posto, o allora non conosco più il mio mestiere di intervistatore. Non è stato lui a vendere Lapietà ai malviventi. Quello pensa solo alla musica. Del caso Lapietà non sa proprio niente."

"E il tipo a cui Iuc ha lasciato la Clio del rapimento?"

"Niente anche su quel fronte. Brochard l'ha torchiato, ma zero. L'auto è ancora nel suo box, in rue de Charenton. Quello crede in buona fede di aver tenuto l'auto dell'amico durante l'estate perché il padre a casa non la voleva più. Non sa niente di niente."

Eccoci quindi con due inchieste Lapietà. Quella ufficiale che non avanza e quella ufficiosa che non avanza. Allora chi è stato a tradire i ragazzi, santo dio?

Si domandava il capitano Titus.

Si può accusare di favoreggiamento il reverendo Courson de Loir?

Si domandava il commissario di divisione Legendre.

Rimane solo Alice, la musicista, come legittima sospettata, pensa poi il capitano Adrien Titus. Amicissima dei cugini Malaussène. Nessun altro poteva sapere di Lapietà. Se Mara interroga quella ragazza prima di me, va a finire che la massacra.

Quanto alla riunione ufficiale, si passava ad altro. Aveva appena preso la parola il commissario di divisione Menotier. Annunciava che i suoi uomini avevano trovato un pulmino Wolkswagen, crivellato di proiettili, in rue Ferdinand-Flochon, nel XVIII arrondissement. Una specie di camion biblioteca.

"Crivellato! Come un tirassegno! E sa una cosa, capo?"

Il capo posò l'occhio su Menotier. Si chiedeva quanti anni separassero quel cretino dalla pensione. Disgraziatamente, era uno dei suoi fedelissimi. Un bercione, ma subalterno nato.

"Negli impatti abbiamo trovato dei proiettili sparati dall'arma usata al casinò di Beauregard. Una Shoeltzer 72! Nientepopodimeno!"

"Conclusione?"

"Il pulmino appartiene a un certo Vaubertin, residente in rue Julien-Lacroix. Visto quel che si è beccato in questa battaglia, 'sto Vaubertin un suo peso ce lo deve avere."

"Sempre che sia ancora vivo," suggerisce il capo.

"Niente sangue nell'abitacolo, signor commissario. Dev'essersela cavata. Dopo aver cancellato le sue tracce, peraltro. Sinceramente, capo, qui la cosa è grossa. Non costa niente dare un'occhiata."

"E andate, allora."

"Nessun problema, ci penso io."

"E se invece il furgoncino fosse stato rubato giusto per fare il colpo?" suggerisce il capitano Adrien Titus.

Menotier ridacchiò:

"Tu la ruberesti una biblioteca per andare in guerra? No, la cosa puzza di urgenza, Titus. Il Vaubertin è saltato sul suo camioncino per andare allo scontro. È un professionista. Me lo sento, grosso come una casa. I libri sono una copertura. Quando non fa il malvivente, Vaubertin gioca a fare il libraio, ho verificato. Fa il giro delle periferie. Dare da leggere a quelli che non leggono, robe del genere, ha messo nel suo sito. Vai a darci un occhio, Titus, se hai bisogno di letture. Ma secondo me non vende solo carta, quel tipo lì".

Menotier sprizzava gioia. Menotier era proprio il tipo sprizzante.

"E c'è un'altra cosa, ragazzo mio."

"Non sono il suo ragazzo, signor commissario," sorrise il capitano Adrien Titus.

"Che altro?" intervenne il capo dei servizi attivi.

"Il suddetto Vaubertin non è venuto a reclamare il suo pulmino, capo. Non ne ha denunciato la scomparsa."

"Ah!" annuì il capo.

Che aggiunse.

"In effetti."

E Menotier, soddisfatto:

"Questa roba qui vale oro".

Per poi aggiungere:

"Mica che si può toppare sempre".

E concludere:

"Ci penso io".

Il clicchettio delle valigette ventiquattrore annunciò la fine della riunione. Nell'istante in cui le rotule facevano rialzare in piedi la polizia giudiziaria, il capo chiese:

"Titus, senta un po', non c'è Silistri? Dov'è il commissario Silistri?".

Ommerda...

"A letto, signor commissario."

Il capo era stupito:

"Di solito vi si vede sempre insieme. L'ultima volta era lei, quello assente. Dal dentista, se ricordo bene. Va meglio?".

"Sì, riesco a mordere."

"E oggi è Silistri che manca all'appello. Che succede fra di voi? Divorzio? È qualcosa di cui non voglio neanche sentir parlare nelle mie squadre. Che cos'ha Silistri?"

"Peritonite, signor commissario."

"Da quando?"

Dio quanto mi scassa i coglioni, pensò il capitano Adrien Titus.

"Da quando è venuto a cena da lei, signor commissario."

I graduati si trattennero, ma le gradinate se la risero della grossa.

"Andate pure avanti con questo umorismo, signori, e avrete tutti assicurata una bella pensione da capitano."

Fine delle risate:

"Quale ospedale?".

"Uscito dall'ospedale, signor commissario. Convalescenza."

"Dov'è?"

"Dal suo ex superiore, il commissario di divisione Rabdomant."

In altre parole, dal suocero di Legendre. Come confermò il su e giù del pomo d'Adamo nel collo del capo dei servizi attivi. La polizia è una grande famiglia.

Al che, il capitano Adrien Titus diede un'occhiata all'orologio. Doveva perquisire l'appartamento di un certo Balestro nel quartiere del Front de Seine su richiesta della giudice Talvern.

10.

"Allora, suicidio?"

La giudice Talvern era in piedi nella fredda eternità esalata dal cadavere di Jacques Balestro.

Ana Castri, la medica legale, alzò la mano.

"Mi dia ancora un po' di tempo, giudice."

Balestro, disteso sul tagliere dell'obitorio, aveva perso il suo profumo. Più nessuna traccia degli effluvi che esalava durante l'interrogatorio nell'ufficio della giudice.

"È per via del soggiorno in frigorifero," commentò la medica legale.

"Insomma, si è davvero impiccato oppure?..."

Ana Castri scosse la testa.

"Troppo presto per dirlo."

Era in ogni caso quel che avevano dichiarato i quattro compagni di cella di Balestro. Che al risveglio l'avevano trovato impiccato al montante di uno dei due letti superiori. Impiccato con una calza contenitiva. La giudice Talvern li aveva ascoltati per un'ora buona. In presenza del procuratore Souzier e dell'avvocato Soares. Nessuno dei due era intervenuto, durante l'interrogatorio. Ascoltavano, un po' in disparte, appoggiati alla porta della cella. La giudice aveva chiesto ai quattro detenuti se era possibile non sentire nulla quando un compagno di cella si impicca a uno dei vostri letti. Lulu aveva ricevuto un bacia-branda, signora giudice, un regalo della moglie per il suo compleanno... Un che? Un sonnifero, e l'ha diviso con noi. Di sua spontanea volontà? È così che funziona, signora giudice, ogni volta che uno recupera un bacia-branda, lo divide con i compagni, lo può verificare. Abbiamo voluto farci una notte come si deve. Un buon sonnifero è come una sbronza, in un certo senso. Le pastiglie sono più facili da far entrare in cella rispetto alle lattine di birra, e non lasciano odore. Odore? Non come un tocco di cioccolato indiano, diciamo. Stando a quei quattro, una buona notte di sonno era diventata urgente. Altrimenti, sa com'è, dopo un po' si finisce in rissa. Soprattutto con quel suo nuovo arrivato. Continuava a berciare, quel coglione. Diceva che lei gli aveva cecato un occhio, signora giudice. Gli faceva un male cane. Diceva che voleva farle la pelle, mi scusi l'espressione. Non preoccupatevi delle espressioni, ditemi tutto quello che diceva e tutto quello che sapete, non dimenticate niente, neppure i più piccoli dettagli, anche se vi sembrano insignificanti, anche se ha giurato di inculare a sangue il suo giudice istruttore. Ecco, signora giudice, lui le voleva, ecco... È normale, l'ho messo in prigione a tradimento; vi è simpatico, a voi, il giudice istruttore che vi ha incastrati? Ma ditemi una cosa, anche lui l'ha avuto, il sonnifero? Gliel'avete dato? Certo, volevamo che la smettesse di berciare. E poi l'occhio gli faceva troppo male. Cosa potete dirmi di altro? Che tipo era, per voi, Balestro? In che senso, che tipo era? Che impressione vi faceva? Boh, non saprei... Tu che dici, Lulu?... Non so... E lei, Rafi? E lei, Dona? Uno pieno di grana, signora giudice, però aveva qualcosa di non finito. Non finito? Qualcosa come di bambino, se preferisce, non uno come noi. A un certo punto, subito dopo essersi addormentato, ha chiamato il nonno. Il nonno? Spiegatemela un po', questa. Supplicava il nonno di non fargli una cosa. Quale cosa?

Boh, una cosa che gli faceva una paura boia. Una paura micidiale, sì, da cagarsi in mano. Sì, pure a me, di brutto. E perché? Non lo so, era strano, tipo come se parlava con un morto. Però qui bisogna che ci capiamo, parlava con un morto o con suo nonno? A un morto tornato in vita, un fantasma, tipo. Però lo chiamava nonno, signora giudice, o nonnetto, non mi ricordo, una roba del genere. Nonnino, ecco! lo chiamava Nonnino, signora giudice. Parlava in frettissima, come quando non hai più tempo per spiegarti, capito? Supplicava. Da cagarsi in mano, proprio. E cosa diceva, esattamente? Diceva che era stato un coglione, che non l'avrebbe più fatto, non lo farò più, Nonnino, te lo prometto, – sì, lo chiamava Nonnino – continuava a ripetere che era stato più forte di lui, che non avrebbe dovuto... Quante pastiglie gli avete dato? Una e mezza, signora giudice. Per dormire, una e mezza può bastare – erano da venti milligrammi –, ma si può arrivare fino a due. Anche due e mezza. Sì, con due pastiglie dormi di più, ma senza svegliarti troppo rincoglionito. È con tre che comincia a diventare pesante. Gliene abbiamo data una e mezza per via del dolore. Signora giudice, è vero che gli ha cecato un occhio? No, è stato un incidente però è vero che è successo nel mio ufficio. Ditemi una cosa, ma pensateci bene, chi è stato il primo ad addormentarsi, lui o uno di voi quattro? Ah, qui è difficile rispondere. Direi però prima noi quattro. Sì, era come se ci cullava, la sua preghiera al nonno. Alla fine era tipo una ninnananna. La dose di sonnifero che gli avete dato avrebbe dovuto impedirgli di svegliarsi per impiccarsi, no? Magari è stato l'occhio a svegliarlo, signora giudice, il male.

"Comunque sia noi dormivamo."

Curiosamente, la giudice Talvern era incline a credere a quei quattro. Aveva però chiesto:

"Vi spiace se vi faccio fare un piccolo prelievo di sangue?

Nessuna obiezione, signor procuratore? Neanche lei, avvocato? Solo una verifica per la dose di sonnifero".

"Allora, dottoressa?"

Adesso la giudice era impaziente. Ma la medica legale era un tipo scrupolosissimo.

"Devo fare ancora due radiografie. Cosa ne dice di approfittarne per riposarsi un po', giudice? Ha una brutta cera. Quante notti in bianco ha alle spalle? Una? Due? Ho messo un divano, di là. Vada, poi la chiamo io."

Alla giudice Talvern non piace che le ammazzino gli indagati. Le lampeggia nella coscienza l'articolo 144 del codice di procedura penale, comma 4. *Proteggere la persona sottoposta a indagine.* Chi ho protetto, io? Balestro enucleato nel mio ufficio e ritrovato impiccato nella sua cella...

Tutto sommato, il divano non era una cattiva idea.

Non fosse che, nell'istante in cui si distese, il cellulare prese a vibrarle in tasca. Ah, già! Titus... La perquisizione di Titus.

"Ciao, giudice. Sono a casa del tuo Balestro."

La cosa che aveva colpito Titus alla prima occhiata era stata il lusso.

"L'appartamento è vicino all'Hôtel Nippo, in quel grattacielo del Front de Seine, hai presente, i cubi di vetro? Trecento metri quadri tutti di vetrate. La porta d'ingresso dà praticamente sull'intera superficie, e le vetrate ti offrono la Senna, l'Alma, il Trocadéro, il Grand Palais, fino al Louvre. A comprarlo, mi sa che qui andiamo sui quattro milioni, e minimo dodicimila al mese per affittarlo. Volava bello alto, il tuo Balestro. Cosa faceva nella vita?"

"Scout. Nel calcio."

"Un buon osservatore calcistico, allora."

"Non male. Paracolès, Olvido, Nelson Netto, li ha scoperti lui. Per citare solo loro."

"Da cui il prezzo dell'affitto. Paracolès non è il preferito del tuo Talvern?"

"Sì. Dopo Vikash Dhorasoo, qualche anno fa."

"Okay. Ascolta bene, giudice. Qui è davvero roba di superlusso. È tutto separato da pareti mobili translucide, alla giapponese: ingresso, salone, cabina armadio (enorme), spazio cucina, camera da letto. Il bagno te lo lascio alla fine. Il tuo tipo ha commissionato la sistemazione del suo territorio a un interior designer professionista. Tutto quello che abbellisce la baracca è roba che vedi nelle riviste di arredamento più chic. Qui hai la parete laccata blu acciaio, lì una tappezzeria panoramica Zuber, delle appliques Dixon, non so se mi spiego. Nell'entrata c'è un acquario XXL dove quel coglione allevava una gymnothorax depressa lunga due metri buoni."

"Una che?"

"Una murena verde. Un orrore. Mi chiedo cosa le desse da mangiare."

"Chiama il servizio veterinario del Jardin des Plantes. Verranno a recuperarla e sapranno loro cosa farne. Poi?"

"Poi è la fiera dell'oggetto costoso. Dal tavolo Tulip di Saarinen al lampadario di Murano vintage passando per divani in pelle color pesca di Poltrona Frau, poltrone di design anni '70, snobisticamente scomode, la sempiterna pelle di mucca del salotto – nera e su misura, of course – la libreria Kartell rimodulata solo per i trofei calcistici, libri manco uno, e in camera un letto in palissandro lavorato, senz'altro comprato a peso d'oro dall'interior designer. A dirti il costo totale non ci arrivo proprio, e comunque siamo fuori dal mio budget. E poi ci devi mettere anche gli onorari dell'architètto e dell'interior designer. Il trionfo del super-superfluo, insomma."

"Il guardaroba?"

"Uguale. Non meno di due camicie al giorno, da fare impallidire i Gipsy King. Aggiungici l'intera collezione dei completi che vedi luccicare a bordo campo nei più grandi stadi del mondo. Si faceva tutto l'alfabeto, il tuo Balestro, dalla A di Armani alla Z di Zegna. Dal gessato al nero satinato, un'intera gamma di completi che ti vengono via, in blocco, diciamo per un quarantamila testoni. Ed è un prezzo da zio, perché ti ho conosciuta da piccola."

"Non sono mai stata piccola, io, capitano."

"Piantala, sono il padrino di tua nipote che ha visto la luce un secolo dopo di te. Ma torniamo a bomba. Cos'era, Balestro, un millepiedi? Non hai idea della quantità di scarpe che ho sotto gli occhi, come galline sul trespolo: Lobb, Berluti splendenti come un plenilunio, Tod's, Prada. E sopra queste, le calze – lunghe, va da sé – firmate Charvet, disposte a fiore dentro grandi bossoli di ottone verniciati su cui sono incisi degli haiku. Non farti venire dei gusti lussuosi, cara la mia funzionaria pubblica. Vi ci vedo, te e il tuo Talvern, mollare l'orfanotrofio a Gervaise e Clara per venire a piazzarvi qui. Il bagno gli piacerebbe da pazzi, al grande Talvern! Jacuzzi quattro posti, doccia a filo pavimento, comandi multigetto a diverse velocità, pareti di marmo nero levigatissimo. E, accanto, una sauna finlandese. Una sfilza di minchiate, insomma, 'sta casa. Proprio il vostro genere."

"L'hai trovato un computer?"

"Né un computer né un cellulare. E qui tocchiamo un vero punto cruciale, cocca. Se posso dirti la mia, l'appartamento è stato visitato da un intimo che l'ha ripulito di qualunque elemento significativo. Però non hanno rubato niente. Rimane una collezione di orologi livello extralusso, su fondo di raso viola dietro una vetrina blindata. Ah! E c'era pure una collezione di coltelli, su cui proprio non ci sputerei sopra. Sai cosa ci faceva, con i coltelli? Li piantava nella faccia di Marilyn, quella di Warhol ovviamente, una riproduzione che aveva appeso davanti al letto su uno sfondo di sughero. Ecco, questo è quanto."

"Conclusione?"

"Un solitario che se la tirava. Doveva identificarsi con i potenti. Con Lapietà, per esempio. Ma su questo proprio non ci ha preso, perché la casa di Lapietà è molto più... molto meno... Comunque sia, il tipo ha fatto un colpaccio che gli ha reso un botto di soldi."

"Mettimi tutto questo per iscritto, per favore."

"Sarà fatto, mia giudice."

Appena prima di riagganciare, lei lo sentì esclamare: "Aspetta!".

"Che c'è?"

"Ho dimenticato una cosa. Una calza contenitiva, lasciata lì sullo schienale di una poltrona, nell'ingresso."

E qui comparve Ana Castri, con in mano una tazza di caffè.

"Tenga, beva, il rapporto lo leggerà dopo."

Risultò che Jacques Balestro non si era impiccato. L'avevano strangolato per poi impiccarlo. Non era morto per inibizione nervosa ma per una duplice asfissia circolatoria e respiratoria. La radiografia del collo non mostrava nessuna delle tipiche lesioni da impiccagione volontaria (fratture cervicali, lussazioni o distacchi), bensì alcune fratture della cartilagine compatibili con uno strangolamento (fratture delle corna dello ioide e delle cartilagini aritenoidee). L'espressione di terrore rivelava un'aggressione, mentre l'impiccagione volontaria lascia semmai in volto un'aria inebetita. Per strangolare un uomo, infatti, ci vogliono due minuti buoni. Quello fa in tempo a provare un terrore che gli caccia gli occhi fuori dalla testa, laddove l'impiccagione agisce come uno choc da siderazione. Alcune ecchimosi ai polsi e alle caviglie indicavano che aveva opposto resistenza. Dovevano avergli immobilizzato braccia e gambe stringendo forte. Peraltro aveva una costola rotta. Qualcuno gli si era seduto sul torace per contenere le convulsioni. L'avevano strangolato con un laccio morbido e largo, per non lasciare sulla pelle nessuna traccia di dita o di unghie. Quel laccio poteva essere la calza contenitiva a cui l'avevano trovato appeso.

"L'impiccagione è avvenuta subito dopo lo strangolamento," precisò Castri, "come indicano la posizione del cadavere e la sua rigidità. Tanto che a prima vista la vittima dà veramente l'impressione di essersi impiccata da sola. Un lavoro da professionisti."

La giudice Talvern alzò gli occhi dal rapporto.

"Quanti uomini ci sono voluti per una cosa del genere?"

"Almeno tre," rispose la medica legale, "uno per tenergli i piedi, uno le braccia, un altro seduto sul torace, che poteva essere lo strangolatore."

"I tipi che erano in cella con lui?"

"Probabilmente no. Stando alle analisi del sangue, ci sono andati giù pesanti con il sonnifero, e Balestro è stato ammazzato una o due ore dopo che si sono addormentati. La cosa è stata fatta in piena notte senza che quelli si svegliassero."

Prima di lasciare l'obitorio, la giudice Talvern cedette a un moto di curiosità.

"Mi dica una cosa, dottoressa, con chi si è formata? Con Postel-Wagner?"

La medica legale Ana Castri ebbe l'aria sorpresa.

"Sì, Postel è stato il mio professore, perché?"

"Il divano e il caffè," rispose la giudice. "Tipiche da Postel, attenzioni del genere."

3.
Azione

"Fantastico!"
Marguerite

11.

Il colonnello scendeva per la prima volta al Nippo, ma a giudicare dal nervosismo della direzione la sua fama – quale che fosse – l'aveva preceduto. Avevano telefonato per prenotargli la suite 17. Il colonnello arriverà solo, dicevano, senza bagagli. Si erano mostrati molto puntigliosi riguardo al letto, biancheria compresa, al pigiama, all'accappatoio, ai cosmetici e agli accessori da toilette che occorreva fargli trovare. Avevano chiesto che le tre poltrone della suite fossero disposte a raggiera davanti alla vetrata. Dopodiché, avevano esposto il programma del colonnello. Poche semplici esigenze, peraltro: sarebbe arrivato alle quattordici e trenta, e desiderava essere lasciato dormire fino alle sedici. Alle diciassette, due signori si sarebbero annunciati come suoi ospiti. Andavano introdotti da lui direttamente, senza che avessero da aspettare. Dopo che costoro fossero andati via, lui avrebbe consumato la cena, un *gratin dauphinois*, alle diciannove e trenta, nella sua suite, sì. C'era qualcuno, lì, in grado di preparare il *gratin dauphinois*? Pochissima panna, mi raccomando... E chiodi di garofano, sì. Si erano raccomandati di non dimenticare i chiodi di garofano. Peraltro, nell'eventualità che nell'hotel non fossero stati competenti in materia, cosa del tutto ammissibile, era stato suggerito un locale, Chez Nadine, a Belleville, dove un loro dipendente avrebbe potuto procurarsi un *gratin dauphinois* degno di questo nome. Ah! Un'altra cosa. Un'auto sarebbe passata a prendere il colonnello a metà notte. Chiedevano che potesse parcheggiare senza intoppi davanti all'ingresso principale. Benissimo. A mezzanotte? Esattamente a metà notte. La persona della reception non aveva osato chiedere di nuovo se quella metà notte corrispondesse proprio all'ora di mezzanotte. Da cui un breve imbarazzo, tanto più che, avevano specificato, il colonnello era preciso come un orologio e sempre meno disposto a perdere il poco tempo lasciatogli dall'età avanzata. Morale, avrebbero fatto in modo che a partire da mezzanotte un'auto potesse parcheggiarsi davanti all'hotel.

Un po' nervoso all'arrivo del colonnello, il personale si era trovato davanti un adorabile anziano signore, niente affatto militaresco, che si era lasciato condurre fino alla sua suite con in volto la timidezza un po' smarrita di chi entra per la prima volta in un museo. Aveva infilato in mano a Kyoko la mancia e l'aveva ringraziata chiamandola figliola. Una somma tale che la giovane donna era rimasta esterrefatta. Non aveva osato accettare, nel timore di approfittare di una debolezza, senza tuttavia rifiutare, nel timore di offendere un gesto di bontà. Per fortuna, la scena era durata solo il tempo impiegato dal colonnello a richiudere delicatamente dietro di sé la porta della suite 17. Quando Kyoko aveva confidato il suo imbarazzo al responsabile del piano, questi aveva stabilito che si trattava con ogni probabilità di una somma destinata a ringraziare l'insieme del personale. Aveva intascato le banconote a fini di successiva redistribuzione. Sistemato il colonnello (alle quattordici e trenta in punto), un profondo respiro collettivo indicò che c'era stata un pochino di tensione.

I due ospiti arrivarono alle sedici e quarantacinque. Due giovani uomini, vestiti in abiti eleganti, con una muscolatura particolarmente soda sotto il rigore dei completi. (Seta per l'uno, velluto per l'altro.) Portavano entrambi una ventiquattrore. Kyoko li introdusse dal colonnello alle diciassette in punto. Uno dei due uomini (completo di seta) la ringraziò allungandole anche lui una bella banconota, che lei non andò, stavolta, a consegnare al responsabile del piano.

È una delle cose che ha insegnato loro Nonnino. Mai trattare con condiscendenza la servitù. Peraltro, mai il benché minimo segno di disprezzo per nessuno. Né parolacce. Finiti, quei tempi. Hanno smesso da un pezzo di berciare contro l'autorità dei genitori, non se ne stanno più a occupare l'androne del palazzo dove abitano, a presidiare il marciapiede dell'isolato, non hanno più bisogno di mostrare i muscoli per terrorizzare gli stronzi, non pisciano più come i cani per marcare il territorio. Non sono più all'asilo nido, insomma. Adesso sono ovunque a casa loro e ovunque sono sé stessi, dei guerrieri beneducati. Il che implica calma, un aspetto inappuntabile, un'amabilità squisita garantita da un linguaggio impeccabile nel rivolgersi agli altri, insomma un'apparenza perfetta.

"Capite cosa intendo quando dico un'apparenza perfetta?"

(Perché c'era la famosa questione del lessico.) A quindici anni, Mehdi aveva risposto:

"Perché chi è perfetto nessuno lo fotte?".

Ma oggi, a vent'anni di distanza, in questa suite dell'Hôtel Nippo, Grégoire e Mehdi hanno un bell'aspetto e bei modi. Conoscono il significato delle parole. Nonnino è felice di averli visti crescere, quei due.

Li abbraccia e indica il minibar:

"Servitevi. Quello che volete".

"Prendi qualcosa, tu?" chiede Mehdi.

"Lo sai che sono astemio come un vecchio cammello."

"Allora ci asteniamo insieme al cammello," dichiara Grégoire stringendo affettuosamente il bicipite di Nonnino.

Tutti e tre si siedono e il minibar resta chiuso.

"'Colonnello'," sorride Mehdi. "Com'è che ti è venuto in mente colonnello?"

Nonnino gli tira delicatamente l'orecchio.

"Mehdi, figliolo, hai forse dimenticato che sono poco portato per gli interrogatori?"

Sono seduti davanti a una delle viste più belle di Parigi. Non una delle più comuni, ma davvero bella; attira lo sguardo fino al Louvre. La Senna luccica, fiume di seta. Nonnino e i ragazzi tacciono. La bella pace delle rimpatriate.

E poi Nonnino indica un grattacielo, proprio davanti all'hotel, quello che sembra una catasta di acquari.

Chiede:

"A che piano abitava?".

"Penultimo," risponde Grégoire.

Il silenzio riprende i suoi diritti. Poi Nonnino scuote la testa:

"Curioso, aver voglia di una cosa del genere".

Non distoglie lo sguardo dalla torre acquario.

"La sua passione per il lusso, Nonnino. Si è piazzato lì al ritorno dal Brasile," spiega Grégoire.

"Avreste voglia, voi, di abitare lì dentro?"

I due uomini si scambiano un'occhiata. Grégoire ammette il pregio della vista.

"Troppo astratta," obietta Nonnino.

"A questo punto, tanto vale che ti tappezzi la casa con una cartina di Parigi," approva Mehdi.

Senza transizione, Nonnino domanda:

"L'avete recuperato, il suo computer?".

"E pure il cellulare," risponde Grégoire. "E anche il tablet."

"E la sim dell'altro cellulare, quello che gli hanno confiscato in galera."

"Date qui."

Mehdi apre la ventiquattrore e consegna tutto a Nonnino.

"Bene."

"Abbiamo avuto fiuto," ammette Grégoire, "poco fa sono passati gli sbirri."

"Avevate le sue chiavi?"

"Certo."

Gliel'aveva insegnato subito, Nonnino: ognuno le chiavi di tutti, tutti le chiavi di ognuno.

"E i bigliettoni saranno al sicuro," canticchiano i due uomini in ricordo di quei primi passi.

Scambiarsi le chiavi vuol dire lottare simultaneamente contro la minaccia esterna e la diffidenza interna. Roba che ti affiata una squadra più di qualunque predicozzo.

"Continuiamo a insegnarlo ai giovani," dice Mehdi.

Sorridono tutti e tre. Sono felici di essere insieme.

Dopo qualche secondo, Nonnino chiede:

"Perché l'avete lasciato andare dalla giudice Talvern?".

Dal suo tono di voce, Grégoire e Mehdi capiscono che si arriva al nocciolo della questione.

"Gliel'avevamo detto, di non andarci," assicura Mehdi.

"E lui ci è andato lo stesso," constata Nonnino.

"Grégoire gli aveva consigliato di portarsi l'avvocato."

"E lui ha rifiutato perché non era stato convocato come testimone assistito. È così?" domanda Nonnino.

Sì, era così.

Nonnino sospira, pazientemente.

"Ragazzi, al vostro livello, testimone assistito o testimone e basta sono la stessa cosa. Non ci si va, punto. Non si risponde a una convocazione della giudice Talvern. Quando si è gente come voi, è troppo rischioso. Mai sottovalutare l'avversario. Mi avvisate quando arriva la convocazione, vi fate un nuovo passaporto e cambiate aria. Delle basi di ripiegamento le avete, un motivo ci sarà pure. Sparite, e dopo un po' ricomparite con un'altra identità."

"Davvero, abbiamo provato a trattenerlo, Nonnino, ti assicuro," si difende Mehdi. "Grégoire l'ha minacciato, gli ha detto..."

"Risultato, ci è andato lo stesso," ripete Nonnino.

"Non la prendeva sul serio, quella giudice. Credeva..."

Nonnino fissa Grégoire. È sinceramente stupito.

"Jacques Balestro non prendeva sul serio la giudice Talvern? È questo che mi stai dicendo, Grégoire? Sapevate una cosa del genere, e l'avete lasciato andare?"

"Lo sai com'è fatto Jacques, Nonnino," interviene Mehdi, "quando si mette in testa qualcosa, è..."

"Era."

Tacciono per un po'.

Nonnino ripete:

"Bisognava impedirglielo".

"Ma come?"

Negli occhi di Nonnino non c'è la sorpresa, stavolta, c'è qualcosa di più, qualcosa di minaccioso.

"Mehdi," mormora, "davvero mi chiedi come si faceva a impedire al signor Jacques Balestro di andare nell'ufficio della giudice Talvern a inguaiarci tutti quanti? A compromettere la nostra rete di reclutamento? A spiegarle il nostro sistema di adozioni? E perché non invitarla ai nostri cori, già che ci siete? Chiederle di decidere fra la caramella cinese e la caramella messicana. Mi chiedi come si fa a impedire a un incendiario di dar fuoco alla baracca?"

Grégoire e Mehdi non guardano più la Senna. Avrebbero difficoltà a dire cosa guardano. Grégoire bofonchia:

"Nonnino, Jacques era Jacky. Lo conoscevamo da quando eravamo piccoli. Non potevamo...".

"E allora ho dovuto farlo io."

Sì, aveva dovuto farlo Nonnino. Calza contenitiva.

"E quanto mi è costato, secondo voi?"

Chiede ai due di valutare il costo dell'operazione, tenuto conto dell'urgenza, del luogo dove si è svolta, della somma richiesta da coloro che hanno operato, dell'acquisto di molti silenzi, tanto fra i detenuti quanto nell'amministrazione carceraria.

"Cosa credete, che impiccare un detenuto nella sua cella sia un servizio che si fa gratuitamente? Mi basta schioccare le dita e subito uno si ritrova appeso? Nonnino è il buon dio, è così?"

Insomma, la tesi di Nonnino è che Grégoire e Mehdi l'hanno costretto a commissionare a peso d'oro un'esecuzione capitale di cui avrebbero potuto occuparsi loro, gratis. Questo il motivo del rimprovero.

Nonnino fruga nelle molli profondità della giacca. Tira fuori un vecchio taccuino di similpelle nera, lo sfoglia, trova la pagina giusta, la strappa e la dà ai due ragazzi.

"È il conto," dice.

Grégoire si mette in tasca la fattura.

"Me lo rimborserete metà ciascuno. Cinquanta e cinquanta."

Più tardi, al momento di lasciarsi, Nonnino dice a Mehdi, tirandogli il lobo dell'orecchio:

"'Colonnello' va benissimo, cocco. Ma senza niente dopo. Nessun nome. Soprattutto se è pronunciato da qualcun altro: Il colonnello vorrebbe la suite numero 17. Il colonnello gradirebbe questo, il colonnello vorrebbe quello. Smette di essere un grado, capisci? Ci si chiede quale colonnello. Colonnello di cosa? Diventa...".

Mehdi fa segno di aver capito. L'anello d'oro con lo stemma ha sempre lo stesso peso quando gli si posa delicatamente sul cranio.

Il *gratin dauphinois* sfiora la perfezione. Non è quello, è ovvio, non potrà mai essere quello. Nessun *gratin dauphinois* gli arriva neanche alla caviglia, ai *gratin* di lei. C'è solo lei, al mondo, che sappia fare il *gratin dauphinois*... Solo lei al mondo... In effetti è vero, pensa Nonnino, dovrei proprio smettere. Dovrei ritirarmi. C'è solo lei. Godermela accanto a lei... Mangiare il suo *gratin dauphinois* guardando passare le ultime chiatte.

12.

Come stabilito, l'auto passa a prenderlo a mezzanotte in punto. È una Mercedes con i vetri oscurati, dotata di autista con berretto che sguscia fuori agile per aprire la portiera posteriore.

"62, rue Julien-Lacroix," annuncia Nonnino salendo.

Alla ragazza accanto a cui si siede domanda se va tutto bene, figliola.

"Tutto bene, Nonnino, sono contenta."

"Contenta di cosa, Marguerite?"

"Di vederti!" esclama la ragazza con sincerità.

"Ah!" dice Nonnino. "Mi fa piacere."

Tace un istante e poi dice:

"Questo è quello che faremo".

Le spiega che sono diretti in rue Julien-Lacroix, nel XX arrondissement, a prendere un tipo che li ha attaccati durante un'azione.

"Ci sono quattro ragazzi appostati davanti a casa sua."

"Chi è lui?" chiede Marguerite.

Nonnino posa la mano su quella di lei.

"Te lo avrei detto, Marguerite, ti sto spiegando l'operazione, quindi per forza te l'avrei detto. Una cosa molto importante, figliola mia; non fare domande durante le spiegazioni, che ti deconcentri. Credi di guadagnare tempo, e in realtà lo perdi. Hai capito?"

Marguerite fa segno di sì.

Nonnino fa passare due vie e poi chiede:

"Allora, come si chiama il tipo che dobbiamo pizzicare?".

Lei apre la bocca per rispondere, ma di colpo arrossisce: "Merda, Nonnino, me lo son scordato".

Nonnino fa una risatina secca.

"Non puoi essertelo scordato, non te l'ho detto. Vedi che ti deconcentri!"

Marguerite serra le labbra.

"Si chiama Pascal Vaubertin," dice Nonnino. "Ho scoperto le sue generalità e il suo indirizzo grazie alla targa del veicolo. I nostri ragazzi hanno visto il suo nome sulla cassetta delle lettere. Sono appostati davanti a casa sua da due giorni. L'hanno individuato stamattina mentre comprava una baguette. L'hanno riconosciuto. Sembrava ferito. Pallido e respirava a fatica. Camminava come uno che è stato bendato. Il torace fasciato, hai presente? Nello scontro devono averlo colpito, ma sul momento non se ne sono accorti. Una costola, forse."

Nonnino guarda Marguerite:

"Non mi chiedi perché non l'hanno pizzicato stamattina?".

La ragazza aggrotta la fronte.

"Ci sarà stata gente," risponde. "E poi era giorno."

"E soprattutto," annuisce Nonnino, "la cosa è prevista per stanotte a mezzanotte e quarantacinque. Non si cambia mai un piano se non è necessario. Ricordatelo, questo."

La Mercedes è passata di là dalla Senna. Sull'altra riva splende, intorno al suo rosone illuminato, il Musée d'Orsay. La bellezza di questa città... pensa Nonnino.

"La prossima volta ti porto di là."

"Va bene," approva Marguerite.

"Lo sai che cos'è?"

"È bello," dice lei.

"Rallenta un po'," chiede Nonnino all'autista. "È un museo, figliola, una ex stazione ferroviaria trasformata in museo. Ti porterò a vedere il *Déjeuner sur l'herbe*. Bello anche questo Manet."

"Ora come ora," si scusa la ragazza, "non ho molto tempo per i musei, Nonnino. Sto preparando l'orale di nefrologia. Non hai idea i rognoni quanto son complicati! E la settimana prossima ho neuropsichiatria infantile. Un sacco di ciance, però lungo da ripassare."

Nonnino fa cenno all'autista, che accelera.

"Un tiratore coi fiocchi, quel Vaubertin," riprende. "Ci ha ammazzato un uomo vuotandogli mezzo caricatore in testa in tre secondi. E un altro l'ha colpito alla spalla e al piede."

Poi:

"Sarai tu a interrogarlo, Marguerite".

"Fantastico!" esclama la ragazza.

"Ho portato il materiale," precisa Nonnino tamburellando sul suo borsello. "Stasera giocherai alla dentista, figliola."

"Yes! Che cosa vuoi sapere, esattamente?"

"Per chi lavora e chi ha venduto i miei ragazzi."

"Come fanno a saperlo, che son stati venduti?"

"Quel Vaubertin è piombato lì senza preavviso con altri due nel momento esatto in cui operava la nostra squadra. Hanno mostrato una specie di tesserino della polizia, ma erano armati come delle portaerei e sparavano a più non posso."

L'auto ora passa davanti alla Conciergerie. Nonnino indica a Marguerite il monumento.

"A proposito di interrogatori, lo vedi quello splendido edificio? Be', è il museo degli interrogatori, gioia."

L'autista parcheggia all'angolo di rue Lesage. Da lì si vede tutta rue Julien-Lacroix, da un lato e dall'altro dell'incrocio.

"Allora," dice Nonnino a Marguerite, "adesso facciamo un piccolo esercizio. L'indirizzo di Vaubertin non te lo do. I miei ragazzi com'è ovvio sono appostati vicino a casa sua. In due auto. Un biglietto da cinquanta se li localizzi."

"Posso scendere?"

"Sì, ma non allontanarti."

In piedi sul marciapiede, Marguerite ha un lento sguardo periscopico. Poi si siede di nuovo accanto a Nonnino.

"Nonnino," canterella, "hai appena perso cinquanta cartoline."

"Allora, dove sono?"

Indica una Suzuki grigio metallizzato e una Renault bianca, una parcheggiata all'angolo con rue Sénégal e l'altra un po' più lontano, sul marciapiede di sinistra.

"Come hai fatto?"

Risponde che il batticalcagno delle due auto è più vicino al marciapiede rispetto alla media.

"Perlomeno davanti," precisa. "Ci devono essere due seduti davanti."

Porca miseria, pensa Nonnino.

"Benissimo, figliola."

Le dà la banconota e poi le spiega come si svolgerà l'operazione. Fra quattro minuti esatti i ragazzi entreranno nel palazzo, saliranno al terzo piano, faranno irruzione in casa di Vaubertin e lo strapperanno alla sua vita paciosa.

"Nel frattempo, noi arriviamo piano con la macchina fino al portone del palazzo, Frédéric ci lancia il prigioniero, lo sistemiamo fra noi due e lui si siede davanti."

"Lui chi?" chiede la piccola.

"Frédéric! Lo conosci, Frédéric, gli hai fatto fare lo stage di interrogatorio. Gli altri tre ragazzi ci seguiranno nelle loro auto."

Marguerite guarda l'orologino che porta appeso come un ciondolo.

"Ancora tre minuti," dice.

"È arrivato Nonnino," mormora Frédéric.

"Da dove lo vedi?"

Frédéric mostra al vicino l'angolo nello specchietto retrovisore. I due ragazzi, sprofondati nei sedili, parlano molto al di sotto del livello dei finestrini.

"Li vedo. Sono parcheggiati all'angolo con rue Lesage," dice Frédéric. "Una Mercedes nera. Guarda."

"Ottima vista," fa il vicino.

"Vedere senza essere visto; è la base," spiega Frédéric.

"Viva la base," ironizza il vicino.

"Puntuale, preciso, come sempre," constata Frédéric. "Secondo te sarà mai stato in ritardo, Nonnino, in vita sua? Almeno una volta?"

"Neanche il giorno della nascita. È nato al minuto previsto."

"Non dire cazzate."

"Me l'ha detto lui."

"Ma dai..."

"Te lo giuro. Mi ha detto, testuale: mi piace così poco fare aspettare la gente che sono nato esattamente quando ha deciso mia madre. Era il mio primo appuntamento, dovevo essere in orario."

Frédéric incamera l'informazione che, in fondo, non lo stupisce più di tanto.

"Ancora tre minuti," dice.

"Era ora. Comincio ad averne un po' le palle piene di 'sto appostamento," risponde il vicino armando la sua Cram's.

"Lavori con la Cram's?" fa, stupito, Frédéric.

"Tranquillo. È un po' leggera, ma è veloce. Ce le hai, le manette?"

Frédéric ce le ha, le manette.

Nella seconda auto, gli altri due ragazzi non hanno visto arrivare Nonnino. Uno ha appena chiesto all'altro:

"Lo sai come mi sono fatto beccare, la prima volta?".

L'altro non lo sa.

"Ero a fare esercizi di svuotamento."

"Ah! Quei cazzo di esercizi di svuotamento," sorride l'altro. "Quante notti mi han preso!"

"Nonnino mi aveva mandato ad asciugare un marciapiede," continua il primo. "Quell'anno la benzina era aumentata di brutto. Vabbè, vuoto le prime due auto, niente di che, roba di qualche litro. Allora penso di farmene una terza. Butto un occhio a destra, un occhio a sinistra, e via che ti intubo una Renault. Aspiro; mi va di lusso. Piena! Di che riempire tutta la tanica. Un'altra occhiata. Tutto tranquillo. Via deserta. Saranno state le due di notte, tipo. Tutti in branda. Allora 'mi armo di pazienza', come direbbe Nonnino, pian piano la tanica si riempie, e sai cosa?"

"Cosa?"

"Si apre la portiera, e uno mi agguanta e mi tira dentro. Erano degli sbirri, capito! In appostamento. Eppure mica avevo fatto rumore, pompandogli il serbatoio, però loro avevano sentito l'auto che si sollevava man mano che la svuotavo. Logico che con venti litri in meno era più leggera. Avevano sentito il culo che saliva come in un ascensore. Cazzo, m'han dato una strigliata che non ti dico."

"E Nonnino pure?"

"No, quando gliel'ho raccontato, a momenti moriva dalle risate. Giuro su mia madre, credevo che ci rimaneva."

In un primo momento, le cose vanno come ha annunciato Nonnino. A mezzanotte e quarantacinque in punto, i ragazzi scendono dalle auto. Dopo aver richiuso felpatissimamente le portiere, entrano nel palazzo facendo meno rumore che in un sogno. Se non li avesse tenuti d'occhio, Marguerite non avrebbe notato nessun movimento nella via. Grandiosi. Al cinema fa tutto troppo rumore. Specie il silenzio. Non possono fare a meno di riempire il silenzio di musica, al cinema. Marguerite trattiene il fiato. Tra qualche secondo Frédéric uscirà con il prigioniero. La Mercedes scivolerà fino al portone del palazzo, caricheranno in macchina il Vaubertin ammanettato e imbavagliato, Fred si siederà davanti e, apposto, pronti via, si va. È per momenti come questo che Marguerite adora Nonnino. Per l'intensità. E anche per averle insegnato l'arte dell'interrogatorio. È impaziente di torchiare Vaubertin. Un tipo capace di far esplodere in tre secondi la testa di un altro (metà del caricatore) deve essere un bell'osso duro. Marguerite non ci ha ancora avuto a che fare con dei veri ossi duri. È solo agli inizi. I clienti, le sembra che cantino subito. E anche se Nonnino lo attribuisce alle sue capacità (sei proprio dotata, figliola mia, diventerai una grandissima chirurga!), gli interrogatori troppo corti la lasciano frustrata. Con un tipo come Vaubertin, è sicura che sarà un'altra musica.

Nonnino picchietta sulla spalla dell'autista.

"Adesso," dice.

L'autista avvia il motore.

Sta per premere la frizione, quando però succede qualcosa di inaspettato. Tre auto della polizia spuntano dal fondo di rue Lesage per infilarsi a sinistra in Julien-Lacroix. Auto elettriche, con i fari spenti e niente sirena, silenziose come degli angioletti. Nello stesso momento, all'altro capo di Julien-Lacroix, appare una camionetta della polizia, sbucata, questa, da rue des Couronnes. Le auto e la camionetta si fermano senza far rumore davanti a casa di Vaubertin. Otto poliziotti in borghese si infilano a loro volta nel palazzo, con la stessa discrezione dei ragazzi di poco prima, mentre altri due vanno a srotolare una striscia chiodata di traverso sulla strada, a pochi metri dalla Mercedes. Una squadra in divisa salta giù dalla camionetta per andare ad appostarsi a passi felpati dietro le auto in sosta. Adesso le loro armi sono puntate verso il portone del palazzo. Solo un poliziotto in borghese, con il megafono in mano, fascia della BRB al braccio, rimane a vista sul marciapiede, come Bonaparte sul ponte di Arcole, ma un Bonaparte prossimo alla pensione.

"Merda," sibila Marguerite.

"Taci," mormora Nonnino.

Uno dei due poliziotti rimasti di guardia vicino alla striscia chiodata nota la Mercedes. Si avvicina e bussa con l'indice al finestrino posteriore, che si abbassa mostrando un vecchietto dall'aria timida.

"Mi scusi, signore, ma si dovrebbe spostare, qui noi..."

Le ultime parole non gli escono, poiché una lama spuntata da un anello d'oro con lo stemma è scivolata sotto la gola del parlante, tenuto immobilizzato dall'altra mano.

"Cerchi di non muoversi, giovanotto," chiede garbatamente il vecchio tenendo la testa del poliziotto nel riquadro del finestrino. "E mi lasci guardare."

La presa del vecchio è saldissima. Vista da lontano, quella avrebbe tutta l'aria di una conversazione, con il poliziotto che, poniamo, spiega ai passeggeri della Mercedes la natura dell'operazione che si svolge laggiù, cento metri più in là.

Segue uno di quei silenzi in cui la terra smette di girare. Quanto dura? Il tempo di chiederselo e scoppia il finimondo. Nel palazzo un'esclamazione soffocata tipo "polizia nessuno si muova", due spari a mo' di risposta, un grido di dolore, degli insulti, detonazioni che rispondono alle detonazioni. Nonnino sposta il suo interlocutore di qualche centimetro.

"Si sposti un po', per cortesia, che vorrei vedere cosa succede."

Ora nel palazzo si spara alla grande. Con la tromba delle scale a fare da cassa di risonanza, l'intero volume sonoro esplode nella via che fa subito il tutto esaurito, finestre spalancate, famigliole ai balconi.

Il grosso sbirro in borghese urla nel megafono di tornatevene a casa banda di guardoni mica siamo al cinema porca troia volete beccarvi un proiettile vagante cazzo? Il tutto senza il benché minimo effetto sugli spettatori i quali, sguainati i cellulari, dimostrano al vecchio Bonaparte che si sbaglia alla grande: lo siamo eccome, al cinema. E permanente, per giunta. Così vogliono i tempi.

Due dei quattro ragazzi hanno superato il blocco, arrivano sul marciapiede sparando alle divise imboscate. Le quali rispondono con delle raffiche. Uno dei ragazzi cade, vorticando come una lepre. Ma continua a sparare finché non viene finito da due o tre proiettili. L'altro corre verso la Mercedes, corre zoppicando e tenendosi la spalla. Intorno a lui sibilano i proiettili. Nella mano di Nonnino, il poliziotto ha un sussulto. Il suo ultimo sguardo al vecchio è di indicibile stupore. Nonnino lascia andare il corpo che scivola senza un gemito lungo la macchina e si accascia sul marciapiede. La squadra smette di sparare, pensando a giusto titolo di aver fatto fuori un collega. Due poliziotti in divisa si lanciano all'inseguimento del giovane fuggiasco. Nel silenzio improvviso si sente il martellare dei loro anfibi. Ben presto guadagnano terreno sul ferito.

"Dai, figliolo," lo incita Nonnino, "ci sei quasi, dai!"

Frédéric inciampa, la mano tesa verso la salvezza, ma il cadavere del poliziotto ammazzato dai colleghi impedisce a Nonnino di aprire la portiera.

"Nasconditi, figliola," ordina Nonnino a Marguerite, abbassando il finestrino.

Spara due brevi raffiche. Gli inseguitori di Frédéric si accasciano sul corpo del ragazzo. Da dove l'ha tirata fuori, Nonnino, quell'arma tozza? Marguerite non ne ha la minima idea. Riprendono gli spari, stavolta diretti verso la Mercedes, che scompare in rue Lesage, gira a destra in rue de Tourtille, sbuca in rue de Belleville per diventare un taxi qualsiasi, come indica il segnale luminoso che l'autista ha messo sul tettuccio. Occupato.

13.

In rue de la Folie-Regnault, dove sono appostati Kebir e i suoi tre compagni, proprio di fronte a casa Malaussène, succede dell'altro. Nel palazzo ci sono lavori fin dal mattino. Elettricità, idraulica, tetto. E anche rifacimento della facciata, a giudicare dai ponteggi, montati la sera prima. Ce n'è per tutti i corpi di mestiere. Gente che porta dentro materiale, gente che porta fuori calcinacci, pausa per mangiare e via che si ricomincia fino a sera, a ore assurde che, per dirla tutta, sanno tanto di lavoro nero. Kebir e i suoi ragazzi hanno visto i tre cugini Malaussène entrare e uscire più volte durante la giornata. Allora sono qui, i due ragazzi e la ragazza, la tipa del figlio di Lapietà, è qui che stanno, non ci sono dubbi. Adesso che a notte fatta gli operai se ne sono andati, nell'ex Ferramenta ci sono solo loro: insieme a Malaussène e la moglie, la bella rossa. E il cane schifoso. Ce li facciamo senza problemi, pensa Kebir, e recuperiamo quella cazzo di Shoeltzer. Nonnino ha ragione, bisogna essere dei dementi per tenersi un'arma che è stata usata. Quel bastardo di Pascou... Avrei avuto meno rotture di palle se l'avessero fatto fuori sulle scale o se l'avessi finito io.

Basta, Kebir mio, direbbe Nonnino se sentisse il ragazzo pensare, non disperderti, una mossa dopo l'altra, è così che si gioca a domino. Una cosa devi fare e quella fai, concentrati. Dimmi, piuttosto, come farai a entrare nella Ferramenta? Dall'alto, risponderebbe Kebir, ecco come farò. Poniamo che sia così, va bene, entri nel domicilio dell'interessato dai ponteggi, che facilitano le cose, e poi? E poi siamo subito nella camera da letto di Malaussène – facile, dorme con la finestra aperta, quel coglione –, e li eliminiamo senza far rumore, lui, la moglie e il suo cagnaccio puzzolente. Perché lui e la moglie? chiede Nonnino. Erano testimoni sulle scale? No, vero? Allora non si ammazzano. Mai un morto di troppo, Kebir mio. Ricordatelo. Sei lì per far pulizia dei testimoni, solo loro, capito? E il cane lo lasci dormire. Tranquillo, risponde Kebir. Allora entriamo dalla finestra di sotto e facciamo subito irruzione dai giovani. Dormono da basso, in un dormitorio. Cazzo, un dormitorio, Nonnino, alla loro età, manco si vergognano. Come quando ero pischello e ci facevi fare i primi stage. Insomma, scendiamo belli sereni le scale fino al dormitorio. Se i tre bastardi si svegliano e cercano di scappare, all'uscita trovano i miei compagni. La fine del topo, gli tocca fare, ai Malaussène. Prima facciamo fuori i due ragazzi, poi recuperiamo la Shoeltzer, e io mi tengo la troietta come dessert. Come si chiama, già? Maracuja. È un po' che me la voglio fare, quella. È roba mia, cazzo. Se qualcun altro la tocca, lo stendo. Piantala, direbbe Nonnino, non mischiare il piacere e il lavoro, Kebir mio, concentrati sul piano. Non mi chiamo Kebir, mi chiamo Marcel. E non sarà Kebir a farsi la troietta di Iuc, sarà Marcel, è questo il mio progetto. Per poi eliminarla come gli altri due dementi. Le grandi pulizie. Niente più testimoni. E riportarti la Shoeltzer, Nonnino. È tutto, e sarà fatto.

È tutto, ma non è esattamente così che sarà fatto. Tanto per cominciare la "troietta" non ci sarà. Anche lei ha un piano. Ugualmente bellicoso, peraltro: interrogare Alice, la musicista, farle tirar fuori la verità. Perché è stata Alice a vendere Lapietà a quella banda. Non è stato l'autista della Bernhard, Titus ha mandato un agente a Colmar, alla sede della società, per torchiarlo. Non è lui. Tassativo. Quindi può essere soltanto Alice.

Così ragiona Maracuja. Dopo l'autista, Alice è l'unica che poteva sapere di Lapietà. Rimane solo lei. È stata lei. Mara ricapitola: dopo che Alice ci ha consegnato il camion, abbiamo fatto colazione insieme, lei ci ha suonato dei pezzi proprio belli con il suo OMNI (uno strumento che è un'intera orchestra), era una tipa strasimpatica, Iuc si è persino offerto di darle una mano per produrla, siamo stati bene tutti insieme, e poi avrà sentito i ragazzi fare il nome di Lapietà, le hanno parlato dell'installazione, e lei ci ha venduti! In ogni caso c'è poco da girarci intorno, resta solo lei. È stata lei al cento per cento.

Così ragionava Maracuja nel dormitorio dei Malaussène, lassù nel suo lettuccio, al di sopra dei due cugini.

"A cosa pensi, Mara?"

I cugini si dicono che Mara pensa a Iuc. Cento volte, gliel'hanno ripetuto, che al suo innamorato non può succedere niente finché serve da moneta di scambio, ma non è il genere di argomento che può bastare a calmarla. Tengono d'occhio la cugina come fosse il latte sul fuoco.

SIGMA: Non è che ci stai preparando l'ennesima cazzata, vero?

NANGE: Tipo partire alla ricerca di Iuc?

SIGMA: Affrontare da sola l'esercito di Attila?

NANGE: Te ne sei accorta, spero, che quei tipi lì sono armati fino ai denti e sparano come respirano?

SIGMA: Non esiteranno a farti la pelle, Mara.

NANGE: Per non dire altro.

SIGMA: L'hai capito, questo, almeno?

NANGE: Oh! Mara, ci ascolti?

Ascolta, certo che ascolta, e risponde:

"Ascolto, ma preferisco andare a pisciare piuttosto che sentire le vostre cazzate".

Così dicendo, salta giù dal terzo letto, camicia da notte svolazzante, culo all'aria e piedi nudi sul pavimento.

"Quanto siete coglioni. Ma veramente!"

Porta aperta, porta richiusa. Poi quella del gabinetto. Giro di chiave. Mormorio liquido. L'acqua della giovinezza sull'acqua della città.

Che bellezza! pensa È Un Angelo...

NANGE: È qualcosa di inaudito, comunque, il processo della bellezza. Vedi nascere un affare informe e vorace, che poppa per dieci ("Nutrirò mia figlia fino a farmi rinsecchire come un'aringa," proclamava Thérèse, sempre prodiga di formule eroiche), che si trasforma in una palla di ciccia con un naso a patata, e poi, man mano che le spunta l'erbetta intorno alla fontana, quell'affare ti diventa una cosa lunga e gracile come uno stelo, tutti i volumi si organizzano in una disposizione perfetta e si stabilizzano a un punto di armonia mai raggiunto a mia conoscenza nella storia della femminilità. E il naso più delicato del mondo, alla fine. Perché questa ragazza, diciamolo pure, è l'incarnazione stessa della bellezza, no?...

SIGMA: Piantala, Nange.

NANGE: Cosa, piantala?

SIGMA: Piantala, t'ho detto. Da noi la bellezza è programmata. La nonna è di uno splendore inossidabile, per strada la gente si volta ancora quando passano le nostre madri, Louna e il mio vecchio padre, pure loro, non sono niente male... Verdun quando si sbarazza della giudice è carinissima... È quella che assomiglia di più a Mara, peraltro, esattamente la stessa corporatura. La nostra famiglia, insomma, è il frutto di un casting privo di immaginazione. Bellezza su tutta la linea. Persino tu non sei malaccio, figurati un po'!

NANGE: Obiezione, Mara è figlia di Thérèse. E lì, non si può certo dire che...

È vero, Mara è il prodotto di un mucchietto d'ossa e di ciuffi secchi. Da questo punto di vista, è un miracolo della natura.

SIGMA: I suoi due padri, però, bruttissimi non sono...

NANGE: Alto coefficiente femminile in Théo e in Hervé, forse è lì che bisogna andare a cercare, hai ragione...

Mentre i due cugini fanno l'anatomia della cugina, lei si infila i jeans e le scarpe da ginnastica che ha nascosto nel bagno, non tira lo sciacquone, apre piano la porta, sale le scale come un gatto, si ritrova sul tetto del palazzo passando dalla botola del quinto piano (è la via che già prendevano i suoi zii e le sue zie da giovani) ed eccola volare sui tetti di Parigi con intenzioni omicide. Incrocia un tipo con gli occhiali occupato a incollare un'enorme riproduzione fotografica del Père-Lachaise su un gigantesco materasso gonfiabile, una specie di dirigibile, ma piatto come una galletta. Il tipo ci incolla sopra il cimitero, una foto dopo l'altra, una tomba dopo l'altra. Lo stesso fanno una decina di altri ragazzi.

"Ciao JR," dice Mara passando. "Facciamo che non mi hai vista?"

"Facciamolo, Mara," risponde il JR in questione. "Che tanto, per non vederti non ti vedo, sto lavorando, vedi?"

"Che cosa fai?"

"Faccio volare il Père-Lachaise sopra la città, cambierà le prospettive."

Un po' più tardi, Maracuja risale rue des Pyrénées borbottando minacce. Come ha potuto una ragazza simpatica come Alice farsi dei bei soldi a nostre spese vendendo Lapietà a quegli assassini? Una musicista, oltre tutto! Non ci posso credere! Musicista, embè? Che vuol dire? E se non fosse vero, dopo tutto, che la musica ingentilisce i costumi? Guarda un po' la musica militare. La compongono dei serial killer, la musica militare. Il più tarato di tutti è quello che ha immaginato la *Sonnerie aux morts.* Un ultimo squillo di tromba per far digerire il massacro. Capace che magari è stata pure una donna a comporla. Una Alice! Mara corre verso la vendetta sorretta dalla teoria. È in questo stato d'animo che risale di corsa rue des Pyrénées e imbocca i primi gradini delle scale che sbucano in rue Villiers-de-l'Isle-Adam, dove sta di casa l'orrenda Alice. Aspettami che arrivo!

"Mara!"

Mara si immobilizza fra due rampe di scale.

Riconosce la voce che la chiama.

Si volta.

Sì, è proprio Alice.

Alice è ai piedi delle scale, accovacciata davanti alla carcassa di una panchina pubblica, con una cassetta degli attrezzi accanto.

"Dove vai così di corsa? Da me? Vieni a darmi una mano, invece."

Mentre Mara scende le scale un gradino alla volta, Alice le spiega che il comune smonta regolarmente quella panchina per fare in modo che i clochard non possano più dormirci sopra.

"Svitano le assi e le portano via. Allora io ne compro delle altre e le sostituisco."

È un duello alla Kafka tra la musicista e l'amministrazione comunale: smontare e rimontare il letto dei barboni. Un racconto morale. Merda, pensa Mara, non può essere lei. Una ragazza che fa una cosa del genere non può essere capace di fare una cosa di quell'altro genere. Maracuja, a questo punto, si è totalmente persa d'animo. Per non saper né leggere né scrivere, chiede comunque:

"Alice, tu credi davvero che la musica ingentilisca i costumi?".

L'altra alza la testa.

"È per farmi questa domanda che sei venuta fin qui all'una di notte? Cos'è, devi scrivere un tema? Passami il cacciavite, per favore."

Due giovani donne adesso trafficano nel buio, con una che spiega all'altra che fra i musicisti si trovano altrettanti ladri e assassini che fra i poeti, i pittori o i drammaturghi.

"I Villon, i Caravaggio, i Marlowe, i Rimbaud, i Genet, quelli disposti a tutto! Ce ne sono anche nella musica, ovvio. E degli assassini, lì come da qualsiasi altra parte."

Arrivano gli esempi rinascimentali di Bartolomeo Tromboncino e Carlo Gesualdo, che hanno fatto fuori le mogli insieme con gli amanti che erano nel loro letto.

"Anche Berlioz meditava la stessa cosa, ma si è trattenuto in tempo," continua Alice, "o, più vicino a noi, quel cantante che ha pestato a morte la compagna. Come si chiama già, quello stronzo?"

"Quindi i musicisti ammazzano le loro donne?"

"Alcune sanno difendersi," risponde Alice. "Il divino Purcell, gran scopatore al cospetto dell'eterno, è morto di polmonite. Una notte d'inverno, di ritorno da un'orgia, trova la porta chiusa, la moglie si rifiuta di aprirgli. Risultato, polmonite. Insomma, questo è quel che si racconta. Sai come vanno le cose, quando comincia a girare una voce, poi va a finire che si tramanda pure nella Storia... Korsakov era convinto che Salieri avesse assassinato Mozart, niente meno... La gelosia, l'invidia, la frustrazione... Quello dei musicisti è un ambiente come un altro, Mara. Passami la chiave da otto; a forza di svitare le assi in fretta e furia, quei cretini spanano tutte le viti."

Più tardi, quella notte, davanti a una tisana bevuta nella sua cucina, Alice dice a Maracuja:

"Iuc sarà strafelice, immagino!".

Tutto si immobilizza in Maracuja.

Che sta dicendo? Di cosa Iuc dovrebbe essere tanto felice?

E si rende conto che Alice non sa che Iuc è stato rapito. Che in realtà Alice non sa niente di quello che è successo a tutti loro. Niente di niente.

"Felice di cosa, Alice?" chiede, prudente.

"Che tu sia incinta!"

Vista la faccia dell'interessata, Alice domanda:

"Non lo sapevi?".

Kebir non saprebbe dire quanti sono a saltargli addosso appena mette piede in camera di Malaussène. Metà del quartiere. I suoi compagni, che hanno appena aperto la porta di sotto, vengono anche loro sbattuti a terra, lame puntate alla gola e pistole nei fianchi. Manette, bavagli, silenzio. Fine dell'operazione. Dieci minuti dopo, l'autista che aspettava fuori i compagni avvia l'auto vedendoli uscire dalla Ferramenta come previsto. Quando si rende conto che non sono loro a salire in macchina, tenta qualcosa ma troppo tardi.

I cugini, in ogni caso, Kebir non li avrebbe trovati. Partiti come delle furie all'inseguimento della cugina per la stessa via presa da lei, si fiondavano anche loro dalla musicista Alice, sicuri di trovarla fatta a polpette. Il JR con cappello e occhiali neri incontrato da Mara venti minuti prima cominciava a gonfiare il suo Père-Lachaise volante, mentre i dieci amici lo sollevavano con infinita cautela. Quando Nange e Sigma arrivarono sotto casa di Alice, furono accolti dal capitano Adrien Titus di guardia davanti al portone.

"Complimenti, ragazzi. Come guardie del corpo, si può proprio contare su di voi."

Dopodiché Titus diede ordini precisi.

"Visto che siete qui, prendete il mio posto, e riportate Mara a letto appena scende. Ma non alla Ferramenta," puntualizzò, "che c'è stata un'invasione. Andate ai Frutti della passione, li ho avvisati e vi aspettano."

Al che il telefono di Titus prese a vibrare. Una voce familiare gli singhiozzava nell'orecchio:

"Capitano, oh! cazzo, capitano, venga a vedere cos'hanno fatto, hanno...".

Ma i singhiozzi soffocavano le parole. Titus udì la stessa voce gridare: "Non la toccate!".

Vi fu un urto e il silenzio.

14.

In fondo, da quando Gervaise e Clara hanno messo in piedi I frutti della passione e Verdun ha sposato Ludovic Talvern, passiamo più tempo in quell'orfanotrofio che alla Ferramenta. Anche la mamma accetta di seguirci lì. Ha la sua camera. Principesca. Con tanto di letto a baldacchino, prego. Prima, quando abbiamo dovuto lasciare la Ferramenta alle truppe di Hadouch, non ha fatto nessuna difficoltà a salire alla chetichella sul camion del materiale di demolizione che ci ha portati qui.

Ha solo detto:

"Finché c'è Nange che mi legge la mia storia del mattino...".

E poi a Louna e Clara fa piacere mostrare nostra madre agli orfani. La mamma è per loro la prova che ai bambini perduti la vita non offre soltanto streghe crudelissime. Ci sono anche le fate, fate instancabili la cui presenza consola di tutto. Certo, "l'utilizzo di nostra madre a fini mitizzanti" (la formula è di Thérèse) qualche perplessità la suscita. D'accordo per una volta con la sorella, Jérémy ritiene che quegli orfani abbiano già sentito abbastanza cazzate nella loro breve vita perché gli si debba propinare anche il santino della mamma.

LOUNA: Un santino? Ma perché un santino? La mamma è qui, in carne e ossa per quanto ne so io, no?

JÉRÉMY: Manca giusto la santa.

CLARA (*conciliante*): La presenza della mamma calma le persone, è un dato di fatto...

JÉRÉMY: Pure la formalina.

LOUNA: Sei meno spiritoso con l'età, Jérémy.

CLARA: A proposito della mamma, vuole gli orfani intorno al suo letto, domattina, quando Nange le farà la lettura. Dice che la storia di Alceste li appassionerà.

GERVAISE: Porteremo su le sedie dal refettorio.

Quella notte l'orfanotrofio fu il nostro quartier generale. Avevamo bisogno di fare il punto. A cominciare da Mara, che per la prima volta si trovava di fronte alla realtà della sua gravidanza.

"È vero, sei incinta," le confermò Clara. "Anche Verdun e Julie se ne sono accorte."

"Succede presto, nella vostra famiglia," ha sottolineato Gervaise, che si affaccendava al forno insieme con Ludovic.

Preparavano i croissant per il giorno dopo.

"Come lo vuoi chiamare, il piccolo inquilino?" ha chiesto Jérémy. "In questo ambito, lo specialista sono io."

Inaspettatamente, a Mara le è presa male.

"Lo sappiamo bene, zio! È grazie a te se io, Verdun, È Un Angelo e Signor Malaussène ci siamo beccati questi nomi del cazzo."

Dopodiché ha dichiarato che quel figlio non lo voleva più, che l'idea era stata di fare una sorpresa a Iuc ma, certa ormai che non l'avrebbe più rivisto vivo, preferiva non tenersi il bambino, che si sarebbe ammazzata dopo l'aborto, che, in ogni caso, bisognava essere degli assassini per fare ancora dei figli in questo mondo in decomposizione, che la nostra famiglia non aveva imparato niente dalla sua storia, che i Malaussène erano solo macchine per scodellare dei bebè senza padre appioppandogli nomi grotteschi, specie da quando era lo zio Jérémy a tenere il registro dello stato civile.

"Chiedi un po' a Sigma, zio, quanto ha dovuto fare a botte, a scuola, per far tacere quei rincoglioniti che ci pigliavano per il culo per i nostri nomi! Per colpa tua, Sigma è diventato una macchina per uccidere. E così nessun compagno osava più rivolgerci la parola, per paura di farsi spaccare la faccia. Vero o no, Sigma? Quanti ne hai massacrati, per colpa dei nostri stupidi nomi, dalla materna fino all'università? Dillo un po' a San Jérémy Battista."

Ha aggiunto che dovevamo essere proprio dementi per immaginare, "anche solo immaginare" di farle partorire un orfano in un orfanotrofio.

"Non siamo ancora a quel momento," intervenne Thérèse per calmare le acque.

"Ma certo che ci siamo a quel momento, porca troia!" urlò Maracuja. "Ci siamo eccome a quel momento, povera madre mia!"

Secondo lei, nove mesi nella pancia di una donna non contavano nulla rapportati a una vita umana. Non erano neppure registrati dalla memoria. Passavano velocissimi, se paragonati al numero di anni di solitudine che si sarebbe smazzato quel bambino senza padre finché non fosse stato in età di procreare a sua volta e di sparire anche lui, fedele alla tradizione Malaussène.

"Lo capite o no che la nostra famiglia è una manifattura di orfani? Lo capite, almeno, o siete davvero troppo..."

La crisi di singhiozzi che seguì mise fine allo sfogo. Mara si addormentò all'istante fra le braccia consolatrici di Clara. Maracuja si è sempre addormentata come si spegne la luce.

Una volta Mara fuori gioco e la cena mandata giù (quel che restava delle crêpes di grano saraceno che Ludovic e Gervaise avevano impilato per gli orfani), si dovette fare il punto sull'assalto alla Ferramenta. Hadouch contava molto sull'interrogatorio dei prigionieri per sapere dove fossero detenuti Iuc e Lapietà, ma i nostri visitatori erano straordinariamente resistenti ai cazzotti. Mo e Simon non ne avevano cavato niente. Secondo loro si trattava di quattro killer molto giovani, poco più che ventenni, abituati a resistere agli interrogatori più tosti e stranamente beneducati.

"Non la clientela solita," ammise Hadouch. "Non hanno mandato Mo e Simon a fare in culo, non hanno minacciato le loro madri di sodomia. Hanno risposto educatamente. Cazzate, ma educatamente."

"Di che genere, le cazzate?" ha chiesto Julie.

"Che loro sono soltanto onesti ladri d'appartamento, che volevano giusto visitare gli alloggi del palazzo, che per puro caso avevano cominciato dalla Ferramenta."

"In base a quale criterio, quel palazzo anziché un altro?"

"Per via dei ponteggi, dicono. Secondo loro, chi dice lavori dice grana, impianti elettrici, attrezzature, rubinetteria, rame, e, se sei fortunato, computer, tablet, smartphone e gioielli di famiglia."

"Allora perché tutti armati fino ai denti?" ho chiesto a mia volta.

"Per difendersi, Ben," ha risposto Hadouch. "Quello che risponde più volentieri dice che oggi non si può più lavorare tranquilli. La gente è sempre armata. Alcuni hanno pure dei cani enormi. (Presumo che si riferisse a Julius.) Dice che le mentalità sono cambiate drammaticamente."

"Le mentalità sono cambiate drammaticamente?"

"Parlano così, Ben, te lo giuro, è il loro stile. 'Le mentalità sono cambiate drammaticamente, signore, glielo dico con rispetto parlando.' Testuali parole."

“Quindi, non c’è modo di sapere chi gli ha venduto Lapietà?” ha chiesto Julie.

“Zero. Il caso Lapietà, i sotterranei della Défense, giurano e spergiurano di non saperne niente. ‘Non è il nostro terreno di azione, signore. Noi siamo su Belleville, come vede. Non siamo gente che va a muoversi in campo altrui, non cerchiamo il conflitto, noi.’”

“Non cerchiamo il conflitto?”

“Alla lettera, Ben. Educatissimi, te l’ho detto. Mica degli scappati di casa. Talmente ammodo che hanno portato Mo e Simon sull’orlo della depressione.”

Come in tutte le guerre, si è ovviamente posta la questione di cosa fare dei prigionieri. Hadouch su questo punto era indeciso:

“Certo, potremmo tenerceli ancora un po’ e torchiarli più a fondo per fargli dire dove sono Iuc e il padre, ma a quel punto non sarebbero più presentabili all’istruttoria, e lo sapete com’è Verdun, poi ce lo rinfaccerebbe”.

“Anch’io,” intervenne Ludovic posando sul tavolo un clafoutis.

Era molto raro che a qualcuno venisse la tentazione di contrariare Ludovic Talvern.

Julie chiese a che ora sarebbe tornata Verdun.

“Non ho idea,” rispose Ludovic. “Appena arrivata, è subito uscita. Convocata d’urgenza al ministero.”

Poi, questa domanda:

“Dopo il dolce, qualcuno mi si offre per lavare i piatti?”.

In realtà Verdun era da poco rientrata a casa. Si struccava nella stanza accanto. Come faceva sempre prima di ricomparire fra noi, si liberava meticolosamente della giudice Talvern. Il rituale si svolgeva nella lavanderia attigua alla cucina che Ludovic aveva trasformato per lei in sala trucco.

Lo chiamava "il mio mascherificio". Si liberava della giudice prima a spatolate, poi con la carta igienica, quindi con piccole passate di ovatta, e infine sfregandosi energicamente il viso con il guanto da toilette, come le avevo insegnato a fare quando era piccola. Sfrega forte, che voglio vedere la faccia di Bécassine! Faccia rubiconda che mi offriva tutte le mattine a colazione, prima di filare a scuola.

"Bécassine è stata il mio primo travestimento," mi disse un giorno. "Una parte davvero poco adatta a me. Ma mi piaceva farti divertire, Benjamin."

Più tardi, all'università, fondotinta smorto sul viso e sulle mani. Entra nel periodo dark, mi dicevo. Ero contento perché la trovavo troppo solitaria. Quella infatuazione improvvisa per la moda del pallore e delle unghie viola era un elemento in comune con le ragazze della sua generazione. Si sarebbe fatta delle amiche.

Invece no, non era questo.

"Ti sbagli, Benjamin, io non ho bisogno di amiche, non mi frega niente della mia generazione, delle mode, e nemmeno del trucco; io voglio crearmi il volto del Diritto, tutto qua."

Voleva diventare giudice istruttore. Né poliziotta, né avvocata, né procuratrice, né presidentessa di un qualsivoglia tribunale. Non voleva né attaccare, né difendere, né condannare, né rilasciare, e nemmeno presiedere, voleva istruire. Voleva incarnare il Diritto, rivelare i fatti, estrarli dal loro guscio ideale per esporli alla fredda luce della Legge.

"Sotto quella luce i fatti sono inguardabili, Benjamin, ed è il motivo per cui tutti mentono. Anche la giudice dev'essere inguardabile. Mi travesto da evidenza indiscutibile."

O questo:

"Una giudice istruttrice non deve avere un aspetto che possa sedurre o mettere paura, sarebbe disonesto. Un aspetto strano è la cosa migliore. Guardandola, uno deve chiedersi: ma che roba è? La verità è strana, Ben. Visti attraverso le lenti del Diritto, i fatti sono inguardabili".

Sola davanti allo specchio, senza i baffi e i capelli unti, senza gli occhiali e le unghie screpolate, senza lo strato spaventoso di pelle butterata incollato sulla sua pelle liscissima, la giudice Talvern tornava a essere Verdun Malaussène. E Verdun presentava il conto alla giudice: a un indagato cecano un occhio nel tuo ufficio, signora giudice, indagato che il giorno dopo viene ritrovato impiccato nella sua cella. Scopri il luogo in cui è detenuto Georges Lapietà e, anziché informare i tuoi superiori, mandi Titus e Silistri a liberarlo alla chetichella, accompagnati dallo stagista Manin, incaricato, lui, di prendere a prestito un veicolo per l'operazione (in altri termini di *rubarlo* sulla pubblica via!). Segue una battaglia campale con morti e feriti, seguita da nuovo rapimento di Lapietà e figlio. Smacco totale, quindi. Hai toppato su tutta la linea, signora giudice. E non è finita; un'ora fa, nella Ferramenta di famiglia, la Ferramenta dove sei cresciuta, signora giudice, arresto di pseudo ladri d'appartamento da persone non aventi autorità, seguito da sequestro arbitrario e probabili torture. Non male come incarnazione del Diritto, non ti pare? Aspetta, c'è dell'altro. C'è quell'estorsore che ha consegnato al ministero un elenco di venticinque personalità corrotte fino al midollo, elenco da lui senz'altro strappato con la tortura a Georges Lapietà. Il ministro in persona ti ha incaricato di scovare quel tipo e tu non sei avanzata neanche di un millimetro in questa vicenda... Come ti ha appena ricordato il procuratore generale Souzier.

"Lei mi ristagna, Talvern, e sono io ad andarci di mezzo."

Questa era la situazione in cui si trovava Verdun quando la porta del boudoir si aprì su Ludovic.

"Ah! sei arrivata, *karedig*. Vieni subito che i bambini devono farti vedere una cosa."

I bambini – tre orfani del dormitorio dei grandi – brandivano i loro cellulari. Guardate! Guardate!

Verdun non aveva ancora posato gli occhi sullo schermo del primo telefono che già udì distintamente il crepitio di una sparatoria. Lo schermo le mostrò infatti due tizi che sbucavano dal portone di un palazzo sparacchiando alle auto in sosta. Da dietro le auto qualcuno risponde. Una raffica di colpi abbatte uno dei due mentre l'altro, visibilmente ferito, tenta di scappare zoppicando verso una Mercedes parcheggiata a un incrocio. Un poliziotto, in piedi contro la Mercedes, crolla a terra.

Fine del video.

"Guardi il mio!"

Stessa sparatoria ma da un'altra angolazione. Uno sbirro con il megafono bercia insulti contro il pubblico che filmava: "Banda di guardoni!", "Porca troia...". Dio santo, pensò Verdun, è quel cretino di Menotier.

"Il mio! Il mio!"

Terzo cellulare. Primo piano sulla Mercedes, stavolta. Un agente in divisa, in piedi contro l'auto, sembra discutere con il suo occupante. Volta appena la testa verso il fuggiasco che si avvicina a loro. Poi si vede il corpo dell'agente avere un sussulto e accasciarsi. In loop. Il corpo dell'agente ha un sussulto e si accascia. Ancora una volta. Sussulto e si accascia. La Mercedes se ne va. I bambini adoravano quei video. Digitavano sui cellulari e le immagini volavano verso altri schermi.

Una giornata simile, c'è solo un modo per concluderla, pensò Verdun. Rimettere a letto gli orfani, prendere per mano Ludovic, trascinarlo nella camera coniugale, slacciargli la cintura, far saltare i bottoni come se sgranassi piselli, infilare la mano liberatrice nell'apertura, scolpire il capolavoro, saltargli sopra a cavalcioni e far durare.

Piano piano, un millimetro alla volta, Verdun esponeva a Ludovic la situazione della giudice Talvern. Ludovic rifletteva. Alla fine mormorò:

"In effetti sei in un bel pasticcio, *karedig*".

Le sue mani enormi si erano richiuse sul corpo della moglie. Quel corpo così tenero da modellare... Pasta da pane, il croissant mattutino.

Ludovic aggiunse:

"Ma non è merda tua".

E poi:

"La tireremo fuori dai guai, la tua giudice".

Attenzione, pensò Verdun, il giurista prende il posto del panettiere, l'ex docente di Diritto delle obbligazioni si accinge a deliberare. Sono tra le mani del giudice supremo. Mi raccomando, bella mia, non farlo concludere prematuramente, non ora...

"Uno sconosciuto vuole ricattare dei personaggi noti che lo stesso Lapietà si teneva in caldo, è così?"

Era così.

"Rimani concentrata su quello che fai, *karedig,* non accelerare, dacci il tempo di trovare la soluzione."

Si concentrava, lei, eccome se si concentrava. Si innalzava fino al limite estremo e poi ridiscendeva, così piano, così profondamente, che lui si sentì sparire del tutto dentro di lei.

"Non muoverti... Ti prego non muoverti."

Riflettevano così, in profondità. Lei sentiva battere dentro di sé il cuore del gigante.

"Così facendo, quel bandito vuole ricattare il governo," pensò lui a voce alta.

Lei non si muoveva. Fece a malapena un sì discreto con la testa.

Immobilità assoluta. Passavano secondi pericolosamente sublimi.

"Ha ragione," mormorò alla fine Ludovic. "Se qualcuno può ricattare le persone di quell'elenco, significa che lo Stato non ha fatto il suo lavoro su di loro... Non c'è nessuno che canti meglio di un colpevole... Aspetta, *karedig*, aspetta! Ti prego, aspetta!"

Lei aspettava, aspettava, non c'era nessuno più attendista di lei. Mai si erano visti due giuristi a tal punto concentrati su un caso tanto esplosivo.

"Di cosa sono sospettati, per l'esattezza," domandò lui, "te li ricordi, i reati?"

Lei sgranò nomi e reati con la stessa precisione che se le fossero sfilati davanti agli occhi:

"Società di comodo a fini illeciti, conflitto di interessi, illeciti fiscali, falso in bilancio, bancarotta fraudolenta, la lista è lunga, amore mio, non reggerai fino alla fine".

"Tanto più se mi fai ridere. Smettila... Smettila... Continua... Continua..."

"Insider trading, falsificazione di bilanci, distribuzione di dividendi fittizi, traffico di valute..."

"Fermati. Aspetta un momento. Aspetta..."

Trattengono tutti e due il fiato.

"C'è di peggio," mormorò lei.

"Vai."

"Sottrazione e traffico di minori, prossenetismo aggravato, adozioni truffa, sequestri, probabilmente traffico d'organi..."

"Taci..."

Lei si zittì. Lui anche. I reati restavano in sospeso.

"Bisogna attaccarli," disse lui di colpo. "Tutti! Già da domani. Istruire ufficialmente una causa su ciascuno di loro. E che l'intero paese lo sappia. Stampa, tivù, social network, tutto. Fare più rumore possibile."

Lei obiettò, come se parlasse a un ragazzino:

"Ma il paese se ne strabatte, amore mio bello. L'ennesimo scandalo, e allora?".

Le mani del panettiere salirono dai fianchi fino alle guance dove le dita si aprirono a corolla.

"Che bel fiore, sei, *karedig*..."

Ancora un attimo di sospensione pensosa, poi lei disse:

"Il ministero non promuoverà nessuna azione giudiziaria".

"Come fai a saperlo?"

"Me l'ha detto il ministro: troppe personalità importanti coinvolte. Compresi degli stranieri. Troppi problemi in prospettiva."

Lui volle rassicurarla.

"A otto mesi dalle elezioni, magari l'Eliseo ne approfitterà per rifarsi una verginità."

Erano giunti alla fine delle loro congetture. L'esplosione li invase come al rallentatore, ogni vena, ogni nervo, ogni cellula dei loro corpi pervasi da un geyser di dolcezza liquefatta.

Al momento di sprofondare nel sonno, Verdun vide il cimitero del Père-Lachaise passare sopra la vetrata che faceva loro da soffitto.

"Amore mio, vedi anche tu quello che vedo io?"

"Vedo passare il Père-Lachaise sopra le nostre teste, se è questo che intendi."

Quando il cimitero ebbe lasciato il loro campo visivo, Ludovic aggiunse:

"Però, *karedig*, non va bene che i bambini giochino con i cellulari alle due del mattino".

Ma lei dormiva già.

15.

I tre infermieri non riuscivano a strappare il corpo di Nadège dalle braccia di Manin.

"È deceduta, signore, sia ragionevole."

Difficile dire chi fra Nadège e Manin fosse coperto del sangue dell'altro. Quando lei si era gettata davanti a lui per proteggerlo e il tipo aveva sparato lo stesso, a Nadège era scoppiato il cuore, e nel brusco sforzo fatto per impedire alla sua ragazza di cadere dalla tromba delle scale, a Manin si erano riaperte le ferite. Aveva avuto la forza di trascinare il corpo esanime fin dentro casa, quindi si era accasciato sopra Nadège, tutti e due intenti a dissanguarsi, e dall'arrivo dell'ambulanza nessuno era riuscito a separarli.

"Signore, deve lasciarla a noi."

Manin minacciava gli infermieri senza dire una parola. Gli aveva gettato in faccia il cellulare da cui Titus l'aveva sentito singhiozzare. Adesso gli puntava contro l'arma di servizio.

"Fate qualcosa, signore, signora, aiutateci, fatelo ragionare!"

Gli infermieri rivolgevano questa preghiera a una coppia rannicchiata sul divano. Incollati l'uno all'altra dal terrore, né l'uomo né la donna erano in grado di parlare. C'era un tavolo apparecchiato, con una cena interrotta.

Nel corridoio qualcuno sbraitava:

"È una scena del crimine, porca troia, cacciate fuori tutti 'sti stronzi!".

"Io sono un vicino," protestò una voce.

"Allora se ne torni a casa sua. E quello chi è? Ma cazzo, me la volete sbatter fuori tutta 'sta gente, sì o no?"

"Sono io," rispose la voce del capitano Adrien Titus. "Cos'hai fatto, Menotier? Hai sparato a tutto il palazzo?"

Quando Titus entrò nell'appartamento di Manin, fu colpito dalla quantità di sangue sparso in giro. Tre infermieri incollati al muro parlamentavano con un Manin esangue. Uno di loro riconobbe Titus:

"Glielo dica lei, capitano. È morta!".

Alla vista di Titus, Manin abbassò l'arma.

"Oh, capitano," mormorò lui con quel poco di voce che gli restava, "guardi cos'hanno fatto. Guardi..."

Indicò tutt'intorno con un gesto di desolata impotenza, e finalmente svenne.

Coprendo con il lenzuolo il volto di Nadège, il terzo infermiere annunciò che sarebbero tornati con un'altra barella.

Titus rifiutò gentilmente.

"No, lasciate stare, di questo qui mi occupo io, grazie, andate pure."

Quando entrò a sua volta in casa di Manin, il commissario di divisione Menotier chiese al capitano Titus che ci faceva lì:

"Che ci fai tu qui, questa è la mia indagine, cazzo, non ti sembra che sia già abbastanza complicata? E quei due lì chi sono?" aggiunse indicando i paralitici del divano.

Il capitano Adrien Titus, che aveva appena coricato Manin sul letto, si avvicinò al superiore gerarchico per rivolgersi direttamente al suo orecchio.

"Vai a contare i tuoi morti, commissario, altrimenti ti aggiungo alla lista."

Così dicendo puliva l'arma di Manin, impiastricciata del suo sangue e del sangue della giovane morta. Merda, mi son sporcato tutto, pensò, un altro completo andato. La sua mano stampò cinque dita insanguinate sul petto di Menotier.

"Levati di torno e non mandarmi nessuno."

Richiusa la porta, Titus telefonò a Gervaise:

"Il nostro ferito ha bisogno di aiuto, Gervaise, mandami Maracuja. Occuparsi di qualcuno la calmerà".

Poi aprì l'armadietto della cucina, tirò fuori tutto quello che trovò di forte, riempì due bicchieri e li mise in mano ai paralitici del divano.

"Mandate giù d'un fiato e ditemi chi siete."

Fuori, rue Julien-Lacroix era tutta sirene e lampeggianti. I flash dei curiosi crepitavano a manetta. Dal palazzo era appena uscita la sesta barella.

"Sei, cazzo, ne han fatti fuori sei!"

"Tornatevene a casa, perdio," urlava il megafono del vecchio Bonaparte. "E voialtri, chiudetemi l'accesso al perimetro! Non c'è nessuno, qui, che ripulisca un po' i paraggi, cazzo?"

Fecero sapere al commissario di divisione Menotier che, dopo l'opera esponenziale compiuta dai cellulari, c'erano curiosi che affluivano da tutte le vie. Considerato il casino diffuso, si era in attesa di una compagnia supplementare di guardie mobili.

"Troppe cose da fare nel palazzo per perdere tempo a mantenere l'ordine, capo."

Senonché arrivava gente da tutte le parti:

"Ommadonna, cos'è successo qui?".

"È stata la polizia, hanno..."

Dall'assembramento alla sommossa, c'è giusto il tempo di accendere un fiammifero, Menotier lo sapeva. Era un'epoca incline agli incendi spontanei. Fece tacere il megafono e se ne tornò all'auto di servizio.

In strada la gente diceva:

"Sono stati loro a sparare per primi, chiudevo le imposte e li ho visti".

"Comunque sia, abbiamo le prove, ci sono i video."

"Ne hanno pure ammazzato uno dei loro."

"No?"

"Glielo assicuro! Guardi qui. Un poliziotto in divisa."

E via a rivedere la scena, nel punto esatto in cui si era svolta, incrocio fra Lesage e Julien-Lacroix.

"Cazzo, stanno diventando proprio..."

Questo stava per succedere, la sommossa virtuosa.

"Hanno sparato subito?"

"Senza nessun avvertimento. Così, secco! E pure larggheggiando, basta contare i bossoli."

"Ma perché han fatto fuori lo sbirro della Mercedes?"

"Chi lo sa..."

"Oh! Guardate!"

Guardarono. Tutti. Con la testa rovesciata all'indietro, videro il cimitero del Père-Lachaise che passava sopra di loro. Una manifestazione così tangibile della potenza divina che le sirene tacquero, che il vocio si tramutò in estasi, che alcuni caddero in ginocchio, e che persino il vecchio Bonaparte rimase senza parole. Il cimitero scivolava sopra i palazzi in un silenzio secolare. Si vedevano distintamente le tombe puntare le croci verso quelli che le guardavano. I morti indicavano i vivi. E i vivi cominciavano ad abbassare la testa. Una voce impaurita di bambino disse che se Dio gli capovolgeva addosso il cimitero, allora le tombe si sarebbero aperte per far piovere i morti sulla città. Difficile dire se gli credettero, ma in un attimo la via si svuotò, le imposte si richiusero e i funzionari di polizia poterono finalmente concludere il loro lavoro.

L'uomo sul divano si chiamava Pascal Vaubertin. La donna rannicchiata contro di lui era:

"Amandine, mia moglie, signor commissario".

"Non sono commissario," precisò Titus. "Vada avanti."

L'uomo esercitava il mestiere di bibliotecario ambulante. Eh sì, è proprio lui, pensò il capitano Adrien Titus. Vaubertin e la moglie tornavano da un lungo fine settimana in famiglia e, accortisi della scomparsa del loro mezzo di lavoro, un pulmino Volkswagen zeppo di libri che avevano parcheggiato davanti a casa, prima di denunciare la scomparsa alla polizia abbiamo chiesto a quelli del palazzo, metti che uno avesse visto qualcosa, metti che qualcuno l'avesse preso in prestito, capisce? Può succedere... Un ragazzino del palazzo, magari, per andare a ballare con la sua tipa con una biblioteca mobile, son cose che possono capitare, no? E allora sporgere denuncia e mettere nei guai una famiglia del vicinato ci sembrava eccessivo, e quando ho suonato dal signor Manin...

Quando Vaubertin aveva suonato da Manin, Nadège l'aveva mandato a quel paese. Poco più tardi, però, la stessa Nadège aveva bussato da loro, tutta mortificata, per invitare gentilmente a cena Vaubertin e la moglie, si scusava dei suoi modi sgarbati e voleva approfittare dell'occasione per fare conoscenza. Il marito, anche se era un po' malconcio, ci teneva tanto, una cenetta improvvisata fra vicini, dai, una cosa alla buona, era...

Era un'idea di Manin, immaginò Titus. Invitare a cena la coppia per proteggere Vaubertin. Che gli assassini non lo trovassero a casa sua e se ne tornassero com'erano venuti. E poi avvisarmi. Bella pensata. C'è poco da dire, 'sto ragazzo ha i riflessi giusti. E la cosa avrebbe funzionato se nello stesso momento il caso non avesse fatto piombare lì le truppe di Menotier, anche loro alla ricerca di Vaubertin, bloccando gli assassini sulle scale del palazzo. Polizia! Fin dai primi spari, Manin si era buttato sull'arma di servizio per correre sulla linea del fuoco. Fuori si era trovato faccia a faccia con uno dei tipi della Défense, che l'aveva riconosciuto all'istante.

"Cazzo, è lui, è quello del pulmino! Eccolo, 'sto figlio di puttana!"

"Polizia! Metta giù quell'arma," aveva ordinato Manin.

Raccontò faticosamente la fine, Manin, mentre Mara gli rifaceva le medicazioni.

"L'avrebbe mollata la pistola, giuro, capitano, gliel'ho visto negli occhi. Mi ha riconosciuto, ci eravamo sparati addosso sotto la Défense, lo sapeva che ero più veloce di lui. Si sarebbe arreso. Ma lo sa com'è fatta Nadège, è balzata fuori come una tigre, ha creduto che fossi minacciato, si è gettata fra me e lui..."

Il tipo aveva sparato e poi si era fiondato giù per le scale ed era schizzato fuori in strada dove a sua volta era stato fatto secco.

Ci sono i disastri, pensava Titus, e ci sono i disastri assoluti.

4.
Intervallo

Chi è Zé Martins? Da dove viene
Zé Martins? Quale donna ha messo
al mondo Zé Martins?

16.

La mattina seguente, in camera della mamma, poiché del romanzo di Alceste gli orfani non sapevano nulla, si dovette riprendere la lettura dall'inizio. La camera da letto della bella signora era stata trasformata in un teatro provvisorio:

"Ognuno si porti la sua sedia, bambini," ordinò Gervaise. "Fate due semicerchi, ecco, senza troppo rumore please, e ora sedetevi."

Si dovette anche aspettare che la bella signora avesse finito di fare colazione (una vera fata, non più giovanissima ma tutta vestita di bianco, seduta sotto il suo baldacchino, che intingeva un croissant di Ludovic nel suo caffè fumante). Poi si dovette creare il silenzio, aspettare l'arrivo di È Un Angelo.

"Eccolo! Eccolo!"

Nange si sedette sulla sua sedia di lettore, diede il tempo di lasciar fremere l'impazienza, aprì infine il romanzo di Alceste, disse il nome dell'autore e poi il titolo:

"*La loro grandissima colpa*".

Julius il Cane e io facevamo le sfingi ai due lati della mamma.

E via, partiti: il piccolo calciatore, di cui non si conosce ancora il nome, tira pallonate contro il culo del poliziotto ciccione (risate). Succede all'incrocio davanti all'Università di Fortaleza, capitale del Ceará, in Brasile. Il piccolo calciatore crea un ingorgo pazzesco, anche perché pure il poliziotto ciccione un po' ci sa fare, restituisce la palla con una culata (risate), con una panciata (risate), con un colpo di testa (applausi), il piccolo ruota su sé stesso, è un ragazzino di dieci anni, undici al massimo, un caboclo *moreninho*. È così veloce che si ritrova sempre dove arriva la palla.

Nella camera della bella signora si sentivano sfarfallare dei nomi: È Maradona! Sì, Maradona da piccolo! Ma no è Messi, è magrolino, è Messi! Ma no, siamo in Brasile, mica in Argentina. Altri nomi, allora, prendevano il volo come grappoli di palloncini multicolori: è Neymar, è Douglas Costa, Alisson, Marquinhos, Marcelo! No, è Casemiro, Thiago Silva, Dani Alves... Finché una voce non interruppe l'elenco buttando lì in un tono che non ammetteva repliche.

"*Não, é o meu tio Zé*. Zé Martins."

Era la voce dell'ultimo orfano arrivato: Nelson Paraiso Martins, sbarcato lì due giorni prima, magro come un gatto randagio e con gli occhi divorati dalla febbre. Ascoltava in mezzo agli altri. Si era portato dietro la coperta, da cui spuntava la testa simile a un carciofo arruffato. Ripeté:

"Zé Martins".

"Dice che è suo zio Zé Martins," tradusse Gervaise.

"*Deixa a gente ouvir o resto*," mormorò Nelson, a un tratto spaventato.

"Mi dice di lasciarvi ascoltare il seguito."

Il seguito è l'irruzione della guardia civile lì all'incrocio, gli uomini del governatore venuti a ristabilire l'ordine, la portiera della jeep che si apre, l'apparizione del grande caboclo giallo nella sua divisa grigioverde.

"*Faca!*" gridò il giovane Nelson.

Pallidissimo, magrissimo, con gli occhi accesi, Nelson fece un gesto di scuse a È Un Angelo.

"*Prossegue lendo, senhor.*"

"Continua a leggere," tradusse Gervaise.

La lettura proseguì con l'immagine del terribile comandante Augusto Parmenido Faca diretto con passo deciso verso il piccolo calciatore. Che gli tira una pallonata in faccia (applausi). La palla si blocca all'altezza della testa del comandante. Una specie di fermo immagine.

Quell'uomo con la faccia da pallone...

Silenzio di morte nella camera della fata.

E la faccia del comandante pian piano riappare, mentre il suo braccio si abbassa e scopriamo il pallone piantato su un coltello a serramanico. Il pallone si sgonfia, cade pesantemente ai piedi del comandante.

Qui Nelson spara a mitraglia alcune brevi frasi piene di terrore.

"*Tinha a faca rápida! Tudo fazia com a faca! Matava macacos! Torturava! Comia! E...*"

Gervaise posò la mano sulla spalla del ragazzino, che tacque, con il fiato corto.

Lei tradusse:

"Quel comandante ha il coltello facile. Fa tutto, con il suo coltello, ammazzare le scimmie, torturare, mangiare...".

Contrariamente a quel che ci si potrebbe aspettare, il comandante Parmenido Faca non massacra il bambino – che si chiama proprio Zé Martins. Lo compra dal poliziotto ciccione, anche lui membro della famiglia Martins, che ha ideato quel numero, si scoprirà, per esibire il cuginetto – esibirlo, e metterlo in vendita.

È stato allora che sono andato a chiamare Verdun. Non era ancora uscita. L'ho trovata addormentata fra le braccia di Talvern. (Che roba, la sproporzione incredibile di quei due corpi!) Vieni subito, signora giudice, muoviti, in quel romanzo si dicono cose che potrebbero interessarti. Traffico di bambini nel mondo del calcio, ci metto la mano sul fuoco...

Ci passammo tutta la mattinata. Ogni tanto il piccolo Nelson non poteva fare a meno di interrompere la lettura:

"*Falei sozinho, me desculpe. Quem fala, não sou eu, mais é a minha memoria.* Parlavo da solo, scusate. Non sono io che parlo, è la mia memoria."

Insomma, dopo aver comprato il bambino al poliziotto, il comandante Parmenido Faca lo vende a tre squadre contemporaneamente, il Fortaleza sporting club, il Ceará sporting club e, per fare buon peso, il Club Maguari. Quando capiscono di essere in tre a dover condividere il piccolo talento, i club sono tentati di denunciare l'imbroglio al governatore del Ceará, ma nessuno l'ha mai avuta vinta con il comandante Parmenido Faca. E allora trovano un modus vivendi. Guadagneranno tutti una montagna di soldi. Fanno esibire il ragazzino nel grande stadio Castelão di Fortaleza. Lo mandano in campo prima della partita. Gli contrappongono cinque giocatori della squadra ospite: a lui tocca dribblarli uno dopo l'altro e andare in rete. È un rituale calcato sul famoso gol di Maradona contro l'Inghilterra, finale dei Mondiali del 1986 allo stadio Azteca di Città del Messico. Il piccolo Zé dribbla puntualmente i cinque avversari e poi segna alla grande. Che i cinque giocatori siano stati comprati per non contrastarlo? Che l'esibizione sia truccata? Impossibile dirlo, il ragazzino gioca così bene che se un imbroglio c'è, è difficile da dimostrare. Una sera un boliviano distrugge la caviglia del piccolo in un brutto contrasto. La folla lincia il boliviano all'uscita dallo stadio; Zé Martins non si tocca, è il bambino dio, Zézé di Fortaleza, il piccolo re del calcio. Zé dribbla sempre meglio e ogni volta segna. A ogni giocatore scartato, i sessantaduemila spettatori dello stadio si alzano in piedi come un sol uomo urlando Ollé. "Ollé" diventa ben presto il nome del settimanale sportivo locale. La stampa, infatti, si è impadronita di Zé Martins, prima la stampa di Fortaleza, poi quella del Nordeste. E ben presto Zé è su tutte le copertine dei settimanali della federazione. Si moltiplicano le interviste. Chi è Zé Martins? Da dove viene Zé Martins? Quale donna ha messo al mondo Zé Martins? Anche la televisione Rede Globo ha fatto un servizio su di lui.

Intorno alla mamma, adesso, tutti gli orfani erano fratelli e sorelle di Zé Martins. Accompagnavano in diretta l'ascesa prodigiosa del loro nuovo eroe.

La fama di Zé si consolida a tal punto che un bel giorno appare un compratore venuto da oltreoceano, con le tasche talmente zeppe di dollari che nemmeno il comandante Augusto Parmenido Faca sarà in grado di rifiutare la sua offerta. Il compratore è un bel giovanotto, ridanciano e pieno di brio, che parla un'infinità di lingue. Si chiama Ryan Padovani.

"*Tio Ryan*," esclamò il piccolo Nelson sbucando fuori dalla sua coperta. "È il diavolo. *É o diabo! Arranquei-lhe um olho no escritorio do juiz!* Gli ho cavato un occhio nell'ufficio della giudice!"

Ho guardato Verdun. Ascoltava la lettura sfogliando mentalmente il fascicolo brasiliano del defunto Jacques Balestro, alias Ryan Padovani. Nella testa di mia sorella dondolava un impiccato guercio.

Mi vibrò il cellulare.

"Malaussène!"

Ecco, era l'autore. Alceste in persona. Che faccia avrebbero fatto, i piccoli fan di Zé Martins, se avessero saputo che l'autore stesso interrompeva la lettura della loro storia? Non gliene sarebbe fregato niente, probabilmente. Avrebbero gridato il seguito, il seguito! Erano ancora nell'età felice in cui gli autori non esistono. Se avessero sentito Alceste berciarmi nell'orecchio, gli avrebbero fatto fare la fine del calciatore boliviano all'uscita dello stadio. Perché berciare berciava, Alceste, con tutta la potenza dei suoi polmoni.

Sono dovuto uscire per ascoltarlo.

"E così, Malaussène, lei trova che il mio libro sia troppo influenzato dal realismo magico, dico bene? E vorrebbe farmelo rimaneggiare? Lei? Farmelo *rimaneggiare*? A me? Venga un po' a dirmelo in faccia. L'aspetto, Malaussène. E glielo do io il realismo magico, vedrà! Come ha potuto dar da bere delle stronzate simili alla sua capa? Me l'ha riferito lei stessa, confermata dal suo negro di Casamance, il suo amico Loussa. E lei Malaussène a quanto pare insiste pure, tirando fuori che il realismo magico è una fantasia degli anni sessanta di cui la letteratura avrebbe fatto volentieri a meno! Ma chi si crede di essere, Malaussène! Il siluratore di Gabriel García Márques? Lei? Benjamin Malaussène? Cosa ne sa, lei, del realismo magico? E della letteratura, peraltro? Lei sa leggere, Malaussène? Ah, questa sì che è una notizia! Come ha potuto ficcare in testa alla mia editrice una simile stronzata? Perché si può dire quel che si vuole, di quella vacca, ma non che non sappia leggere! E adesso, per colpa sua, si rifiuta assolutamente di pubblicarmi alla data prevista. Dice addirittura di essere disposta a lasciarmi l'anticipo, se non intendo seguire i suoi consigli e me ne vado da un altro editore. Le dica pure, a Sua Maestà, che ci lascerà ben più che l'anticipo! Non solo mi tengo i soldi, ma le chiederò anche un bel risarcimento danni! Ci penseranno i miei avvocati, si fidi! Se credete che abbia intenzione di starmene zitto e buono, vi sbagliate di grosso, Malaussène, glielo dica pure, alla sua banda."

Durò quel che durano monologhi del genere, l'eternità per trovare di che rispondere. Bisognava ammettere che la Regina Zabo ci aveva incastrati per bene, me e Alceste. Alceste non poteva accettare l'idea del manoscritto con vincolo di riservatezza. Troppo compiaciuto dalla propria opera per immaginare che la sua editrice potesse preferirgli un libro di circostanza destinato unicamente a fare cassa. Quanto a me, tradire la Regina dicendo la verità a quell'autore furibondo, era qualcosa che non potevo fare. Non ho mai potuto. Quali che fossero le mie crisi di rabbia nei confronti della Regina Zabo, sono sempre stato fedele al Taglione. Piazzate, rotture, insulti, gestacci, finte dimissioni, testate contro il muro, sì, ma tradire Sua Maestà no.

(Ve lo dico seriamente, se ci tenete alla vostra salute mentale, non frequentate gli editori.)

A questo pensavo, mentre mi dilagava nelle orecchie il torrente di Alceste.

"Lo conosce il Brasile, Malaussène? Lo Stato del Ceará, lo conosce? Ci è mai stato a Fortaleza? E il calcio? Ha forse il pallino del calcio, lei? Che cosa ne sa del calcio? Faceva il portiere, da piccolo? E, per inciso, l'ha letto il mio romanzo? Eh, l'ha letto? Su, sputi il rospo! Neanche una riga, vero? Una scorsa, tutt'al più."

Qui ho fischiato la fine della partita.

"Alceste?"

"Sì?" (Oh, il tono di ironico disprezzo di quel sì...)

"Il comandante Parmenido Faca ha venduto il piccolo Zé Martins al club Maguari, giusto?"

Qui, un principio di esitazione.

"Sì, e contemporaneamente al Fortaleza e al Ceará sporting club, perché?"

Due secondi a favore della sua curiosità, e:

"Perché il Maguari non esiste più dal 1976, Alceste. E il suo romanzo si svolge nel secondo decennio del duemila".

Poi, giusto per riempire il silenzio che seguì:

"Il Maguari è stato fondato nel 1923, ha vinto il campionato del Ceará nel '29, nel '36, nel '43 e nel '44 e poi più niente fino al '76 quando i suoi dirigenti hanno finalmente gettato la spugna".

Tutte informazioni che mi erano fornite dallo schermo del cellulare su cui avevo digitato per ogni evenienza il nome del defunto club.

Silenzio all'altro capo del filo.

Quando sono tornato nella stanza della lettura, eravamo alla follia. All'apice della felicità. Maschi e femmine erano diventati tutti degli Zé Martins.

Come previsto, Ryan Padovani aveva acquistato il piccolo Martins dal colonnello Parmenido Faca, lasciandolo però giocare fino alla fine della stagione. Zé era un goleador sempre più brillante, la sua stella continuava a crescere, i grandi marchi gli avevano messo gli occhi addosso e lo zio Ryan si prendeva la sua bella percentuale su tutti i contratti pubblicitari. Il ragazzino non solo giocava come due Maradona ma in più bucava lo schermo, un vero animale da spettacolo.

Esultanza dei giovani uditori.

Fino a quando, un bel mattino, Zé non riesce più ad alzarsi dal letto. Non ce la fa a tirarsi su. Stanchezza enorme. Sfruttamento eccessivo dell'artista, pensa lo zio Ryan, lavora troppo, un po' di riposo gli farà bene. La mattina seguente, di nuovo, Zé non si alza dal letto. Emicrania. E così la mattina dopo. Dolore alle gambe. Non si regge in piedi. Medici, quindi. E diagnosi: paralisi spinale infantile. Detta in altri termini, poliomielite fulminante. Niente da fare. Niente più gambe. Morto per il calcio. Per sempre.

Intorno alla mamma, gli uditori erano in un tale stato di disperazione che per un momento Gervaise fu tentata di fare evacuare la camera. Ma Verdun salì in piedi su una sedia, alzò una mano e ordinò:

"Si resta qui, tutti quanti! Il seguito!".

E aggiunse:

"Il coraggio è ascoltare il seguito. Sempre!".

I bambini si asciugarono le lacrime. Nange riprese la lettura.

Per alcune pagine, il seguito racconta un viaggio nel territorio fiabesco della bontà umana. Sconvolto da quella tragedia, il Brasile piange le gambe di Zé Martins. Quale vita di miseria attende il bambino adesso che non può più giocare a calcio? Chi si prenderà cura di lui? Allora lo zio Ryan (che Dio lo benedica) ha l'idea di lanciare una colletta federale per assicurare un avvenire al piccolo martire e, già che c'è, propone di creare un fondo a sostegno di tutti i bambini del Nordeste vittime della poliomielite. Ecco. Esplosione della generosità collettiva. Una pioggia di soldi. Viva Ryan Padovani! Il quale, riempite le casse, se la squaglia con il loro contenuto.

Esce di scena lo zio Ryan.

"È vero, è vero!" esclama il giovane Nelson Martins. "È la verità vera! È la storia di mio zio Zé! E al diavolo Ryan, che ha rubato tutti i soldi, io gli ho cecato un occhio nell'ufficio della giudice!"

5.
La stagione degli interrogatori

"*Marcel* Kebir, quindi, è solo un gioco
di parole, capisci. Umorismo da vecchi.
Poca roba. E i tuoi compagni neanche
sanno perché ridono.
Lavori con dei coglioni, Marcel."

Capitano Adrien Titus

17.

Sta sorgendo il sole.

Nonnino osserva la ragazza con la coda dell'occhio. Ha una guida attenta, concentrata, non ancora fluida, qualche scossone. Deve aver preso la patente da poco e sta tutta aggrappata al volante. Presto lo lascerà scorrere tra le dita all'uscita delle curve, per poi accelerare e lanciarsi sul serio nella vita. È ancora una principiante alla guida come lo è dal suo notaio. Quale studio, a proposito?

"Croze-Ménal," risponde la ragazza. "Avenue du Président-Kennedy, dove le ho dato appuntamento. Ho affittato una *chambre de bonne* proprio lì vicino, è comodo, ho..."

È la prima volta che Nonnino opta per un'auto in condivisione. Dopo il massacro di Julien-Lacroix, sparire dalla circolazione è il minimo della prudenza. Farlo accanto a una sconosciuta che potrebbe essere sua nipote è il massimo della raffinatezza.

Una volta si faceva con il furto di una macchina o lo stop a mano armata, oggi si fa con l'auto in condivisione. Sul disastro Julien-Lacroix propriamente detto, Nonnino si fa delle domande, va da sé. E pure sull'agguato della Folie-Regnault. Li aspettavano, tanto qui quanto lì. Chi è il traditore? Kebir? Qualcun altro? Un infiltrato? Lunghe congetture.

Comunque sia, la Folie-Regnault era una stupidaggine.

Dopo la battaglia della Défense, una nostra visita se la dovevano aspettare. Anche solo per recuperare la Shoeltzer. Come ho potuto commettere uno sbaglio così grossolano? È chiaro che ci aspettavano.

"L'affitto è un po' caro," continua la ragazza, "ma è solo a un centinaio di metri dallo studio, e..."

Nonnino lascia che l'aspirante notaia sciorini il programma che ben presto farà di lei una donna in carriera, tailleur Prada e tacchi metronomo, tic-tac, tic-tac, sull'impeccabile parquet dello studio.

Viaggiano dall'alba.

"Immagino che vorrebbe diventare associata."

"Oh! Ce ne vuole ancora!"

Certo, ma tu, cocca mia, non ambisci ad altro. Papà e mamma che lo vorrebbero così tanto, i tuoi studi filati alla perfezione, lo stage presso l'amico di famiglia prima di superare l'ultimo ostacolo. Ben presto un amore nella stessa baracca, il giovane associato Tizio, o il figlio del vecchio associato Caio, o un altro della stessa razza; va tutto in quella direzione e non potrà che arrivare a buon fine. In quattro e quattr'otto avrai un ufficio tutto tuo, vetrata affacciata sul lungosenna, biglietto da visita chilometrico, squisito pezzettino di potere, e in un attimo eccoti trasformata in una tirannuccia, no, Mélodie, le ho detto che al momento non posso riceverlo, lo faccia aspettare, gli offra un caffè, i giornali, non lo so, io, insomma, se la sbrighi un po', ragazza mia. Pronto, sì avvocato, no avvocato, ma certo, ci mancherebbe, certo, certo, stia tranquillo, avvocato, me ne occupo io, no, il presidente dell'Ordine degli avvocati è al corrente, qui i nostri interessi convergono.

Lei guida.

Nonnino la fissa.

Impeccabile profilo da medaglia con i contorni già affilati. A un tratto lei ha dieci anni di più, lui dieci di meno, la sbatte sulla scrivania, le preme la guancia contro il sottomano con lo stemma ereditato dallo zio Vattelapesca e la violenta a secco. Grégoire e Mehdi, di guardia davanti alla porta imbottita, aspettano il loro turno. Con "Les Échos" e "Capital" sotto il braccio, sono insospettabili. Spiacenti, il colonnello è occupato. Grégoire e Mehdi... Forse anche Jacques, il piccolo Balestro, il mio Jacky, merda... Jacky, Jacky, perché hai dovuto deludermi a tal punto?

Ecco Nonnino strappato alla sua fantasia.

Ricordi di Jacques...

Jacky il conquistatore, tornato dal Brasile con le tasche troppo piene. Quell'appartamento grottesco. Abitare in un acquario, figuriamoci. Le camicie sciancrate, le scarpe a specchio, i completi setosi da allenatore... Tutti quei riflessi...

Cos'hai da rimproverarmi, Nonnino, sei tu che ci hai insegnato a rifarci il letto alla perfezione, a lucidarci le scarpe e a vestirci come si deve, no?

Può darsi, però non ti ho mai insegnato a travestirti da segno esteriore della ricchezza. Guardati un po', Jacky, sembri un semaforo ferroviario. Venghino, sbirri, venghino! Eppure è tanto semplice, ve l'ho ripetuto mille volte, quando volete fare i fenomeni scegliete l'estero, dove vi pare, non lo so, andate a fare i ganassa a Hong-Kong, a Buenos Aires, a Londra, a Frisco, guidate i vostri macchinoni cretini a Roma, fate surf sulle onde degli antipodi, scopatevi le top model moscovite, ma a casa profilo basso. Né troppo poveri né troppo ricchi. Classe media. A metà della scala sociale, quelli a cui nessuno chiede né i documenti né l'imposta sul patrimonio. Quante volte ve lo devo dire? Il meno visibili possibile, santo dio. Sposatevi, se serve. Porco cane, mica è difficile da capire! E Jacques il brasiliano che se ne va a cianciare dalla Talvern... Cosa ti credevi, mio povero Jacky? Che la Talvern ti convocava senza prendere le sue precauzioni. Ingabbiato all'istante, ovvio. E, come se non bastasse, ti sei fatto pure cecare un occhio da un giovane testimone! Toccherà eliminarlo, fra l'altro, quel ragazzino. Nelson come, già? Nelson Paraiso Martins... Questi brasiliani, con i loro cognomi impennacchiati... A chi affidare l'incarico? Anche con gli elementi migliori, oggi bisogna stare attenti a tutto. Se pensi che Grégoire e Mehdi hanno lasciato che andassi a farti incastrare dalla Talvern! E voi due non scordatevi di saldarmi il debito, perché io non me lo scordo.

Stanco, di colpo.

Guarda di nuovo la giovane al volante.

Non è che adesso si addormenta?

No. È lui che ha una botta di stanchezza. Lei ha l'occhio bello vivo, concentrata sulla guida.

Gli restituisce lo sguardo.

Accenno di un mutuo sorriso.

Che lo ringalluzzisce.

Torna alla fantasia di stupro.

Piccolo afflusso di sangue.

Ed eccolo canticchiare:

Jolies passantes de Passy
Je me demande souvent si
Dans le plaisir qu'on dit charnel
Vous gardez vos tailleurs Chanel

Forse lei arrossisce un po'. Lui non saprebbe dirlo, sta sorgendo il sole.

"David McNiel," sorride lei.

Ah, però, lo conosce.

"Un bravo poeta. Un bravo cantante. Lo sa che è il figlio di Chagall?"

Citare nomi... Solo a questo pensano, marcare il loro giardinetto mondano. Citare nomi, pisciatina di cane. Il riferimento, pisciatina di cane. Pisciatina, i piccoli orgasmi di ammirazione.

Ah! Conosce Il Tale? Ha letto Tizio? Ci è andato anche lei? Pisciatina. Fantaaastico, vero? Pisciatina. Devono per forza tirarsela. Devono marcare il loro praticello. Quel modo che hanno di annusarsi il buco di casta. Pisciatina di cane, pisciatina, pisciatina. Nonnino non li ha allevati così, i suoi ragazzi. Quando sapete qualcosa che anche altri sanno, mettiamo un film che vi ho fatto vedere, un libro che vi ho fatto leggere, un quadro che vi ho messo sotto gli occhi, non datevi delle arie. Lasciate che siano loro a parlarne. Lasciate che se la tirino con la loro cultura, la loro politica, la loro economia, lasciate che ciancino sulle loro conoscenze, i loro ristoranti, i loro sarti, le loro palestre, i loro ortopedici e i loro analisti. Trattenetevi. Ascoltate. E limitatevi a pensare, sempre. Anche per portarci a letto una ragazza, Nonnino? aveva chiesto Mehdi. Anche, ragazzo mio. Prova semmai con l'ammirazione, che funziona pure meglio. Lei è così contenta di averti insegnato qualcosa che tanto più volentieri si fionderà sotto le tue lenzuola. Il loro lato materno.

Chiede:

"Quanto manca a Reims?".

La ragazza controlla il GPS.

"Ancora ottantatré chilometri."

Lui lascia passare un po' di strada:

"Lo conosco bene, il notaio Ménal," dice.

"Il padre?"

"Il padre."

"È da lui che faccio pratica," dice.

Il notaio Ménal... Un vero grossista nei reati di insider trading. Al corrente di tutto, che negozia tutto a peso d'oro, sotterrando i guadagni bene in profondità. Si ritiene intoccabile. Son fatti così, si credono tutti ignifughi... Ma il caso vuole che questo qui figuri sull'elenco di Lapietà. Ci penserò io a bruciarlo, il notaio Ménal.

La guarda ancora in silenzio.

Il tuo papà e la tua mamma lo sanno che rubacchia, il notaio Ménal? E tu? Qualche sospetto ce l'hai? Pare che? Gira voce che? Gli farò cacciar fuori tutti i suoi risparmi, al tuo capo, e quando l'avrò ripulito per bene ci sarà aria di licenziamenti. E a quel punto ti assumo io, piccola. Ti mando Grégoire a sedurti e ti piazzo da un'altra parte. Ottimizziamo le tue competenze.

"Se non è contenta di come vanno le cose con il notaio Ménal, mi contatti, che interverrò io."

Lei gli restituisce lo sguardo.

"Sul serio?"

Percepisce nella voce di lei un misto di stupore, dubbio, ironia e avidità. Come potrebbe mai, questo vecchietto con la sua cartella lisa e le scarpe da prete, intervenire in caso di problema con il notaio Ménal?

"Siamo della stessa parrocchia, figliola."

Detto con una untuosità che esclude la menzogna.

"A proposito di parrocchia," chiede, "lei canta?"

Se canta? Eccome! I suoi genitori hanno fatto di tutto perché entrasse nel coro di Sainte-Eulalie.

"Faccia un po' sentire."

"Scusi?"

"Mi canti qualcosa."

Precisa:

"Di barocco".

"Rameau?"

"Vivaldi."

Lei resiste un po':

"È da tanto che non...".

"Canti."

Acconsente. Canta. *Vedrò con mio diletto.* Canta bene. Gola profonda, benché dagli anni '70 quest'espressione sia un po'... Perfetto, sei reclutata, tesoro. Andrai in tournée con i nostri cori.

Dopodiché non l'ascolta più. Sente il canto senza più ascoltarla. È tornato con il pensiero agli ultimi avvenimenti. La polizia presente alla Défense, la polizia presente in rue Julien-Lacroix, un agguato in rue de la Folie-Regnault... Tre volte vuol dire tre volte di troppo. Una sola domanda: Chi? No, anche un'altra domanda. Perché lanciarsi nel sequestro Lapietà? Non ne avevi già abbastanza, di lavoro? Non bastavano i cori, le adozioni e il calcio? Dovevi proprio ributtarti sul ricatto, vecchio mio? Il ricatto, il ricatto, mica un ricatto qualsiasi, però, tutti quei pezzi grossi beccati in un colpo solo, tenere per le palle l'intera Francia grazie a quell'elenco, non è mica una roba da niente, è il fuoco d'artificio finale di una carrierona coi fiocchi! Ah, sì? Un disastro, imbecille che non sei altro! E se il ricatto non fosse più roba per te, semplicemente? Se avessi perso la mano? I risultati li abbiamo sotto gli occhi, no? Molla il colpo, non sei più all'altezza. Sbrigati a eliminare Lapietà e il figlio, che è la sola cosa urgente, e poi piantala lì. Ma in fondo, perché non smettere del tutto? Smettere davvero... Totalmente. Eh?

Perché è vero che lui aspira alla pensione. Da qualche anno, deve ammetterlo, ha proprio voglia di passare la mano. Dopo un certo *gratin dauphinois.* Dopo che è arrivata lei. Quanti anni sono, da quell'incontro? (Più che incontrarsi, in realtà si sono ritrovati.) Cinque anni? Sei! Il 27 aprile saranno sei anni da quando l'ha ritrovata. Il suo primo amore. L'unico, a dire il vero. Fuggito così a lungo e finalmente ritrovato. Ancora non si capacita. Dai, andare in pensione. Lasciare il reclutamento e gli orfanotrofi a Mehdi, affidare a Baptiste le scommesse truccate, mettere Grégoire a capo dei cori, piazzare Faustine alle finanze, beccarsi i dividendi e non muoversi più. In fondo, ho diritto anch'io alla pensione. E poi lei mi aspetta. Mi aspetta così tranquilla! Ormeggiarmi a lei e guardar passare le ultime chiatte... Solo lei prima del nulla. Che i miei occhi si richiudano su di lei e fine del discorso.

Tutto lo riporta a lei, è indubbio. Una bella stranezza, questa... innamorarsi... Lui da sempre così restio a qualunque forma di attaccamento.

Sognare un *gratin dauphinois*!

Un *gratin dauphinois*...

Chiede alla ragazza che guida:

"In base a quali criteri mi ha scelto?".

Lei smette di cantare.

Tituba.

Eh, già, figliola bella, mica puoi ammetterlo che la mia faccia da vecchio rimbambito ti ha rassicurata. Scegliamo 'sto vecchietto dall'aria triste, che almeno non mi metterà la mano sul culo.

"E lei?" chiede invece di rispondere, "perché ha scelto me?"

Ha sempre avuto orrore degli interrogatori, lui.

"Alla mia età," dice, "abbiamo bisogno di sapere come sono fatti i giovani."

Aggiunge:

"I miei nipoti mi chiamano Nonnino".

In caso di interrogatorio, lei si ricorderà di questo dettaglio, ovviamente. Benissimo. Ha sempre provato il bisogno di lasciare delle tracce... Non tracce alla Balestro, le tasche piene zeppe di indizi. Nel mio caso è diverso. Un modo di mettere un po' di pepe nel lavoro. Dare subito un aiutino agli sbirri. Che quelli da soli non ce la fanno, poveretti.

La giovane autista domanda:

"Quanti ne ha?".

Di cosa parla? Ah! Sì, i nipoti.

"Non li conto più."

L'ha detto in modo così carino che lei si prende una libertà.

"Allora posso chiamarla anch'io Nonnino?"

Ma certo! Tanto più che sto per lanciarti i miei lupi alle calcagna, cara la mia cappuccetto rosso, e ben presto sarai anche tu della muta. Vedrai che è bello redditizio, il coro. E poi da noi niente licenziamenti. Chiedi un po' a Jacky.

Posa una mano commossa sui capelli della giovane autista. È una carezza leggera, ma la piccola sente il peso dell'anello. Dopo averle tirato delicatamente il lobo dell'orecchio, e aver poi posato di nuovo le mani sulla valigetta, domanda:

"Parli spagnolo?".

"*Claro que sí,*" risponde lei allegra.

Benissimo, la metterò con Grégoire sul dossier messicano. I messicani sono meno difficili dei cinesi. Ora come ora, le famiglie sono più ghiotte di caramelle cinesi, ma quelle messicane rimangono comunque più facili da piazzare. Meno care e meno tenute d'occhio. Ci sono state irruzioni della polizia per sequestrare caramelle cinesi, per le messicane non ancora. E sono meno rintracciabili nel sangue, peraltro. Meno cariche di pentothal. Il laboratorio della medica legale non ha rilevato nulla nelle analisi di Jacky. L'hanno scambiato per una dose normale di barbiturico.

Sorride dolcemente.

Quando sarò in pensione, bisogna proprio che scriva un saggio sulla fretta che hanno le famiglie di abbreviare i tormenti dei loro vecchi. Ascoltate i nostri cori... *Vedrò con mio diletto* e viva la caramella messicana! Ti evita il famoso viaggio in Svizzera. La loro ultima annusata di casta, il viaggio in Svizzera. Non vogliono soffrire. Addormentarsi con dignità. La loro cazzo di dignità... Il prezzo della loro dignità... L'ammontare esorbitante della loro dignità... Pisciatina di cane. Ecco, grazie alle nostre caramelle non c'è più bisogno della Svizzera. Risparmio non trascurabile. Faustine e Grégoire si sono divertiti a calcolarlo: la caramella messicana è *centoventi volte* meno costosa del viaggio in Svizzera per un risultato altrettanto degno, signore e signori, e non meno sicuro. Non ci sono dubbi, il futuro è all'insegna della dignità.

Reims.

Hanno appena superato il cartello di benvenuto.

"Grazie se mi lasci alla chiesa di Saint-André, figliola."

Lei annuisce.

È a due passi dal vescovado.

Ma questo, che ha appuntamento con il vescovo, non glielo dice.

Quindi aspetta che riparta.

Farà l'ultimo pezzo a piedi.

Fermo sul sagrato, le fa un ultimo cenno con la mano.

L'auto sparisce.

"Per il colonnello, non più di dieci minuti."

"Va bene, eminenza."

"I documenti sono pronti?"

"Sì, eminenza."

"Il nostro Porto d'Aranca, è il suo preferito."

"Il vassoio è pronto, eminenza."

"Quanto ci passa, per la totalità dei cori?"

"Il 12 per cento, eminenza."

"Non avevamo negoziato il 15?"

"Il reverendo Courson de Loir non è riuscito a ottenere più del 12. È già piuttosto ragguardevole, rispetto a quanto ci rendevano i cori prima che fosse il colonnello a occuparsene."

"Il 12 per cento non è mai meglio del 15, figliolo."

"No, certo, eminenza. Ma credo sia arrivato."

"Lo faccia entrare e ci lasci."

18.

Quando si svegliò dopo l'operazione, Frédéric si chiese chi fosse seduto accanto a lui.

Che roba è?

La sorpresa ebbe la meglio sul dolore.

Nella poltrona alla destra del suo letto di ospedale era seduta una specie di nana baffuta, con la pelle granulosa e i capelli unti dall'attaccatura bassissima, che lo fissava attraverso un paio di culi di bottiglia. Era infagottata in un enorme kilt, accavallava spessi calzettoni di lana tenendo un taccuino aperto sulla gamba piegata. Sfoggiava un paio di sandali come quelli che portavano gli scout nelle foto in bianco e nero del bel tempo che fu. Una suora? si domandò Frédéric. Non aveva né età né forma, ma da quel che poteva giudicare nelle nebbie del risveglio, era di sesso femminile. L'austerità ostentata... La cappellana dell'ospedale? All'improvviso il dolore lo richiamò all'ordine. Smorfia. Gli avevano tolto due proiettili conficcati nell'osso. L'osso è doloroso per natura, diceva Nonnino. Per ottenere un'informazione, rompete un osso. Anche uno piccolo va bene. Ma il vero dolore di Frédéric era altrove: l'immagine della Mercedes che sparisce in rue Lesage. Meeeeeerrrdaaaa. Eppure Nonnino aveva fatto il possibile. Dai, piccolo, che quasi ci sei, su, vieni! Solo il peso dei due molossi che aveva dovuto abbattere nel momento in cui gli saltavano addosso aveva impedito a Frédéric di tirarsi su, e il corpo dello sbirro morto bloccava la portiera dell'auto. Per non parlare dei proiettili che avevano ripreso a sibilare. Nonnino aveva illustrato spesso ai ragazzi situazioni del genere: "La meccanica della sfortuna... Ci sono momenti così, di scalogna. A quel punto non bisogna innervosirsi, miei cari. Vi organizzerò qualche stage, anche su questo".

L'ultima immagine che Frédéric serbava di quella serata memorabile era lo sguardo incantato di Marguerite, la Mercedes che si allontanava, lo sguardo di Marguerite mentre sparavano contro l'auto e il finestrino si sollevava. Nonnino doveva averla ripresa, pensò Frédéric: Ma abbassati, figliola!

Chiuse gli occhi. Quando li riaprì, la cosa era sempre seduta accanto a lui. La guardò a lungo. Aveva un che di antichissimo. Domandò:

"È una fata, lei?".

La giudice Talvern annotò la domanda sul taccuino aperto. Con deliberata lentezza, valutò Frédéric. Vuole far colpo. Alla fine levò su di lui due occhi dilatati dallo spessore degli occhiali.

"E lei, signor Colonge, cosa fa nella vita?"

D'accordo, questo orrore sa come mi chiamo, pensò.

Rifletté un secondo, dominò una fitta di dolore e poi buttò lì, con la coda di una smorfia:

"Nella vita? Niente di che. Mi faccio mantenere da mio nonno finché non saranno i miei figli ad avere l'età per farlo".

Uno sbruffone che parla per citazioni, si disse la giudice prendendo nota. La sa anche Iuc, questa battuta. La tirava già fuori Jérémy ai suoi tempi.

"Ecco, io invece faccio il giudice istruttore," disse.

Lui sorrise, francamente estasiato.

"Aspetti, mi lasci indovinare... La giudice Talvern? Avrei dovuto immaginarlo."

Una pausa, poi:

"Per un inizio di carriera, è un onore averla, signora giudice".

Lei chiese:

"Chi guidava la Mercedes, signor Colonge?".

"Facciamola semplice, mi chiami Frédéric."

"Chi guidava la Mercedes, Frédéric?"

"L'autista di mio nonno. Da quando sono piccolo mi accompagna a scuola. La sera, quando esco, mi accompagna e mi aspetta per riportarmi a casa."

Prese nota.

A un tratto lui provò il bisogno di tagliar corto. Chiese:

"Va bene, signora giudice, quante vittime in totale?".

"Due morti e sei feriti, di cui tre gravi."

"E nelle nostre fila?"

"Nelle nostre fila," prese nota la giudice.

"Un morto, e poi lei. Gli altri due non si sono fatti niente."

"Li hanno presi?"

"Si sono arresi."

Lei tacque. Lui tacque. Entrò un'infermiera e chiese:

"Da uno a dieci, quanto valuta il suo dolore?".

"Cinquantatré," rispose Frédéric.

"Ha un campanello a pera," disse l'infermiera infilandogli in mano lo strumento. "Lo prema quando è troppo forte."

"Per principio, non premo mai sulle pere."

Un buffone, pensò la giudice. Non riesce a star zitto. Vuole far colpo sull'esaminatore. Jérémy alla stessa età, se avesse preso una brutta piega. Spiritoso, come Jérémy, e l'abitudine di voler sempre avere l'ultima parola. Fisicamente coraggioso, certo. Credono tutti che il coraggio fisico protegga da qualunque cosa.

Aspettò che uscisse l'infermiera.

Poi:

"Frédéric, che cosa fa quando non rapisce la gente?".

"Canto in un coro, signora giudice. Non son proprio fatto per i sequestri. Tant'è che mi hanno arrestato. Non son fatto neppure per la droga... quella la lascio alla feccia di periferia. Del resto io, personalmente, la droga neanche la tocco. In nessuna forma. Mio nonno è contrarissimo. Il canto, invece, quello fa proprio per me. Sono tutti concordi nel ritenere che ho una voce niente affatto male."

Dopo aver preso nota, lei disse gentilmente:

"Non dovrebbe parlare così tanto, Frédéric. Specie davanti a un magistrato istruttore. I chiacchieroni non lo sanno mai davvero cosa capiscono i loro interlocutori. Si limiti a rispondere alle mie domande".

Fu un pugno nello stomaco. Parola per parola, quasi, i consigli di Nonnino:

"Chiudi quella bocca, Frédéric, mettici un lucchetto, cazzo!".

La brusca intrusione di Nonnino nei suoi pensieri fece una tale paura al ragazzo che si sentì la vescica lì lì per scoppiare.

"Signora giudice," disse, "mi scappa di..."

Lei si alzò.

Padella.

"Grazie."

"Si figuri."

Pisciò a lungo, chiudendo gli occhi. La paura si diluiva nell'urina. La mano che gli aveva stretto le viscere allentava la presa. Nonnino si dissolveva.

Giusto per aiutare il ragazzo a riatterrare morbidamente, la giudice Talvern chiese:

"Secondo lei, Frédéric, quanti siamo in Francia a conoscere ancora Roger Richebé?".

Lui le rivolse uno sguardo interrogativo:

"Chi?".

"Richebé," ripeté lei. "Roger Richebé, il regista."

Si tolse gli occhiali e posò sul ragazzo uno sguardo che lui avrebbe detto proprio fraterno. Restituiti alle loro giuste proporzioni, i suoi occhi erano splendidi. Splendidamente intelligenti.

"Frédéric, lei mi ha accolta chiedendomi se fossi una fata," disse. "È una battuta divertente tratta da *Un immortale su misura*, un film di Roger Richebé, 1937. Adattamento di un testo teatrale di Flers e Caillavet, anche loro totalmente dimenticati. Non ricorda più il nome del regista, ma vedendomi si è ricordato la scena."

Lui fece un riso muto che gli risvegliò il dolore.

"È vero," disse premendo la pera. "Mi scusi, signora giudice."

"Ci mancherebbe. Faccio spesso questo effetto alle persone. E la scena è davvero divertente. Le va di raccontarmela?"

Vada per la pausa cultura, pensò lui. Rifletté un istante. Lei aveva di nuovo inforcato i suoi culi di bottiglia.

"Allora. La scena si svolge su un treno, signora giudice. Jules Berry, uno degli attori principali del film, è seduto di fronte a una donna così favolosamente brutta che lui le chiede: 'È una fata, lei?'. Per mio nonno era una delle battute più divertenti del cinema francese."

"È stato lui a farle scoprire il film?"

"Un film della sua giovinezza, sì. In bianco e nero, ovviamente."

Lei prese nota di quello di cui doveva prendere nota e chiese:

"Vuole bere qualcosa? Si crepa dal caldo, qui".

Si alzò, riempì un bicchiere di acqua e glielo porse. Mentre lui beveva, indicò il suo piede nudo appeso a una doccia ortopedica.

"Cosa le è successo all'alluce?"

L'unghia era nera di sangue rappreso.

“Ah, quello? Alpinismo,” disse lui. “Scarpe nuove, troppo strette.”

Quando le restituì il bicchiere, lei gli trattenne per un momento le dita nelle sue. Anche lì unghie distrutte. Indice e medio violacei.

“Si inerpica pure sulle mani, Frédéric?”

Una breve esitazione:

“In montagna bisogna spesso aggrapparsi alle pareti con le unghie”.

Lei pensò di sfuggita: il mio Talvern troverebbe che non hai dei gran polpacci da alpinista, bambino mio. Riprese l’interrogatorio:

“Va bene, Frédéric, il tempo stringe. Le dirò quello che so. Lei ha incontrato Vaubertin, o perlomeno il tizio che ha scambiato per lui, in uno scontro armato, sotto la spianata della Défense, la notte in cui la vostra banda ha rapito Georges Lapietà e il figlio. Vaubertin, o quello che ha scambiato per lui, ha ucciso uno dei suoi compagni travestito da gendarme. Gli ha fatto esplodere la testa. Lei si è chiesto chi fosse quel tiratore e l’ha cercato per sapere come mai ve lo foste trovato fra i piedi. Domanda: come ha fatto a rintracciarlo?”.

“Annotando il numero di targa afferente al suo veicolo.”

“Chi le dice che non fosse un veicolo rubato?”

“Non si ruba un trabiccolo del genere per un’operazione, signora giudice. Doveva aver fretta, ha preso il suo.”

Categorico.

“Ci ha fatto caso che era una biblioteca ambulante?”

“Negativo, era un pulmino Volkswagen.”

“Pieno di libri,” insistette lei. “Disposti su scaffali.”

Lui tacque.

“Bene. Quindi ha trovato il suo indirizzo e ha deciso di interrogarlo. E poi?”

“Siamo rimasti appostati per quarantotto’ore nella sua via.

Il secondo giorno, al mattino, è uscito di casa per andare a comprare una baguette. Conferma, era proprio l'individuo che ci aveva aggrediti. L'ho formalmente identificato. Oltre tutto era ferito, si vedeva. Doveva essere stato colpito durante la sparatoria. È la conclusione cui siamo arrivati. Ma ne avremmo avuta la certezza solo suonando al suo domicilio."

Lei prese nota. Lungamente, stavolta, sottolineando qua e là. Poi:

"Ultime tre domande, Frédéric. Uno: chi vi ha informato della presenza di Lapietà e del figlio in quel covo sotto la Défense?".

"Non sono abbastanza alto di grado per saperlo, signora giudice."

Qui lei si concesse per la prima volta nella sua carriera una fantasia che la stupì.

"Frédéric, glielo chiedo come un favore personale. È il solo punto davvero oscuro dell'inchiesta. Chi vi ha venduto Lapietà e il figlio?"

Lui sfoderò un sorriso complice:

"*Do ut des*, signora giudice: e noi, chi ci ha tradito?".

"Tradito?"

"Quelli arrivano sotto la Défense nel momento in cui stiamo operando, e poi succede la stessa cosa in rue Julien-Lacroix, nel momento in cui veniamo a chieder conto. Qualcuno li informa, no? Chi è?"

Lei ha un rapido pensiero per il commissario di divisione Menotier.

"Nessuno dei vostri, Frédéric. Solo il caso e la stupidità."

Lui annuisce lungamente.

"In ogni caso, neanch'io le avrei risposto... Ma davvero non so chi ci abbia venduto Lapietà."

"Le credo," disse lei. "Seconda domanda: Dove li nascondete, adesso?"

"Anche questo non è il genere di cose di cui è informata la truppa."

Lei approvò con un cenno del capo.

"Un'ultima domanda e poi non la secco più: lei dice sempre 'noi'. *Siamo* rimasti appostati... Chi sono questi noi?"

"Dei colleghi. Non so come si chiamano. Ci ritroviamo solo sul terreno delle operazioni e lavoriamo sotto pseudonimo. Il coro non mi basta per vivere, faccio degli extra. Il gangster non è il mio mestiere, le do la mia parola d'onore."

"Grazie, Frédéric."

Rimise penna e taccuino nella borsa.

"Ora bisogna che vada."

Intuì un accenno di gesto per trattenerla.

"Sì?"

"E lei, signora giudice, se posso permettermi, come fa a conoscere *Un immortale su misura*?"

Trattenne un sorriso.

"Proprio come lei, Frédéric. Un ricordo di famiglia."

Le proiezioni di film che Jérémy organizzava quand'erano ragazzini... Benjamin proibiva la tivù ma incoraggiava il cineclub di Jérémy.

Quando fu sulla porta, avvertì come un presentimento. Il ragazzo voleva trattenerla. Il perché, lei lo sapeva.

"Non abbia paura, Frédéric. Ho chiesto che le mettano una scorta."

Lui si udì domandarle:

"Non potrebbe restare finché non arrivano?".

"Sono qui nel corridoio, guardi."

Aprì la porta della stanza e Frédéric scorse due poliziotti in borghese. Li salutò con grande gioia.

"Se per caso ha dimenticato un particolare importante, può contattarmi tramite loro," disse la giudice richiudendosi la porta alle spalle.

La presenza di quelle sentinelle non rassicurò a lungo il ragazzo. Nonnino approfittò del vuoto lasciato dalla giudice per riprendere la parola nella sua testa. Nel tono sfinito di quando gli facevano proprio cascare le braccia. Frédéric, ma cos'è, sei diventato matto? Che cosa ti ho detto? Il peggior delatore è chi vanvereggia. Te l'ho ripetuto anche l'ultima volta che ci siamo visti. E tu non trovi niente di meglio da fare che passare un'ora a chiacchierare con la giudice Talvern. *La giudice Talvern*, ragazzo mio! Perché è rimasta qui ad ascoltarti, secondo te? Per simpatia? Per il piacere della tua conversazione? Non ha altro da fare? Davvero? Vuoi che ti aiuti a rimettere i piedi per terra? Allacciati bene le cinture, che sarà un atterraggio brusco. Tanto per cominciare, se annunci a una giudice istruttrice che la conosci, le stai rifilando una quantità di informazioni che neanche ti immagini. Come potresti conoscerla, la giudice Talvern? L'hai vista in tivù? Non appare mai, lei. Sui social? Non twitta. Sui giornali? Rifiuta tutte le interviste da quando è nata. Seduta vicino a te, Frédéric, c'era la donna invisibile. E tu, salame che non sei altro: "Aspetti, mi lasci indovinare... La giudice Talvern?". Che onore per un inizio di carriera! Ma ti sei bevuto il cervello? Lo sai cosa le hai comunicato annunciandole che la conosci? Le hai fatto sapere che l'hai riconosciuta *grazie alla descrizione che altri hanno fatto di lei.* Perché gli unici a poter descrivere la giudice Talvern sono quelli che ha guardato negli occhi fra le quattro pareti del suo ufficio. Balestro, per esempio, alias Ryan Padovani, l'impiccato dell'ultima ora. Lo ammiravi, tu, quello, eh, con i suoi completi di seta e le sue calze firmate? A bocca aperta stavi, eh, davanti al Jacky! Per forza, era un vanverone come te. Anche lui pensava di poter fare lo sbruffone davanti alla giudice Talvern, con la sua parlantina, la sua abbronzatura, la sua grana e i suoi braccialetti del cazzo. Risultato, un occhio cecato e poi appeso nella sua cella a una calza contenitiva. Fine della storia. Adesso, se vuoi seguire la giudice come si segue un ragionamento, apri gli occhi, figliolo: lei esce dalla tua stanza, lascia l'ospedale, sale sulla metropolitana, scende dalla metropolitana, arriva al Palazzo di Giustizia, sale nel suo ufficio, clicca sui suoi dossier, elimina gli improbabili e ti pesca bello vivo nelle acque del dossier Balestro. Come ha fatto? Ma grazie a te, bello mio. Grazie a te e alla tua mania di parlare di tuo nonno, per esempio. Mio nonno di qua, mio nonno di là... Un'occhiatina al tuo stato di famiglia e si rende conto che tu di nonni non ne hai, che sei figlio di vecchi, che i tuoi nonni, maschi e femmine, han tirato le cuoia ben prima che tu nascessi. Quindi chi è, questo nonno con l'autista? Questo nonno cinefilo? Questo nonno che ti proibisce la droga? Non sarà per caso l'antenato che evocava ad alta voce nel sonno anche Balestro, la notte della sua esecuzione? Nonnino, lo chiamava, stando alle testimonianze dei compagni di cella. Sì, Jacky ha parlato di me nel sonno, non lo sapevi, questo, eh, amico mio? E così siamo a due Nonnini nell'orecchio della stessa giudice. Il povero Jacky di quel nonnino aveva una paura spaventosa, a quanto pare, e gli chiedeva scusa... Frédéric, Frédéric... Siete tutti uguali, prima fate delle gran cazzate e poi attaccate a piagnucolare: non lo farò più, Nonnino, non lo farò più... Sembrava che Jacky temesse la visita del Nonnino in questione. Sai cosa ti dico? Non aveva torto.

Terrore.

Vescica.

Ma nessuno stavolta che gli passi la padella.

Lenzuola inzuppate, di lì a poco gelide.

Le ferite di Frédéric si risvegliarono. Accolse il dolore con sollievo. Gli permetteva di sfuggire a Nonnino. Frédéric trovava rifugio nel fuoco delle sue ossa. Troppo male per pensare. Mandibole serrate da sbriciolarsi i denti, lottò un'ora buona prima di azionare il campanello a pera.

La voce di Nonnino tornò con la quiete della morfina. In modalità ammirazione, stavolta. Nonnino gli faceva i complimenti: di fronte al dolore fisico, sei sempre stato il migliore, figliolo, questo non te lo toglie nessuno. Il primo in tutti gli stage di tortura. Da far disperare Marguerite quando ti lavorava i denti o le unghie. Tanto che ha un po' strappato via la matrice, è vero, e l'ho rimproverata per questo; le unghie ricrescono male, Marguerite, stai attenta alla matrice! C'è poco da fare, quanto a resistenza fisica, diciamolo pure, non ti batte nessuno. Di certo non quel bestione di Armand. Nell'azione non ha paura di niente, Armand, ma basta che gli facciano un po' di solletico e quello subito canta. Per non parlare del povero Kebir...

È grazie a te, Nonnino, se sono coraggioso, rispondeva Frédéric, è grazie a te se sotto tortura ho sempre resistito. La pura verità. La sua resistenza fenomenale al dolore fisico, Frédéric la doveva all'affetto e alla stima che leggeva negli occhi del vecchio, mentre Marguerite se lo lavorava. Quale che fosse la natura dello stage: denti, unghie, elettricità, guide del telefono, ceffoni, strangolamento (ah! quella calza contenitiva!), pera orale, mozziconi di sigaretta, waterboarding, Nonnino era sempre presente, e la sua ammirazione affettuosa aiutava Frédéric a sopportare qualunque dolore. Avrebbero potuto carbonizzarlo con la fiamma ossidrica, e per amore di Nonnino non avrebbe sputato fuori niente. È vero, ammetteva Nonnino con emozione... Questo devo proprio riconoscerlo, fisicamente non c'è nessuno più coraggioso di lui... Psicologicamente invece è un'altra storia. Dimmi un po', perché hai dovuto parlarle dei cori, alla giudice? Ma sì, ricordati: "Canto in un coro, signora giudice". Vuoi invitarla ai nostri cori, già che ci sei? Vuoi coinvolgerla nella distribuzione delle caramelle messicane? Descrivendole in dettaglio la composizione chimica? Questo vuoi? Pensi che la parola "coro" non risvegli niente nel suo cervellino? Un dettaglio così particolare? L'assassino che lei sta interrogando è un patito del canto corale! Quale coro? Frédéric, Frédéric, figliolo, hai abboccato. Non con la tortura, no, ma a suon di zucchero. Sei un *waffle*. Hai preferito la stima della giudice all'amore di Nonnino. È proprio il tuo carburante, l'ammirazione altrui... Rimanere nell'occhio dell'ultimo che passa, eh? Non sono mai riuscito a guarirti da questa brutta mania. Risultato, metti a repentaglio la baracca. La giudice ti ha preso all'amo come un'alborella. Tu hai abboccato subito e adesso sei lì che friggi nella sua padella. Le hai confessato implicitamente che eri alla Défense per il rapimento di Lapietà e grazie alla tua tiritera sul coro adesso il resto della squadra rischia di finire fritto in padella come te. Se non intervengo io in tempo, va da sé. E meno male che non sai chi è stato a informarmi su Lapietà e figlio... Se l'avessi saputo, addio a noi.

Più tardi, come un lampo nel sonno che cominciava a prendere il ragazzo:

"Se fossi in te, Frédéric, sulla scorta non ci farei troppo affidamento".

Più tardi ancora:

"Chi mai si insospettirebbe, per esempio, di fronte a un'infermiera dall'aria professionale come Marguerite? Un'infermiera del turno di notte... Porterebbe il suo sorriso e un caffè alle tue guardie prima di venire a controllarti...".

Vampata di calore.

L'anticamera dell'inferno.

Frédéric suonò per chiamare l'infermiera.

Niente infermiera.

Frédéric sbraitò all'infermiera.

Uno dei due sbirri di guardia infilò la testa nella camera.

"Hai male?"

"Crepo di caldo. Apra la finestra."

"Impossibile. Per la tua sicurezza."

"Cazzo ma lo capisce o no che sto andando a fuoco?"
Lo sbirro passò la mano sulla fronte del malato.
"Apro?" chiese al collega.
"E se si butta?"
Lo sbirro indicò la complicata ferraglia che inchiodava Frédéric al letto attraversandogli il ginocchio.
Aprì la finestra e uscì.
"Oh! cazzo, grazie," mormorò il ragazzo.

19.

Il tenente di polizia giudiziaria Valmondois si sentiva stranamente impotente di fronte allo spilungone che se ne stava ritto davanti alla sua scrivania.

"Titus, questo non vuole togliersi gli occhiali."

"Né il cappello, presumo."

"Né il cappello."

Intorno agli ufficiali di polizia Titus e Valmondois piovevano le domande, crepitavano i computer, gocce di pioggia su tetto di zinco, le ultime deposizioni andavano ad aggiungersi alle deposizioni del giorno prima, i ritorni dalle missioni incrociavano le partenze...

Il tenente ripeté l'ordine.

"Gli occhiali, per favore, e il cappello."

Longilineo e vestito di scuro, occhiali neri e cappellino funky, il tipo alto non batteva ciglio.

"Devo poterla identificare, signore," insisteva Valmondois, "ci vuol tanto a capirlo? Si tolga quel cappello e quegli occhiali, per piacere."

Titus domandò di cosa fosse accusato lo spilungone.

"Infrazione al regolamento sull'uso dei droni, sorvolo notturno dello spazio urbano. Solo stanotte, duecentootto droni contemporaneamente, questo qui."

Titus rivide il Père-Lachaise che planava sopra rue Julien-Lacroix.

"Ah! Era lei, il cimitero!"

Lo spilungone fece segno di sì.

"Quanti eravate, per pilotare la sua squadriglia?"

L'improvviso silenzio che era calato su quella notte folle aveva impressionato Titus. Si rivide mentre apriva la finestra di Manin e si affacciava sulla via di colpo muta. Un attimo prima si rischiava un massacro di sbirri ed ecco che ora tutti si inginocchiavano sotto la pace dei cieli. Le tombe scivolavano via accompagnate da un lontanissimo ronzio di api. Dieci minuti dopo la strada era vuota, erano tutti a letto, le imposte chiuse. La visione era scomparsa.

"Duecentootto droni, quindi?" domandò Titus.

"Duecentocinque, in realtà," rispose lo spilungone. "Tre si sono rotti."

"Perché l'ha fatto di notte? A mezzogiorno avrebbe avuto più gente, no?"

"Per via della luce dei lampioni. Con le ombre proiettate dall'illuminazione pubblica era molto più bello."

"Dove è atterrato?"

"Sullo Champ-de-Mars."

"A che ora?"

"Alle tre e dodici."

"Non è troppo piccolo, lo Champ-de-Mars, per farci atterrare il Père-Lachaise?"

"L'ho creato in proporzione. Calcolato preciso al pelo. Potevo farlo atterrare solo lì."

"Nessuno, sotto?"

"Due coppie di innamorati. Ma lì sul posto c'erano alcuni dei nostri. Li hanno trasformati in spettatori."

"Non avete fatto correre rischi a nessuno, quindi?"

"Avremmo potuto, se si fossero rotti altri droni, ma eravamo stati larghi, più di duecento, comunque. Pressoché nessun rischio."

"Sopprima il 'pressoché'," consigliò Titus. "Diciamo nessun rischio."

Poi, al tenente Valmondois:

"Da chi viene, la convocazione?".

"Dal commissario di divisione Menotier: violazione della legge sul sorvolo urbano, disturbo della quiete pubblica... Come se non bastasse, Menotier li accusa di aver filmato la sua squadra durante un'operazione. Oggi è proibito filmarci mentre lavoriamo, capitano."

Titus confermò.

"Avete filmato la polizia al lavoro?"

"No, è stata la gente in strada a filmarci."

Titus allungò la mano.

"Posso leggere la convocazione?"

Valmondois gli tese il foglio. Titus lo lesse attentamente, senza che lo spilungone si togliesse gli occhiali scuri e il cappello, né accennasse a sedersi.

"Senti, Valmondois," dichiarò Titus, "ero sul posto quando ci ha sorvolati il suo coso. Puoi considerarmi un testimone. Come tale, dichiaro che il tuo cliente non solo non ha provocato nessun assembramento, ma ne ha disperso uno in cui stavano per fare la festa alla pula. Ringrazialo di averci conservato vivo un superiore insostituibile e strappa questa convocazione."

"Te ne assumi tu la responsabilità?"

"Lo scrivo nero su bianco, lo firmo e se occorre posso esibire trecento testimoni."

L'ufficiale di polizia giudiziaria Valmondois rivolse allo spilungone uno sguardo carico di minaccia.

“Lei ha salvato la vita al commissario di divisione Menotier?”

“Se lo dice il suo collega...” rispose prudentemente lo spilungone.

“Solo per questo si merita una pallottola nella nuca. Sparisca, prima che tiri fuori la pistola.”

Appena uscito lo spilungone, Titus chiese:

“Lo sai perché non voleva togliersi né gli occhiali né il cappello?”.

“Per rompere i coglioni, presumo.”

“Manco per sogno. Perché senza gli occhiali e il cappello non lo riconoscerebbe nessuno.”

“Lo conosci, tu?”

“Tutti lo conoscono. Ti porterò a una delle sue mostre. Lavori troppo, Valmondois, e questo nuoce alla tua cultura.”

Il capitano Adrien Titus, in realtà, era passato dall'ufficio per un'altra cosa. Convocato dalla giudice Talvern, aveva bisogno degli interrogatori degli assalitori di rue Julien-Lacroix e rue de la Folie-Regnault che insieme con Valmondois e Brochard aveva torchiato per tutto il giorno, interrogatori debitamente filmati.

“Lei vuole vedere i filmati.”

Secondo la giudice, le due squadre erano imparentate. Quei tipi si conoscevano. Rapporti stretti, addirittura. Questa convinzione veniva alla giudice dalle ciance di uno di loro, interrogato sul suo letto di ospedale.

“Filmate gli interrogatori, voglio vedere le loro facce da vicino.”

Aveva elaborato una griglia di domande a uso dei tre ufficiali di polizia. In primo luogo, far sapere ai tre fermati che era data per certa la loro partecipazione al sequestro di Lapietà sotto la Défense. Un'evidenza che gli andava sbattuta in faccia senza discussioni.

"In secondo luogo, fategli le condoglianze per la morte del loro compagno, il finto gendarme. Scusatevi anche per il ferito, quello che è stato colpito al braccio sulle scale, poi al piede mentre scappava. In terzo luogo, menzionate la Shoeltzer 72. Precisate che alcuni proiettili sono stati trovati conficcati nei libri del pulmino biblioteca. Aggiungete che la stessa arma è stata usata nella rapina al casinò di Beauregard. Infine, fategli i complimenti per il coro."

"Il coro?"

"Non ve lo scordate, questo... A un certo punto, menzionate un coro di cui farebbero parte... Senza stare a insistere, eh. Passate subito ad altro, poi. Al loro nonno, per esempio. Buttate lì come se niente fosse la parola 'Nonnino' e osservate le loro facce. Attenzione, non nonnetto, nonnuccio o nonno. Solo Nonnino. Parlatene come se fosse stato quel nonno a tirarli su. Menzionatelo come se lo conosceste anche voi. Il caro Nonnino. Ah, giusto! Infilateci anche qualcosa sul mio impiccato, Balestro. 'Nonnino' è l'ultima parola che ha pronunciato. Descrivete la sua esecuzione mediante calza contenitiva. Provate a dire 'Balestro il brasiliano', chiamatelo anche Jacky, dite Jacky il brasiliano. O Ryan Padovani, vedete che effetto fa. Lasciate intendere, insomma, che conoscete tutti i loro ambiti di azione. Quanto al luogo in cui detengono Lapietà, non state a insistere. Se non si lasciano scappare niente – e non si lasceranno scappare niente – fategli i complimenti per la loro tenacia. Chiedetegli chi li ha formati. Anche qui, non vi risponderanno, ma voi fateli cianciare, che sono le loro ciance che mi interessano."

La giudice aveva concluso:

"Debriefing al cinemino alle diciannove e trenta, Titus. Devo ahimè lasciar liberi Brochard e Valmondois. Mi dicono che non posso mobilitare tutta la polizia giudiziaria su un solo caso. Ah! un'altra cosa. Dopo gli interrogatori, fate in modo che gli accusati siano messi tutti nella stessa cella. Non ne verrà fuori niente, sono stati formati troppo bene perché possano cascarci, ma non si sa mai. Allora, diciannove e trenta al cinemino, capitano, non sia in ritardo e metta in conto tutta la notte, sarà una cosa lunga".

20.

Quello che la giudice Talvern chiamava il cinemino era una sala di proiezione. Girava voce che ci passasse intere notti a scrutare le facce degli accusati, ingrandite a dismisura su uno schermo in cinemascope. Quando la giudice non esaminava minuziosamente i malviventi, quel cinemino, messo su in un angolo del XX arrondissement, rendeva onore a una cinefilia d'altri tempi. Ne so qualcosa poiché sono stato io, Benjamin Malaussène, a finanziare l'attrezzatura. E con la fissa della perfezione che ha Jérémy, mi è costato un occhio della testa: miglior proiettore, migliore schermo, migliore impianto di sonorizzazione, "Chaplin, Wilder, Lubitsch, Ozu, Pialat e Fellini si meritano questo e altro!" decretava mio fratello.

Ho ceduto su tutto, tranne che sulle migliori poltrone.

"Un vero cinefilo deve stare seduto scomodo."

"Hai ragione, Ben, più il film è bello e meno il culo è sensibile."

E così l'ex magazzino della Ferramenta è diventato il punto di riferimento cinefilico più scomodo di Parigi.

Al momento sono Nange, Sigma e Maracuja a usarlo. Lavorano al montaggio del loro film su Lapietà. La famosa performance... Per quel poco che ho visto, è venuta benissimo. Non so come hanno fatto, ma Lapietà, benché loro prigioniero, ne esce davvero maestoso. Incredibile come quel tipo riempia lo schermo.

"È vero, prende la luce come nessun altro," riconobbe Sigma.

"Quante macchine da presa ha usato, Iuc?" chiesi.

"Dodici piccole," rispose Nange.

"Non è il numero," commentò Mara, "è il modo. Iuc ne fa quello che vuole, quando è alla console."

Ero venuto ad annunciare che quella sera Verdun requisiva il cinemino per le esigenze della sua inchiesta.

Ed eccoci qua. Titus ha preso posto accanto a Verdun, Ludovic, Julie, Hadouch e me. Dietro di noi, pubblico forzato, le tre vittime della Défense: Maracuja, È Un Angelo e Signor Malaussène. Per quel che riguarda costoro, la consegna è chiara:

"Ci dovete indicare quelli di cui riconoscete la faccia o la voce. Per il resto, muti. Cellulari spenti. Tu, Mara, darai da bere a Manin".

L'ispettore stagista Manin è steso accanto a loro su un divano sfondato. Avvolto in una coperta di sopravvivenza, non distoglierà lo sguardo dallo schermo per tutta la proiezione.

È la prima volta che Verdun ci coinvolge nelle investigazioni della giudice Talvern.

Sembriamo la giuria di un casting che deve scegliere l'attore ideale.

"Cominciamo," ordina la giudice.

Proiettore.

Pulviscolo luminescente.

Sullo schermo compare la faccia di un ragazzo con i capelli rossi.

Voce fuori campo di Titus:

"Allora, sei tu Kebir?".

Il rosso subito si acciglia:

"Io mi chiamo Marcel, signor capitano, non sono Kebir".

"A me, invece, mi basta capitano. Signore te lo puoi pure tenere. (Una pausa.) Che succede, Marcel, ti secca che i tuoi amici ti chiamino Kebir?"

"Mi è indifferente."

"Non dirmi così. Ti dà un sacco fastidio."

"Negativo, capitano. Me ne strabatto le palle. (Mezzo tono più basso.) Mi scusi, non volevo mancarle di rispetto, ma davvero non mi importa. Mi è equilaterale."

Mara sobbalza:

"Equilaterale? Ma lo sentite come parla, questo?".

"Muta, tu!" dice Titus. "Hai già dimenticato la consegna? Aprite la bocca solo quando ve lo chiede Verdun, non ci vuol tanto a capirlo, no? E tu dai da bere a Manin, che non si deve disidratare."

Sullo schermo, la voce fuori campo del medesimo capitano:

"Piantala, Marcel, non è vero che non te ne frega niente che ti chiamino Kebir".

"Ma perché non mi lascia in pace con questa storia? Trova che sia davvero importante, Marcel o Kebir?"

"Sei tu che lo trovi importante. A loro fa ridere e non capisci il perché."

Silenzio.

"Secondo te, cos'è che li fa così scompisciare in Marcel Kebir?"

"Chi?"

"Gli altri."

"Quali altri?"

"Quelli della Défense o di rue Julien-Lacroix, per esempio, e i compagni che sono saliti con te in rue de la Folie-Regnault."

“Non conosco nessuno alla Défense e nessuno in rue Julien-Lacroix.”

“Come no. E nessuno era con te in rue de la Folie-Regnault.”

Silenzio assenso.

“Poi, in realtà, quando dico gli altri... È soprattutto a Nonnino che fa ridere.”

Silenzio un filino stupito.

“Vuoi sapere perché a Nonnino gli fa ridere, Marcel Kebir?”

“Non conosco nessun Nonnino.”

“Risposta troppo rapida,” sottolinea Manin.

“Giusto,” approva Titus, “abboccato.”

(Qui Titus si rivede con Silistri, l’estate precedente, a pescare con la lenza su certi fondali rocciosi dell’Atlantico. Gli uccelli si tuffavano accanto a loro e poi volavano via con il becco pieno. Individuavano le prede dall’alto. Titus e Silistri, invece, sondavano i fondali alla cieca, agitando l’esca con il polso. Due pesciolini di metallo lucente saltellavano in profondità. Abboccherà, non abboccherà? Ogni tanto qualcuno abboccava. Ce n’è, ce n’è, canticchiava Titus. Il più delle volte, Silistri era quello che aveva la meglio: orate, branzini, sgombri, merlani gialli, a seconda dei fondali e dell’esca. Titus usava soprattutto il retino. Quando Silistri ributtava in acqua un branzino troppo piccolo, Titus non poteva fare a meno di immaginare la gioia stupefatta dello scampato che ritrovava il mare, e si dava dell’idiota antropomorfo.)

Voce del capitano:

“Ah, vabbè, Marcel, ma se mi dici che Nonnino non lo conosci, con tutto quello che ha fatto per te, allora quanto a ingratitudine sei proprio il boss dei boss”.

“Stop!” ordina Verdun.

Fermo immagine.

“Zoom.”

Volto ingrandito del suddetto Kebir.

Ci leggi chiaramente che il ragazzo tiene botta, ma contro sé stesso. Si rende conto che il suo interlocutore la sa davvero lunga, e si sforza di nascondere la sorpresa.

Titus si volta verso i cugini.

"Lo riconoscete, questo qui?"

MARACUJA: Era quello che voleva "ripulirci" sulle scale.

NANGE: La voce in ogni caso è la sua. Ci è mancato poco che ci riuscisse, fra l'altro. Aveva armato la pistola, come al cinema.

SIGMA: Ma tu, Titus, hai fatto secco il suo compagno, ed è andato in panico.

TITUS: E a te, Manin, ti dice qualcosa, questa voce?

MANIN: Non solo la voce, capitano, anche i modi. Sì, è il tipo delle scale. Ha ripiegato fino alla loro auto sorreggendo il compagno ferito e sparandoci addosso. Uno tosto, era. Io ho colpito l'altro al tallone mentre si richiudeva la portiera dell'auto che partiva.

TITUS: Il tallone, credevo di essere stato io.

MANIN: Sono stato io, capitano.

"Forza, riprendiamo," dice Verdun.

Proiettore:

"Non conosco nessun Nonnino," ripete il rosso.

Titus sorride tranquillo.

"Mers el-Kebir," spiega, "è una battaglia navale, ragazzo mio, in un porto dell'Algeria. Luglio 1940. L'infanzia di Nonnino. *Marcel* Kebir, quindi, è solo un gioco di parole, capisci. Umorismo da vecchi. Poca roba. E i tuoi compagni neanche sanno perché ridono. Lavori con dei coglioni, Marcel."

L'indagato aggrotta la fronte. Chiede:

"Era chi contro chi?".

"Cosa?"

"La battaglia."

"Ah!"

Il capitano ci pensa un momento.

"Era noi contro nostri ex alleati."

"Noi? Chi noi?"

"I francesi. Contro gli inglesi. Luglio 1940. Hanno affondato le nostre navi e ci hanno ucciso milletrecento marinai."

"Ed erano nostri alleati?"

"Era cambiato il vento, Marcel. Vedrai, il vento cambia sempre."

Un sorriso sul volto di Marcel.

"È proprio un furbacchione, lei, capitano... Me lo vedo dove vuole arrivare... Marcel, i tuoi compagni mi hanno già detto il tuo soprannome, questione di poco e ti denunceranno e così tutta la responsabilità te la beccherai tu. È questa l'idea, no?"

"Sì, l'idea è questa. E hai ragione che è pessima. Visto che non conosci né i tipi della Défense, né quelli di Julien-Lacroix non vedo chi potrebbe denunciarti. Sono un po' coglione pure io."

"L'ha detto lei, eh."

Qui, pausa.

Fermo immagine su Kebir.

Titus si volta verso i tre cugini.

"Imbavagliate Mara, per favore, che adesso si parla di lei."

Via che si riparte:

"A proposito, che ci facevi in rue de la Folie-Regnault, Marcel?".

"Incontro amoroso."

"Con?"

"Un'amica."

"Che si chiama?"

"La conosce benissimo."

"E come fai tu a conoscerla, Maracuja?"

"Dal lavoro."

"Dal lavoro? Quale lavoro?"

"Il lavoro, insomma, quello, lo sa benissimo." (Visibilmente, il rosso si diverte.)

"Avevate un appuntamento?"

"Io avevo un appuntamento."

"Lei lo sapeva?"

"Lo sapevo io, è sufficiente."

"Perché entrare in casa sua dai ponteggi?"

"È più romantico."

"E perché ti sei tirato dietro tre tipi?"

"Nel caso ci avessero impedito di amarci."

"Chi avrebbe potuto impedirvi di amarvi?"

"Non lo so, io. La famiglia. Sa com'è..."

"La conosci, tu, la famiglia?"

Di colpo il rosso smette di giocare.

"Adesso basta, capitano, le risposte giuste le conosce, e io le sparo un mare di cazzate giusto per passare il tempo..."

"Proprio no, Marcel, non è un mare di cazzate. Mi hai appena confessato che conosci la Malaussène dal lavoro, cioè dalla Défense. Te le ricordi, no, le scale della Défense, e il tuo amico che abbiamo fatto fuori, quello della Shoeltzer?"

Smorfia infastidita.

"Non posso ricordarmele, queste cose, non ero dove dice lei."

"Non ti ricordi neppure del finto gendarme? Quello che ha perso la testa..."

"Non frequento i gendarmi."

"Non è di questo, comunque, che stiamo parlando; stiamo parlando della tua confessione. Mi hai appena confessato (è scritto nero su bianco) che conosci Maracuja e i cugini Malaussène, che andando da loro con i tuoi amici avevi in mente uno stupro di gruppo, per giunta a mano armata, dopo esserti introdotto in casa della vittima con effrazione. A te sembrerà una cosetta da niente, ma per un giudice istruttore sono altrettanti capi d'accusa per spedirti in galera dove, secondo me, ti annoierai ancora di più. Son cazzate, certo, lo stupro della ragazza era una cosa secondaria, era la tua ciliegina sulla torta. In realtà sei andato lì per recuperare la Shoeltzer 72, perché era già stata usata a Beauregard, e forse anche per eliminare i tre testimoni Malaussène, ma siccome questi dettagli non me li confesserai mai, ti incastrerò su qualcos'altro. L'essenziale è che tu finisca dentro, Marcel."

"Io non firmerò."

"Anche questa battuta è già scritta, bellino. E comunque, che tu firmi o no, a me frega poco. Quel che conta è come spiegherai ai tuoi compagni che hai lasciato tre testimoni vivi sulle scale della Défense rifilando a noi, gratis, una Shoeltzer 72 eloquente come una carta di identità. E, già che ci sei, gli spiegherai come mai in rue de la Folie-Regnault siete finiti in un'imboscata. L'indirizzo e lo scopo dell'operazione li conoscevi solo tu, dico bene? E come mai alla Défense c'erano tre sbirri che vi aspettavano. Anche lì, qualcuno per forza deve averli avvertiti... Insomma, appena sei tu a occuparti di un'operazione, quella va storta. Se fossi al posto dei tuoi compari, la cosa mi puzzerebbe parecchio. C'è odore di talpa, caro il mio Kebir."

Il silenzio non fiata.

"No, sul serio, Marcello, è un ottimo interrogatorio. La giudice sarà contenta di noi. E anche i tuoi amici. Chiederò che vi mettano tutti nella stessa cella, così potranno congratularsi con te. E poi potrete sempre metter su un coro, da quel che mi dicono avete una certa esperienza al riguardo."

Fermo immagine.

"Imbarazzo?" chiede la giudice Talvern.

Scrutiamo tutti la faccia del rosso.

"Non direi," risponde Sigma. "Abbastanza controllato, il tipo."

"Un po' spiazzato, però," nota Ludovic. "Con tutte quelle informazioni, non ha più tanto la risposta pronta."

"Il seguito," chiede Verdun.

Faccia di Kebir.

Rumore di fogli radunati e di una sedia spostata. A giudicare dallo sguardo ascendente dell'indagato, ora il capitano si è alzato in piedi.

"Dai, per oggi ci fermiamo qui. A domani, amico mio. Ripartiremo su altre basi."

Non senza un certo sforzo, l'indagato sfodera un largo sorriso:

"Ai suoi ordini, capitano. I miei rispetti a lei e i miei omaggi alla sua signora".

Il suo sguardo, che vuole essere ironico, segue Titus fino a quella che dev'essere una porta.

Che si sente aprire.

E che resta aperta il tempo di un'ultima domanda.

"Sei proprio sicuro di non conoscere un certo Nonnino, Marcel?"

Lungo sospiro stanco.

"Le ho già detto di no. È proprio lento, lei."

"La morte di Balestro, quindi, non ti dice niente? Eppure lo ammiravi, il Jacky, così pieno di grana, era la star, no? Be', figurati un po' che è stato Nonnino a liquidarlo. Strangolato e impiccato. A un letto. Nella sua cella. Con una calza contenitiva. Sono proprio contento, figliolo, che tu non conosca questo Nonnino e le sue calze contenitive, sono più tranquillo per la tua incolumità. Specie dopo i tuoi flop alla Défense e alla Folie-Regnault."

Faccia inespressiva di Kebir.

Fine della proiezione.

Luci.

Domanda di Titus:

“Signora giudice, facciamo una pausa o mando l’interrogatorio di Valmondois?”.

“Manda Brochard e Valmondois,” risponde Verdun.

MARA: Noi possiamo andarcene?

VERDUN: Né andarvene né addormentarvi né intervenire. E dai da bere a Manin, ti abbiamo detto.

TITUS: Glieli hai ficcati tu, dopo tutto, due proiettili nel fianco. Non te lo sarai dimenticato, spero, questo dettaglio?

Se escludo quelli personalmente subiti nella mia carriera di capro espiatorio, è la prima volta che assisto a degli interrogatori. Quelli di Brochard e Valmondois sono meno tattici e personalizzati di quello di Titus. Un dialogo tra funzionari di polizia e accusati, metodico e corretto. L’IGPN* può dormire sonni tranquilli, niente ceffoni, niente urla, niente insulti, niente minacce, niente razzismo, niente tu, pura ortodossia poliziesca, nel più assoluto rispetto dei valori della *République*. Un duello tra la pazienza e la dissimulazione. Una ricerca di informazioni, né più né meno, dagli esiti per natura incerti. Come raccomandato dalla giudice Talvern, anche i tenenti Brochard e Valmondois usano Nonnino, il coro, Balestro, la battaglia della Défense, le famose scale, la Shoeltzer 72, il casinò di Beauregard ecc. È la loro cassetta degli attrezzi. I clienti affrontano questo esame orale come candidati ben preparati. Si divertono a evitare le trappole. Le loro facce, le vedi fare come dei saltelli di lato, se così si può dire. Brochard e Valmondois sono meno dotati di Titus per suscitare le chiacchiere. I loro tentativi di digressione non portano granché lontano. Ne viene una cosa lunga, mo-

* Inspection générale de la Police nationale (Ispezione generale della Polizia nazionale): in Francia, organo di controllo sull’operato della polizia. [*N.d.T.*]

notona e tuttavia appassionante. Quei ragazzi hanno imparato a tacere parlando. Qualcuno gli ha anche spiegato che in simili faccia a faccia la buona educazione è un'ottima carta, un segno di sottomissione che può essere preso per un desiderio di collaborazione. La buona educazione nei confronti dell'autorità l'hanno imparata come una materia d'esame ad alto coefficiente. "In realtà, signore," risponde uno a Valmondois a proposito di rue Julien-Lacroix, "ero venuto a trovare un amico." "E ci va sempre armato, lei, dagli amici?" chiede Valmondois senza battere ciglio. "Sarò sincero con lei, signore," risponde il ragazzo, "sono un collezionista. La mia Cram's è un pezzo da collezione." "Con un proiettile in canna?" "Bisogna sempre tenerle in funzione, se non si vuole che si inceppino." "Ne ha altre?" "Altre, signore?" "Altre armi." "Affermativo." Segue un elenco di armi più o meno antiche che l'indagato rivela senza alcuna reticenza. "Si rende conto che con un arsenale del genere lei contravviene al regolamento sulle armi?" "Ho i documenti con tutte le autorizzazioni." "Può mostrarmeli?" Mezzo sorriso del ragazzo: "Negativo, signor tenente, ma mi faccia fare una puntata al mio domicilio e glieli porto".

Ecc.

Benché giovani, è un pezzo che quei ragazzi non sono più dei bambini. Lo sono mai stati? Chi sono, peraltro? Cosa sono? Da dove vengono? Pochissimi indicatori sociali. Tanto nel linguaggio come nell'abbigliamento. Niente tute di acetato, niente di fluorescente, ma nessun lusso, anche. Qualche cappellino, come tutti oggi nel mondo, all'americana. E dei jeans. Un guardaroba standard che non rivela nulla della loro provenienza sociale. I cinque indagati (con Kebir sono cinque), un Nero, due *beur* e due francesi purosangue, non hanno quasi nulla dei teppisti di periferia con cui film e serie tivù bombardano il mercato audiovisivo. E niente a che fare, neppure, con gli invasati di Allah. A malapena si avverte in alcuni di loro, con la stanchezza, quella scansione da *banlieue* che fa il ritmo dello slam. Per il resto sono assolutamente lisci, usciti tutti dallo stesso stampo. Uno stampo che non assomiglia a nulla di conosciuto. Valmondois fa notare che hanno le scarpe belle lucidate. Non portano sneakers, ma solide calzature di pelle a metà strada fra l'anfibio e la scarpa da città.

È sconcertante vederli mentire al punto da non voler ammettere che si trovavano là dove sono stati arrestati. Ovviamente non sanno né chi li ha avvisati della presenza di Lapietà alla Défense né dove sono detenuti lo stesso Lapietà e il figlio.

Non potrei fare né lo sbirro né il gangster. Negato ad aprire una cassaforte come a far parlare un delinquente.

È ormai notte fonda quando si riaccendono le luci in sala.

"Hai le deposizioni scritte?" chiede Verdun a Titus.

Titus le porge un pacco di fogli che lei distribuisce a ciascuno spettatore.

"Leggetele, e ditemi cosa vi colpisce nel modo di parlare di questi ragazzi."

"Una domanda, prima," interviene Maracuja.

"Spicciati," concede Verdun.

MARA (a Titus): Padrino, secondo te questo Marcel Kebir ti ha riconosciuto? Lo dico perché quando è arrivato in cima alle scale della Défense, ti ha visto mentre sparavi ai suoi compagni correndo, no?

TITUS: Bella domanda. Non lo so, se mi ha riconosciuto.

MARA: Gli altri, Manin l'hanno riconosciuto in rue Julien-Lacroix, allora perché Marcel Kebir non avrebbe dovuto riconoscere te?

Così dicendo, Mara posa la mano sulla spalla di Manin.

TITUS: O perché l'azione è stata troppo veloce o perché non me lo dice.

MARA: E perché non dovrebbe dirtelo?

TITUS: Perché sarebbe come ammettere che anche lui era alla Défense, o perché vuole tenersi qualche cartuccia per il seguito della nostra conversazione.

"Fine delle domande," annuncia Verdun. "Adesso vorrei che studiaste le deposizioni degli indagati. Non serve che le leggiate per intero. Leggete solo le risposte, soprattutto quelle più lunghe. Non badate a ciò che *dicono,* poiché mentono, ma a *come* lo dicono. Analizzate lo stile – lo *stile*, capito? – come se foste i loro prof. Sottolineate tutto quello che vi colpisce da un punto di vista strettamente stilistico."

Sguainate le penne, eccoci tuffarci tutti nell'analisi testuale.

"Svegliatemi quando avrete finito."

La giudice si addormenta di colpo.

(I brevi sonnellini napoleonici di Verdun...)

A dire il vero, siamo tutti impressionati nel vederla al lavoro. Compreso Ludovic. Ci mettiamo all'opera senza fiatare agli ordini della giudice Talvern.

La prima cosa che mi colpisce leggendo quella montagna di bugie o di reticenze sono i termini di diniego di cui abusano gli accusati. Molte delle loro balle cominciano con "sinceramente", "sarò onesto con lei...", "deve credermi". Torna sovente l'espressione "in realtà". Da quando in qua l'espletivo "in realtà" è diventato il marcatore discorsivo del bugiardo? Non è una cosa recente. "In realtà" lo dicevano già Jérémy e Louna quando volevano per l'appunto nascondermi dei fatti. "In realtà, Ben, il metrò si è ribaltato e..." In realtà, dicono questi qui pressoché a ogni risposta. "In realtà..." è il lasso di tempo che gli serve per ideare una nuova bugia. "In realtà, signore, se devo esser sincero con lei, non credo di aver capito bene la sua domanda...” Anche “signore” torna spesso. Troppo educati, tutti quanti. Buttan lì vagonate di “signore”, tanto che pure Brochard, qua e là, risponde dicendo “signore”.

Ecco. Questo è più o meno tutto quello che ho notato.

Titus sveglia Verdun e via, sotto a chi tocca. Io per primo, in quanto più vecchio di tutti. Butto lì le mie osservazioni.

“Interessante, Ben,” riconosce la giudice Talvern, “le formule di cortesia e l’abuso dell’espletivo ‘in realtà’: ottima osservazione. Qualcos’altro?” chiede rivolta a tutti.

“Quanti anni ha il cittadino Marcel Kebir?” chiede Ludovic.

“Ventidue,” risponde Titus.

“Da quando in qua, un ragazzetto di ventidue anni sa che si porgono i propri ‘rispetti’ a un ufficiale e i propri ‘omaggi’ alla sua consorte? Solo il pronipote di un militare, oggi, può conoscere questo codice mondano. È figlio di un soldato?”

“No,” risponde Titus, “orfanotrofio. Un trovatello.”

“Anche gli altri?” chiede Julie.

“No, due coppie durature e due famiglie monoparentali. Un adottato. Un solo orfano.”

“‘Monoparentale’,” ridacchia Maracuja. “Bell’eufemismo per indicare le madri e i figli mollati dagli scopatori seriali.”

Nessuno raccoglie.

Lei dice un’altra cosa.

“Questi non si fanno.”

Sguardo interrogativo di Verdun.

“Non consumano droga,” insiste Mara. “Non soltanto il tuo ferito dell’ospedale, nessuno di loro.”

“Cosa te lo fa dire?”

“Non ne parlano mai.”

“Mara ha ragione,” interviene Titus. “In un interrogatorio, un drogato parla sempre di quello. Non è colpa mia, ero strafatto... La droga è la loro difesa. Gli alcolizzati uguale. Questi qui non si fanno e non bevono. Lontani dalla roba e dalla bottiglia. Tutti. Le analisi del sangue peraltro lo confermano."

"E per stare nell'ambito," interviene Hadouch, "non si drogano neanche con il buon Dio. Né Allah né il suo profeta, nessun *mektub*, non c'è niente che sta scritto. Il che è rarissimo, ai giorni nostri."

Verdun prende nota, Verdun prende nota.

JULIE: Qualcuno di loro è andato a combattere? Afghanistan, Sahel, cose del genere?

TITUS: Non che io sappia. Perché?

JULIE: Perché trovo che abbiano tutti, più o meno, uno stile militare. Quel modo che hanno di chiamare signor tenente o signor capitano gli ufficiali di polizia...

SIGMA: Julie ha ragione, parlano come dei soldati. La banda è una "truppa", la rue Julien-Lacroix è un "terreno di operazione", fanno spesso allusione al loro "grado", le risse sono delle "battaglie", i quartieri dei "territori", le guerre fra bande dei "conflitti". Non sono attaccati ma "aggrediti", non feriti ma "colpiti", rispondono "affermativo" o "negativo".

MANIN: Alla Défense portavano tutti una tenuta da combattimento. Con gli stessi anfibi. Perlomeno il tipo che ho ferito io al piede.

E adesso tocca a Nange, il lettore più raffinato di tutta la compagnia:

"A me sembra invece che parlino come dei poliziotti. Come dei brigadieri, o degli appuntati. A cominciare dal tuo, Verdun, quello dell'ospedale. Se rileggete tutto attraverso questa griglia, vedrete che le persone sono degli 'individui', le case dei 'domicili', le carte dei 'documenti', le ricerche delle 'investigazioni', le auto dei 'veicoli', le maniere di agire dei 'modi operativi', le targhe sono 'afferenti all'identità del veicolo', vedrete che non riconoscono qualcuno ma lo 'identificano formalmente'... Uno di loro fa riferimento agli 'elementi contestuali' e via dicendo...".

Chi ha mai visto sorridere la giudice Talvern? Noi, quella notte, appena prima del momento di spegnere le luci. Uno di quei sorrisi che annunciano la possibilità di una vittoria.

A Titus, domandò:

"Mi hai detto che Silistri è in convalescenza da Rabdomant?".

"Affermativo, signora giudice."

"Dammi il numero di telefono di Rabdomant, avrò bisogno di loro."

Prima di salire a dormire, Verdun mi disse all'orecchio:

"Faccio un mestiere monotono, Benjamin: come dice Ludovic, la verità è un invariante".

21.

Da quando sono scomparse le grandi filande dell'Est, si possono trovare le loro carcasse in fondo alle valli. Enormi, silenziose cattedrali di vegetazione. Lo stabilimento abbandonato, la ruota che non gira più e perde una a una le pale nel torrente ridotto a un rivolo d'acqua muscosa, e la natura che torna a inghiottire il vecchio mondo. È tutto verde, perlopiù verde. L'edera, la vite, la felce, tutto ciò che si arrampica all'assalto del cemento e del mattone, tutto ciò che si intrufola, che si insinua e si insedia, che corrode, spacca e alla fine domina, ha preso il posto dei macchinari che lì pulsavano, cardavano, stiravano, torcevano, pettinavano, bobinavano, battevano ritmicamente per ore, per anni, per secoli, credevano tutti.

"E invece no," dice loro Nonnino, "ascoltate, è tutto invaso dal silenzio. Alzate gli occhi, le foglie degli alberi più alti si frappongono tra il sole e il passato. Tutto si richiude come l'oblio. I rami degli ailanti coprono i tetti crollati. Qui il silenzio è verde. È il presente che sboccia."

Quando Nonnino li convoca in nascondigli come quello, per quanto siano pieni di giovinezza, di impertinenza, di desideri feroci, di progetti eccitanti, loro di colpo si fanno silenziosi, quasi attoniti. E c'è poi l'effetto sorpresa. Non vengono mai convocati nello stesso posto, questa è la regola. Ogni volta è la sorpresa assoluta. Queste rovine vegetali, qui, le trovano impressionanti. E magnifiche. Soprattutto la casa padronale, ridotta alla sua alta facciata dove brillano ancora resti di vetrate infrante. Ai loro occhi ancora nuovi, è l'Egitto, è la Grecia, è Roma, è Pompei, è il grande passato.

"Figlioli, siete entrati nelle terre del fu visconte di Beaucieux, re della lana in un'epoca anteriore alla vostra nascita in cui la lana creava i re."

Stavolta Nonnino l'ha introdotto così, l'incontro.

"In questo basso mondo tutti si credono eterni," dice. "I nostri re dell'industria ne erano così convinti che non si sono neanche resi conto di scomparire. Le loro miniere, le loro acciaierie, le loro filande, i loro universi fatti di ritmi, di polvere e di fuoco, le loro manifatture di rumore, il cuore pulsante della loro ricchezza: quel regno di schiavitù meccanica – io sono il re, ti do da mangiare in cambio del tuo sudore e del tuo silenzio – se n'è andato insieme con tutto il resto. Hanno svenduto il loro sapere, le loro tecniche, le loro attrezzature, le loro competenze, persino i loro ingegneri, tutto l'arsenale del loro capitale di famiglia, per produrre altrove a costi più bassi, guadagnare di più, gonfiare il portafoglio, e hanno capito troppo tardi che i compratori gli succhiavano la linfa, li ripulivano fin nel profondo."

Ascoltano Nonnino.

Fronti aggrottate.

Vogliono capire tutto.

"Organicamente dipendenti da quelli che credevano essere i loro clienti, si sono rovinati, e hanno distrutto la loro regione. Vendendo il loro regno, hanno messo in mezzo a una strada i loro operai. Figlioli miei, quegli operai, in molti casi, erano i vostri nonni."

I nostri nonni?

"I vostri nonni. Senza un salario, impossibilitati ormai a pagare l'affitto o costretti a vendere case diventate invendibili in una regione devastata, se ne sono andati in esilio, quando non sono morti sul posto, semplicemente. I vostri genitori qui non ci sono mai venuti. Non siete sul luogo di un pellegrinaggio, siete nella fossa dell'oblio."

Nuovo silenzio.

Sorriso inaspettato di Nonnino:

"Ma mentre annientavano le vostre famiglie...".

Sussurra:

"Voi, figlioli miei, aspettavate".

Tira fuori questa frase enigmatica:

"Aspettavate già, prima ancora di nascere".

Indica il suolo:

"Aspettavate là sotto".

Di colpo ordina:

"Guardatevi intorno".

Cosa che loro fanno. Alcuni senza grande convinzione.

"Quando dico guardate, guardate attentamente! Intorno a voi, qui, adesso. (E non fumate! Jamon, spegni quella sigaretta e metti in tasca il mozzicone!) Che cosa vedete? Ditemelo."

Vedono cemento divorato dall'erba, vedono liane, ciuffi di questo o di quello, vegetazione anonima, cui non sanno dare un nome. Del verde e delle rovine, ecco.

"Vi dirò quello che vedo io."

Lui, Nonnino, vede la filanda in piena attività. La vede, la sente addirittura. Pulsa, fischia, soffia, sbatte, tira, pesta, respira, vive.

"Ma vedo anche dell'altro. Sotto il pavimento della fabbrica, quel pavimento che ogni fine settimana le vostre nonne lustravano fino a farlo brillare come lo specchio del loro lavoro, vedo la riserva dei semi selvatici addormentati, i milioni di semi che aspettavano l'occasione di spaccare le mattonelle, di sgusciar fuori e di regnare."

Una pausa.

“Vedo voi, i miei semi pionieri!”

Qui Mehdi allunga un foglietto a Nonnino: “Non troppe metafore vegetali, altrimenti si perdono”.

“La Storia è un orologio, piccoli miei, non dimenticatevelo,” continua Nonnino strappando meticolosamente il bigliettino di Mehdi. “È qualcosa che cambia. Il tempo divora tutto, a regnare è solo il presente. E il presente siete voi.”

Con l’angolo della bocca, sibila a Mehdi:

“Niente metafore vegetali, eh? Senti un po’ qua, testa di rapa”.

Ed eccolo che si mette a disegnare il paesaggio con le sembianze dei suoi soldati.

“Quella grande liana, la morella rossa, là sul muro, alla tua destra, sei tu, Pavel, e l’altra con le sue piccole bacche nere, che si è arrampicata fino al soffitto, sei tu, Karol, e quella dulcamara, Anita, guarda, la vedi, aggrappata al muro con i suoi fiorellini bianchi? Quanto in alto sei arrivata anche tu, bambina mia, e così in fretta! E dire che all’inizio non ci credevi, eh? ‘Nonnino, non ce la farò mai...’ Be’, gioia mia, guarda un po’, fino al cielo sei arrivata!”

E così di seguito, Nonnino menziona Ahmed il piscialletto che ha spaccato il pavimento del cortile con la sola forza della sua radice, Omar l’edera che ha divorato l’intonaco e provocato la caduta del tetto abbattendo il muro sul fondo, guarda, Omar, grazie a te adesso entra la luce e possono spuntare gli arbusti, come quel sambuco là, lo vedi quel piccolo sambuco? Be’, quello è Sam, ricordaci un po’ quanti anni hai, Sam... Tredici l’altro ieri, Nonnino. Appena tredici anni, Sam, e già un sambuco rigoglioso! Guarda, piccolo sambuco, diventerai solido come queste due giovani querce che crescono da vent’anni accanto a me (posa le mani sulle spalle di Faustine e di Mehdi) e che oggi mi danno consigli sul modo in cui devo parlarvi.

"La capite la mia lezione di botanica, miei cari? La vedete la vostra forza? La sentite la vostra forza devastante?"

"Sìììììììììì!" urlano in coro.

"Siete la natura che si riprende i suoi diritti! Siete la forza del presente! Viva voi!" gridò all'improvviso Nonnino agitando i pugni.

"Viva noi!" gli fanno eco cento giovani petti gonfi di orgoglio.

E Mehdi deve riconoscere l'efficacia della metafora vegetale sotto le dita che adesso Nonnino gli stringe come una pinza intorno al collo: "Non prenderli mai per degli idioti, Mehdi, mai! Gli idioti io li elimino".

Bene. È scoccata l'ora delle esercitazioni pratiche. Quello che Nonnino ha radunato nella cattedrale verde è il piccolo esercito delle scommesse truccate, gli specialisti del calcio, i più giovani fra reclutatori, allenatori, corruttori, truffatori ed esattori. Hanno ancora un po' di cose da imparare.

Sulla tribuna, accanto a Nonnino e al suo celebre borsello, seggono i più grandi, debitamente mascherati: Grégoire, Mehdi, Baptiste, Faustine e Marguerite. Mehdi è il capo dei reclutatori e Baptiste quello dei giocatori, Marguerite è il medico di tutti quanti. Grégoire e Faustine rappresentano la finanza. Nonnino li ascolta quando parlano di affari.

"Ecco, a proposito di affari, ho una domanda da farvi. Mi sentite?"

Sìììììì, lo sentono, lo sentono.

"Perché trucchiamo soltanto le *piccole* scommesse? Perché le grosse scommesse le lasciamo ad altri? So che alcuni di voi se la fanno ancora, questa domanda. C'è qualcuno che vuole rispondere?"

Cala il consueto silenzio finché si alza al di sopra delle teste una mano un po' esitante.

“Magda? Sì?”

Magda comincia a parlare.

“No, vieni qui così ti sentiamo meglio.”

Magda attraversa l'uditorio e sale sul cumulo di bancali che funge da tribuna. È una ragazzina alta e massiccia, molto in carne ma forte, e tuttavia con un viso infantile, capitano della squadra di calcio della sua provincia.

Si dà il tempo di mettere in ordine le parole, poi dice lentamente:

“A prima vista, con le grosse scommesse guadagneremmo molto di più, viste le enormi somme giocate e l'importanza delle squadre in gara. Marsiglia-Chelsea o Lione-Barcellona rendono un bel po', è ovvio”.

Occhiata di sbieco a Nonnino che approva con un cenno del capo e chiede:

“Ma?”.

“Ma sono le scommesse più sorvegliate.”

“Da?”

“Prima di tutto dall'Interpol, Nonnino.”

“E?”

“E poi tenute d'occhio dall'Organismo di controllo delle scommesse online.”

“Giusto.”

“Quindi truccarle è quasi impossibile.”

“Soluzione?”

“Lasciar perdere i grandi club e orientarsi sui non professionisti, sulle partitelle, le gare minori, le amichevoli fra squadre di paese, per esempio, quelle che non sono trasmesse in tivù e che non vede nessuno tranne i familiari, insomma. Quelle che non fanno girare soldi.”

“Su quelle si può scommettere?”

“Sì, ma puntate piccole, da amici del bar.”

“E cosa ci si guadagna, a raccogliere quelle briciole?”

Qui Magda ha come un'esitazione. Indica Faustine, bionda, bella ed eretta dietro la sua maschera.

"Sarebbe meglio chiedere a lei."

"No, tu," insiste Nonnino. "È importante sapere se hai capito, figliola. Sapere se puoi spiegarlo bene agli altri. A cominciare dalle tue squadre."

Magda annuisce, riflette e si lancia:

"Dunque. L'idea l'ha avuta Faustine. Le nostre, di scommesse, non sono autorizzate, perciò i nostri giocatori, i nostri portieri e i nostri arbitri non sono tenuti d'occhio, e quindi sono molto più mani... mani...".

Faustine l'aiuta:

"Manipolabili".

"Esatto. Insomma, possiamo farne quello che vogliamo. E poi quello che conta non è l'importanza della partita, e neppure la somma che uno scommette, anche se è enorme, quello che conta è il numero degli scommettitori. È questo che deve essere enorme, non la cifra della puntata, ma il numero degli scommettitori."

"Perfetto, Magda," approva Nonnino. "Sviluppa un po' questo aspetto della questione, per favore."

"È quello che ci ha spiegato Faustine l'ultima volta," ripete Magda. "Meglio centinaia di migliaia di scommettitori che puntano un euro su una partitella non sorvegliata che un unico stronzo che punta tutto sulla semifinale di un campionato blindatissimo."

Qualche risata di approvazione.

"Esatto," dice Nonnino, "e grazie a Mehdi e alla sua squadra, i nostri campioni del digitale che hanno saputo mettere Big Data al servizio dei piccoli scommettitori, questi scommettitori adesso ce li abbiamo. Centinaia di migliaia. Nel mondo intero. Per farvi solo un esempio, la settimana scorsa abbiamo registrato due milioni di scommesse sulla partita Solonge-Buguet."

"2.173.207," precisa Mehdi, consultando le sue tabelle.

"Ecco. Avete capito l'importanza delle partite minori?"

Una pausa. Si sentono tutte le teste presenti calcolare la somma accumulata da quella partitella.

"Grazie, Magda," conclude Nonnino, "era chiarissimo."

"Posso dire un'ultima cosa?" chiede Magda prima di rimpatriare la sua possente mole in mezzo agli altri.

"Prego."

"Lo dico davanti a Nonnino," dichiara Magda, la cui voce si fa più sonora, "il prossimo che mi chiama MacDo, gli spacco la faccia."

"Approvato," dice Nonnino.

E si passa ad altro: le varie tipologie di scommessa. È la lezione del giorno.

"Solonge-Buguet, per esempio," spiega Nonnino. "Nell'incontro Solonge-Buguet, abbiamo raccolto scommesse sul risultato finale, certo, ma anche sul numero di gol segnati nel primo e nel secondo tempo, sul numero di tiri, il numero di palle mandate in fallo laterale, il numero di calci d'angolo, il numero di parate dell'uno e dell'altro portiere, il numero di eventuali infortuni, perché i nostri scommettitori, che siano di Maraponga in Brasile, di Da Lat in Vietnam, di Abengourou in Costa d'Avorio o di Cagnes-Sur-Mer da noi, hanno tutti un punto in comune: quel che li diverte è scommettere su qualsiasi cosa. Dovete capire bene questo, ragazzi miei: scommettere significa giocare, e scommettere su qualsiasi cosa significa giocare doppiamente. Più la scommessa è originale, anche strampalata, e più attrae. È un gioco nel gioco. Ciascuno di voi può proporre un nuovo oggetto di scommessa, purché sia accattivante per lo scommettitore. Sam, per esempio, se dovessi farli scommettere su un dettaglio divertente, cosa proporresti ai nostri scommettitori?"

Il piccolo Sam arrossisce violentemente indicando sé stesso con uno sguardo interrogativo.

"Sì, tu, caro il mio sambuco," conferma Nonnino. "Su cosa li faresti scommettere?"

Il ragazzino ci pensa un po', poi, con un bel sorrisone: "Sul numero di scarpe colorate!".

"Possibilissimo," approva Nonnino. "E perché le scarpe colorate?"

"Perché così li potremmo fregare facilmente, Nonnino. Loro scommetterebbero di sicuro sul numero di *paia* di scarpe, mentre noi gli abbiamo proposto di scommettere sul numero di *scarpe*. E così ci becchiamo anche la puntata dei vincenti."

Applausi a non finire.

"Bella idea, figliolo."

Una pausa. Nonnino sorride a tutti quanti.

"Bene. La lezione è finita."

Ma, ripensandoci, alza un dito.

"Ho però ancora una domanda da farvi, a proposito delle scommesse truccate. Posso?"

"Sìììììì!"

È una delle cose che adorano in Nonnino. Che su molti argomenti chiede il loro parere. Apprezzano come ascolta seriamente le loro risposte, spesso tenendone poi conto.

"Bene," dice Nonnino. "Si tratta dei risultati truccati. Vi espongo un caso. C'è un giocatore pagato per fare un gol. Anche il portiere ha preso dei soldi, e deve lasciarlo segnare. Pure l'arbitro è stato pagato per non vedere. Ma ecco che il giocatore manda il pallone fuori. Domanda: che cosa dobbiamo fare?"

Un ragazzo chiede:

"Il giocatore ha preso dei soldi?".

"L'ho appena detto," risponde Nonnino.

"Allora lo liquidiamo," dice il ragazzo.

"Certo che no, Erwan. La sanzione dev'essere commisurata alla colpa."

“Se dovessimo liquidare tutti quelli che fanno una cazzata,” approva Magda, “non saremmo in tanti, qui, stasera.”

“E poi bisogna verificare se si tratta di un atto volontario. È qui Léo?” chiede a un tratto Nonnino.

Una pausa. Una voce flebile alla fine risponde che sì, ci sono.

“Puoi venire qui sul podio, per favore?”

Il silenzio improvviso lascia intendere che sta succedendo qualcosa di inaspettato. Léo non c’entra niente con la sua vocina. È un ragazzo slanciato, snello, con le spalle larghe, le gambe forti, la criniera multicolore e i tatuaggi aggressivi. È uno che di solito mette soggezione. Ma adesso è pallidissimo. Lancia persino un’occhiata verso l’uscita; no, la piccola folla da attraversare gli impedirebbe di arrivarci.

“Non farci aspettare troppo, per favore,” chiede Nonnino.

Il caso è semplice. Tre settimane fa, nella partita Pierreleu-Villeroy, Léo doveva segnare il terzo e ultimo gol del Pierreleu. Contro tutti i pronostici, Villeroy, grande favorita, avrebbe così perso per 3 a 2. Decisione di Faustine. L’arbitro, il portiere e Léo sono stati pagati di conseguenza. Ma ecco che Léo sbaglia l’ultimo gol. Ha calciato fuori. Risultato finale: 2 a 2.

Domanda: Errore volontario o no?

Leo sostiene che gli è “partito” il piede. Dobbiamo credergli?

“È il piede, è lui che ha sfasato, giuro.”

“Quindi non l’hai fatto apposta?”

“Sulla testa di mia madre!”

“Forse un difetto del riflesso achilleo.”

Nonnino apre il suo borsello, estrae un martelletto e lo porge a Marguerite, perché possa verificare.

"È fondamentale, in situazioni del genere. Controllo dei riflessi prima di prendere una decisione."

Marguerite chiede a Léo di sedersi sul bordo del podio, con le gambe penzoloni nel vuoto.

Lei stessa scende e si mette accanto al piede destro di Léo, in modo che tutti possano essere testimoni della verifica. Una volta che il piede è in flessione, Marguerite dà un piccolo colpo netto sul tallone di Achille. La caviglia reagisce come si deve.

"Nella norma, Nonnino."

"Forse il riflesso rotuleo," suggerisce Nonnino.

Marguerite esegue il secondo controllo. Piccolo colpo netto sotto la rotula di Léo. La gamba si distende come se lui avesse calciato.

"Nella norma."

"Il problema quindi non sta nei riflessi," conclude Nonnino.

Léo è un buon giocatore. Sta per passare alla categoria nazionale. Buon dribblatore, bravo nei passaggi, buon marcatore. Calmo, offensivo, resistente e determinato. Ve lo dirà chiunque.

"Se i riflessi non c'entrano, come lo spieghi quell'errore, ragazzo mio?"

Léo non spiega.

"Non è che qualcuno ci ha fatto le scarpe?" domanda Nonnino. "Non è che qualcuno ha scommesso sul pareggio?"

Léo propone un vago diniego del capo.

"È facile da verificare, lo sai."

Silenzio.

"Sei stato pagato una seconda volta, Léo?"

Silenzio.

"Quanto?"

Silenzio.

"Da chi?"

Silenzio.

"Non ha importanza. Questo lo vedremo dopo. In un caso del genere, l'essenziale è fare quel che va fatto quando va fatto."

Nonnino tira fuori dal suo borsello un martello cubico e nero (un mazzuolo Morley), un chilo buono di acciaio che Marguerite abbatte sulla rotula del ragazzo. La rotula cade nella pelle del ginocchio come una pietra in un sacco.

Se glielo chiederete, non avranno visto niente. E nemmeno sentito l'urlo di Léo, pure difficile da dimenticare. Lo stesso Léo vi dirà che è caduto facendo jogging. Cazzo, ero all'allenamento, correvo lì da quelle parti, sono andato a sbattere contro il paletto di un parcheggio mentre puntavo una tipa. Ma si può essere più coglioni? Quanto a Nonnino, vi chiederà di cosa state parlando. Quale valle? Quale filanda abbandonata? Quali scommesse truccate? Quando avete detto? Ieri, in serata? Ma l'ho passata a letto, io, la serata di ieri (alla mia età si va a letto presto). E, se è in vena di confidenze, andrà più lontano: una notte in bianco dedicata a tre questioni distinte, se proprio volete sapere tutto. Tre decisioni cruciali:

1) Caramelle messicane o caramelle cinesi? Quelle messicane, decisamente, sono più facili da smerciare. Il loro effetto letale, altrettanto rapido, è più difficile da rilevare. D'ora in avanti ai cori forniremo le messicane, e rimanderemo indietro la merce ai cinesi. Senza chiedere il rimborso, ovviamente. Gratis, senza contropartita.

2) Il romanzo di quell'imbecille sulle nostre filiere di adozione. Come dissuaderlo dal pubblicarlo? Da ragionarci. Magari con Marguerite.

3) Il caso Lapietà, infine. Inutile tornarci su, l'ho gestito

di merda. La morsa si stringe. Giustiziare quanto prima Lapietà e il figlio e sciogliere la squadra.

È cosa buona, infatti, addormentarsi su alcune sagge risoluzioni.

Quanto alla filanda abbandonata, no, sono anni che non ci viene più nessuno. Verificate voi stessi, nessuna traccia di una riunione. Neanche un mozzicone di sigaretta.

22.

C'era dello sgomento nella voce di Alceste quando mi svegliò quella mattina.

"Malaussène," mi disse in sostanza, "quel che sta succedendo con il mio romanzo è molto più grave di quanto lei creda. Pensa che io sia incazzato perché l'editore ha rimandato l'uscita? Un po' è per questo, certo, ma non solo. Comunque sia, non voglio parlarne al telefono. Dal momento che la sua capa non è raggiungibile, mi conceda lei un appuntamento, per cortesia, è urgente. E non si preoccupi, sono in uno stato che va ben al di là della semplice collera."

Ho ascoltato.

Ho risposto:

"Va bene, Alceste, alle tre nel mio ufficio. Ma vengo con il mio cane. Alla prima parola storta, quello la mangia".

Perché ho inventato questa fandonia? Non soltanto Julius il Cane e i suoi antenati non mi hanno mai difeso da nessuno, ma si sono sempre sottratti alla lotta, vuoi filandosela, vuoi addormentandosi, vuoi rifugiandosi nell'epilessia. I cani sanno che l'uomo è capace di conflitti planetari, e quello non è sangue per i loro denti. Alceste mi mette una fifa boia, tutto qua. Temo i suoi furori da profeta. Considerato anche che alle tre del pomeriggio sarò distrutto. In mattinata mi sarò già smazzato gli altri autori: Coriolano, Medea, Arpagone,

Antigone o Lorenzaccio, così soprannominati dalla Regina Zabo che ha il dono della quintessenza. Avrò dovuto convincere Coriolano a non spaccare la faccia a due o tre critici, rifare i conti di Arpagone che piomba sempre lì brandendo le sue note spese, sopportare le urla di Medea i cui figli hanno in cantiere uno di quei romanzi familiari in cui le madri di solito non escono benissimo, fare la parte del Cristo in croce davanti alla porta della Regina Zabo che vogliono tutti sfondare, fino alla comparsa di un Alceste incazzato nero che conosco fin troppo bene.

Porca troia, no.

Alzarmi, sì, ma per tornare alla Ferramenta, rimettermi a letto e non muovermi più da lì per una settimana. Dormire sotto il peso fumante della trapunta Julius.

"Eh, Julius?"

No, Benjamin, non sei più il giovanotto versatile che poteva cambiare lavoro come cambiava umore. Da qualche decennio ormai sei un essere sociale, un capofamiglia, un uomo con dei doveri, ligio alle sue responsabilità. Come potrebbe funzionare tutta la baracca se i tipi come te si limitassero a cambiare letto?

Dai, andiamo in ufficio.

"Eh, Julius?"

La mattinata trascorse come previsto, valanga di lamentele degli uni e degli altri, quindi pranzo da Pippo, con Julius il Cane che si fionda dritto in cucina, Loussa de Casamance che apre il suo tovagliolo immacolato, Pippo che segue la pasta e il grande Dany che poi la serve come un derviscio rotante.

Caffè.

Ritorno al Taglione.

Dove mi aspettava Alceste.

Era in anticipo di un'ora buona.

Prima sono stato perquisito da Bo e Ju, le sue guardie del corpo, piantate davanti alla mia porta.

E lui, Alceste, l'ho trovato all'interno, in piedi davanti alla finestra, che scagliava su Parigi il suo sguardo da grande inquisitore.

"Ah, eccola, Malaussène..."

Non mi guardava, si rivolgeva a me come se parlasse alla città.

"Julius!" dico, alzando l'indice.

Cosa che bloccò il mio cane nell'istante in cui stava per ficcare il muso fra le chiappe del mio autore.

"Prego?" domandò Alceste.

"No, niente, parlavo con il mio cane," dissi sedendomi alla mia scrivania.

Alceste non si voltò.

"Niente impertinenze, Malaussène, la prego, partiamo su basi sane, che ne dice?"

Venuta da lui, era una proposta originale.

"E prima di tutto, le devo un ringraziamento."

Era forse la prima volta in vita sua che quell'uomo ringraziava qualcuno.

"Un ringraziamento?" ripetei come in un brutto film.

"Sì, per avermi segnalato la fine della squadra del Maguari nel 1976. Ho controllato, ha ragione. L'errore viene dal fatto che il colonnello Parmenido Faca ha venduto il piccolo Zé Martins non al club Maguari ma a Orlando Maguari in persona, il suo ex proprietario. All'inizio degli anni ottanta, Orlando Maguari è diventato armatore. Voleva imbarcare Zé (quel ragazzino era un vero prodigio del calcio) su una delle sue navi perché distraesse i passeggeri in crociera nei Caraibi."

Dovetti remare controcorrente per capire di cosa stesse parlando Alceste. Alludeva al suo romanzo *La loro grandissima colpa* e alla nostra ultima conversazione telefonica.

"Lo sbaglio viene solo dal nome Maguari," continuò, "ma la ringrazio di avermelo segnalato, è inammissibile. Il Maguari in questione, l'uomo, Orlando Maguari, è diventato di recente governatore dello Stato del Ceará. Questo non fa di lui un personaggio di spicco, ma ho il forte sospetto che Maguari e Parmenido Faca siano coinvolti nel traffico di bambini organizzato da Ryan Padovani in tutto il Nordeste del Brasile. Se ha letto il seguito del mio libro, avrà capito che, non contento di essere fuggito con il denaro del piccolo Zé, lo zio Ryan (così i bambini, terrorizzati, chiamavano Padovani) ha organizzato una rete di sequestri destinata a fornire giovani calciatori a tutti i club importanti, tramite una filiera di pseudoadozioni le cui maglie arrivano fin nelle nostre province più sperdute."

Avevo difficoltà a seguirlo. Alceste mi lasciò qualche secondo per assimilare. Poi:

"Malaussène, questo traffico di bambini non è cosa recente. Il mio fratello più piccolo, Baptiste (promessa del calcio) ne è un puro prodotto, beccato in Costa d'Avorio, lui. I miei genitori erano lì per turismo. Uno scout sul genere di Padovani non ha fatto altro che reclutarli, semplicemente. Adottando quel bambino sottratto alla sua famiglia, sono diventati complici della gang, come i miei fratelli maggiori e mia sorella Faustine. Ho il sospetto che oggi abbiano funzioni di rilievo, lì dentro. Quando nel volume precedente i miei adorabili fratelli hanno tentato di seppellirmi vivo al funerale di mio padre, quello che volevano far sparire insieme con me era il testimone riottoso. In un modo o nell'altro, erano al corrente delle mie ricerche, e se i vostri due cinesi non mi avessero salvato in extremis ora non sarei qui a raccontarle tutte queste cose. Quanto a mio padre, non lo seppellivamo in seguito a una rottura di aneurisma o a una cirrosi mondana, ma perché mia sorella Faustine l'aveva trovato impiccato nel bosco attiguo alla proprietà di famiglia. Appeso a una calza contenitiva. Se il medico che ha rilasciato l'autorizzazione all'inumazione fosse stato interrogato in modo serio, avrebbe riconosciuto che si trattava di omicidio. Invece no, suicidio. La sua diagnosi ha fatto testo e mio padre è passato all'eternità liscio come l'olio. Su quella simpatica banda ne sapevo a sufficienza da poterli denunciare, ma ho capito subito che la mia denuncia non sarebbe stata accolta. Troppi interessi in gioco appena si tocca il calcio, Malaussène. Da ciò il mio progetto: pubblicare alla luce del sole un romanzo apparentemente come tutti gli altri ma che avrebbe rivelato nei minimi dettagli un traffico di bambini in cui è coinvolto l'intero mondo del calcio. Un atto d'accusa intitolato *La loro grandissima colpa*, in cui avrei mantenuto i nomi degli stati, delle città, delle federazioni, delle squadre, di alcune persone (la storia di Zé Martins è assolutamente autentica), di alcuni giocatori, in cui tutto sarebbe stato chiaro come acqua di fonte, un'indagine supercompleta, presentata come un'opera di finzione, ma che i governi coinvolti avrebbero potuto usare per mettere in galera un esercito di ladri di bambini. Ecco cosa scrivevo nel suo Vercors. C'era tutto, nero su bianco. Verità vera e planetaria! Ero pronto ad affrontare il processo. Non aspetto altro, anzi. Ho i miei dossier e i miei querelanti".

Respiro.

Alceste distolse gli occhi dalla capitale.

Si voltò.

Fece i pochi passi che lo separavano dalla mia scrivania.

Si lasciò cadere sulla poltrona di fronte a me.

"E sa cosa è successo, Malaussène?"

No, ma quel che succedeva in quel momento, e che lui non sapeva, era che la porta del mio ufficio si apriva alle sue spalle, la Regina Zabo la richiudeva senza far rumore e si posava un dito sulle labbra per intimarmi il silenzio. Rimase in piedi, lì, dietro ad Alceste, fino alla fine della nostra conversazione, senza far più rumore di una pianta in vaso.

"Malaussène, quel che è successo è da morir dal ridere. Vengo a posare il mio manoscritto sulla scrivania della sua capa, che mi accoglie come il figliol prodigo: e ti saltello come una ragazzina sulla poltrona dirigenziale, e ti batto le manotte pneumatiche tutta allegra cacciando urletti pieni d'amore, e ti ringrazio quel tesorissimo del mio autore come se mi avesse fatto il regalo più bello dall'infanzia, e ti faccio lo sforzo di alzarmi per riaccompagnarlo fino alla porta dell'ufficio, e gli stampo sulle guance due baci disgustosamente umidi, e gli prometto che appena sarà uscito mi chiudo a chiave e mi immergo ne *La loro grandissima colpa*, la chiamo domattina all'alba, Alceste, impazzisco dalla curiosità, impazzisco, impazzisco! Non le secca, vero, se la chiamo Alceste? Ci ha fatto l'abitudine, ormai, no, da quando ci conosciamo? Si fa per scherzare! Dai, a domani, gioia, la chiamo all'ora in cui imbianca la campagna. Le voglio bene."

L'imitazione di Alceste non fa ridere né la Regina Zabo, inespressiva come un vecchio bonsai, né me, cui è preclusa qualsivoglia sghignazzata dal suo stoicismo e dalla mia leggendaria empatia.

"Dopodiché," continua Alceste, "silenzio radio. Nessuna chiamata né l'indomani né i giorni seguenti. Nessuna notizia. Invano io telefono, mailo, essemmesso, uozzappo a iosa, nessuna risposta. Come se le Edizioni del Taglione non fossero mai esistite. Eccolo qua un editore, ti desiderissima, ti bramissima, sei l'unico autore al mondo, e una volta che possiede la tua prosa, si tira indietro fino all'oblio. Ovviamente alla fine mi presento di persona, deciso a forzare tutte le porte per sapere che cosa succede. E in chi mi imbatto? Nel suo amico Loussa de Casamance. Che mette su la sua aria più paracula per annunciarmi che in effetti c'è un problemino, piccolo piccolo, quasi un niente, minimo. Un problema? Quale problema? Di ordine stilistico, amico caro. Una spiacevole rottura di tono fra i suoi due volumi che potrebbe destabilizzare i lettori. Come sarebbe? Quale rottura di tono? Dovrebbe parlarne con Benjamin, mio caro. Cosa c'entra qui quel coglione di Malaussène? Ecco, Benjamin ritiene che in questo secondo volume lei faccia troppe concessioni alle acrobazie del realismo magico; ne ha informato la nostra capa che, alquanto ostile all'estetica caraibica, ha deciso di sospendere la pubblicazione. Ma solo per darle il tempo di apportare le correzioni necessarie, intendiamoci! Benjamin non l'ha ancora chiamata? Ah, no? Cosa vuole, è la *rentrée*, sarà oberato. Si è offerto personalmente di aiutarla a rivedere le sue pagine, una cosa da niente, secondo lui, giusto una passata superficiale per ritrovare il tono del primo volume."

Silenzio.

"Non lo trova esilarante, Malaussène?"

Silenzio.

"Ai quattro angoli del mondo ci sono bambini che vengono rapiti, cioè strappati alle famiglie, affidati a pseudo genitori adottivi, in realtà rinchiusi in centri di allenamento al cui confronto i campi di concentramento libici sono colonie estive. Quelli più deboli in termini di prestazioni sono sbattuti fuori senza tanti complimenti, destinati alla mendicità, al furto e alla prostituzione, quando non venduti a mo' di pezzi di ricambio da trafficanti di organi. Io rischio la pelle per rivelare questa mostruosità, la consegno sotto forma di romanzo al mio editore, e con quale risultato?"

Silenzio.

"Per sentirmi rinfacciare un eccesso di realismo magico!"

Silenzio, poi cambiamento di tono. Nello sguardo, una fissità che non promette nulla di buono.

"Eccesso di realismo magico, o di realismo tout court? Non è che la mia storia, Malaussène, è un po' troppo reale per i suoi gusti? Ecco cosa mi sono chiesto, alla fine. Semplicemente troppo reale? Non è che ha qualcosa a che fare con l'orfanotrofio aperto dalla sua famiglia negli anni duemila? Ho sentito dire che una delle vittime di Padovani ha trovato rifugio lì dopo essere transitata dall'ufficio di sua sorella, il giudice istruttore. Dico bene? Una delle sue sorelle è giudice istruttore, no? E voi avete accolto il giovane Nelson Paraiso Martins?"

Ascoltavo, ascoltavo e capivo, eccome se capivo: un autore della casa editrice mi sospettava niente meno che di traffico di bambini. È piuttosto raro, nel mio mestiere, ma questo era quel che mi stava succedendo. Tanto più che aggiunse:

"Da adesso, non si scherza più".

Per convincermene, estrasse una pistola e me la puntò fra gli occhi.

"Quindi le do dieci secondi per confessare, razza di lurido bastardo, altrimenti premo il grilletto, che dopo tutto sarebbe un ottimo modo per portare la vicenda davanti alla giustizia. Che ruolo ha lei in questo abominio, Malaussène? Dieci secondi. Non uno di più."

Uno

Due

Tre

Era così fuori di testa da poter benissimo mettere in atto la sua minaccia, ne ero certo, ma stranamente me ne fregava poco. Non che non sia attaccato alla vita, anzi, semmai lo sono fin troppo, incatenato proprio. Quindi, perché non liberarmi? Sciogliere i legami una volta per tutte? Non fosse altro che per curiosità riguardo al seguito... vai a sapere, no? Lanciai comunque un'occhiata a Julius il Cane, ma, come dicevo prima, lui se ne strabatteva. Ronfava facendo flap flap con la bocca, creando così una colonna sonora ridicola alla tragicità della situazione.

Che fare?

Me lo chiesi senza vera curiosità.

Piantala lì con le cazzate, Benjamin, questo di sicuro ti fa saltare le cervella. È un uomo di fede, ricordatelo. Quella è gente che ha sempre la giustificazione pronta. Sempre dalla parte giusta della morale. Ti spara di fisso, vedrai. E i cretini diranno che è una fine lecita per un capro espiatorio.

Ecco su per giù quel che mi dicevo quando dietro Alceste si udì la voce della Regina Zabo:

"Metta via quell'arnese da pischello, Alceste, e mi segua nel mio ufficio".

Lui trasalì, si voltò, aprì la bocca, la richiuse, nascose la pistola come un baro colto in flagrante, e seguì le istruzioni che gli erano state date.

"Anche lei, Malaussène," aggiunse Sua Maestà prima di sparire nel corridoio.

La seguimmo docilmente. Alceste sollevò la giacca per ficcare l'arma dentro la cintura dei pantaloni, dal lato culo, com'è d'uopo. Non era un esperto, lui, il gesto non era pulito come al cinema. Gli toccò provarci più volte. Temevo per le sue chiappe più di quanto avessi temuto per la mia vita.

Bo e Ju venivano dietro. Se cadeva la pistola, l'avrebbero raccolta loro.

Ufficio della Regina.

Io e Alceste che ci sediamo di fronte a lei.

La quale prese la parola.

In tutta la sua maestà.

"Allora. Mi stia bene a sentire, Alceste, le cose stanno così. Mi sono effettivamente immersa nella storia del piccolo Zé Martins e dei sequestri di bambini appena lei ha lasciato il mio ufficio, ho sentito effettivamente che era una cosa bella pesante (per usare il linguaggio così lieve della sua generazione), ho finito il romanzo nel pomeriggio e ne sono rimasta sconvolta. Non solo lei è capace di uccidere il primo venuto per convinzione, caro mio, ma sa anche rischiare la pelle con un'abnegazione stupefacente. E questi sono i complimenti. Dal punto di vista letterario, il libro vale quel che valgono i documenti romanzati, si sente tutto il peso delle informazioni non digerite, ma il problema non sta qui. Siamo ben oltre le considerazioni stilistiche, su questo ha ragione."

Qui lei premette un tasto del suo cellulare e, chinandosi sull'apparecchio:

"Loussa, potresti portarci tre caffè e restare con noi, per favore? Mi serve un testimone".

Aspettando l'arrivo del suo vecchio amico, chiese:

"È seduto sulla sua arma, Alceste? Non è un po' scomodo? E rischioso? La metta nella tasca della giacca".

Cosa che lui fece con la celerità dell'allievo obbediente.

"Ecco. Così è meno pericoloso."

Entrarono Loussa de Casamance e tre caffè che lui posò sulla scrivania della capa prima di prendere posto nella poltrona vicina alla mia.

"Bene," disse la Regina.

Una pausa.

"Alceste, non ho avviato la pubblicazione del suo libro perché giuridicamente non ne ho il diritto, tutto qua. La legge me lo vieta."

Lui aprì la bocca e con un gesto imperioso lei gliela fece richiudere.

"Mi stia a sentire. Il ruolo di Malaussène in questa vicenda era di farla aspettare il tempo necessario alla revoca del divieto. Lui stesso non ne era al corrente. Gli ho dato a intendere che disapprovavo la sua propensione per il realismo magico e Loussa gli ha detto che in attesa delle sue correzioni il Taglione avrebbe pubblicato un manoscritto con vincolo di riservatezza. Segreto, quindi. Non era vero. Ma siccome Malaussène è Malaussène, ha creduto a tutte queste balle; da cui la conversazione che ha appena avuto con lui."

A me, a mo' di inciso:

"Mi scusi, Benjamin, ma lei a questo serve, lo sa".

Poi, tornando ad Alceste:

"La sera stessa in cui ho finito la lettura de *La loro grandissima colpa*, avevo una cena di famiglia, a casa di Bernard Souzier, mio cugino, procuratore generale della Repubblica. Durante la cena gli è suonato il cellulare. Chiudendo la chiamata, ha commentato: 'Questi cacchio di indagati! Sono tutti a favore della pena di morte. Un altro che si è suicidato. Si è impiccato in cella. Con una calza contenitiva, ditemi voi! Usano qualunque cosa, una volta che hanno preso la decisione'".

Silenzio.

"Avevo appena finito il suo libro, Alceste, e mi ricordavo del presunto suicidio di suo padre. Una calza contenitiva, giusto?"

Alceste rispose con un sì silenzioso del capo.

La Regina proseguì:

"Ho chiesto a mio cugino il nome del suicida. Ovviamente lui ha menzionato il segreto istruttorio, per pura formalità mi ha fatto giurare di non dirlo a nessuno, e ha tirato fuori il nome di Jacques Balestro, alias Ryan Padovani, sospettato di traffico di bambini. 'Un personaggino che vi raccomando,' ha aggiunto".

Silenzio.

"Lo indovina il seguito, Alceste? Ho fatto il mio dovere di cittadina rivelando al procuratore generale Souzier il tenore della mia recente lettura e la presenza di un Balestro-Padovani ladro di bambini nel suo ultimo romanzo. Mi ha chiesto ovviamente di portargli il manoscritto, cosa che ho fatto l'indomani mattina. Alle 15.58 in punto, oggi pomeriggio, ho ricevuto la visita di un brigadiere capo di polizia che mi ha consegnato il presente documento."

Documento che lei porge all'interessato.

DIREZIONE GENERALE DELLA POLIZIA GIUDIZIARIA
REPARTO DELLA POLIZIA GIUDIZIARIA DI PARIGI

ATTO RIGUARDANTE I SEQUESTRI
NUMERO DI PROCURA: 011244/260768
CASO: JACQUES BALESTRO ALIAS RYAN PADOVANI
RICERCA DELLE CAUSE DELLA MORTE (SUICIDIO O OMICIDIO)

DESIGNAZIONE DEI DOCUMENTI
N° D'ORDINE
T1: SEQUESTRO MANOSCRITTO "LA LORO GRANDISSIMA COLPA"

VERBALE DI SEQUESTRO
N° 2020/78/T1

L'anno Duemilaventuno, addì 16, del mese di settembre, alle ore 16.23·

Il sottoscritto verbalizzante Lucien Schneegans,
Brigadiere capo di Polizia, Ufficiale della polizia giudiziaria,
Direzione settoriale della polizia giudiziaria di Parigi, settore nord
Brigata mobile di ricerca settoriale.
...Agendo in conformità con le direttive del giudice Souzier, procuratore della Repubblica presso il Tribunale giudiziario di Parigi,...
... in compagnia della Sig.ra ISABELLE LEROY, detta Regina ZABO, editrice.
...ha proceduto senza resistenza al sequestro e pone sotto SIGILLI T1: IL MANOSCRITTO dal titolo "LA LORO GRANDISSIMA COLPA", 504 pagine,...
...Lascia i luoghi per fare ritorno in reparto e redigere il presente,...
...Alle ore 15.58

L'Ufficiale di polizia giudiziaria
Lucien Schneegans

"L'ufficiale di polizia giudiziaria Lucien Schneegans mi ha fatto sapere che, da un punto di vista legale, non dovevo essere al corrente dell'esistenza di questo documento. Era a destinazione unicamente giudiziaria. Lasciarmene una copia era un favore personale concessomi dal procuratore Souzier affinché potessi spiegare la situazione, prove alla mano, all'autore del romanzo in questione."

Emise un sospiro esausto.

"Cosa che ho fatto, Alceste, in presenza di due testimoni. E adesso sa che questo impedimento è una rottura di palle per me come per lei."

Alceste e io possiamo verosimilmente far risalire a quel pomeriggio il miglioramento dei nostri rapporti.

"Andiamo a farci un bicchiere, Malaussène," mi propose uscendo dal Taglione. "Ho bisogno di qualcosa di forte, dopo questa mazzata."

Due whisky, quindi.

Nel locale più vicino.

Lungo silenzio di recupero.

Prima che Alceste mi dicesse:

"Le devo delle scuse".

"Due volte nella stessa giornata? Alceste, così fa fuori tutto il suo stock."

Sorrise. (Anche questa era una novità.) Ma era un sorriso stanco. C'è da dire che il momento non si prestava a gran risate matte.

"Mi dica una cosa, Malaussène, a rigor di logica dopo quel sequestro avrei dovuto essere convocato dal procuratore, no?"

"Presumo di sì. O dalla polizia giudiziaria, o da un giudice istruttore."

"Be', e invece, niente di tutto questo."

"Magari per ora non hanno bisogno di lei, no? Magari stanno verificando le informazioni contenute nel suo manoscritto? Un po' di tempo ci vorrà pure."

Smorfia oltre modo scettica:

"O magari mettono a tacere la vicenda come fanno da più vent'anni".

Prudente, risposi:

"Diffidi delle sue conclusioni affrettate, Alceste. Si ricordi che solo un'ora fa mi accusava di traffico di bambini ed era pronto a ficcarmi un proiettile in testa".

Mandammo giù i nostri whisky.

Bicchiere vuoto.

Bicchiere vuoto.

"Un altro?"

Dopo che il cameriere ebbe posato sul tavolo i due nuovi arrivati, Alceste mi domandò:

"I miei angeli custodi ci stanno guardando?".

Occhiata a Bo e Ju.

"No, hanno visto che siamo gli unici clienti del bistrot, tengono d'occhio l'esterno, con le spalle alla porta."

"Bene. Devo mostrarle una cosa, Malaussène."

Si alzò.

"Guardi."

Sollevò la camicia e mostrò il torace. Dio santo! Nero di ecchimosi, coperto di bruciature di sigarette e, dal petto al pube, la cicatrice di una ferita visibilmente tracciata con un coltello.

"Con un taglierino, Malaussène. E ricucita a mano, senza anestesia. Non si agiti, è superficiale. Vuole semplicemente dire che la prossima volta mi sbudellano."

Indicai Bo e Ju:

"Sono stati loro?".

Si risedette:

"No, loro mi proteggono. È per questo che li pagate".

"Allora che facevano mentre la..."

"Da bravi funzionari di polizia cinesi, guardavano la CCTV, la televisione centrale del paese loro. Lo sa, no, che sono due sbirri?"

"No, non lo sapevo. Forse Loussa sì, visto che è stato lui ad assumerli. Ma lei come fa a saperlo?"

"Sette anni di cinese a Lingue orientali. Li capisco, quando parlano, e loro non lo sanno."

"Santo dio, Alceste, com'è possibile che abbiano lasciato fare una cosa del genere?"

Esitazione.

"Qui devo confessarle una cosa, bello mio. Ogni tanto li mollo e me la filo. Non mi chieda come, non avremmo più nessun segreto l'uno per l'altro."

Sospiro.

"È estremamente faticoso vivere sotto costante sorveglianza della polizia, sa."

Qui, un sorriso, mezzo di scusa e mezzo di trionfo.

"La sessualità, Benjamin. (Prima volta che mi chiamava per nome.) La mia non ha nulla di coniugale."

Mi raccontò il seguito come se ci conoscessimo da sempre. Era in giro in cerca di un locale per scambisti, quando due tipi gli sono saltati addosso, l'hanno imbavagliato, accecato con un passamontagna e gettato in un camion in sosta.

"C'era una marea di gente dentro quel camion. È partito, e via senza neanche uno scossone. Mi hanno strappato di dosso la camicia, legato a una specie di tavolo operatorio verticale, e hanno cominciato a trafficare su di me. Si figuri che era una lezione. Una lezione di anatomia tenuta da una ragazza a una specie di classe. Anatomia della tortura. È difficile urlare sotto un bavaglio, ma quando ci vuole ci vuole. La cosa più tremenda era che di domande non me ne facevano. Come se avessero scelto la prima cavia che gli capitava, così, per strada. Le sigarette erano applicate su certi punti di agopuntura, e la ragazza commentava gli effetti prodotti in maniera molto pacata. A quelli che mi pestavano, poi, indicava la zona dei reni o del fegato che a turno dovevano colpire. Quando mi ha inciso dal pube allo sterno, ho davvero creduto che mi avrebbe eviscerato come un pollo per poi continuare la lezione dissertando sui miei organi. Ero al di là del terrore, Benjamin. Fra le sue mani delicate non ero niente più di un animale da laboratorio. Certezza assoluta di vivere la mia morte. Di essere stato creato per questo. Nel momento in cui ho pensato che mi avrebbe staccato la pelle e avrebbe inciso più in profondità, mi ha fatto ricucire. In modo estremamente scrupoloso, anche qui. Mostrava al suo uditorio come suturare una ferita superficiale all'arma bianca. Erano tutti attentissimi. Ciascuno studente ha dato il suo punto di sutura. A caldo, come le ho detto. Il tutto in un silenzio studioso. Lei era l'unica che parlava. Gli altri obbedivano in silenzio. Allievi concentratissimi. Se non fosse stato per il ronzio del motore, sembrava di essere in una vera sala operatoria, di un lindore clinico. Il tutto è durato quattro giri della tangenziale. Dopo avermi ricucito, mi hanno scaricato nel Bois de Vincennes. Prima che mi buttassero giù dal camion, una voce mi ha consigliato di "rinunciare al calcio, amico caro". Era una voce sorridente da vecchio. Ha aggiunto che se il mio libro usciva, mi aprivano sul serio, unendo i puntini, e mi 'srotolavano fuori le budella, semplicemente tirando. Per sei metri di intestino, un po' di tempo ci vuole, ragazzo mio'. Fine della storia."

Bicchiere vuoto.

Bicchiere vuoto.

Bicchiere pieno.

Bicchiere pieno.

"Da ciò le mie minacce di prima, Benjamin. Dei bei sospetti anche su di lei ce li avevo, ovviamente."

Mi fece l'elenco di coloro che potevano essere all'origine di quel giro di giostra. La sua deliziosa famiglia, tanto per cominciare, “loro però mi avrebbero ammazzato, Baptiste e Faustine per primi”. Lo scherzetto poteva venire anche da uno dei suoi informatori, “quando indaghi su certe cose, finisce che ti esponi”. O da me, Benjamin Malaussène, depositario del suo manoscritto e azionista di un orfanotrofio in cui era appena approdato il suddetto Nelson Paraiso Martins, undici anni di età e vittima di Jacques Balestro.

“Mi scusi tanto, Benjamin, ma se a quest’informazione aggiungevo la sua accusa di realismo magico, così cretina da puzzare di balla, non potevo che sospettarla di voler ostacolare la pubblicazione del mio libro. E quindi di far parte della banda.”

“Da cui la pistola,” dissi.

“Oh, quella...”

Tirò fuori dalla tasca la pistola e la posò fra di noi.

“È un giocattolo. La dia a uno dei suoi orfani nell’attesa che se ne prenda una vera.”

6.
Dove inizia la fine

"Non mi sgridi?"

Ariana Lapietà

23.

La fine dell'inchiesta non si svolse come si sarebbe potuto prevedere. Nessuna laboriosa pista da ricostruire, nessuna scoperta di un covo in qualche foresta tenebrosa, nessuna avanzata strisciante di un bardatissimo membro di un corpo speciale verso un nemico armato fino ai denti, nessuna liberazione spettacolare dei Lapietà preceduta da una sparatoria in cui è la polizia ad avere la meglio, nessuna telecamera a uso e consumo del piacere finale dello spettatore.

Le cose si svolsero diversamente.

In più fasi.

A cominciare dalla visita del capitano Adrien Titus alla moglie di Georges Lapietà. Una cosa è certa, si diceva lui, con il dito sul campanello di Ariana Lapietà, per le solite vie non ci arriveremo mai. Da quei soldati non si tirerà fuori niente. E non si tirerà fuori niente perché non sanno niente. La musica la conosce il tipo che li ha formati. Loro semplicemente non lo sanno, dove sono detenuti Lapietà e il figlio. Di sicuro ci sono altre squadre, una per il trasporto, una per presidiare il covo, una per prelevare il riscatto, e tutte rigorosamente separate. Non è una banda, è un esercito. Segmentato in unità di truppa indipendenti: i rapinatori, i sequestratori, i secondini, i trafficanti, gli estorsori e via dicendo, senza altro legame tra loro all'infuori dell'ipotetico "Nonnino".

Il capitano Adrien Titus si chiedeva come annunciare a quella moglie e a quella madre – peraltro sua amica d'infanzia – che il marito e il figlio erano stati rapiti una seconda volta. Un fottio di gente, in quel caso, cugino mio e, secondo me, una possibilità su mille di ritrovarli vivi, i tuoi uomini.

Dietro quella porta chiusa, Ariana Lapietà, in origine Ariana Matassa, Nana, il "cugino" della sua giovinezza, riponeva in Titus una fiducia totale, quasi lui incarnasse da solo l'intera polizia. Gli aveva detto:

"Con te ai comandi, io sto tranquilla".

L'unica preoccupazione di Ariana era stata che a Lapietà non mancassero i cateteri, la mattina del rapimento non li aveva presi con sé.

Titus l'aveva rassicurata:

"Nana, l'ultima cosa che vogliono dei rapitori è la morte dell'ostaggio prima della consegna del riscatto. Non preoccuparti che dei cateteri glieli avranno trovati".

"Titus, tu non conosci Georges. Non glielo dirà mai che gli servono."

"Lo capiranno quando lo vedranno contorcersi per terra, acciambellato intorno alla sua vescica. Nessuno resiste al supplizio di un globo vescicale."

Titus si era ricordato del proprio cancro. La vescica sul punto di esplodere. Dolore da svenire. La pipì che minaccia di uscirti dagli occhi e dalle orecchie. Pietà, il catetere subito, subito, cazzo, mettetemi il catetere! Se gli avessero mai detto che un giorno gli sarebbe toccata una cosa del genere... quell'intromissione attraverso le vie del peccato...

"Ariana, finché Georges mantiene il suo prezzo sul mercato dei rapimenti e finché quel prezzo non viene pagato, ha l'immortalità assicurata. E quindi è cateterizzato. Che lo voglia o no."

Era riuscito a rassicurarla.

"Ti credo Titus."

"Fai bene."

"Non fate cazzate, eh! Restituitemeli come nuovi."

"Promesso."

Abuso di fiducia, pensava suonando il campanello. Nessunissima possibilità di mantenere la promessa, nemmeno se Kebir e i suoi compari li facessi a fettine.

La porta si aprì sull'uniforme antidiluviana di Ljuška.

"La signora l'aspetta," disse prendendogli l'impermeabile.

"Ma non avevo avvisato del mio arrivo."

"La signora ha un dono."

"È vero," strombazzò la voce di Ariana dal fondo del corridoio, "ho sentito che saresti venuto. Ci facciamo un cicchettino, mio Titusson, è l'ora dell'aperitivo."

Bella pimpante. Che fine avevano fatto l'apprendista vedova e la madre affranta?

"Ljuška, per favore, preparaci due spritz."

Stesa sulla sua *méridienne,* con gli occhi accesi, assomigliava davvero a Claudia Cardinale, è indubbio, e tutta sorridente. A questo si era divertito Lapietà: a trasformare Ariana Matassa, Nana, la sorella del Gecko, il suo amico di gioventù, in una reliquia del cinema. Se non guardavi troppo da vicino, non era cambiata neanche un briciolo da *C'era una volta il West.*

"Ti sbagli, Titus," disse, "la mia aria giovane non viene dal trucco, viene dall'amore dei miei uomini. Quello che mi ha fatta e quello che insieme abbiamo fatto."

Neanche l'interno della testa è cambiato, si disse il capitano Adrien Titus; una Ariana di diciotto anni, quella che Lapietà ha salvato dalla strada per chiuderla dentro questa bolla.

Lei dovette indovinare il suo pensiero, perché a bruciapelo:

"Comunque sia, a me viaggiare non piace".

Indicava i due bicchieri arzigogolati che Ljuška aveva posato sul tavolino del salotto.

"Che poi, guarda qui, non c'è bisogno di muoversi; lo spritz è Venezia direttamente a casa."

E per giunta, pensò lui, uno spritz! Mi toccherà mandar giù questo scubidù dell'aperitivo.

Lei sollevò il bicchiere per brindare. Le tintinnavano i braccialetti. Era davvero felice di vederlo.

"Allora, notizie dei miei due birbanti?"

Lui schivò.

"Non posso parlarne molto, cugino, c'è un'indagine in corso, avanziamo in tutta segretezza. E tu, qualcosa di nuovo?"

Lei ebbe un'esitazione.

Chiese:

"Tribolate parecchio?".

"Non è una faccenda facile."

Aggrottò la fronte:

"È una rottura di palle, per la tua carriera, se prendi una toppata?".

Che razza di domanda era? Lo sbirro in lui drizzò le orecchie.

"Hai qualche novità da comunicarmi, cugino?"

Cugino... Dire che un tempo quello splendore inossidabile, sì, assomigliava a una di quelle zanzarine di fiume dalle zampe filiformi, che in certe zone chiamano "cugini".

Lei si concesse un sorso di riflessione.

"Novità, non proprio," disse asciugandosi le labbra con minuscoli colpetti di pizzo.

Lui prese la palla al balzo.

"Allora un qualcosina che magari mi hai nascosto?"

Lei tornò alla sua preoccupazione.

"Davvero, Titus, è grave per te se non li ritrovi subito? Voglio dire, per il tuo avanzamento, quelle cose lì..."

"Diciamo che i miei capi mi tengono d'occhio. Perché?"

"Perché, davvero, non vorrei che tu finissi nella merda per colpa della mia famiglia. Non tu."

Lui ne approfittò per posare il bicchiere sul tavolino.

"Nana," disse dolcemente, "sputa fuori. Con me non rischi nulla. Se sai qualcosa che può aiutarci, adesso o mai più."

"Non mi sgridi?"

Quarant'anni di regressione improvvisa. Lui posò due occhi stanchi sulla ragazzina che lei non aveva mai smesso di essere.

A un tratto, lei disse:

"Non è colpa sua, sai".

"Colpa di chi? Di cosa parli?"

Lei portò di nuovo il bicchiere alle labbra.

Ma non bevve.

Lo posò di nuovo.

Buttò fuori:

"Georges era al corrente, riguardo al suo rapimento. Sapeva che era in preparazione, ma non sapeva quando sarebbe successo".

(Prego?)

"Nana, che cosa mi stai dicendo?"

Una pausa.

"È una cosa un po' tipo la sfida tra padre e figlio, capisci?"

"No. Non capisco."

"Son fatti così i ragazzi, no?"

Qui, una lunghissima inspirazione, seguita da una spiegazione assolutamente contorta ma che lui capì benissimo.

Benché sbacalito.

Benché totalmente sbacalito.

Abbandonati sul tavolino i due bicchieri di spritz, Ariana Lapietà stava spiegando al capitano Adrien Titus che, "in realtà", il figlio aveva ideato il progetto di rapire il padre per creare una specie di opera d'arte, una roba che lei non aveva capito tanto bene, era stata la ragazza di Iuc a metterglielo in testa, la tua figlioccia mio Titusson, la piccola Maracuja, una "installazione", la chiamavano, e c'era anche un'altra parola, una...

"Una performance," disse lui.

"Tipo, sì, una performance. Ovviamente Giorgio è venuto a saperlo – viene a sapere tutto, lui –, ha trovato il progetto divertente e ha deciso di aiutarli, zitto zitto, lasciandoli fare, facendo la parte della preda consenziente, capito? Come se non sapesse niente. L'unica cosa che non è riuscito a scoprire è stato il giorno e l'ora in cui i ragazzi l'avrebbero rapito. Lo divertiva, quella suspense. E quando l'hanno beccato, non se l'aspettava proprio."

"E tu?"

"Io cosa?"

"Te lo aspettavi?"

"Manco per sogno. Georges mi aveva detto del rapimento perché non mi preoccupassi se una sera non tornava a casa, ma sul giorno in cui doveva succedere non ne sapevo niente neanch'io. E neppure sul come. Sapevo che il progetto dei ragazzi era di fare un film su di lui. Iuc se la cava bene con la macchina da presa, ha già fatto dei cortometraggi. Volevano filmare, tipo, la confessione di uno schifoso capitalista. Georges provava con me la sua parte. Aveva scritto un lungo monologo in cui tirava in ballo tutti, i suoi soci, i sindacati, le banche, i fondi pensione, l'epoca, il sistema, la natura umana, si divertiva da matti. Io gli facevo ripetere la sua tirata. 'Ste cazzate qui, capisci... Ho la sua minuta in un cassetto, se ti serve."

'Ste cazzate qui... una megaestorsione, Verdun dentro fino al collo, due ministeri a ferro e fuoco, cinque morti e non so quanti feriti.

"Dio santo, Ariana, perché non me l'hai detto che era uno scherzo?"

Be', c'erano un sacco di motivi. Prima di tutto, avrebbe mandato a puttane il "progetto artistico" di Iuc e Maracuja, e questo Georges assolutamente non lo voleva.

"Come ben sai, a Giorgio il bordello è sempre piaciuto da pazzi. Più c'è movimento e più lui è felice. Quando, tipo, i ragazzi hanno chiesto un riscatto equivalente alla buonuscita versata dalla LAVA, sono sicuro che a lui è piaciuto un sacco. Avrà pensato che Iuc era un fenomeno. Si chiederà fin dove ha intenzione di arrivare suo figlio. È il loro gioco, da sempre. Il grande si divora il mondo, il piccolo cerca di far colpo sul grande, si crea del movimento, insomma. La loro è una forma di creatività."

"Continua."

"Son ragazzi, capisci? Dei rompiballe, vabbè, ma a posto."

"Continua."

Non le era piaciuto per niente quel gran stronzo che l'aveva interrogata il primo giorno.

"Il commissario di divisione Menotier?"

"Sì, il tuo superiore. Lo senti lontano un miglio, quello, che è un leccapiedi. 'Signora ministra', 'signora ministra', mi veniva voglia di dirgli: Dacci un taglio, bello, caccia fuori quel che hai da dire e chiamami Nana. Sono sicura che Georges l'avrebbe sbattuto fuori, quel piedipiatti. Che poi, da quel che dicono nei notiziari, deve aver piantato un bel casino l'altra notte a Belleville, giusto? Era lui, no, in rue Julien-Lacroix? Mica che al mio bambino gli rovinavo il gioco con suo padre per un demente del genere. Di' un po', l'hai vista la roba del Père-Lachaise volante? Una meraviglia, eh? Il Père-Lachaise che vola sopra Parigi la notte... Un genio, quello che l'ha fatto... Lo conosci? Mi farebbe piacere che Iuc lo incontrasse."

La lasciava andare a ruota libera, per vedere fin dove arrivasse la sua incoscienza. Mobilitare l'élite della polizia su un giochetto di famiglia senza pensare all'inevitabile collera dello Stato quando si fossero scoperti gli altarini era qualcosa che lo lasciava ammutolito. Non glielo fece notare. Non si viola l'innocenza. La mazzata, tanto, sarebbe arrivata fin troppo presto.

La portò su un altro terreno.

"Dimmi un po', cugino, però anche a me mi hai preso in giro alla grande! La commedia che hai recitato a proposito dei cateteri... Le tue lacrime fra le mie braccia, tutto quel cinema..."

Era la consegna di Georges per non mettere a repentaglio l'opera dei ragazzi: "Tu, micina, tieni la bocca chiusa. Recita la parte della vedova come se davvero mi avessero rapito, piangimi a calde lacrime, rotolati per terra, sciupati tutto il trucco se occorre, ma tieni la bocca chiusa. Fino a nuovo ordine".

"E poi c'è un'altra cosa," disse.

"Cosa?"

"Non volevo metterti nei casini."

Perché, insomma, alla fine era stato Titus a prendersi cura di lei dopo la morte del fratello. Non gli aveva obbedito, d'accordo, aveva preferito il marciapiede, certo, gli aveva fatto passare la voglia, però lui c'era sempre stato. E son cose che non si dimenticano.

"Sei rimasto un po' un fratello, capito..."

Santo dio, supplicava lui muto, santo dio d'un santo dio, per pietà tappatemi le orecchie!

"Renditi conto," continuava lei, "se ti dicevo che questa storia del rapimento era una farloccata, che i miei due maschi giocavano a chi ce l'aveva più lungo, per te era un bel casino. Rispetto ai tuoi superiori, voglio dire. Mica potevo farti una cosa del genere. Non volevo che ti ritrovassi incastrato fra il dovere di denunciarci e la tua amicizia che non avrebbe voluto farlo. Ho dei principi, io. E dell'affetto, soprattutto."

Lui non reagì.

Lei posò lo sguardo sui due bicchieri di spritz.

"Occazzo, si è sciolto il ghiaccio. Ljuška!" chiamò.

"No, lascia stare," disse lui. "Niente aperitivo."

"Sei arrabbiato?"

Di nuovo questa domanda infantile.

"Ariana," chiese, "quindi non hai paura?"

"Paura di cosa?"

"Che non li ritroviamo."

"E perché dovrei avere paura? Il figlio rapisce il padre, il padre sa di essere stato rapito dal figlio, collaborano alla... come si chiama, già?"

"La performance..."

"Ecco. Alla performance. Sono in famiglia, insomma (tra parentesi, Giorgio ha proprio un debole per la tua Maracuja, qui c'è aria di un bebè!), di cosa dovrei aver paura?"

Evitò di comunicarle che il gioco era cambiato. Perché torturarla? Beata ingenuità. Gli venne in mente un'altra domanda, sempre la stessa dall'inizio: se era tutto solo un gioco, chi aveva venduto Iuc e Lapietà a quel Nonnino?

Chi?

La guardò a lungo.

No. Non lei, dai, no! Quei due cretini erano tutta la sua vita. Respirava solo per loro. Era quel tipo di donna lì. In perenne stato di celebrazione, nonostante il suo "passato turbolento" come avrebbero detto i giornali scandalistici. L'archetipo della coniugalità.

Ciononostante, le chiese:

"Oltre che a me, ne hai parlato a qualcun altro?".

"Di cosa? Del progetto di rapimento? Per mandare in vacca l'opera dei ragazzi? Ma sei matto?"

"Ljuška?"

"Ljuška non sa niente. E poi è una tomba, Ljuška. La mia, di tomba."

(Mandare Valmondois o Brochard a verificare, annotò il capitano Adrien Titus.)

Diede un'occhiata all'orologio.

"Ok, non è tutto, cugino mio, ma devo andare."

Si alzò, si infilò l'impermeabile che Ljuška gli porse di malagrazia, e diede un bacio in fronte al piccolo cugino.

Direzione, la porta.

Fu allora che lei disse:

"E comunque lo so, dove sono".

(Cosa?)

Stordito.

Barcollante.

Come se fosse andato a sbattere contro un muro.

"Titus, quando sono insieme, io lo so sempre dove sono Giorgio e Iuc."

Si premurò di sedersi.

"Per i suoi quindici anni, Iuc si è fatto impiantare un microchip," annunciò lei.

"Un cosa?"

"Un microchip. Un affare elettronico. Tipo come quei cani che scappano sempre, capito? È un bravo figlio, non vuole che mi preoccupi. Secondo lui alle madri gli viene il cancro, a furia di preoccuparsi. Così, mammina mia bella, saprai sempre dove sono. Basta che interroghi il microchip."

Mostrò il lettore che nascondeva tra i suoi seni di madre.

"È questo coso qui. Indica il suo ultimo indirizzo."

Tese a Titus il piccolo scanner.

"Dai, guarda."

Titus pensò che in vita sua non aveva mai fatto uno sforzo simile per mantenere la calma.

"In altre parole, è dall'inizio delle indagini che tu sai dove sono nascosti?" domandò a bocca aperta.

"Certo. Prima erano sotto la Défense. E poi si sono spostati. Schiaccia un po' quel tasto, e avrai il nuovo indirizzo."

Cosa che lui fece.

Sullo schermo pallido partì un piccolo carnevale di aste elettroluminescenti.

Apparve il nome del proprietario. Iuc, infatti.

Poi l'indirizzo dove trovarlo.

Titus sentì tutto il sangue rifluire verso il cuore.

Gli occhi non potevano staccarsi dallo schermo.

Maracuja aveva ragione.

Altri due morti.

Prima di uscire chiese comunque, con voce asciutta:

"Anche Georges si è fatto impiantare un microchip?".

"No, Giorgio no," rispose lei. "Sono una madre ansiosa, ma non una moglie gelosa. I miei esordi li sai, Titusson mio, conosco le esigenze dell'organo."

La medica legale Ana Castri usciva dall'obitorio nel momento in cui vi entrò il capitano Adrien Titus.

"Ciao capitano, arrivi troppo tardi, sto tornando dai vivi. Ho la bici che mi aspetta."

Lui la prese per il gomito e la trascinò nel corridoio.

"Dottoressa, mostrami i cadaveri dei Lapietà."

"Di chi?"

"Dei due Lapietà, padre e figlio. So che sono da te."

Non potendo divincolare il braccio, Castri ebbe il buon senso di lasciarsi trascinare.

"Ti sbagli, Titus, quelli non ce li ho, in magazzino."

"Ce li hai, ne ho la prova."

"Vieni con me."

Svoltò verso il suo ufficio, dove porse una sedia al capitano.

"Mettiti lì e bevi questo," disse riempiendo due bicchieri, "sei pallido come uno straccio."

Era un altro genere di aperitivo.

“Che roba è?”
“Bevi, t’ho detto. Sono io il medico, no? Le domande le farai dopo.”
Lui bevve e non se ne pentì.
“È una cosa greca, lo Tsipouro. Quando i morti sono troppo morti, me ne faccio un bicchiere.”
Lui tese il bicchiere vuoto.
Un altro.
“E adesso raccontami questa storia dei Lapietà,” chiese lei. “Lo saprei bene, figuriamoci, se quei due li avessi nei miei frigoriferi.”
Le raccontò.
Tutto.
“Ah! Ecco... Mi dicevo anch’io che...”
Si alzò:
“Vieni che ti faccio vedere una cosa”.
Stavolta toccò a lui seguirla.
“Andiamo ai pezzi di ricambio.”
Quando furono arrivati (una stanza cieca, chiusa e cubica come una cassaforte, che odorava di formalina e zeppa di piccoli cassetti di metallo), lei consultò un registro, aprì un cassetto, tirò fuori un parallelepipedo di polistirolo che si aprì con uno stridio.
Dentro, un orecchio.
“Nel lobo, il microchip,” disse lei, estraendolo con una sottile pinzetta a gomito.
Si chinarono sulla cosa morta.
“Mi è arrivato dal ministero della Giustizia. Senza nome. Top secret. A quanto pare, non vogliono che si sappia. I miei fornitori non hanno notato il microchip. Io sì. Mi stai dicendo che appartiene a Lapietà figlio? Si presume che io non debba saperlo né tantomeno divulgarlo. Se mi tradisci, sono a spasso.”

Si armò di una lente di ingrandimento e si chinò ancora di più:

"Tagliato di netto, dall'alto in basso, con una lama affilatissima, e con una tale rapidità che il ragazzo non ha avuto neanche il tempo di aver paura. Chi l'ha fatto ha la mano sicura. Non è il suo primo orecchio".

Senza distogliere gli occhi dall'orecchio, Titus aveva sventrato due Chesterfield senza filtro, aperto due cartine Rizla micron e tirato fuori dalla tasca un cubetto scuro che ora sbriciolava sopra il biondo tabacco. In quattro e quattr'otto rollò le due canne, le accese e ne porse una alla medica legale.

"È per sopportare questo genere di porcherie che hanno inventato le canne," disse.

Castri fece un lungo tiro e poi, di voluta in voluta:

"Ci sei affezionato, a quel ragazzo? La ferita è netta. Se lo medicano bene, nessun pericolo di infezione. Tiralo fuori di lì e gli rifacciamo l'orecchio uguale. Oggi si può".

Titus si lasciò andare al pessimismo.

"Non si riparano i morti, dottore."

Lei gli posò la mano sulla spalla.

"Oh, tutto a posto, capitano? Poi vattene a casa, dai? Un ultimo Tsipouro, come bicchiere della staffa? Si sposa bene con l'afghano."

"Il libanese," corresse lui. "È hashish di Baalbeck. Tra poco non ce ne sarà più, visto come vanno le cose là."

Mentre esalavano con aria sognante, Ana Castri disse:

"Un ragazzino capace di farsi impiantare un microchip nell'orecchio perché la madre non si preoccupi... ne ho uno simile a casa".

Disse ancora:

"Lo adoro, mio figlio, ma fa una cazzata dietro l'altra. L'hanno appena sbattuto fuori dal conservatorio".

"Di musica?"

Fecero un ultimo tiro.

Poi si diressero verso l'uscita.

"È successo anche a me, alla sua età," inventò Titus. "Sono così coglioni, nei conservatori, che sbatterebbero fuori pure Mozart."

Sei stazioni della metropolitana più in là, il capitano Adrien Titus entrava a razzo nel cinemino dei Malaussène. Cacciava via Nange e Sigma che lavoravano al montaggio della famosa performance.

"Smammare, tutti e due! E aspettate fuori. Siete temporaneamente sollevati dalle vostre funzioni."

Rimasto solo con Maracuja, le puntò un dito contro.

"E tu piantala di rompere, che te lo riporto il tuo uomo. Capito?"

Lei lo guardava, stupefatta.

"Vedi di rigare dritto! Fa' il tuo montaggio Lapietà con i cugini e non sparire dai miei radar."

Ripeté, rabbioso:

"Capito?".

Lei fece sì con la testa.

Prima di uscire, si accorse che il divano sfondato era occupato. L'ispettore stagista Manin lo guardava in silenzio nella penombra, sotto una coperta di sopravvivenza che lo faceva sembrare una pepita d'oro.

Ok. Due padri per il Malaussène in arrivo, si disse il capitano uscendo, restiamo nella norma della tribù; almeno da questo punto di vista, le cose filano lisce.

Notte fonda, quando si infilò nel letto coniugale:

"Sei la mia quarta donna della giornata, mio piccolo tocco di cioccolato," disse alla sua. "Alle altre tre, ho mentito."

24.

Il giorno stesso, o l'indomani, mia sorella Verdun si presentava a casa del mio nuovo amico Alceste. Non si truccò, per l'occasione, non arrivò in qualità di giudice istruttore ma di sorella di suo fratello. Dopo essere stata perquisita da Bo e Ju, fu ricevuta con grande cordialità. (Ma che cosa dici, Ben, è adorabile quell'Alceste!)

"Mio fratello Benjamin mi ha detto che lei ci sospetta di traffico di bambini, Alceste."

Senza dargli il tempo di rispondere, gli mise sotto il naso lo statuto dei Frutti della passione.

"Guardi qui, il nostro orfanotrofio è un istituto creato ai sensi della legge del 1901 sulle associazioni senza scopo di lucro. Pensato originariamente da Gervaise per accogliere i figli delle puttane morte o troppo malconce, ha poi allargato la propria utenza. Anche se le avventure di mio fratello la irritano, si rilegga *Signor Malaussène* per farsene un'idea. La direzione amministrativa dell'orfanotrofio è stata affidata a Ludovic Talvern, mio marito, di professione panettiere, peraltro ex giudice penale e un tempo mio professore di Diritto delle obbligazioni. (Eh sì, Alceste, capita che certi universitari scopatori seriali alla fine mettano su delle coppie durature con una delle loro studentesse, glielo dico a titolo di documentazione casomai volesse usarci nel suo prossimo romanzo.) Bene. Siccome dai tempi di *Signor Malaussène* i flussi migratori si sono diversificati, oggi l'orfanotrofio riceve i MNA – minori non accompagnati – senza distinzioni di provenienza, di razza, di religione, di lingue o di abitudini alimentari, e proprio in virtù di ciò abbiamo accolto l'orfano Nelson Paraiso Martins dopo che è transitato dal mio ufficio, questo è vero, giacché per la mia funzione di giudice istruttore mi occupo del caso Balestro, alias Ryan Padovani, ladro di bambini e trafficante. La presenza del suddetto ragazzino e del suddetto Padovani nel suo romanzo spiega la mia visita odierna. Piacere, come sta? mi chiamo Verdun."

(No, Benjamin, ti assicuro che si è mostrato cordialissimo, mi piace molto, ti trovo sempre più severo con le persone, stai invecchiando male.)

"Ho letto il suo ultimo romanzo, Alceste, *La loro grandissima colpa*, dalla prima all'ultima riga. Non s'immagina a che punto quello che scrive assomiglia al mio caso. Perciò quel che vengo a proporle è di collaborare. In veste di sorella del suo amico Benjamin, in primo luogo. Se rifiuta, glielo imporrò in veste di giudice istruttore. E se rifiuta ancora, la farò mettere al fresco per favoreggiamento."

Gli sorrideva schietta. Alceste sentì che non era una donna incline al sorriso mondano.

"Alceste, lei è l'incarnazione della casualità, come dire un miracolo per un giudice istruttore. Il suo libro ha fatto fare alle mie indagini un enorme balzo in avanti. Grazie a lei, il caso è praticamente chiuso."

Detto questo, lo pregò di togliersi la camicia perché potesse esaminargli il torace. Nel farlo, lui ebbe una smorfia di dolore. Lei aggrottò la fronte e gli ordinò di seguirla all'orfanotrofio dove Gervaise, Clara e Louna gli avrebbero pulito come si deve quel disastro di cicatrici.

"Alceste, credo di sapere chi è stato a farle questo. Venga a lavorare con me e gli complicheremo la vita."

Seguì un'assemblea generale alla Ferramenta in cui erano presenti tutti, incluso Alceste.

Titus, Alceste e io cacciammo fuori quel che avevamo da cacciare a Verdun: Titus rivelando i piccoli segreti di Ariana Lapietà, Alceste e io raccontando la scena alle Edizioni del Taglione.

Quando venne a sapere che il procuratore generale Souzier aveva nascosto alla giudice Talvern il sequestro del manoscritto e il dettaglio dell'orecchio mozzato, Ludovic commentò:

"Avevi ragione tu, *karedig*, la procura non perseguirà nessuno. Alla fine, il ministero insabbia tutto. Probabilmente per ordini superiori. Se insisti, ti silurano".

Aggiunse:

"La cosa migliore per loro sarebbe che Lapietà e il figlio sparissero. Non solo i tuoi superiori non faranno niente per liberarli, ma non verseranno neppure un euro di riscatto. E lasciami dire che non gli dispiacerebbe neanche che i tizi della lista fossero giustiziati uno dopo l'altro".

Verdun ascoltò, rifletté e dichiarò che avrebbe comunque chiesto udienza al procuratore generale Souzier.

Seguì una telefonata di Verdun al commissario di divisione Rabdomant.

"Sì, commissario, un ex gendarme. Ce l'ha, per caso, nei suoi cassetti?"

Rabdomant promise di richiamare.

Rabdomant richiamò.

"Ah! Era proprio quel che pensavo," disse Verdun. "Sì, commissario. Quando, dice? 1987? Lei era ancora in servizio, vero? Ah, sì! Come si chiamava lui all'epoca?"

Qui, le giunse un nome all'orecchio.

"Può farmi lo spelling? Non è detto che oggi abbia lo stesso nome, no? Sì. Ah! È lui? E le famose calze contenitive. (Una pausa. Rabdomant raccontava.) La conosco la storia, commissario. Resisteva agli interrogatori più duri e alla fine è stato Pastor a farlo crollare. Sì... Thian la raccontava nel dormitorio dei bambini, all'epoca. La chiamava *La fata carabina*. A Thian piaceva molto il giovane Pastor. Anche a lei, commissario, lo so, era il suo prediletto, son tutte cose scritte nella leggenda della tribù. Lei la conoscono tutti nella tribù Malaussène, lo sa? È il nostro dio tutelare, e l'ispettore Pastor una specie di arcangelo giustiziere. Sì, sì... Pare che fossi presente anch'io quando il vecchio Thian raccontava *La fata carabina* ai miei fratelli e alle mie sorelle, ma ero troppo piccola all'epoca per ricordarmene, avevo solo qualche mese."

Questo dialogo mi riportò indietro di vari decenni. Immagini nitidissime: il vecchio Thian che racconta *La fata carabina* ai bambini nella luce bassa del dormitorio. C'erano vecchiette che sparavano a vista su tutto quel che si muoveva, il terribile commissario Cercaire che ripuliva Belleville alla sua maniera spiccia, Julie mezza morta che piombava nuda sopra una chiatta piena di carbone, Julius il Cane in preda a un mega attacco epilettico, e l'ispettore Pastor che faceva confessare uno spietato assassino (l'attuale Nonnino, a quanto pare) su cui tutti gli altri sbirri si erano rotti le corna. Clara, Thérèse, Jérémy e Il Piccolo (ancora piccolissimo, Il Piccolo, ma già con i suoi occhiali rosa) ascoltavano il vecchio Thian, seduti sui loro letti a castello, con i piedi che penzolavano nel vuoto. Il seguito, il seguito, chiedevano. La sera dopo Thian riattaccava. Aveva la voce di Jean Gabin. Se lo ascoltavi a occhi chiusi, era Gabin a raccontare. Thian raccontava in piedi al centro del dormitorio, con la piccola Verdun incollata al petto. Verdun è solo una grossa zecca che non ci toglie gli occhi di dosso, imprecava Jérémy, che palle! Dal canto mio pensavo: Ah! quello sguardo metafisico dei neonati che a noi sembra un abbozzo del giudizio universale...

A un certo punto del dialogo con il commissario Rabdomant, Titus fece un cenno a Verdun.

"Chiedigli come sta Joseph."

"Commissario, il capitano Titus chiede notizie del commissario Silistri."

Lei mise il vivavoce e sentimmo la voce di Joseph.

"Tuttapposto, Titus, il capo mi sta rimettendo in sesto alla velocità della luce: sanguinaccio, fegato di vitello, bistecche di cavallo, conferenze di criminologia, sangue a iosa insomma, e io vampirizzo alla grande."

"Manin fa la stessa cura," rispose Titus.

"Ah! Benissimo. Abbiamo fatto una cazzata, con Manin. Non bisogna più mandarlo in prima linea, quello sbarbato."

"Sarebbe un peccato, però, spara meglio di me e di te. Appena si rimette in piedi, lo armo come un'intera squadriglia e facciamo fuori tutti quei tarati."

Intervenne Verdun.

"Non fate fuori proprio nessuno, Titus, non siamo la banda rivale."

Tolse il vivavoce e ordinò:

"Joseph, tornatene alle tue proteine e ripassami il capo".

La conversazione riprese con il commissario Rabdomant.

"Commissario, me li può mandare, i documenti? No, non alla mia mail, per favore, a quella di Julie, è più sicuro. Secondo lei, dall'87 quante volte ha cambiato identità il nostro uomo? Sì, sì. No, se stiamo parlando della stessa persona, oggi dalle sue truppe si fa chiamare Nonnino. Ragazzi, perlopiù. Sì. Sì, esatto, il suo lato pedagogico. E sempre quel debole per le calze contenitive. Grazie commissario. Non pensavo che sarebbe stata una cosa così veloce. Grazie, sul serio. Mi permetto di abbracciarla. Un abbraccio, insomma."

E chiuse la telefonata.

"Manda un abbraccio anche a voi."

"È la prima volta in vita mia che un commissario mi abbraccia," commentò Hadouch.

Verdun si fece pensosa.

Quindi riassunse:

"Allora, nei dieci anni che ci interessano, dal '77 all'87, Rabdomant ha contato cinque gendarmi finiti a delinquere. Lui e Silistri hanno studiato i casi: due tenenti rapinatori che all'occorrenza davano una mano alla banda dei lionesi, una guardia di finanza che rivendeva la droga sequestrata, un capitano esperto in documenti falsi, e un brigadiere (il più giovane) estorsore. Quest'ultimo è stato fermato nel 1987 dopo una rapina finita male. La rapina al Crédit Industriel di avenue Foch".

Sorrise ad Alceste:

"Forti probabilità che quello che l'ha fatta operare nel camion, Alceste, sia il suo Nonnino. Assomiglia in modo incredibile al nonno di cui parlano i suoi ladri di bambini ne *La loro grandissima colpa.* Come lo chiamavano, già, quei giovani brasiliani?".

"'Vovô'," rispose Alceste. "Nonno in portoghese. O Nonnino, se preferisce."

"Ecco. A quanto pare ha smesso di lavorare da solo dalla fine degli anni '90. Ha reclutato e formato un piccolo esercito che non ha paura di niente. A giudicare da come ne parlano quei ragazzi, si è cucito addosso i panni del vecchio pedagogo. Un filino militaresco. Gendarmesco, per meglio dire. Rigorosissimo in materia di disciplina, ha fatto impiccare uno dei suoi uomini in prigione. Il suo Padovani, Alceste, Jacques Balestro. Eppure quei ragazzi lo adorano. È il buon dio in persona, il punto di riferimento assoluto: Nonnino."

E precisò a tutti noi:

"Rabdomant dice che sembrava già vecchio nell'87. E che il suo mezzo di espressione era la calza contenitiva. Prima che fosse arrestato per la rapina al Crédit Industriel, aveva impiccato una donna e un uomo a una trave del loro appartamento. Siccome l'uomo era più pesante, per equilibrare l'opera aveva appeso alla caviglia della donna il cane di casa. Un labrador. Vivo. Era il genere di scherzetto che riservava alle sue vittime quando non lo pagavano".

ALCESTE: Calza contenitiva?

VERDUN: Calza contenitiva, sì, come per vostro padre e per Balestro. Ha un unico debole, lui, gli piace firmare i suoi delitti.

TITUS: Quel lato coglione che hanno tutti, il bisogno di lasciare una firma...

VERDUN: Non hanno paura di niente se non dell'anonimato.

HADOUCH: È stato il commissario Cercaire a incastrarlo. L'ho conosciuto.

VERDUN: Hai conosciuto Nonnino?

HADOUCH: No, Cercaire. Uno stronzo dell'altro mondo. Un vero killer, negli interrogatori.

JULIE: Eppure non è riuscito a far parlare Nonnino. Alla fine ci si è messo Pastor. È entrato nella cella dell'indagato e ha voluto che chiudessero la porta. Quando è uscito, l'altro aveva firmato una confessione completa. Nessuno ha mai saputo come avesse fatto, Pastor.

VERDUN: In ogni modo, la sua confessione non è servita a granché. È evaso qualche settimana dopo, durante un trasferimento.

HADOUCH: Me lo ricordo, sì. Due morti.

VERDUN: Da allora è completamente sparito dalla circolazione.

Il suo sguardo si è fatto fisso.

"È lui, ne sono certa. In ogni caso è di lui che ci occuperemo io e Julie."

Dopodiché Verdun fece visita alle Edizioni del Taglione. Pregò la Regina Zabo di leggerle il verbale di sequestro relativo al romanzo di Alceste e le chiese senza tanti giri di parole se intendesse rispettarlo.

La Regina non nascose la sorpresa:

"Signora giudice," rispose, "tanto vale che mi chieda se sono disposta a violare i sigilli di una casa in cui è vietato accedere".

"Può dipendere da cosa contiene la casa," rispose Verdun.

"E da chi tiene la maniglia della porta, lo so."

La Regina aggiunse:

"Mia piccola Verdun, sei una cagacazzo".

La Regina aveva visto nascere la giudice. Aveva conosciuto il vecchio Thian e il suo bebè scrutatore. Verdun l'aveva vista crescere, armata di quello sguardo che non mollava mai. Che lo volesse o no, da quando Benjamin lavorava al Taglione, la Regina faceva parte della tribù Malaussène. Ragion per cui non aveva mai licenziato il suo capro espiatorio, nonostante il suo parlare schietto e le sue ripetute assenze. La Regina aveva per Benjamin attenzioni che mamma Malaussène non aveva. Aveva persino assistito alla nascita di alcuni pargoli della tribù. È Un Angelo, il figlio di Clara, era nato sorridendo, il che agli occhi della Regina era un'assoluta stravaganza. Verdun invece perlomeno strillava, uscendo fuori dalla madre.

"Quando eri appena una neonata," le disse, "urlavi così forte e così ininterrottamente che una sera Jérémy ti ha chiusa in un cassetto della Ferramenta. Benjamin è rimasto sconvolto."

"Forse trovavo troppo asciutte le mammelle della vedova Hô."

La Regina conservava anche un ricordo nitido dell'ispettore Van Thian travestito da vedova Hô; era l'epoca in cui lui faceva da esca nelle vie di Belleville per incastrare un assassino di vecchiette. La vedova Hô era piatta come una sogliola nel suo vestito thailandese troppo attillato. L'ispettore Van Thian aveva adottato Verdun. Per una ragione che lasciava sbalordita la tribù, lui era l'unico in braccio a cui Verdun non strillasse. Lo sbirro e la neonata formavano una coppia scrutatrice.

Alla fine, la Regina posò il mento enorme sui pugni cicciotti.

"Devo intuire, signora giudice, che sei venuta in segreto ad accertarti che non lo pubblicherò? O sei invece venuta a spingermi a farlo?"

"Arriva sempre il momento in cui qualcosa si deve intuire," rispose Verdun senza battere ciglio.

La Regina sbraitò:

"Oh! Non rompermi con le tue massime, Verdun, eh? Non con me! La conosco benissimo anch'io questa musica! Come credi che gli parli, ai miei autori? Rispondi a questo, semmai: vuoi che obbedisca alla legge o preferisci che pubblichi?".

Verdun aggrottò la fronte:

"Sul serio, Isabelle, mi piacerebbe tanto non volere nulla".

"Che significa?"

"Che fanno di tutto per soffocare il mio caso e quello di Alceste, che poi sono la stessa cosa, e che io e lei dobbiamo rivelare tutto se vogliamo metter fine a questo traffico di bambini."

"Pubblicare, quindi."

Con tutta calma passò un angelo.

Quindi la Regina pose la domanda che si poneva:

"Cosa rischio, se pubblico?".

"Una marea di grane."

"Per esempio?"

"Un'ordinanza di sequestro immediato delle copie in vendita, le azioni legali delle istituzioni e dei privati messi in causa dal libro, per non parlare del rischio di attentati alla sua persona e ai suoi locali."

La Regina storse il naso:

"I miei locali... Ne parli come se fosse un bordello".

"Gli esplosivi non faranno distinzione, Isabelle. E per quel che riguarda le noie, ci aggiunga pure l'ostilità del governo, sotto forma di controlli fiscali, previdenza, ispezioni d'ogni genere. Possono paralizzarvi."

"Non è un brutto modo di andare in pensione," rispose la Regina. "Ne parlerò con Loussa."

Giocavano entrambe. Su un barile di polvere da sparo, ma a modo loro giocavano insieme. Alla fine la Regina si alzò.

"Dai, tornatene a casa, gioia."

Mentre Verdun stava per varcare la porta:

"Vuoi passare a salutare tuo fratello?".

"No, non gli farebbe piacere che io sia venuta. Non glielo dica."

Verdun sorrise.

"Benjamin la protegge, Isabelle. Sbraita tanto, ma la adora."

25.

Qualche ora dopo, il procuratore generale Souzier riceveva la giudice Talvern con il sorriso in mano. Per quanto il mostro fosse raccapricciante da guardare, non era uno di quei magistrati che si possono prendere sotto gamba.

"Si segga, prego, signora giudice. Quali buone notizie mi porta?"

La giudice espose la sua teoria: l'elenco che quell'estorsore aveva consegnato al ministro era pieno zeppo di gente che aveva indiscutibilmente violato la legge, e lei proponeva di perseguirli tutti, pubblicamente, cosa che avrebbe tagliato l'erba sotto i piedi a quel tipo.

"Una volta che i nomi dei sospetti saranno di pubblico dominio, il suo ricatto non avrà più ragion d'essere."

Il procuratore generale Souzier sollevò un occhio interessato. Sapeva benissimo mettere su la faccia di quello che ti sgama in un attimo le complessità di un caso:

"Fare ciò di cui ci minaccia, insomma?".

"Esatto, rendendo pubblici tutti i nomi dell'elenco," ripeté lei.

Il procuratore fece un sorrisetto fino:

"L'idea è brillante".

Ma...

Lei aspettava il ma.

Ma, ma, ma...

Ma?

"Ma significa correre il rischio di far giustiziare gli ostaggi, signora giudice."

Ah, perché a te t'interessa la sorte dei Lapietà, figlio di puttana che non sei altro? pensò lei. Tagliano il figlio a pezzetti, te li mandano per raccomandata e tu non ti prendi neanche la briga di informare il giudice istruttore che si occupa del caso. Dimmi un po', a parte l'orecchio, ti hanno mandato qualcos'altro?

Si limitò a mentire:

"Dubito che il nostro estorsore aggiunga un delitto gratuito ai rischi che già corre con il sequestro. Abbiamo a che fare più con un commerciante che con un assassino. I Lapietà non rischiano nulla".

Era la prima volta che si faceva passare per un'idiota agli occhi di un superiore, il quale doveva pensare: davvero inoffensivo? Un commerciante che ci manda delle orecchie?

Ma, per l'appunto, il superiore gerarchico non voleva parlare di orecchie.

"Signora giudice, lei dispone di prove tangibili quanto alla colpevolezza di quegli individui? Quelli dell'elenco..."

"Indizi abbastanza seri perché eventuali indagini presso il ministero delle Finanze li qualifichino come reati."

Il procuratore Souzier levò un dito sagace:

"I reati non comportano necessariamente un'istruttoria, lo sa".

"Diversamente dai crimini, grazie di avermelo ricordato, signor procuratore. Ma di autori di crimini non ne mancano, nel nostro elenco."

Lui le chiese se voleva bere qualcosa.

Lei non voleva bere qualcosa.

"Signora giudice," fece lui, "se ci sono dei crimini, ci sono delle vittime. Dove sono? Qualcuno ha sporto denuncia? Ha per caso dei denuncianti?"

Da quando in qua t'importa qualcosa dei denuncianti, razza di farabutto? Ne hai una buona ventina nel manoscritto che hai sequestrato alle Edizioni del Taglione. Ma neanche di quel manoscritto vorrai parlare, beninteso.

E beninteso lui non le disse nulla al riguardo.

Lei optò per una risposta diplomatica:

"Signor procuratore, ho il sentore che un buon numero di denunce siano state presentate ma non siano state accolte. Anche qui, occorrerebbe approfondire un po'".

"Nessun denunciante, quindi," concluse lui.

"Allo stato attuale delle nostre ricerche no, ma..."

La interruppe:

"Signora giudice, si rende conto di quanto personale occorrerebbe per cercare prove negli archivi senza fondo del ministero delle Finanze e per cercare autori di denunce in tutti i commissariati di Francia? Le risulta che sia previsto un prossimo ampliamento dei nostri organici? Se così è, lei mi dà un'ottima notizia, e gliene sono grato".

Ironizzava, gentilmente.

T'inculo a secco, pensava lei altrettanto gentilmente. E così facendo constatava – impotente ad arginarla – l'invasione del vocabolario dei Malaussène nel suo lessico professionale. Qui ho capito che arrivavo a fine carriera, ci confessò in seguito. Era come se Jérémy o Maracuja parlassero a voce alta nella mia testa di giudice. Vi assicuro che se non fossi stata attenta gli avrei risposto nella loro lingua, al signor procuratore generale della Repubblica.

Il quale cambiò tono anche lui.

Sempre cortese... ma diciamo più tranciante.

"A dire il vero, signora giudice... Sono sensibile alle sue proposte ma..."

Cercava come dirlo.

"Come dire?"

Ecco.

"Per quanto ingegnoso sia il suo metodo, è solo un modo maldestro per celare la stagnazione assoluta delle sue indagini."

Le concesse qualche secondo per incassare il colpo.

"Concretamente," riprese, "a parte le sue intuizioni, quali progressi avete fatto, lei e la sua équipe, nella ricerca di quell'estorsore?"

La giudice rimase muta.

Il procuratore aggiunse:

"E per la liberazione degli ostaggi?".

Hai proprio la faccia come il culo, tu, testa di cazzo. Ti imboschi gli indizi, copri tutti quegli stronzi, e poi mi vieni a chiedere a che punto sono? Ma con che razza di caprone ha scopato tua madre? Così parlava Maracuja nella testa della giudice. Niente da fare, constatava Benjamin, bisogna aspettare che passi. Se mai passerà, sospirava Thérèse, questa ragazzina è Jérémy sputata.

"A dire il vero, le nostre indagini stanno dando i primi frutti, signor procuratore generale, però..."

La giudice non ascoltava più quello che lei stessa diceva. Parlava a ruota libera. Lasciava che fluisse la logorrea professionale, un fiume affabile... Pensava a Maracuja.

Maracuja cambiava. Negli ultimi tempi aveva cominciato ad affrontare la realtà. Non più tardi del giorno prima Verdun ne era stata la testimone privilegiata. Era andata al cinemino per visionare il montaggio dei cugini. Cercava anche lì. Voleva esaminare la performance dei ragazzi, voleva sentire di nuovo il discorso di Lapietà filmato dagli sbarbati. Sentire Lapietà inveire contro tutto e tutti, voleva scrutare la sua faccia, analizzare immagini e parole; un'intuizione.

Quando Verdun era arrivata alla porta del cinemino Malaussène, c'era la luce rossa. Non si entra. Lei era entrata lo stesso. I cugini non c'erano. Maracuja era occupata a cambiare le medicazioni all'ispettore stagista Manin. Con gli occhi al soffitto, Manin piangeva ininterrottamente, senza neanche singhiozzare, come una fontana che trabocca.

Il lutto lo svuotava.

"Sta cicatrizzando strabene," borbottava Maracuja.

Lo medicava con gesti precisi.

Poi vide le lacrime.

"Piangi ancora, Manin..."

Gli asciugò la faccia.

"Piangi finché ti pare," disse, "piangi tutte le tue lacrime. Però devi anche dormire."

Maracuja chiuse gli occhi del giovane sbirro.

Le lacrime continuavano a scorrere sotto le palpebre chiuse.

Verdun richiuse in silenzio la porta dietro di sé e guardò la scena. E Verdun vide quel che vide.

Il viso della nipote scivolare lungo il ragazzo, le dita liberargli il sesso, la bocca accoglierlo, e il sapiente movimento della testa portare il ragazzo all'orgasmo.

E al sonno.

Quando Manin si fu addormentato, Mara stese su di lui la coperta di sopravvivenza, come l'oro di un sole al tramonto.

Tornò al tavolo di montaggio.

Fu allora che si accorse della zia, il cui corpo proiettava sullo schermo un'ombra pallida.

Le chiese:

"Vieni a prendere l'ultimo montaggio?".

E le porse un dischetto.

"To', i ragazzi te l'hanno preparato. Gli ho chiesto di metterti anche i *rushes.*"

"Hai fatto bene."

Verdun salì gli scalini che la separavano da Maracuja. Non poté fare a meno di posare lo sguardo su Manin.

"Ha bisogno di dormire," sussurrò Maracuja.

Sul punto di andarsene, Verdun chiese:

"Mara, cosa ne pensi di Lapietà? Il padre".

La piccola rispose spontaneamente:

"È il classico tipo che si vorrebbe amare".

"E cosa te lo impedisce?"

"Sta dall'altra parte."

"Quale parte?"

"L'altra."

A questo pensava la giudice Talvern mentre il procuratore generale Souzier arrivava alla sua conclusione.

"Di conseguenza, signora giudice, mi vedo costretto a toglierle questo caso. Abbia la cortesia, per favore, di trasmettere tutti gli atti al giudice Rakin. Lui e i suoi collaboratori mi sembrano meglio attrezzati per giungere ai risultati auspicati."

E se lo facessi io a te, un pompino, chissà se resusciteresti. La giudice scrutò a lungo il procuratore prima di rispondere negativamente. No, per resuscitare bisogna essere vivi.

"Mi scusi, signor procuratore, ho un'altra cosa da fare prima di rinunciare al caso."

"Mi dica."

Frugava nella borsa, come se cercasse le chiavi.

"Ah, eccolo!" disse.

Tirò fuori un foglio piegato in quattro.

"Presentarle le mie dimissioni."

Che posò sulla sua scrivania prima di lasciare la stanza.

"Ecco com'è che sono diventata panettiera," spiegò molto tempo dopo alla sua progenie.

La sera dello stesso giorno, Verdun e Julie si misero all'opera per la soluzione del caso. Verso le due del mattino, con l'aiuto di Sigma, sferrarono un colpo decisivo. I primi effetti si fecero sentire già il giorno seguente.

7.
Implosione

"Papà, mamma, l'inferno! L'inferno!"

Jean Moneret

26.

Alle quindici e trenta, quel giorno, le guardie del carcere in cui erano detenuti insieme gli accusati di Julien-Lacroix e della Folie-Regnault furono messe in allarme dal baccano proveniente dalla loro cella (la cella 17 del braccio B). Quando il vicedirettore Moneret giunse lì, trovò i cinque ragazzi che si ammazzavano in una frenesia immobile. I corpi facevano un tutt'uno con braccia e gambe aggrovigliate, impossibili da districare. Non si muovevano, per così dire, e dopo aver molto urlato, ora non facevano più nessun rumore. Con le unghie e i denti conficcati in una carne comune, erano un unico blocco di odio silenzioso che strisciava lento nell'olio del loro sangue. Si ammazzavano fra loro. Non c'erano dubbi, quell'accanimento quasi immobile e del tutto silenzioso era animato da un profondo desiderio omicida.

Il vicedirettore Moneret ammutolì per lo sbalordimento. Sulle prime non seppe che fare. Riviveva lì uno di quei ricordi d'infanzia elevati al rango di trauma dalla presunta influenza che esercitano sui nostri comportamenti. In seguito, ritenne di dover raccontare quel ricordo ai membri della commissione disciplinare dinnanzi a cui compariva.

Parlava come se fosse altrove.

"Quella visione infernale della cella 17," raccontava, "me

ne ha ricordata un'altra, cari colleghi. Era il giorno della mia prima comunione. Tornavamo alla fattoria dopo la cerimonia. Risalivo il sentiero con una lentezza da ostensorio. Eppure mi sentivo leggero come una nuvola. Avevo ricevuto per la prima volta il corpo di Cristo, capite? Il mio padrino, la mia madrina e i miei genitori mi seguivano da lontano, divertendosi a imitare la mia andatura – cinema al rallentatore – come se avessero accolto anche loro la prima ostia del mondo. Mi arrampicavo su per il sentiero senza sforzo, scivolavo sulle acque, insomma, proprio come Lui. Era una salita ripida ma, grazie a quell'ostia immacolata, sarei giunto alla fattoria planando come la colomba dello Spirito Santo... Sorridete pure, cari colleghi, ma viviamo tutti almeno una volta durante l'infanzia un momento di fervore religioso che fa di noi uno di quegli angeli cui ben presto non crederemo più... (Così si esprimeva il vicedirettore Moneret di fronte alla commissione disciplinare; né la natura dell'argomentazione né lo stile dell'intervento giocarono a suo favore.) Planavo quindi in quella luce sublime quando rimasi paralizzato da una visione d'orrore. Nel bel mezzo del sentiero brulicava un grosso mucchio di serpenti. Mi sbarravano la strada. Aggrovigliati insieme in una reptazione lenta e complicata, mi apparvero come l'immagine stessa dell'inferno. Eccola, l'eternità infernale: tutti i malvagi del mondo concentrati in un viluppo di odio che nessuna forza era in grado di sciogliere. Eppure le conoscevo, le vipere, gli prendevamo il veleno per venderlo al farmacista, ero anche abilissimo a catturarle, con due dita dietro il triangolo, a fargli mordere la linguetta di vetro e poi a liberarle gettandole tra i rovi dove alcune restavano per un istante impigliate fra le spine. Ne avevo già visti, di grovigli di vipere, ma quel pomeriggio, nel trovarle tutte lì a sbarrarmi la strada – tutte le vipere del mondo –, il bambino che ero aveva urlato: 'Papà, mamma, l'inferno! L'inferno!'. Mio padre e il mio padrino erano subito accorsi, ma no, Jeannot, non è niente, è un groviglio di vipere, lo vedi, una bella orgia. Mi ostinavo a urlare che era l'inferno, e allora non so chi dei due ha perso la pazienza: Va bene, se proprio ci tieni, mio padre o il mio padrino ha tirato fuori la sua fiaschetta di acquavite (un calvados che viaggiava sugli 80 gradi, era la mia prima comunione, poi si doveva festeggiare), ha innaffiato abbondantemente il groviglio di vipere, l'altro ci ha buttato sopra un piccolo fascio di fiammiferi accesi e a quel punto è davvero diventato l'inferno. Pare che io sia svenuto."

Tacque un istante.

"Ebbene, cari colleghi, di fronte a quei ragazzi della cella 17 ho provato un terrore del medesimo ordine, non posso dirlo che in questi termini. L'inferno! Quei corpi non riuscivano a separarli né la persuasione né le percosse, le guardie non avevano alcuna presa su di loro, scivolavano nel loro sangue e cadevano, allora ho fatto srotolare la lancia antincendio, solo la potenza del getto poteva staccarli, capite, bisognava puntare a separarli..."

"Potenza del tutto sproporzionata, nel caso specifico."

"E poi non si è limitato a separarli, Moneret, hanno dovuto disarmarla, addirittura."

La commissione discuteva di quell'accanimento. Il vicedirettore era accusato di aver proseguito con il getto d'acqua anche quando i corpi erano ormai staccati, provocando la morte di un detenuto, il soprannominato Kebir, letteralmente smembrato dal getto contro la parete della cella.

"Ma sono stati gli altri a ucciderlo!" obiettava Moneret.

"Allora perché si è accanito sul suo cadavere? I suoi uomini sono stati costretti a strapparle di mano la lancia antincendio, quasi a tramortirla."

"Santo dio, ma cosa gli è preso, a quelli?"

Nessuno riusciva a stabilirlo. Quei ragazzi formavano una squadra all'insegna di una fortissima solidarietà, come attestavano tutti gli interrogatori... Li sentivi legati da una fraternità di lunga data. Appena avevano saputo di essere stati identificati in quanto banda, avevano smesso di comportarsi come se non si conoscessero, avevano preso a ostentare la loro intimità, abbracciandosi come se non si vedessero da anni. L'idea, chiudendoli nella stessa cella, era stata quella di incastrarli, e invece gli era stata offerta l'occasione di una gioiosa rimpatriata. Prima avevano fatto i buffoni davanti alla videocamera di sorveglianza, giocando ad accusarsi a vicenda dei peggiori orrori: È stato questo bastardo qui a far tutto, signora giudice, ma no, è stato lui, un figlio di cane, è capace di incularsi sua madre... Ci davano dentro con la mimica, l'accento, i discorsi, il modo di parlare, recitavano la parte della feccia di *banlieue* che non erano, come se gli avessero chiesto di girare una pessima scena per una serie qualunque. Pigliavano per il culo tutti, insomma. Al mattino davano il buongiorno alla giudice Talvern con un bacio sull'obiettivo della videocamera. Si facevano la scaletta l'uno con l'altro. Dormito bene, signora giudice? A quanto pare, sapevano che i loro dossier li aveva ereditati la temibile magistrata. La sera la mandavano a nanna con un ultimo bacio. Dorma bene, signora giudice. Poi si erano stufati di queste bambinate, avevano mollato la videocamera per chiudersi tutti nello stesso silenzio. La capacità che avevano di starsene defilati era davvero impressionante. Avrebbero potuto passare secoli a tacere immobili, fermi nella loro cella, tamburellando con le dita come per scandire il ritmo di una musica interiore.

"Perciò ho ritirato la videocamera."

"Risultato: non disponiamo di alcuna immagine per spiegare quella rissa."

"Serviva altrove, prendetevela con la logistica."

"Ma dio santo, cos'è successo con quei ragazzi?"

La questione era tutta lì. Come aveva fatto la cella 17 del

braccio B, modello di angelismo carcerario, a diventare da un secondo all'altro il teatro di quella carneficina? Su questo punto, non disponevano di alcuna testimonianza interna. I superstiti del massacro sembravano blindati in un silenzio definitivo. Impossibile cavargli la benché minima parola. Stando alla perizia psichiatrica del professor Falck, quel silenzio andava ben oltre il contesto della cella. Riguardava l'intera esistenza di ognuno dei soggetti. Solidali nella lotta come negli scherzi o nelle fantasticherie, erano piombati in un mutismo "che sembrava della medesima natura per tutti loro," precisò il professore, quasi fossero vittime di una stessa "fonte di stupefazione".

"Qualcosa," aggiunse, "come la maledizione dell'*Angelo sterminatore*, il film di Buñuel, avete presente? L'ho rivisto la settima scorsa, è un po' invecchiato ma rimane sempre potentissimo."

Per il resto, disponevano solo delle testimonianze delle celle vicine. Era cominciato tutto dopo pranzo con una discussione sottovoce, che poi era salita di tono. Un battibecco che sulle prime i ragazzi avevano tentato di soffocare, e poi, in un attimo, insulti, minacce, urla, ridillo! Ridillo! Ripetizioni, reciproche accuse di tradimento, si davano dell'infame, del cane, del ciucciacazzi, era tutto un inculamento di madri, una maledizione dei rispettivi morti, il nome di Nonnino fu pronunciato più volte prima che cominciasse il rumore secco degli schiaffi, gli impatti più sordi dei pugni, poi l'urto dei corpi che sbattevano contro i muri, una lite diventata generale e di un'estrema violenza, senza nessuno che sembrasse volerla impedire o interrompere. Nessuno aveva urlato: "Piantatela!". Un massacro collettivo spontaneo, ardentemente desiderato, come l'esplosione di un rancore troppo a lungo trattenuto, il prodotto di un sospetto antichissimo, di una fermentazione giunta al suo termine eruttivo. Le urla erano cessate appena i corpi si erano agglomerati in quel divoramento muto che aveva tanto spaventato il vicedirettore Moneret.

L'unico indizio che avrebbe potuto spiegare la sfrenatezza dei ragazzi fu scoperto durante la pulizia della cella. Nelle pozze di sangue misto ad acqua che la guardia Jonquet spingeva con lo spazzolone fino allo scolo centrale del corridoio (una prigione medievale, davvero, deplorava il vicedirettore Moneret) vennero trovati dei frammenti di metallo e di plastica. Si trattava dei resti di un telefono cellulare. Moneret ordinò che fossero raccolti e, nel limite del possibile, che venissero assemblati. Sì, era proprio un cellulare, letteralmente polverizzato prima o dopo la battaglia. Delle schegge furono ritrovate fin nella carne di alcuni detenuti. Come faceva a trovarsi lì? Come se l'erano procurato, i prigionieri? L'ora d'aria? La mensa? Anche su questo si doveva indagare. E che cosa avevano saputo, da quel cellulare, per perdere a tal punto la testa? Porre domande del genere significa descrivere il mestiere di poliziotto.

27.

Un altro effetto dell'offensiva Verdun-Julie-Sigma fu, lo stesso giorno, quel tuffo nel petto del commissario di divisione Menotier. Il cuore di un uomo semplice che ha un tuffo nella gabbia toracica.

Lui era in piena esultanza telefonica:

"Lapietà? Georges Lapietà? E il figlio? Da voi? Teneteli lì che arrivo!".

Siccome all'altro capo del filo continuavano a parlare, lui alzò il tono:

"Teneteli lì, porca di una troia, o potete dire addio alla promozione, chiaro? E non una parola, capito? A nessuno. Nessun contatto con la stampa, zero! Ordini dal ministero".

Il tutto raccontato a noi da Titus, durante la cena. La telefonata arrivava da una sede della *gendarmerie*. Lapietà e il figlio si trovavano lì. Menotier aveva subito radunato un esercito. Titus, che aveva l'orecchio nei paraggi, aveva seguito il movimento.

"Tenetemeli in caldo, che arrivo con quel che serve," aveva urlato Menotier prima di chiudere la telefonata.

"Quel coglione arriva sempre con 'quel che serve'," ci spiegò Titus, "ed è sempre troppo."

Nella fattispecie, una squadra di motociclisti, di camionette e di auto di servizio, con il suddetto Menotier che saltava dentro la sua come il generale Patton sulla sua Jeep liberatrice. Le sirene che aprono la strada, i motociclisti a fischiare il ripulisti, largo, cittadini, fate largo che passa l'ordine, giù nel fosso se serve che arriva la legge, fate passare.

E durante l'ora e mezza che separava Menotier dall'obiettivo da raggiungere, il suo monologo interiore riprodotto da Titus alla nostra tavola come se si fosse trovato nella testa del commissario:

"Credevate tutti che dopo Julien-Lacroix fossi bruciato, eh, banda di idioti? Le risatine nei corridoi, i brindisi sul mio cadavere, e voi lì a far le vostre brave mosse, eh? Morale, alla fine ve lo metto nel culo, razza di cagasotto, e niente niente eccomi resuscitato! Perché sono io che l'ho ritrovato, Georges Lapietà, sicuro, il sottoscritto Menotier. Adesso ridete di meno, eh, specie di minchie pallide! Vi cagate sotto, eh! E fate bene, perché dopo un colpo del genere, indovinate un po' chi diventerà il boss dei boss? Il qui presente, cari i miei colleghi! Il commissario di divisione Menotier, promosso ammiraglio della flotta! Che ve ne pare? Un'andata e ritorno veloce e ve lo riporto indietro, il Lapietà, che ho ritrovato sano e salvo, per servirvi!, lui e il suo pargolo, belli caldi e vivi, il mio regalo al capo per la sua pensione, e il mio culo sul suo trono appena ripulito il suo ufficio, io, Menotier, grande capo dei servizi attivi, ed è finita la pacchia, che adesso nella polizia francese si comincia a fare sul serio. Tremate pure, cocchi miei!".

Noi ovviamente con le forchette sospese sopra i piatti, a bocca aperta.

"Attribuire a sé stessi i successi altrui," spiegava Titus, "è il segreto delle carriere riuscite. Quel che serve è soltanto una muscolatura adatta alla scalata delle vie gerarchiche. È così che da sempre i peggiori salgono un gradino dopo l'altro, e non è raro trovare al vertice il più coglione di tutti, solo perché costui ha sviluppato la suprema dote piattolesca: arrampicarsi. Che volete, cari colleghi, da quando sono cascato fuori da mia madre, c'è poco da fare, mi attacco e mi arrampico. Come avrà fatto? si chiedono i cortigiani in pieno leccamento, come può un coglione del genere avere la meglio rispetto a un'intelligenza come la mia? Durante tutta la nostra carriera, io e Silistri abbiamo visto mettere da parte certi sbirri eccellenti a vantaggio di questi alpinisti, e Legendre non era certo il peggiore, sia detto per inciso, ma oggi Legendre è lanciato a razzo verso la pensione. Prima del disastro di Julien-Lacroix, Menotier si considerava il suo successore naturale. Quella telefonata gli ha offerto l'occasione di rimettersi in pista. Rendetevi conto, gli indicano dove si trova Lapietà! Lui, Menotier, appena qualche giorno dopo le dimissioni della giudice Talvern, è in grado di risolvere un caso su cui si rompeva i denti il mostro in persona (scusami, Verdun): liberare i due ostaggi più ricercati di Francia! Da cui il gesto di impulso. Approfittando della semplice telefonata di un gendarme di provincia, che lui ringhiando costringe al silenzio, Menotier si fionda ad attribuirsi il merito di aver ritrovato Lapietà. Non ero seduto accanto a lui, continuava Titus, accanto a lui c'era il fotografo, io lo seguivo nella mia auto ma lo sentivo pensare; gli impulsivi pensano come se ruttassero, li senti, con le orecchie e con il naso. Menotier si vedeva riportare indietro Lapietà e rifilare al ministro un'epopea fasulla: 'Grazie al lavoro di un infiltrato, signor ministro, sì signor ministro, un soggetto che ho addestrato bene e di cui mi permetterà di tacere il nome poiché tengo alla sua vita'".

Titus scrollò la testa.

"Ma le cose non sono andate come aveva previsto. Qualcun altro aveva previsto altro."

Chi? Cosa? La minestra ci si raffreddava nei piatti.

"Quando le nostre sirene sono piombate nel cortile della *gendarmerie* in questione, l'atmosfera era all'insegna della calma e il personale sull'attenti. Regnava un profondo silenzio, e nell'ufficio del maresciallo François (così si chiamava, quel gendarme) c'erano quattro persone che bisbigliavano: il giudice Rakin, appena incaricato del caso Lapietà, Georges Lapietà stesso, il commissario Legendre, capo dei servizi attivi, e un quarto personaggio, piccolo, pallido e freddo come una lama, che si rivelò essere Daveron in persona, il capo di gabinetto del ministro della Giustizia. Menotier avrebbe fatto volentieri dietrofront ma ormai era troppo tardi. Si voltarono tutti verso di lui:

"Che cacchio ci fa lei, qui?".

Titus ci offrì la conclusione sotto forma di indovinello.

"Allora? Secondo voi cos'è successo?"

Mutissimi, tutti.

"Be', è successo che nessun gendarme aveva telefonato a Menotier. Era stato qualcun altro a farlo. Un burlone. Spedire Menotier, senza mandato del giudice e con gran fanfara, su una scena del crimine che il ministero della Giustizia voleva tenere super segreta significava schiaffarlo davanti al palo della fucilazione."

Ecco come le carriere più ambiziose vanno a schiantarsi contro i platani dello humour professionale.

"Alla fine ha stufato tutti, Menotier. I colleghi gliel'hanno fatta pagare."

Lapietà e il figlio si erano effettivamente presentati a quella *gendarmerie*. Lapietà aveva subito ordinato che avvisassero il ministro della Giustizia in persona. Appena formulata questa richiesta, il suo capo di gabinetto, Daveron, scendeva da un elicottero senza abbassare la testa sotto il sibilo delle pale.

Parlarono.

Lapietà ricapitolò i fatti, il suo rapimento da parte dei banditi e le circostanze della liberazione. Non omise la farsa del primo rapimento, quello organizzato dal figlio, le riprese della performance ecc.

Quando tacque, il piccolo Daveron levò sul grande Georges due occhi che però lo squadravano.

"Ma benissimo, amico caro."

Vi fu un momento di incertezza.

Daveron precisò:

"Il rapimento da parte di suo figlio e della sua ragazza a fini di performance è perfetto! Spiegazione insperata, addirittura. Sarà la sua versione dei fatti, d'accordo? L'unica. Consideri il silenzio del ministro come il suo contributo personale a quest'opera d'arte e voglia accettare le sue felicitazioni".

Tacquero.

"Per il resto, lasci fare a noi."

Così erano insabbiati, in alto loco, il caso Lapietà e quello dell'estorsore. Il rapimento era solo uno scherzo in famiglia, tutto qua, una performance i cui risultati sarebbero stati presto online.

Daveron insistette:

"Ci siamo intesi? Una cosa della rete, caro Georges, niente di più".

Tornato a casa, Lapietà tacque, il che non era nelle sue abitudini, e a letto guardò il soffitto, il che non era nelle sue usanze. Ariana volle sapere, non seppe niente. Allora, com'era questa performance? Bella, vedrai.

Tentò di scuotere Georges:

"Devo confessarti una cosa, Giorgio, della performance ho detto tutto al mio amico Titus, lo sbirro, hai presente?".

"Fa niente."

Georges sprofondò nel silenzio e, cosa ancor più sorprendente, nell'inazione. Lui che non stava mai fermo, non si muoveva più di casa. Alla fine questo preoccupò davvero Ariana. Tanto lo assillò che lui buttò fuori ciò che lei prese per il nocciolo della questione.

"Iuc ha perso un orecchio. Un incidente."

Il silenzio del suo uomo l'aveva così scombussolata che lei rispose, senza neanche curarsi delle circostanze dell'incidente:

"Un orecchio? È questo che ti tormenta? Ma che sarà mai, un orecchio, gliene pagheremo un altro".

Dal canto suo, Iuc si era fatto lasciare direttamente al cinemino Malaussène. Registrò la presenza nel suo nido dell'ispettore stagista Manin come un incidente minore della vita. Quando Mara si rese conto che gli mancava un orecchio, lui ebbe la stessa risposta di sua madre:

"Al giorno d'oggi si può rimpiazzare".

Non si mostrò più loquace del padre. Chiese soltanto, posando la mano sulla pancia di Maracuja:

"Per quando è previsto?".

Lei avrebbe voluto sapere come aveva fatto a indovinare, ma si limitò a dare la data.

Dopodiché lui chiese:

"Siete andati avanti con il montaggio?".

"Quasi finito."

"Fatemi vedere."

Gli proiettarono il risultato.

"C'è ancora da lavorarci un po'."

Quando fu notte (alla fine dormivano tutti nel laboratorio, questione di sicurezza) Mara sussurrò:

"Ti fa male, l'orecchio?".

"Quel che fa male sono le cose che si sentono..."

Lei non gli chiese cos'aveva sentito. Lasciò che il buio si

infittisse e andò a cercarlo dov'era. Nel più profondo di quel ritrovarsi quasi muto, indicò Manin, profondamente addormentato sotto la coperta di sopravvivenza, e mormorò:

"Ti rendi conto? Ne avevo uno perfettamente funzionante e adesso me ne ritrovo due scassati".

Interpretò i sussulti di Iuc come la sua prima risata da uomo libero.

28.

Ariana non resistette due giorni prima di chiamare in aiuto Titus.

"Georges non mi parla, non mi tocca, non dorme, non mangia, non esce, non assiste nemmeno più alle mie sedute di trucco... Non so che gli hanno fatto i ragazzi, ma non è più Georges! Quella cazzo di installazione l'ha completamente distrutto."

Concluse, smarrita:

"Voi e la vostra arte, porco cane!".

Titus le promise di passare, a condizione che si levasse dai piedi appena arrivava:

"Dai un giorno di permesso alla tua polacca e lasciami solo con il tuo uomo".

"Per quanto tempo?"

"Finché non me ne vado. Ti mando un messaggio."

Accasciato su sé stesso, con il colorito cereo, i capelli scarmigliati, Lapietà aveva l'aria di un naufrago. Il capitano Adrien Titus e lui cominciarono con un lungo silenzio. Due uomini seduti uno di fronte all'altro e che tacevano. Niente da bere. Offerto nulla. La casa poteva benissimo essere vuota. Le parole però non sono soggette alla legge di gravità, prima o poi salgono a galla. Titus lasciava cuocere.

Georges Lapietà pronunciò le sue prime parole nel tono della constatazione neutra.

"Allora è lei, l'amico d'infanzia..."

Titus annuì.

"Sì, e sono io che ho cannato tutto, con il suo caso."

Raccontò al grande Georges le sue indagini, lentamente, a mezza voce: la pista dei cateteri, la scoperta di Maracuja nel video della farmacia, quella del covo sotto la Défense, l'operazione messa su da Verdun per recuperare di nascosto i presunti scomparsi, la biblioteca ambulante presa in prestito in quattro e quattr'otto (è stata una cazzata, ma non sapevamo esattamente quanti eravate), la sparatoria, la ferita di Silistri, il finto gendarme fatto secco, la Shoeltzer, Lapietà e il figlio spinti dentro il finto furgone della polizia che parte nel momento in cui Titus sta per raggiungerlo...

"Ci è mancato un pelo, proprio, e vi recuperavo."

Silenzio.

Silenzio.

Poi Lapietà borbottò:

"Quindi eravate davvero della polizia... Era quello che si chiedevano loro."

"Sono venuti da noi a cercare la risposta. Ma li aspettavamo."

Titus aggiunse che avevano l'aria di essere in tanti, quei ragazzi.

Lapietà confermò:

"Parecchi".

Una pausa.

Sussurro:

"Quel tipo è un fenomeno".

"Nonnino?" domandò Titus.

"Il famoso Nonnino, sì."

Un altro lungo momento:

"È stato lui a mozzare l'orecchio a mio figlio. Una lama nascosta nell'anello".

Tutto veniva a galla dal silenzio, una bollicina dopo l'altra.

"Ero sicuro che l'avrebbe torturato a morte, se non riempivo il suo elenco."

Disse ancora:

"Lo ucciderò con le mie mani, questa almeno è una certezza".

Aggiunse:

"Insieme con il bastardo che ci ha venduti a lui".

"Lo conosce?"

"Prima o poi scoprirò chi è."

Quindi Lapietà ripiombò nel suo mutismo.

Titus aspettò un po' e poi chiese:

"Aveva dei contatti con i suoi carcerieri?".

Sorriso amaro:

"Se ho avuto dei contatti?".

Lapietà alzò la testa.

"Mi dia da bere."

"Acqua? Alcol?"

"Acqua, acqua. La cucina è in fondo al corridoio a destra. Frigo. Acqua gasata."

Lapietà bevette a lungo.

"Quel Nonnino è un pazzo furioso."

Gli occhi sgranati sembravano misurare l'ampiezza della follia in questione.

"La morte ce l'ha nel sangue."

Titus banalizzò:

"Di assassini ce n'è in abbondanza, in questo basso mondo, a muoverli son testicoli e grana".

Lapietà usciva pian piano dal suo stato di stupefazione.

"Forse, ma quello lì..."

Cercava le parole.

“Quello lì vive sé stesso come un’alternativa.”

Bene, facevano qualche passo avanti.

“Un’alternativa a cosa?”

Lapietà ci mise un po’ a fare il conto:

“A tutto. L’alternativa Nonnino”.

Una pausa.

“I nostri carcerieri, tre squadre di tre che si davano il cambio giorno e notte, ritenevano di essere stati salvati da lui.”

“Salvati da cosa?”

“Dalla strada, dalla galera, dalla droga, dalla prostituzione, dalla famiglia, dalla religione – salvati dai mullah come dai rabbini, dai pastori come dai preti – in linea generale, salvati da ciò che fa la personalità di un ragazzo o di una ragazza di oggi. Salvati dai nostri tempi, insomma.”

Con le dita aperte, Lapietà si diede una vaga pettinata ai capelli.

“Il vecchio li ha ripuliti da qualunque sentimento di appartenenza: niente arabi, ebrei, neri, francesi purosangue, rom, niente spirito di quartiere, di città, di regione, niente provenienza sociale ma neppure nazionalità, e peraltro niente più famiglia. Appena uno di loro esprime quella che può passare, anche lontanamente, per una convinzione di ordine identitario o morale, gli altri attaccano a sbellicarsi: ‘Cazzo, ma cos’è il jihād?’. E l’interessato ride con loro.”

Tacque per un lungo istante.

“Non li ha solo reclutati, capisce? Li ha educati, maschi e femmine, ed effettivamente devono a lui quel che sono: puri fuorilegge. Così si definiscono. La loro unica identità. Un orgoglio… inimmaginabile.”

“Di che cosa le hanno parlato?”

Lapietà cambiò idea.

“Tutto sommato, vada per l’alcol, ha ragione.”

Indicò una credenza nella vicina sala da pranzo.

"Lì dentro troverà del whisky. Prenda il suo preferito e due bicchieri."

Che Titus riempì come si deve.

Lapietà domandò:

"Ariana le ha offerto il suo spritz, presumo".

Titus fece sì con la testa.

"Lo spritz all'Aperol..."

Il grande Georges abbozzò un sorriso:

"Quella roba è uno dei peggiori flagelli della globalizzazione".

E intinse le labbra nel whisky.

"Non bevono, loro."

"Sì, è quel che emerge dagli interrogatori."

"Non consumano né alcol né droga né religioni."

"Scopano, almeno?"

"Eccome. Ma anche qui senza rivendicazioni di genere, di metodo o di sentimento. La pulsione e fine. Non mi stupirebbe se il vecchio gli avesse dato anche delle lezioni di stupro, tanto ai maschi quanto alle femmine. Fanno quello che vogliono con chi vogliono e come vogliono, a Nonnino non frega niente. Purché non si scazzino fra loro."

Silenzio.

Lungo, stavolta.

Lapietà rifletteva al di sopra del suo bicchiere.

"In realtà, quello è proprio il divieto supremo."

"Cosa?"

"Lo scazzo. Hanno il divieto di litigare. Obbligo di mescolarsi, divieto di bisticciare. Appena il tono sale, arriva la punizione. Che credo sia terribile. In ogni caso, ne hanno una fifa blu."

Lapietà raccontò il seguito come se ora avesse trovato la vena. Da più di vent'anni quell'uomo, Nonnino (e oggi i suoi assistenti più vecchi insieme con lui), produceva niente meno che degli assassini, dei ladri e dei falsari. Li reclutava fra i due sessi e in tutti gli ambienti. Fiutava se fossero dotati per la delinquenza e sceglieva i migliori per la loro capacità di uccidere, come in una selezione tramite concorso. Poi li formava. L'omicidio era la materia principale del programma. L'omicidio e la tortura. E la calma, anche.

"La calma?"

"L'autocontrollo, lo stoicismo se preferisce. La capacità di uccidere senza passione, di incassare senza battere ciglio, di prendere i colpi come vengono e di mantenere la calma in ogni circostanza. Compreso fra di loro. Un dovere di coesione che funge da fraternità. Una specie di armonia. Mettere in pericolo il gruppo è il peccato mortale."

Titus alzò un dito.

"Ha detto degli assassini e dei falsari..."

Lapietà annuì.

"Passaporti falsi, certificati di nascita taroccati, libretti di famiglia fittizi, contratti di matrimonio farlocchi, permessi di soggiorno, a sentir loro sanno fare tutto alla perfezione. Un ambito nel quale il vecchio si mostra particolarmente intransigente. Essere sempre in regola, presentare a richiesta attestati di questo o di quello, fatture, giustificativi di domicilio. Non dare mai nell'occhio, sparire appena la situazione si fa critica, andare a imboscarsi in qualche angolo sperduto sulla faccia della terra e poi tornare con una nuova identità, se non addirittura una nuova nazionalità... Fanno tutto tranne le banconote false. Nonnino sostiene che c'è già fin troppo denaro in questo basso mondo per sbattersi a fabbricarne altro. Basta fregare quello vero dove lo si accumula. Hanno persino rapinato una banda di falsari."

"Perché le hanno raccontato tutte queste cose?"

"Perché avevano intenzione di ucciderci."

Il silenzio che seguì fu più pesante dei precedenti.

"Avevano intenzione di ucciderci, me e mio figlio, che il riscatto fosse pagato o no."

Titus aggrottò la fronte.

"Come fa a saperlo?"

"Ce l'hanno detto."

Qui Lapietà si inabissò così profondamente in sé stesso che a malapena arrivarono in superficie le sue ultime parole.

"Per dirgliela tutta, io ancora non mi capacito."

Dopodiché tacque.

Fine dell'incontro.

Titus scrisse sul suo cellulare: "*Nana, puoi tornare. Non fargli domande e lascialo riposare. Ripasso domani. Stessa ora stesse condizioni*".

L'indomani Lapietà non cercava più le parole. Fluivano, le parole, prive di vigore ma ininterrotte, e trascinavano una quantità di dettagli di cui aveva fatto fatica ad assimilare la stranezza. A cominciare dal modo in cui Iuc, suo figlio, aveva stabilito il contatto con i carcerieri.

"All'inizio non gli potevamo parlare. Ogni volta che ci provavo, quello a cui mi rivolgevo si posava tranquillamente un dito sulle labbra. Ho tentato con le mie invettive da trascinatore di uomini, nisba."

I carcerieri li sorvegliavano in silenzio. Neanche fra loro parlavano. Svolgevano in maniera impeccabile incombenze domestiche che sembravano non ripugnargli affatto.

"Ci rifacevano il letto, per esempio. Dormivamo all'antica, in una specie di dormitorio, e loro ci rifacevano il letto. Alla perfezione. Le assicuro. Forse ne approfittavano per controllare che non nascondessimo niente sotto le coperte o i materassi."

Titus si ricordò di Kebir, con l'aria furbetta: "Come uno si fa il letto così dorme, capitano".

Lapietà continuava:

"Si occupavano anche delle vettovaglie. Cucinavano, e

benissimo, specie il *gratin dauphinois*. All'ora dei pasti ci slegavano e mentre mangiavamo ci tenevano d'occhio, armi in pugno, da tre lati. Poi ci legavano di nuovo. Ai caloriferi durante il giorno e ai letti la notte. Lavavano i piatti e facevano le pulizie. Passavano l'aspirapolvere, lo straccio e la scopa. Ragazzi e ragazze pulitissimi. Il resto del tempo restavano stranamente silenziosi per essere dei giovani. Tamburellavano con le dita su un tavolo, sulle ginocchia o sul mento, immobili e pensierosi. Concentrati, addirittura. Anche mio figlio non parlava. Sembrava immerso nello stesso silenzio pensoso".

Il ghiaccio si era rotto il giorno in cui Iuc aveva detto:

"Armand, se muovi il tuo cavallo in E6 sei fregato".

Armand, un biondo colosso del Nord, aveva posato su Iuc uno sguardo stupefatto.

"Se sposti il tuo cavallo," insistette Iuc, "liberi la diagonale del suo alfiere nero. La tua torre è là, guarda, in fondo. Tempo di proteggerla o di spostarla, ti mancherà una mossa per fare scacco matto. Lo vedi? E se perdi questa mossa, è il tuo re a cadere."

"Ma che cazzo!"

L'esclamazione non era venuta da Armand, ma dal suo avversario, un certo Primo, che non credeva alle sue orecchie.

"Giochi a scacchi, te?"

"Mi ha insegnato lui," confermò Iuc indicando il padre.

"Come hai fatto a sapere che stavamo giocando?"

Iuc rispose in maniera del tutto naturale.

"I segnali che fate con le dita, quella specie di alfabeto morse, alla fine ho capito che erano delle ascisse e delle ordinate. Allora ho pensato agli scacchi e ho ascoltato. Tutto qua."

Passato lo stupore, Lapietà aveva chiesto:

"È il vecchio a insegnarvi a giocare?".

Era stato Nonnino, sì.

"A tutti quanti?"

"A tutti."

Nonnino ci aveva tenuto a inculcargli quella disciplina. Ben presto erano passati alle partite alla cieca, per la padronanza mentale, la concentrazione e la qualità del silenzio.

"A Nonnino piace il silenzio."

Così si era avviata la conversazione. Con l'elenco di tutto ciò che dovevano a Nonnino, l'elenco di ciò che sarebbero diventati se non avessero incontrato Nonnino: borghesi truffaldini destinati a finire su una lista come quella di Lapietà, o teppistelli candidati a far da scagnozzi a qualche narcotrafficante, o massacratori in nome della vera fede, o piccoli boss di quartiere che passano le giornate a rubare macchine per le rapine degli altri o a far gli splendidi su dei divani sfondati insegnando ai più piccoli a giocare al gatto e al topo con quei buffoni della brigata anticrimine, un cinema del genere, insomma, una vita fasulla e di merda, sotto lo sguardo di riprovazione di genitori esausti e insulsi con, ridacchiava Nonnino, gli starnuti del rap o la diarrea dello slam quale unico orizzonte culturale. Nonnino li aveva affrancati da tutto questo per iniziarli al volo d'alta quota, alla sottigliezza degli scacchi e alle volute del repertorio barocco.

Perché loro cantavano, anche.

Così dissero.

Musica barocca.

In cori misti.

Vestiti con una divisa molto sobria.

Negli ospedali, negli ospizi, nelle prigioni e nelle case di riposo.

"Davvero? E cantereste anche per noi?" aveva domandato Lapietà.

E spontaneamente i carcerieri avevano cantato per i loro prigionieri. In quel frangente, Armand il colosso era diventato un clavicembalo. Sì, un marcantonio di due metri si era trasformato in un clavicembalo, al punto che, con gli occhi chiusi, sentivi davvero uscirgli dalla bocca la pioggia sottile delle note antiche, il lieve crepitio di accordi che facevano pensare agli ampli battiti d'ali di un uccello notturno. Primo aveva interpretato il basso del concertino e Marguerite, presente quel giorno per medicare l'orecchio di Iuc, cantava la voce principale. Il tempo si era fermato. Carcerieri e prigionieri si erano alzati in volo, planando per qualche minuto a metà distanza da tutto.

Dopodiché, nel modo più naturale del mondo, erano partite le confidenze. Armand e Primo avevano spiegato ai due Lapietà che quei concerti, per quanto gratuiti, erano comunque parecchio redditizi; il capo del coro vendeva alle famiglie certe caramelline messicane destinate ad abbreviare la vita dei loro vecchi. Grande richiesta da parte delle famiglie. Lavori del genere, precisò Armand, come peraltro il rapimento dei Lapietà, "servivano a far andare avanti la baracca comune". Il salario personale gli veniva invece dalle loro iniziative private, dai loro misfatti personali, soggetti tuttavia all'approvazione di Nonnino. Ci teneva, Nonnino, alla loro indipendenza: che si guadagnassero da vivere e pensassero alla pensione.

"Se ci arriviamo."

Quando una o uno di loro cadeva in battaglia, il totale dei suoi averi era diviso fra tutti. I beni immobiliari, se c'erano, erano venduti, e il ricavato della vendita andava ad aggiungersi al gruzzolo di liquidi. Il tutto, borghesemente investito, lontano lontano, nelle isole, era una garanzia per il futuro.

"Così uno non muore per niente."

Dopo il caso Lapietà, per esempio, Armand aveva un contratto sulla testa di un narcotrafficante che allungava le mani sugli affari di un altro.

"I narco sono una pacchia," disse, "non si fidano di niente e di nessuno, sono totalmente paranoici, è il massimo, proprio! E le esecuzioni rendono un botto!"

Marguerite, annunciò Primo, doveva eliminare "uno dei nostri" che aveva cantato troppo con la giudice Talvern, "Frédéric, si chiama". Lavoro delicato, perché il Fred in questione era in ospedale sotto protezione della polizia.

"Basta, Primo," era intervenuta Marguerite, "non son cose che li riguardano."

Lapietà ritenne che avesse ragione. Non era affatto prudente parlare così apertamente delle loro attività delittuose di fronte a chiunque.

Vi fu un silenzio divertito.

Silenzio.

Sguardi.

Mezzo sorriso.

Leggero.

Poi, Iuc, distintamente:

"Nessun rischio, papà, parlano a dei morti".

Gli sguardi si erano posati su di lui. Iuc aveva ripetuto:

"È così, no, gente, siamo morti? Riscatto pagato o non pagato. Dico bene?".

In effetti, sì, erano morti. Aspettavano il segnale di Nonnino.

...

Così il padre e il figlio passavano le poche ore che gli restavano da vivere in conversazioni con quelli che li avrebbero giustiziati. Lapietà non se ne capacitava.

"A dire il vero," mormorò, "io sono ancora là. Non me ne sono mai andato."

Per la prima volta guardò Titus come un interlocutore a pieno titolo.

"Sono spacciato, lo sa? I medici mi danno appena tre mesi da vivere. Non piscio più a comando. Prostata, vescica, reni, metastasi un po' dovunque, la messa è finita."

Tese il bicchiere vuoto, pregando il capitano con piccoli cenni del mento di aumentare la dose.

"Ci dia dentro, che tanto Ariana non c'è."

Eh, sì, catetere quattro volte al giorno, e destinato a una morte imminente.

"Ariana non lo sa, ma è stato questo cancro a decidermi ad aiutare Iuc per la sua performance. Ho pensato che gli avrebbe lasciato un bel ricordo di suo padre."

Scosse la testa.

"L'immagine che vogliamo lasciare ai figli..."

Piccola risata amara:

"Come se potessimo averne il controllo, di questo cinema".

Ora posava su Titus uno sguardo smarrito.

"Insomma, quando la squadra di Nonnino ci ha rapiti, me e mio figlio, io me ne stavo morendo bello tranquillo, del tutto consenziente, peraltro, ed ecco che quelli mi annunciano la mia esecuzione imminente."

Ne era ancora esterrefatto.

"Non era una brutta notizia. Onesto proiettile nella nuca o caramellina messicana, mi risparmiavano un'agonia ripugnante. Be', invece di ringraziarli, si figuri un po' che mi sono messo a piangere come un vitello, disposto a vendermi la madre per un rabbocchino di cinque minuti. Io, Lapietà, il grande Georges, ha presente? Non so che mi ha preso. Come se la paura, che non ho mai provato in vita mia, mi aspettasse tutta intera all'arrivo. Mi sono liquefatto. Una pozzanghera."

Silenzio.

Silenzio.

"E Iuc?" chiese Titus.

"Iuc? Be', adesso ce l'ha, l'immagine che gli resterà del padre."

Ma le cose improvvisamente si guastano. Da un giorno all'altro i carcerieri diventano nervosi. Interrompono ogni contatto. Non stanno fermi un momento. Loro che non usavano mai i cellulari durante le ore di lavoro, adesso li guardano in continuazione. Escono a telefonare. Voci concitate. Accuse. Dinieghi. Minacce. Rientrano. Si lanciano occhiate sospettose. Tacciono. Niente più partite a scacchi. Grossa diffidenza. Carcerieri del tutto spiazzati. È evidente che non si fidano l'uno dell'altro. Né dei prigionieri. Sembrano di colpo talmente incontrollabili che né Iuc né il padre osano chiedergli che cosa gli succede. Marguerite cerca di calmarli, bisbiglii, bisbiglii, ma niente da fare. Alla fine se ne va, Marguerite. Forse la paura. Una sera, all'ora di cena, si sentono arrivare parecchie auto. Frenando, fanno scricchiolare quella che dev'essere della ghiaia. Sbattere di portiere. Vociare. Insulti. Spari. Un proiettile perfora una persiana e si conficca in una parete. Iuc e il padre si raggomitolano su sé stessi. I loro carcerieri si precipitano fuori. Detonazioni. Risposte. Una sparatoria. Un conflitto a fuoco rapido e caotico. Armand il gigante compare nel dormitorio con in mano una pistola semiautomatica ancora fumante. Lapietà vede la propria morte. Ma Armand libera i prigionieri, li trascina sul retro della casa, li spinge fuori, e gli indica un'auto:

"È la mia, ecco le chiavi, filatevela".

Iuc prende il volante.

Partono in quarta.

Dopo qualche chilometro padre e figlio si fermano davanti a una *gendarmerie*. Il grande Georges esige che si chiami il ministro della Giustizia. Immediatamente! L'elicottero atterra un'ora dopo. Ne scendono Legendre, Rakin e Daveron.

"Ecco, è andata così," mormorò Georges Lapietà.

Ripeté:

"Ecco".

“Mio piccolo tocco di cioccolato,” disse il capitano Adrien Titus alla moglie infilandosi quella sera nel letto coniugale, “mi succede una cosa strana.”

“Racconta al cuore tuo,” gli rispose lei piazzandoselo tra i seni.

“Ho interrogato un capoccione, oggi pomeriggio, nella sua megacasa. Georges Lapietà, niente meno. Deve avermi scombussolato, quel tipo lì, perché sono tornato a casa a piedi (sette chilometri, mica niente!) e ho cacciato soldi a tutti i barboni che ho incontrato. A partire da quello steso davanti alla porta del bar vicino a casa sua, per arrivare fino alla rom che tutte le mattine ci scrocca una moneta. M’è toccato mungere un bancomat, per potermeli fare tutti. Mi sa che ci ho lasciato mezzo stipendio.”

“Dormi tranquillo, anima mia,” rispose lei spegnendo la luce, “non siete in tanti a far circolare il grano.”

29.

Pensieroso nelle volute profumate del suo *gratin dauphinois*, Nonnino è costretto ad ammettere di non aver saputo prevedere nulla, né il suicidio collettivo della cella 17 (secondo i suoi informatori, una rissa mostruosa per un telefono cellulare), né l'evasione dei Lapietà, né la carneficina che ne è seguita.

Del tutto incapace di analizzare quell'improvvisa fiammata.

La vera causa di quell'incendio.

Di quell'eruzione, piuttosto.

Poiché di un'eruzione si tratta. Vulcanica. Una di quelle scosse che influiscono sulla rotazione terrestre.

Le truppe di Nonnino accecate da una pioggia di cenere incandescente.

I suoi soldati pietrificati nella morte.

Lui, Nonnino, allibito.

Ed esterrefatto dalla somma di errori commessi dall'inizio del caso Lapietà!

Prendere una tale cantonata!

Su tutta la linea...

Insomma...

Un disastro così totale, pensa, esige la massima calma.

Il *gratin dauphinois* rasenta la perfezione. Quasi l'avesse cucinato lei. Consistenza morbida senza essere spugnosa, patata Belle de Fontenay gratinata sui bordi e tenera all'interno, appena appena sfregata di aglio. Un po' di panna, ma giusto quanto basta. Chiodo di garofano, ma senza far venire in mente il dentista... E quel pizzico di formaggio, minima eresia che si concedono soltanto rari intenditori. Con un velo di paprika. Era il suo *gratin*, si disse. Quel che manca... Quel che manca è che non è il suo.

La potenza evocativa di un sapore...

La poesia di un piatto...

Un boccone, e hai accanto la donna della tua vita. Da cui la serenità che rende possibile l'analisi dei fatti.

Sulle prime Nonnino è stato tentato di credere a Marguerite quando gli ha riferito che Armand e Primo familiarizzavano un po' troppo con i prigionieri. Gli raccontano tutto, Nonnino, di loro non ci si può più fidare, una sindrome di Stoccolma alla rovescia, ti assicuro, i carcerieri che subiscono il fascino degli ostaggi, capisci? A cui Armand aveva tranquillamente obiettato che Marguerite si sbagliava. Quella vaneggia, Nonnino, voglio solo conquistarmi la loro fiducia, e anche il loro affetto, così quando poi mi ameranno li ucciderò... Uccidere chi ci ama è una delle tue lezioni, no? Assolutamente esatto; non solo Nonnino l'ha già provata, quella fosca felicità, ma l'ha anche professata. Ha raccontato ai ragazzi e alle ragazze come gli fosse capitato di lasciar maturare dei sentimenti solo per la gioia dolorosa di tagliare la gola all'amore. Questo si chiama sacrificio, figlioli miei. È il prezzo da pagare per la sensazione di onnipotenza, a volte bisogna uccidere quelli cui siamo più legati proprio come si tagliano gli ormeggi durante la tempesta. Con l'accetta. È il prezzo della libertà assoluta.

Nonnino, quindi, ha risposto a Marguerite che si sbagliava.

"Ma no, gioia, Armand cerca solo la pienezza nel crimine, tutto qua. Una raffinatezza di cui non l'avrei creduto capace, peraltro. Quanto a te, visto che parliamo di delatori, vai un po' all'ospedale a finire Frédéric, per favore. Ti piaceva, eh, Frédéric, con la sua resistenza alla tortura e quel suo tubare pieno di intelligenza? Be', vedrai che allora giustiziarlo ti darà ancora più soddisfazione. Ti concedo due giorni."

Anche sull'evasione dei Lapietà, Nonnino si è sbagliato. Ha creduto che il grande Georges avesse comprato Armand come comprava tutto il resto. Nonnino si era detto che Armand aveva organizzato l'evasione con Primo senza dirlo agli altri. Sono stati colti in flagrante dalla squadra che doveva dargli il cambio, pensa Nonnino, da cui la carneficina finale. Hanno ritrovato i corpi di Armand, di Primo e di Kamel crivellati di colpi. Altri tre morti. Di questo era responsabile Lapietà.

Così sbaglia Nonnino.

Vendetta, quindi.

Vendetta.

E subito.

Da cui l'errore successivo.

L'esecuzione di Lapietà.

Un altro errore, sì.

Nonnino si è trasferito nel quartiere dei Lapietà dove per due giorni e due notti ha aspettato la comparsa del grande Georges. Travestito da clochard, si è piazzato all'angolo della sua via, davanti al tabaccaio Monbaillard. Un barbone sfatto, una massa umana talmente immersa nella sua sporcizia da aver l'aria di esser lì da sempre. Con l'occhio fisso alla porta del nemico, ha aspettato. Ah! tu credi di poterti comprare i miei uomini... Quel piacere rettilesco di non battere ciglio fino alla comparsa della preda! L'occhio fisso, il cuore lento, e quel fremito di ferocia pura che ti corre sotto la pelle... Vivere... Non fosse che per provare questa sensazione, essere questo desiderio...

Uno sbirro ha fatto visita a Lapietà per due giorni di fila. Uno sbirro in borghese con occhi da tartaro. Il secondo giorno il tartaro ha notato Nonnino uscendo da casa del grande Georges. Ha deviato e si è diretto verso di lui. Nonnino ha pensato che gli avrebbe detto di circolare, e invece no, lo sbirro gli ha allungato un biglietto da cinquanta euro:

"To', amico, concediti un letto".

Lapietà è apparso il mattino seguente. La sua prima uscita. Un Lapietà vagamente barcollante, che ha strizzato gli occhi alla luce del sole. Lo aspettava la sua auto aziendale. Quando l'autista è sceso per aprirgli la portiera, Lapietà gli ha fatto segno di aspettare indicando con un cenno del mento il caffè Monbaillard. L'autista si è offerto di andare lui a comprargli i giornali e le sigarette, ma Lapietà ha fatto no con la testa e ha attraversato la strada con passo che voleva deciso. Mi riconoscerà? Non mi riconoscerà? si è chiesto Nonnino in uno di quei momenti di esaltazione immobile che sono sempre stati il sale della sua vita... Lapietà non l'ha riconosciuto. Come lo sbirro del giorno prima, si è chinato su di lui per allungargli una banconota tutt'altro che esigua. Il che ha permesso a Nonnino di afferrargli il polso, di fargli perdere l'equilibrio e di impalarlo sulla lama del suo anello. A quel punto Nonnino si è messo a piagnucolare: Signore, signore che cosa le succede? A chiamare l'autista: Il suo principale ha un malore! Ad allertare i camerieri del Monbaillard: Aiutatemi, insomma, non lo vedete che sta morendo? Chiamate un'ambulanza! E quando alla fine tutta quella gente, agitatissima, ha rigirato il corpo di Georges Lapietà, spaventati tutti dalla macchia scura che si allargava sul gilet porpora, il clochard era sparito.

C'è un solo locale, a Parigi, dove sanno farlo così bene, il *gratin dauphinois*. "Chez Nadine", in rue des Envierges, su a Belleville. Nonnino ci è andato spessissimo, sempre da solo e sempre con un aspetto diverso, calvo, capelluto, sudicio, impeccabile, più giovane, più vecchio, spaesato, concentrato, spagnolo, tedesco, britannico, con o senza bastone, con o senza occhiali, con o senza barba, operaio o borghese, con o senza cappello. Oggi è arrivato lì nei panni dell'anziano con la pensione minima, berretto liso, stanghetta destra degli occhiali attaccata con un cerotto, e che sorride con aria beata guardando la tivù accesa sopra le teste.

(Doppia porzione di *gratin*, Nadine è un cuore d'oro.)

Alla tivù annunciano l'uccisione di Lapietà, ovviamente. È la prima notizia del telegiornale. I clienti rimangono a bocca aperta. Cazzo, han fatto fuori il Grande Georges. Poveretto, appena liberato, subito ammazzato. Da un tipo appostato fuori da un bar, stando al suo autista. Nel suo quartiere, sì, a due passi da casa sua. Un barbone. L'ha pugnalato. Decesso immediato secondo il medico legale. (Inquadratura che insiste sulla segatura e sul sangue alla porta del caffè, ovviamente.) Segue il necrologio di Georges Lapietà. E arrivano le prime testimonianze di affetto. Manco uno, infatti, che non lo apprezzasse. Ex deputato tonante, ex ministro turbolento, creatore di aziende, appassionato di calcio, salvatore di squadre, qualche mese di galera per malversazione, di che suscitare l'affetto delle masse.

"Quanto gli hanno rotto i coglioni, poveretto, lui che invece ha salvato tante aziende, ha resuscitato il calcio francese, ha galvanizzato i giocatori, ha vinto i campionati più prestigiosi, ha dato lustro alla Francia!"

"Era uno che aveva il suo fascino, c'è niente da dire!"

"E le palle, pure!"

L'aura del filibustiere dal cuore d'oro.

Nonnino ascolta. Ma guarda un po', la virtù del crimine istituzionale... Uno qualunque dei miei ragazzi si sarebbe beccato dieci volte di più di questo siluratore pur avendo fatto cento volte di meno. Perché era un brigante pazzesco, il grande Georges! Un bel predatore di cadaveri dinnanzi all'Eterno! Un'idrovora di fondi privati e pubblici! Alla fin fine può ringraziarmi che ne ho fatto un santo. Funerali di stato... Te Deum... San Georges prega per noi.

Intorno a Nonnino i commenti impazzano.

Ma le chiacchiere esigono che si cambi argomento, e ora la tivù è passata ad altro.

"Sentite un po' qua!"

Nonnino ascolta con gli altri.

E scopre infine l'origine di tutti i suoi mali.

Doccia fredda.

La spiegazione.

L'epilogo.

Una bionda giornalista (top di seta semplicissimo in cima a tacchi stracostosi) annuncia uno scandalo coi fiocchi. Qualcosa di inaudito, le dettano gli auricolari. Assolutamente credibile, però, trattandosi di una fuga di notizie proveniente dal ministero della Giustizia. Una voce uscita dai recessi di place Vendôme, e che potrebbe diventare un affare di Stato. Gira ormai in rete da vari giorni, spiega la bella bionda. Ha destato un tale scalpore tra gli utenti del web che abbiamo deciso di farne la notizia principale del nostro telegiornale.

"Sembrerebbe, e ripetiamo *sembrerebbe*," dice la giornalista, insistendo sul condizionale... "sembrerebbe che dagli anni '90-'95 i vari governi succedutisi nel nostro paese si siano segretamente avvalsi della collaborazione di un gendarme deviato per reagire in maniera energica contro le inchieste arenate, i dossier insabbiati, le denunce respinte e in linea generale la lentezza delle procedure giudiziarie. In altre parole," sottolinea la bionda, "da quasi tre decenni lo Stato avrebbe, e ripeto *avrebbe*, fatto ricorso ai servizi occulti di una polizia parallela cui va attribuito il merito di aver sgominato le bande criminali più note e i truffatori meglio protetti. 'Trattavasi di accelerare i tempi' avrebbe twittato il ministro in persona."

Il palmarès del gendarme fantasma lascia aperte tutte le bocche del ristorante: sarebbe stato lui a sgominare la Banda dei lionesi, la Banda dei Parrucchini, la Cuscus connection nonché il Terzetto di Belleville.

"Questa sì che è bella, un Robin Hood degli sbirri, adesso."

"Il gendarme vendicatore..."

"Ma chi è 'sto qui?"

"Un infame."

"Un infame, un infame, qualcuno il lavoro deve pur farlo, no? Te lo vuoi smazzare tu, Jean-Claude?"

"E poi, sarà mica la prima volta che gli sbirri operano come la gente della malavita, no?"

"Comunque sia non è legale."

"Ma sentilo, quello! Non è legale!"

"Ah, be', perché secondo lei, invece, è normale che ciascuno faccia giustizia per conto suo?"

"Le ho chiesto qualcosa, io, a lei?"

"Be', si privatizza, no?"

"Certo, si delega."

L'ultima impresa di quel gendarme dell'ombra, continua la giornalista, sarebbe la creazione di un elenco di criminali da lui personalmente consegnato nelle mani del ministro della Giustizia. In quella lista figurerebbero "nomi eccellenti", e la varietà dei loro crimini sarebbe impressionante, alcuni fra questi realmente efferati. Si andrebbe, "e dico *si andrebbe*", dai reati economici e finanziari più lucrosi fino al sequestro di minori finalizzato ad alimentare una vasta rete di adozioni-truffa. Si mormora addirittura che alcuni di costoro sarebbero coinvolti nel traffico di organi. Una retata così magistrale che pare il ministro in persona abbia dichiarato che se fosse per lui proporrebbe per questo eroe moderno la Legion d'onore e gli "affiderebbe le chiavi del paese". "L'Impero e la Restaurazione si sono concessi quella canaglia di Vidocq, la Repubblica può ben permettersi i servigi del gendarme Nonnino!" Il lato toccante della vicenda, sorride la giornalista, è infatti che questo gendarme ribelle si farebbe chiamare "Nonnino" dalle sue truppe, soldati che grazie a fondi speciali lui è in grado di reclutare perlopiù negli ambienti della delinquenza. I componenti del piccolo esercito si infiltrerebbero nelle bande criminali per raccogliere informazioni se non addirittura, si dice ancora, per compiere pure e semplici esecuzioni. Questi "mercenari dell'ordine" non sarebbero necessariamente consapevoli di lavorare per la legge. Essendo la loro venerazione per Nonnino un motivo sufficiente per agire, molti di costoro ignorano di essere di fatto degli ausiliari della giustizia. Proprio su questo si fonderebbe, secondo il gendarme Nonnino, la garanzia della loro efficienza. Si lavora bene solo per amore, spiega l'ex gendarme. Convinti di costituire una banda intorno a lui, ignari di avere per le loro azioni delittuose un mandante in alto loco, quei mercenari dell'ordine sono strettamente legati dai vincoli di una solidarietà che...

Stop.

Basta e avanza.

Ecco il virus che da due giorni circola nel web.

Un contrattacco del ministero per screditarmi agli occhi dei miei uomini.

Operazione riuscita.

Esplosione delle mie truppe. Inevitabile conflitto tra coloro che ci credono e coloro che non ci credono, coloro che si reputano traditi da me e coloro che non possono neanche immaginarlo, con tutti a pensare che siano tutti al corrente poiché nessuno lo è, e tutti quanti a sospettare l'altro di essere uno sbirro, e ciascuno pazzo di rabbia per il disonore di quel sospetto. Crollo generale della fiducia, con ciascuno ormai a dubitare dell'altro, e il massacro diventa inevitabile fra gli stessi e gli stessi. Una guerra intestina tanto più feroce avendoli io educati secondo uno spirito di fedeltà sacrificale: morte al traditore e morte immediata. Si dà il caso però che il traditore sia io.

Da cui il massacro della cella 17.

Da cui la guerra fra i carcerieri dei Lapietà. Il quale Lapietà, sia detto fra parentesi, non ha comprato nessuno. Pace all'anima sua per una volta innocente. Armand l'avrà liberato in un momento di rivolta contro di me, cosa che gli altri avranno voluto impedire. Anche qui, mi sono sbagliato.

Bella mossa.

Gran bella mossa.

Signor ministro, complimenti.

Mentre Nonnino ammette la sconfitta, la bionda giornalista annuncia la creazione di una commissione d'inchiesta parlamentare, un imminente talk show: "Stasera, su questo canale", e una probabile smentita da parte di place Vendôme, "peraltro in grande imbarazzo a seguito delle dichiarazioni del ministro". Dopodiché pronuncia le parole rituali: "ombre", "democrazia", "trasparenza"... Insomma, la Francia reagisce, ironizza Nonnino dirigendosi verso la cassa dove tende a Nadine la banconota datagli quella mattina stessa da Lapietà.

"E il nostro signore, qui, cosa ne pensa?" chiede Nadine mentre incassa.

Nonnino balbetta, con un sorriso di scuse:

"Oh... pensa che non ha più l'età per pensare...".

Tamburellandosi la testa con la punta dell'indice, spiega:
"Pian piano va in pappa, qua dentro".

E, timidamente:

"Mi permetterebbe di fare una telefonata, per favore, che non ho neppure il cellulare, io".

"Il telefono? Accanto alla toilette."

30.

All'altro capo risponde Mehdi:

"Che venga dove?".

Nonnino dà l'indirizzo di Nadine.

"Con Grégoire e Faustine."

Esitazione di Mehdi.

"Per Faustine, sarà un po' complicato, Nonnino. Non abbiamo lo stesso punto di vista. Ci crede, lei. È una roba che arriva dritta dal ministero della Giustizia, capisci..."

Silenzio.

"E tu, invece, non ci credi?" chiede Nonnino.

"No."

La risposta è immediata.

"Perché no?"

Mehdi risponde come chi cerca di tranquillizzare un bambino.

"Insomma, Nonnino, quante ne abbiamo organizzate in venticinque anni, tu e io, di finte fughe di notizie per incastrare il nemico? Quante me ne hai fatte inventare, di fake news?"

È vero.

Mehdi tuttavia aggiunge:

"Sta di fatto però che è un casino mostruoso. Non so come arginare la faccenda. Sai qual è la cosa che li fa andare più fuori di testa, i ragazzi?".

Qui, risatina soffocata:

"Che ti vogliano rifilare la Legion d'onore!".

Una pausa.

"Nonnino, è il casino totale, davvero non ci capiscono più niente, gli scoppia la testa a tutti."

"Aggiusteremo ogni cosa, figliolo. Fra quanto tempo puoi essere qui?"

"Una mezz'ora."

"Con Grégoire?"

"Con Greg, sì."

"Non dimenticatevi del vostro debito, eh?"

"Quello che ti dobbiamo per Jacky? Certo che no, i soldi ce li abbiamo, così già che veniamo ti rimborsiamo."

Nonnino ha appena riagganciato quando sente la bionda del telegiornale mettere la sua brava ciliegina sulla torta.

"In stretto rapporto con lo scandalo del gendarme vendicatore," dice, "le Edizioni del Taglione annunciano la pubblicazione di un romanzo *La loro grandissima colpa...*"

Ennò.

E via a spiegare "ai francesi" che il contenuto del suddetto romanzo presenterebbe, "e dico *presenterebbe*", alcune analogie con le accuse di traffico di bambini attribuite a talune personalità dell'elenco consegnato dal gendarme al ministero della Giustizia. "False adozioni che a quanto pare sarebbero assai diffuse nel mondo del calcio."

Chiaro. Il procuratore generale Souzier alla fine ha ricevuto l'ordine di lasciar pubblicare il libro. A conti fatti, il ministero non vuole essere accusato di aver insabbiato la vicenda.

Bene.

Bene bene.

Bene.

La prima immagine che appare a Nonnino è quella di tutti i vetri di una via mandati in frantumi dall'esplosione delle

Edizioni del Taglione. La deflagrazione è così potente che non si salva neppure una finestra.

Dopo tutto, se bisogna ricominciare con gli esplosivi, perché no? Nonnino coltiva qualche bel ricordo, in questo campo. All'epoca (era appena uscito dall'adolescenza), l'avevano ingaggiato in nome dell'Algeria francese. Bisognava far saltare in aria degli appartamenti senza danneggiare troppo quelli dei vicini. Imprudenze domestiche, bombole del gas difettose, se l'era cavata niente male. Nuovo successo una ventina di anni dopo, un aiuto a una setta di vecchi satanisti che volevano farsi esplodere uno dopo l'altro nei reparti del Grande Magazzino (per inciso, Malaussène faceva il capro espiatorio, in quel grande magazzino). Una congrega di orchi. Volevano concedersi l'ultima botta di piacere facendosi saltare in aria nel luogo delle loro messe nere. Degli esseri abominevoli. Un suicidio commemorativo, in un certo senso. In quel frangente Nonnino (che ovviamente all'epoca nessuno chiamava Nonnino) aveva messo a punto delle piccole bombe antipersona la cui deflagrazione era così rumorosa da far pensare a un attentato contro l'intero Grande Magazzino, mentre queste uccidevano una sola persona alla volta. Panico generale, ma non un morto di troppo, e sempre il morto prescelto. Quei cinque candidati gli avevano offerto una bella sommetta perché mettesse le sue competenze di artificiere al servizio della loro assunzione al cielo. Che l'Algeria restasse o meno francese importava poco al giovane dinamitardo, e altrettanto poco gli fregava che degli emuli di Satana volessero fare un ultimo botto, a lui interessava che quelli che volevano uccidere lo assoldassero per farlo e che quelli che volevano morire ricorressero ai suoi servigi. E anche i ladri, per lui, era importante farli fruttare. Da cui, oggi, il rapimento di Lapietà e la creazione del famoso elenco... In fondo, si era messo ben presto al servizio dell'umanità. Così lui si vedeva.

Il braccio armato dei bassi istinti. In quest'ottica aveva formato le sue reclute.

"Da che mondo è mondo, ragazzi miei, l'uomo uccide e ha bisogno di aiuto per farlo, dategli una mano, è l'unica attività commerciale che non va mai in crisi."

Un giorno Mehdi, il più "letterario" dei suoi soldati, gli aveva detto:

"In fondo, Nonnino, tu sei un Des Esseintes che ce l'ha fatta".

"Un che?"

"Des Esseintes, è il protagonista di *A ritroso* di Huysmans. È talmente disgustato dai borghesi, e il rammollimento dei nobili lo butta così giù di morale, che decide di creare un assassino perché ne faccia fuori qualcuno. Allora sceglie un delinquentello preso dalla strada, esattamente come ci hai reclutato tu, e lo piazza in un bordello dove quello può mangiare finché gli pare e farsi gratis tutte le puttane che vuole. Dopo qualche settimana, Des Esseintes gli taglia i viveri nella speranza che lui cominci a rubare e a uccidere per continuare a fare la bella vita. L'operazione fallisce, il ragazzino è troppo coglione."

"Tutto si impara," aveva commentato sobriamente Nonnino.

Non aveva nulla in contrario al fatto che i suoi ragazzi e le sue ragazze facessero degli studi superiori. Anzi, li incoraggiava in tal senso. Era il modo migliore per infiltrarli nella buona società. Mehdi aveva fatto addirittura l'*École normale*, ma nella banda i laureati non mancavano. Nonnino era stato orgoglioso di vedere Faustine ammessa alle più prestigiose facoltà di Economia e Marguerite inanellare senza scosse i suoi anni di Medicina. Che un temperamento così profondamente omicida si destinasse alla sanità pubblica era un'ottima cosa. Ottima cosa, ragazza mia, sono fiero di te.

Fine del telegiornale.

Nadine spegne la televisione.

Che riaccenderà per il telegiornale delle 20.

Nonnino ordina un caffè.

"Offre la casa," sorride Nadine posandogli davanti la tazzina.

Un'anima gentile, diagnostica Nonnino. Eros anziché Thanatos. È una scelta.

Se ne sta fra questi pensieri, Nonnino, quando vede un'auto parcheggiata in rue des Envierges tra la lavanderia a gettoni e l'alimentari bio. Eccoli qua. Sempre puntuale, Mehdi. E furbo. Un'auto superanonima, l'emblema della modestia. Una piccola Renault. Bombatissima, ovviamente, più veloce di qualsiasi bolide, ma sotto l'aspetto di un'auto "da città". Mehdi è sempre stato il più accorto, fra i suoi soldati. Nonnino si è imposto di non avere nessun preferito, certo, lui però... Un solido patrimonio, già! Di cui fa un uso discreto. Contrariamente al povero Jacky. La sola debolezza di Mehdi è stata non aver ucciso Jacky. Poco portato per il fratricidio. Ma paga i suoi debiti. Viene con i soldi, ottimo. Per il resto, Mehdi gestisce gli scout con pugno di ferro. Lo temono più di quanto temessero Jacky. Jacques il brasiliano tendeva a strafare. Li comandava a bacchetta, i bambini, e uno o due li aveva pure fatti fuori, a mo' di esempio (da cui la convocazione presso la Talvern). Mehdi invece è di un'altra pasta. L'autorità tranquilla e implacabile. È stato lui a impiccare il padre di Alceste. Tobias (così si chiamava, il padre) cominciava a flirtare con il rimorso, forse influenzato dal figlio scrittore. Mehdi aveva subito sistemato la cosa. Dopo un amichevole pranzo domenicale, aveva proposto amabilmente: Una passeggiatina nel bosco, Tobias? Volentieri, caro Mehdi. E così Faustine aveva trovato il padre impiccato con una calza contenitiva al ramo di un frassino.

Affido il calcio a Mehdi, i cori a Grégoire e stavolta me ne vado davvero in pensione.

Decisione presa.

Irrevocabile, stavolta.

Fa sentire bene.

Nonnino abbozza un sorriso.

Non vede l'ora di vedere la faccia dei ragazzi quando gli annuncerà il coronamento della loro carriera e l'ammontare dell'eredità. Protesteranno, certo, per affetto: Ma no Nonnino, non lasciarci, abbiamo ancora tanta strada da fare insieme. Mi dispiace, miei cari, ma tutte le cose belle finiscono. E poi guardate che cantonata totale ho preso in questa vicenda Lapietà. Bisogna arrendersi all'evidenza, alla fine sono invecchiato anch'io. È tempo di passare la mano; ora tocca a voi. Credetemi, avete tutte le carte in regola. E per Faustine? Faustine, nada. Il suo dubbio conta come un tradimento: calza contenitiva. Consideratelo come il vostro regalo per il mio pensionamento. Impiccatela nello stesso bosco e allo stesso albero del padre, nell'anniversario della sua morte. Penseranno tutti a una commemorazione.

Ecco. Nonnino ha sistemato tutte le sue cose.

Può andarsene in pace.

Guarda i suoi due eredi scendere dall'auto.

Mehdi dal lato dell'autista, Grégoire dal lato del passeggero.

Anche se non piove, Mehdi indossa il suo leggendario Burberry. Molto Humphrey Bogart. Grégoire più gentleman farmer, con i suoi eterni pantaloni di velluto... (Io mi vesto come il mio nome, sorrideva Grégoire.) Accidenti, è vero però che li guardo come dei figli...

Dai due lati della macchina, i figli si scambiano qualche parola.

Mehdi indica l'incrocio, alla sua sinistra. Grégoire fa un cenno di approvazione.

Toh, pensa Nonnino. Grégoire si mette di copertura. Temono qualcosa, forse. Sono prudenti, ottimo.

Mehdi percorre con lo sguardo la via e gli occhi si fermano sulla vetrina di Nadine. Poiché il sole lo abbaglia, si ripara gli occhi con la mano destra.

Istintivamente, Nonnino indietreggia un po'.

Prima di attraversare, Mehdi fa un gesto riconoscibilissimo. Arma la pistola nella tasca del Burberry. La Verbatim che gli ho regalato l'anno scorso, pensa Nonnino.

Che si dice: È venuto a farmi fuori.

Tanto più che il sole gli rivela, dentro l'auto da città, sul sedile di dietro, il bagliore di una chioma bionda.

Faustine.

E la portiera posteriore si apre per lasciar scendere Baptiste, che si mette anche lui di copertura, ma dall'altro lato dell'incrocio.

Nel caso in cui sfuggissi a Grégoire e tentassi un'uscita a destra.

Un'esecuzione in piena regola. Il killer e i suoi due testimoni.

Nonnino si alza e si dirige con calma verso la toilette. Entra, apre la finestra per far credere a un'evasione, esce e chiude a chiave la porta dall'esterno con il passe-partout che ha sempre con sé. Il tempo che Mehdi ci metterà ad aspettarlo, poi a bussare alla porta chiusa, "Nonnino, siamo arrivati, ti stiamo aspettando", gli consentirà di sparire. È la sua specialità, sparire. Dal locale di Nadine è semplice. Basta raggiungere le fogne passando dalla cantina, le cui pareti sono decorate da un affresco naïf, uno stencil del pittore Nemo, il Nemo di Belleville. L'affresco raffigura un uomo con l'impermeabile nero e un feltro in testa che insegue un ombrello rosso trascinato dal vento. L'arte... pensa Nonnino. Puoi anche dedicare la vita a quello. Un solo gesto, ma la perfezione del gesto. L'uomo con l'impermeabile nero e l'ombrello rosso regna su una buona parte di Parigi.

Prima di riabbassare il tombino dietro di sé, Nonnino sente Mehdi chiamarlo davanti alla porta della toilette. "Nonnino, siamo arrivati." Poi bussare. Un triumvirato, allora, pensa Nonnino facendo i primi passi sotto rue des Envierges. Loro tre vogliono prendere il mio posto? Poveretti, vanno dritti alla guerra. I maschi si faranno mangiare dalla ragazza, sono pronto a scommetterci. Dio santo, filarmela dalle fogne alla mia età! Quando ero giovane, ci mancherebbe, pure le catacombe e i tetti. Ma oggi? Sparire, pensa Nonnino. Smetto. Non mi diverto più. È arrivato il momento di dileguarmi sul serio. Che facciano tesoro di quest'ultima lezione, almeno: non si dà mai appuntamento a qualcuno – chiunque sia! – senza essersi assicurati una via di fuga. E non si arma la pistola in tasca.

31.

Marguerite aspetta, in agguato, nella lavanderia dell'ospedale. Quando la valanga di biancheria sporca piomba nel collettore, nella lavanderia si sente puzza di urina, di sudore, di saliva, di pus. *Morituri te salutant*, pensa la ragazza. Ed ecco poi il ritorno della biancheria pulita, con il girotondo dei camici, delle traverse, delle lenzuola e delle maschere, lavati, stirati e appesi alle grucce della catena girevole. Alla fin fine, la storia dell'umanità sta tutta in questa giostra, filosofeggia Marguerite.

"Per Frédéric, ti sconsiglio l'accesso diretto alla sua camera," le ha detto Nonnino. "Se speri di incantare gli sbirri appostati davanti alla sua porta rischi una grossa delusione."

"Non sarebbero certo i primi che neutralizzo così."

"Non essere sciocca, figliola. Figurati se non se l'aspettano, il giochetto dell'infermiera graziosa che piomba lì in piena notte per far fuori un testimone scomodo. Con una scorta mandata dalla giudice Talvern, non hai nessuna possibilità. I due che ha messo lì si faranno ammazzare, se gli ordini sono questi."

"Sono soltanto due? E se li prendessimo di petto?"

"Assolutamente no, gioia, di materiale ne abbiamo fatto fuori fin troppo. E poi, stai pur sicura che questi son gente micidiale."

Stando alle informazioni di Nonnino, Frédéric dorme con la finestra aperta. Soffre di vampate di calore. La paura, probabilmente.

"Passa dalla finestra."

"A che piano è, la stanza?"

"Quinto."

"All'ospedale Tenon? Troppo visibile dalla strada con l'illuminazione pubblica. Non posso fare cinque piani di arrampicata senza essere vista, Nonnino."

"Lo so. Ma la sua stanza è accanto alla lavanderia. Se ti nascondi lì e passi abbastanza in fretta da una finestra all'altra, ce la puoi fare."

Lei se n'era uscita con la sua risata allegra.

"Allora il gioco è fatto!"

Quanto poteva essere spontanea quella ragazza, per altri versi così seria nell'impegno, era qualcosa di cui Nonnino proprio non si capacitava. Di me non ha nessuna paura, pensava. Questo lo riposava. Gli altri, maschi e femmine, davanti a lui si sentivano mortali. Lei no.

"Non è un gioco, Marguerite."

"Quale lo è?"

Adorava le sue risposte.

L'aveva guardata negli occhi.

"Stai attenta, gioia, che a te ci tengo."

Marguerite aveva smesso di sorridere.

"Non farmi piangere, Nonnino. Non vale."

Le aveva tamburellato sulla mano ed erano tornati al nocciolo della questione.

"Allora, ti nascondi nella lavanderia, aspetti che sia notte ed entri in camera di Fred dalla finestra. Una decina di minuti dopo l'ultimo passaggio dell'infermiera, che gli sbirri saranno meno vigili. Usa un'imbragatura, il cornicione è vecchiotto."

"E mi vesto di grigio, come il muro, sta' tranquillo."

"Tra le due finestre ci sono meno di tre metri. Una volta in camera sua, non farla lunga. Non è una seduta di tortura."

"Puntura, allora."

"Ricordati l'imbragatura."

E adesso lei aspetta. Si è fatto buio. Marguerite aspetta di giustiziare colui che era all'origine del disastro. Ovviamente lei a quella storia del doppio gioco non ci crede. Nonnino nei panni del gendarme, nessuno gliela darà mai a bere. Nemmeno per un secondo. Pura disinformazione ministeriale. Pensa solo che è stato Frédéric a rendere possibile la cosa a furia di fare il canarino con la giudice Talvern. Il ministero aveva pasticciato un po' la sua confessione e montato una storia che aveva infiammato la fantasia della banda. Dei maschi, specialmente. Marguerite non era riuscita a convincere Armand che quella panzana non stava in piedi. Ma ce lo vedi, tu, Nonnino gendarme? Cazzo, Armand, usa un po' la testa, dai! La sola cosa che Armand era stato capace di rispondere era che pure lei, forse, era uno sbirro. Nonnino ha sempre avuto un debole per te, è chiaro, non è che sei anche tu una pulotta, pure graduata, magari? Lei aveva visto passare la propria morte nello sguardo del compagno. Stai scherzando? Stai scherzando o parli sul serio, Armand? Sono serissimo, voi ci avete inculati tutti, noialtri, è chiaro. Ma "voi" chi, ma "noi" chi? Nonnino, te e gli altri sbirri! Gli sbirri? Ma quali sbirri, Armand? Cazzo, ma non lo capisci che sono tutte stronzate? Frédéric ha cantato alla stragrande e la polizia ha fatto il resto. Viene tutto dritto dal ministero. Pura campagna di disinformazione, te l'ho detto. Armand, non lo capisci? Chiedi a Primo! Primo, diglielo un po' tu! Cosa gli devo dire? Che è troppo coglione lui o che sei troppo uno sbirro tu? Ormai Primo non ci capiva più niente. Mollare il colpo e uscire vivo da quel troiaio, ecco cosa gli dettava l'istinto. Due giorni prima lui e Armand erano culo e camicia a far gli scemi con i Lapietà mentre Marguerite medicava l'orecchio di Iuc.

E poi la bomba era esplosa.

Armand aveva liberato Lapietà per far incazzare Nonnino. Gli altri si erano detti che Lapietà aveva comprato Armand. Dopo quell'ecatombe, il cellulare di Marguerite lampeggiava come un allarme atomico: sms, WhatsApp, Telegram, Blocknet, Jaguar, Scrivener, un bombardamento a tappeto. Marguerite aveva chiuso tutto. Con il cellulare devitalizzato, sola in quel purgatorio, adesso aspettava il momento di lanciare il contrattacco. Cazzo, son proprio coglioni tanto, i maschi, c'è poco da dire. Più delle femmine. Tutto era partito dalla storia della Legion d'onore. Che ci fosse in ballo di dare la patacca a Nonnino... e loro avevano abboccato all'amo, tutti. Che palle, veramente. La trovata della Legion d'onore... Con quella cazzata lì sono diventati tutti delle pompe di benzina. No, ma ti rendi conto, Marguerite, vogliono dargli la Legion d'onore, non ti sembra una prova, questa? Lei si era sgolata: Una prova di cosa? Pura disinformazione, ve l'ho detto! La Legion d'onore a Nonnino: qual è il vostro segreto, raga, per essere così coglioni? Solo che, più li cazziava, più loro la sospettavano di fare anche lei il doppio gioco. Più si mostrava intelligente, più la accusavano di intelligenza con il nemico. C'era un solo modo per uscire da quella situazione: liquidare Frédéric e fare in modo che si sapesse. Esecuzione ufficiale, chiara e netta. E firmarla con il suo nome. Come? Facendo fuori i due sbirri della scorta, dimostrando così di non essere della polizia. Ecco come fare. Pam pam! Due sbirri in meno. Firmato Marguerite. Poi consegnarsi e tacere. Non una parola con nessuno. Né con la Talvern, né durante il processo, né in galera. Muta per sempre. Poteva farlo. Nonnino aveva dato a tutti loro tanti di quei ricordi da poter riempire un ergastolo. Non aveva detto a Nonnino che avrebbe ucciso i due della scorta. Né che si sarebbe consegnata. Lui si sarebbe opposto. Non farlo, bambina mia. Nonnino, sul serio, vedi un'altra soluzione per tirarti fuori dai guai e ricompattare la banda? Non farlo, Marguerite! Glielo avrebbe proibito, poco ma sicuro.

Adesso prende il polso della stanza vicina. Con lo stetoscopio incollato alla parete lei ascolta. La porta di Frédéric si è appena aperta. Sente i due ispettori e l'infermiera. Gli sbirri fanno i tacchini con l'infermiera, ma l'infermiera non si scompone più di tanto. "Parlate piano ragazzi, che altrimenti me lo svegliate." Le tre voci gorgogliano nello stetoscopio. L'infermiera ridacchia: "Quanto siete scemi!". Lo stetoscopio liquefa le voci, le rende più sorde e più gravi, un gorgoglio, sì. Marguerite lo sa fin dalla sua prima valigetta del dottore. (Un lontano Natale della sua infanzia.) Signore e signori è da quando ho sei anni che i muri hanno le mie orecchie. Grazie allo stetoscopio, per me la vita non ha segreti. Marguerite si figura l'infermiera china sulla curva della febbre, poi che si tira su per controllare la flebo, scrutare i monitor, gettare uno sguardo al sonno del ferito. Quindi sente tre passi, e la porta si richiude. Ancora qualche risata nel corridoio. Poi le voci tacciono. Silenzio del dormiente. Aspettare un po'. Marguerite arma la pistola. Senza far rumore. Ecco. Sempre l'arnese pronto all'uso prima di arrivare sull'obiettivo, ragazzi. Nessuno deve mai vedervi armare una pistola o tirarvi su la cerniera dei pantaloni.

Ok.

Uscire dalla finestra.

Buonasera Parigi.

Tre metri di cornicione.

Scavalcare la finestra vicina.

Buonasera Frédéric.

Siringa. Iniettare. Constatare il risultato.

Aprire la porta al volo, far fuori i due sbirri.

Pum, pum.

Quindi consegnarsi.

E così sia.

Finestra quindi. Con l'imbragatura. Che guai a sfracellarsi, qui si tratta di salvare Nonnino. In realtà è questo il vero scopo dell'operazione. Avanza sul cornicione che in effetti si sbriciola un po' sotto il suo peso, e poi entra da Frédéric. Con tutta calma si slaccia l'imbragatura, quindi la posa su una sedia senza il minimo tintinnio. Frédéric dorme. Tira fuori la siringa e si volta verso le luci della città per espellere la bollicina d'aria. Strana precauzione, tenuto conto che quel che si accinge a iniettare è la morte. Che ci volete fare, medico sei e medico resti. Le si incrociano gli occhi sulla bollicina. Bene. Adesso i due passi che la separano dal letto e oplà.

Uno,

due.

Ci siamo.

Si china sul collo del ragazzo. Cerca la pelle delicata della carotide.

Ma una mano sbuca dalle lenzuola. Le afferra il polso. La siringa cade.

"Buonasera Marguerite."

La mano la fa ruotare su sé stessa. Nel frattempo sente che le fregano la pistola. Proprio così, si ritrova con la canna della sua arma puntata al cuore.

Si apre la porta.

La camera si illumina.

Entrano i due uomini della scorta.

Quella specie di tartaro che l'ha agguantata le comunica di non essere Frédéric, di essere un capitano della polizia, di chiamarsi Adrien Titus e che lei è in stato di arresto.

"Ci hai fatto un po' aspettare, eh? Da quant'è che cincischiavi nella lavanderia?"

Fine di una carriera.

8.
La mamma

$$\Delta t_{\text{Mam}} = \tau_{\text{Malaussène}} \times \log(1+\Delta t / \tau_{\text{Malaussène}})$$

"La mamma è un buco nero supermassiccio."

Il Piccolo

32.

Venne il giorno in cui ricevetti la telefonata da Gli Aliossi.

"Pronto, Signor Malaussène?"

"Sono io, sì."

"Benjamin Malaussène?"

"Quello, sì."

"Il figlio maggiore della signora Lalbrache?"

Un attimo di titubanza prima che mi si accendesse il cognome da sposata della mamma: signora Lalbrache, legittima consorte di Paul Lalbrache (il mio patrigno, quindi) ex commerciante in vini e spiriti.

"Il figlio di mia madre, infatti."

"Buongiorno, sono il signor Legamin, degli Aliossi."

"Gli Aliossi?"

Non ero del tutto sveglio. Gli ultimi fatti, i nostri andirivieni tra la Ferramenta e l'orfanotrofio, mi avevano compromesso il sonno. Il mio interlocutore si mostrò pedagogico.

"Gli Aliossi, signor Malaussène, la struttura ospedaliera per persone anziane non autosufficienti di Beaujeron-sur-Meuse, che ospita sua madre e il marito, se lei ben ricorda."

"Ah! Gli Aliossi? La casa di riposo. Ma sì, certo. Buongiorno."

"Buongiorno, Signor Malaussène. Sua madre è sempre presso di lei?"

"È qui, sì."

"Bene, dovrà tornare, signore."

"Tornare?"

"Quanto prima."

Il fatto era che il marito della signora Lalbrache era stato ritrovato dalla *gendarmerie* di Beaujeron a vagare nella zona industriale, in stato confusionale. Lo avrebbero riportato agli Aliossi la mattina seguente, di buon'ora.

"Occorre quindi che sua madre sia presente ad accoglierlo."

Il suddetto Legamin mi spiegò che si trattava di un punto del regolamento su cui non transigevano:

"A meno che lei non voglia prendere sua madre e il marito sotto il suo tetto, signor Malaussène, cosa che non mi pare nelle sue intenzioni, o sbaglio?".

Una voce colma di implicita riprovazione che mi inoculava un rimorso da figlio indegno.

"Tranquillo, Ben," mi rassicurò Julie, "è il sistema degli Aliossi, che lavorano da cani. Lasciano che gli ospiti vaghino in giro per giorni, e poi quando i gendarmi li riportano all'ovile, loro colpevolizzano la famiglia. Classico..."

Cosa divenuta rara col tempo, Julie mi prese la testa fra le mani per posarmi sulle labbra un bacio prolungato.

"Sempre a sentirti in colpa, Ben. È proprio curioso come tu non cambi mai."

Poi:

"Resta qui, vado ad avvisare tua madre".

Se dovessi fare la somma dei giorni che la mamma ha passato con noi, non arriverei al migliaio. Dalla mia nascita a oggi, nostra madre non ha vissuto più di trenta mesi con la sua progenie. Eppure, appena arriva alla Ferramenta, anche solo per qualche giorno, per noi è come se non ci avesse mai lasciato. È come se fossimo cresciuti alla sua ombra e tutte le mattine, dalla notte dei tempi, ci contendessimo il privilegio di portarle la colazione e di farle la lettura. Ogni tanto penso che i libri della mia vita sono stati tutti letti ad alta voce al capezzale della mamma, prima da Clara o da me e oggi da È Un angelo.

Come diavolo fa, una donna così assente, a suscitare una tale impressione di permanenza?

La mamma suonò l'adunata. Aveva delle cose importanti da dirci prima di partire. Furono convocati Clara, Thérèse, Jérémy, Il Piccolo, Louna, Sigma, Nange e Maracuja. A cui si aggiunsero beninteso Julie, Gervaise, Ludovic, Iuc, Manin e Théo, nuore e generi omologati. Hadouch, Mo il Mossi, Simon il Cabila, Alceste e Titus si unirono in qualità di famiglia elettiva. La solita ventina di persone.

Appuntamento di sotto, nel refettorio.

Dove nostra madre ben presto apparve, con la valigia in mano.

La mamma partiva. La mamma raggiungeva il consorte. Non poteva né sottrarsi né rimandare, diceva. Sia ben chiaro, non era solo questione di dovere coniugale, era il richiamo dell'amore. "Il peggio cui si acconsente nel ricordo del meglio." (Il genere di frasi che faceva della mamma la madre retorica di Thérèse.)

I gendarmi avevano ritrovato il nostro patrigno che vagava in uno stato di mite beatitudine, con un gattino in una tasca della giacca e un topolino nell'altra. Diceva che il gattino era suo nipote. Affamato e con i vestiti a brandelli, il nostro vecchio patrigno spiegava al gattino che i topi non erano né un alimento né un nemico di classe: checché ne dica la natura!

"La natura è piena di pregiudizi, vedrai," sosteneva Paul al gattino.

E tu, povera anima, sei lì lì per tirar le cuoia, commentava dentro di sé il giovane brigadiere della *gendarmerie* che sorreggeva il signor Lalbrache. (Mio dio quanto l'aveva indebolito, quella fuga!) Il giovane brigadiere si chiamava Antonin Manne. Paul non gli era sconosciuto. Loro recuperavano quei vecchietti degli Aliossi sul ciglio della strada al ritmo di uno o due alla settimana. A quel punto Gli Aliossi forniva dei vestiti puliti e, dopo una bella doccia, una lunga notte e un'abbondante prima colazione offerta dalla *gendarmerie*, il brigadiere Manne riportava indietro quelle creature raminghe. Gli Aliossi ci teneva che un membro della famiglia fosse presente per accogliere i fuggiaschi, in modo che costoro avessero la sensazione di tornare a casa, "nel loro nido", precisava Legamin.

Benché fosse impossibile dire se riconoscesse davvero la moglie, il signor Lalbrache si illuminava sempre quando scorgeva la signora Lalbrache. Agli occhi della struttura, i due coniugi erano un modello di armonia. Un esempio che aveva procurato molti clienti agli Aliossi.

Dixit mamma.

"Una specie di coppia-rendering, insomma," ironizzò Jérémy a mezza voce.

"Lascia parlare la mamma," sibilò Thérèse.

Nella sua premessa, la mamma si profuse in elogi sulla dedizione dei gendarmi. Dopodiché, arrivò al dunque.

"Figli miei, sappiate che mi rendo conto benissimo di essere stata una pessima madre."

È il diapason di tutti gli addii, il *la* del lamento. La mamma si è sempre congedata da noi buttando lì che madre indegna è. Tradizionalmente, qualcuno risponde che no mammina, nella tua modalità libellula sei stata un'ottima madre.

Cosa cui lei ribatte:

"Siete troppo gentili, tesori miei, ma so quello che dico. Se non ci fosse stato Benjamin ad aiutarvi a crescere...".

Qui, altro ritornello: Benjamin il figlio modello, senza il quale gli altri sarebbero morti appena nati.

"Per fortuna, siete stati così bravi da obbedirgli."

Il che non ha impedito a Jérémy di dar fuoco alla sua scuola media, a Clara di farsi ingravidare da un direttore di prigione, a Thérèse di sposare un serial killer, al Piccolo di lasciarsi morire di fame per ritrovare suo padre, a Louna di seguire il cammino amoroso di sua madre e a Verdun di finire giudice istruttore.

"Grazie a dio, avete fatto a vostra volta dei bei bambini!"

Tre cretini che a momenti si facevano ammazzare in fondo a una rampa di scale dopo aver rapito, sequestrato e messo all'asta l'uomo d'affari più demente del paese.

"Senza saperlo, siete stati la vera felicità della mia vita."

A quanto pare, è una delle robe belle della vita: produrre felicità senza che nessuno lo sappia...

L'altro ritornello è l'amore. E qui si sviluppa il fulcro della conferenza materna: l'apologia del marito davanti alla famiglia al gran completo, nel refettorio di un orfanotrofio dove aleggiano ancora gli effluvi della cioccolata mattutina.

La mamma ci parla di Paul, del suo Paul. Vuole farci sentire a che punto Paul è Paul. E come la vita si sia mostrata dispettosa a lasciar scorrere via così tanti decenni prima di farle incontrare il solo amore degno di questo nome. Oggi che Paul è ormai solo l'ombra di sé stesso e la mamma lo accompagna "passo passo verso la sua ultima dimora", lei sa di aver passato la vita a cercare proprio quell'amore lì. Paul è stato suo fratello, il suo amante, suo figlio, sua madre, suo padre, la totalità dei suoi amici e il ricordo dei suoi avi.

"Cazzo, è il catalogo del Postal Market, quel tipo lì!" sibila Jérémy, stoppato da una gomitata di Thérèse.

"Era il padre unico che vi sareste meritati, allegro e ottimista, aperto e posato, attento e così generoso, così desideroso della felicità altrui..."

Insomma, se la mamma ci ha amati così male è perché non ha conosciuto in tempo l'amore secondo Paul. Paul è l'unico uomo con cui avrebbe potuto "costruire qualcosa di duraturo". Certo, nell'ordine degli amori autentici, prima di lui c'era stato l'ispettore Pastor, la passione della mamma per il giovane sbirro Pastor. Ma Pastor l'aveva seguita solo per morire fra le sue braccia, a Venezia, morire di una malattia definitiva, il giorno dei suoi trent'anni, come un bambino appena nato.

"Che terreno vasto, l'amore, tesori miei!"

Terreno in cui, a sentir lei, Paul ha coltivato una sola pianta: il dono di sé.

"Ah, e in più si dà pure all'agricoltura intensiva, 'sto stronzo!"

"Piantala, Jérémy!"

"Mio dio, com'è passato tutto in fretta!"

Questa fulmineità del tempo... È qualcosa che la lascia sbalordita, la mamma, come se la vita le fosse passata tra le dita senza che lei potesse trattenere neppure una manciata di secondi.

"Vado, vado..."

È il gran finale di tutte le sue partenze: il lamento sul tempo che passa sempre più veloce, così veloce che il passato stesso sembra non essere durato... A ognuna delle sue partenze, la mamma sviluppa una teoria rigorosamente simmetrica alla mia. Mentre per me le ore passate in sua compagnia sono una specie di eternità, lei per parte sua sostiene di non serbare quasi nulla delle giornate trascorse con noi.

"È proprio come se fossi appena arrivata. Parto come se a malapena vi avessi visti."

Le lacrime le scorrono sulle guance senza rughe.

"Ve l'ho detto, io, che sono una pessima madre!"

Ascolto teso di Thérèse.

Occhio fotografico di Clara.

Ironia cupa di Jérémy.

Distanza professionale di Verdun. (La confessione è il suo mestiere. Ha sentito ben altro, lei.)

Quanto ai giovani, sono giovani, aspettano la fine della messa sbirciando sui loro cellulari.

Ma Il Piccolo, che di solito tace durante la cerimonia, prende all'improvviso la parola:

"No, mamma, non sei una pessima madre".

Il Piccolo ha parlato.

Tutti i nostri sguardi convergono verso di lui.

Diventato così alto, Il Piccolo, che ci sembra sempre seduto al centro. Il Piccolo è il nostro menhir. Con la sua voce bassa, dichiara:

"Il tempo passa sempre più veloce per tutti quanti, mamma".

Si alza, e si dirige – immenso, davvero – verso la lavagna dove Ludovic annota scrupolosamente la quotidiana lista della spesa. Cancella la lista con una passata di spugna, e:

"Guarda bene, mammina bella".

Scrive con il gessetto, in un raccoglimento da aula magna:

$$\Delta t_{\text{Mam}} = \tau_{\text{Malaussène}} \times \log(1+\Delta t/\tau_{\text{Malaussène}})$$

"Che roba è?" chiede Maracuja.

"È l'equazione della mamma," risponde Il Piccolo.

MARACUJA: Fancù, zio, non fare il sapientone; traduci, ok?

Il Piccolo traduce, pacato:

"Lo scorrere del tempo nella nostra prima infanzia è lineare, Mara. Poi, con gli anni, segue una progressione logaritmica... Non solo per la mamma, per tutti".

MARACUJA: E allora?

IL PICCOLO: Allora il tempo passa effettivamente sempre più in fretta.

NANGE: Che significa Δt_{Mam}?

IL PICCOLO: È la durata quale è percepita dalla mamma.

JÉRÉMY: In funzione di cosa questa durata è precisamente la durata percepita dalla mamma?

IL PICCOLO: In funzione del tempo che lei ha passato sulla terra.

JÉRÉMY: Quindi non potrebbe essere la mia?

IL PICCOLO: A meno che tu non fossi la mamma.

SIGMA: E $\tau_{\text{Malaussène}}$? Che cosa vuol dire?

IL PICCOLO: Tau Malaussène? È la costante fondamentale di tempo Malaussène.

MARA: Ma cazzo, non ci capisco niente. Cos'è, ti diverti a torturarci?

IL PICCOLO: Stai tranquilla, Mara, nessuno ci capisce niente. Il mondo intero cerca di ottenere la misura più precisa della costante fondamentale del passare del tempo. Grazie alla mamma, credo di averla trovata.

Il silenzio che cala nel refettorio è come quello che piombava sulle lezioni di matematica durante tutti i miei anni di scuola.

NANGE: Δt da solo che cos'è?

IL PICCOLO: Delta t? È la durata fisica del nostro orologio personale.

SIGMA: Se capisco bene, allora, ognuno di noi ha la sua equazione?

IL PICCOLO: Eh, sì. Da Einstein in poi, abbiamo tutti un orologio nella pancia. Com'è vero che Julius ha il suo odore.

MARACUJA: Il bambino mio e di Iuc ce l'ha già, il suo Δt?

IL PICCOLO: Diciamo che, da un punto di vista matematico, il suo conto alla rovescia è già partito.

Poi, alla mamma, con pazienza:

"Δt_{Mam}, mammina mia bella, è la durata quale tu la percepisci. La sensazione che provi rispetto all'accelerazione del tempo risponde a una legge matematica. Una legge logaritmica, per essere più precisi. Alla quale non sfugge nessuno. Ho lavorato su questo, per la mia tesi di dottorato. Grazie a te, mamma, grazie a quello che tu provi da sempre e al modo in cui lo esprimi, che è più intenso e più chiaro a ogni tua partenza, ho trovato la risposta a un interrogativo che i fisici si pongono da tanto tempo. La mia tesi ha ricevuto una menzione speciale ed è a te che devo il mio lavoro di oggi".

Lei posa su di lui uno sguardo meravigliato.

"Il tuo posto?"

Agli occhi di nostra madre, infatti, Il Piccolo non esercita un mestiere, occupa un posto, sottile differenza. Dottore in astrofisica, direttore di ricerca all'Osservatorio di Parigi. Nientepopodimeno.

"Il mio posto, sì," sorride il gigantesco Piccolo dietro i suoi occhiali rosa.

Per poi concludere, come se indicasse il risultato di un'addizione:

"Vedi che non sei una pessima madre".

Dopodiché abbiamo accompagnato la mamma alla Gare de l'Est. Sotto il suo vagone eravamo una brigata mica da ridere. Fischio, partenza, direzione Beaujeron-sur-Meuse, ciao mamma.

Le sue ultime parole furono per È Un Angelo:

"Me lo vieni a leggere il seguito del romanzo di Alceste, vero Nange? Voglio assolutamente sapere che fine fa il piccolo calciatore Zé Martins".

"Mercoledì, nonna, sarò lì mercoledì," risponde Nange agitando il libro di Alceste.

Il treno si è mosso e la vita ci ha separati. Il Piccolo è tornato all'Osservatorio, Jérémy al suo ospedale, Julie ai suoi articoli, Clara alle sue foto, Louna ai suoi consigli coniugali, i giovani al montaggio della loro performance e Verdun al forno della sua panetteria. Bisognerà aspettare un'altra fuga del nostro patrigno perché la mamma si conceda di piombare qui e il suo magnetismo ci raduni di nuovo tutti. Fino ad allora, dispersione. Ci vedremo poco, o per niente. È così che funziona sempre al meglio tra fratelli e sorelle: ricordi di infanzia che si ritrovano di tanto in tanto ai funerali. Non è la famiglia a fare l'identità, è il lavoro, e in quell'ambito nessuno frequenta nessuno. Chi di noi sa, per esempio, che il lavoro del Piccolo consiste nell'elaborare formule matematiche in grado di ridurre miliardi di chilometri astrofisici in millimetri di laboratorio e miliardi di anni astronomici in miliardesimi di secondi? Chi può anche solo immaginare che il Piccolo passa la vita a incapsulare il cosmo? Quanto a Jérémy il neurochirurgo è diventato medico seguendo le tracce di Marty, il suo idolo, certo, e quelle di Berthold (quel bercione senza il quale non sarei più di questo mondo), d'accordo, Jérémy è un chirurgo esemplare, passa le giornate ad aprire teste, lo sappiamo, un dottore instancabile che, tranne durante le incursioni della mamma da noi, non va mai in ferie, è risaputo. A parte questo, che sappiamo di lui? Chi conosce, per esempio, l'argomento della sua tesi? *L'utilità della tonsillectomia nelle siringomielie foraminali.*

Son cose che allontanano, per forza.

33.

La vita riprese il suo quieto tran tran. Tutti i mercoledì È Un Angelo andava a pranzo con la mamma e poi le leggeva *La loro grandissima colpa*.

Quando arrivava alla stazione di Beaujeron, Nange non prendeva l'autobus per Gli Aliossi, si concedeva una passeggiata lungo la Mosa ed entrava nella casa di riposo passando dal lungofiume. Lo faceva per il piacere di un'immagine: la visione, inquadrata dal basso, della felicità coniugale. Lassù, sul terrapieno che sovrastava la Mosa, la nonna e il vecchio Paul guardavano passare le chiatte, seduti mano nella mano su una panchina, all'ombra di un salice piangente.

"È diventato un rito," diceva la nonna. "Paul adora questo posto. Ogni volta che il tempo lo permette, ci sediamo sulla nostra panchina e guardiamo passare le chiatte."

Quando È un Angelo saliva su per il terrapieno, sentiva immancabilmente la nonna dire, fingendo la sorpresa:

"Toh, la visita di un Angelo!".

Si stringeva a Paul per fare spazio al nipote. Il vecchio Paul non manifestava la benché minima consapevolezza che una terza persona si fosse seduta sulla panchina. Non rispondeva al saluto di Nange. Guardava le chiatte.

"I dottori lo ritengono un segno positivo di attività mentale," commentava la nonna, "le segue davvero con gli occhi, le barche, sai."

Gli occhi grigi del vecchio Paul, in effetti, catturavano ogni chiatta a ovest e la seguivano finché non era un minuscolo punto a nord. Non battevano ciglio.

"Se potesse parlare, direbbe il nome di tutte le chiatte, le francesi, le belghe, le olandesi," diceva la nonna. "Vero, Paul mio?"

Un giorno aggiunse:

"Ai tempi in cui gli reggeva ancora la memoria, conosceva una poesia sulla Mosa".

Lei stessa ricordava il primo verso: *Addio Mosa sonnacchiosa e dolce alla mia infanzia...*

E poi basta.

È Un Angelo le venne in aiuto:

"*Addio Mosa sonnacchiosa e dolce alla mia infanzia*
che dimori nei prati dove lenta tu scorri
Mosa addio, già ho iniziato la mia partenza
Verso paesi nuovi dove più non scorri".

"Mio dio, la conosci?" si era stupita la nonna.

"Certo, e anche Mara e Sigma."

Era una poesia di Charles Péguy che Sigma aveva imparato a memoria in seconda media e che Benjamin aveva insegnato agli altri tre cugini.

"Ah! Che ne sarebbe stato di voi, senza Benjamin?"

Chiacchieravano, insomma. La nonna ed È Un Angelo formavano una coppia di parole. Uno parlava, l'altra ascoltava. Uno diceva tutto, l'altra poi non riferiva nulla a nessuno. Lui le aveva sempre confidato ogni cosa, compresi i suoi segreti più intimi, per esempio che, pur non avendo nulla contro le ragazze, preferiva la compagnia sessuale dei ragazzi, o che "nella vita" aveva fatto la scelta di sperimentare tutto senza paura, come raccomandava Maracuja. Era peraltro ciò che avevano fatto, lui e i cugini, con il rapimento di Lapietà.

"Ti ricordi cosa ti avevo raccontato, nonna? Che avevamo intenzione di rapire il grande Georges, il padre di Iuc, per fare un'installazione? Be', figurati un po' che l'abbiamo fatto! E sai la più bella? Mentre giravamo tranquillamente il nostro film su di lui, una banda di criminali ce l'ha portato via sul serio. Insieme con Iuc. Veri e propri gangster. Guidati da un certo Nonnino. Volevano un riscatto. Adesso che è tutto finito te ne posso parlare, ma abbiamo davvero avuto una paura boia. L'hai sentita, no, un po' di agitazione alla Ferramenta e all'orfanotrofio? Ecco, era questo. Una guerra, a causa di quel sequestro. Benjamin ci ha proibito di parlartene per non farti preoccupare. Non voleva che tu sapessi i rischi che stavamo correndo. Quanto a me, mi chiedo chi è il bastardo che ci ha traditi visto che nessuno era al corrente. È il grande enigma di questa storia. Chi è il traditore?"

E aggiunse:

"Iuc ci ha pure perso un orecchio!".

Venivano poi dei silenzi in cui passavano le chiatte.

La conversazione sembrava seguire il corso sinuoso del fiume. Nange raccontava il funerale di Lapietà, a cui Manin e i tre cugini avevano voluto accompagnare Iuc. Diceva del brusco invecchiamento di Ariana, la madre di Iuc, che ormai si rifiutava di truccarsi. Spettegolava sulla coppia a tre di Maracuja; fra Iuc e Manin le cose sembravano funzionare bene. Diceva che Mara si faceva pian piano più tonda. Lei che aveva voluto sbarazzarsi del bambino, adesso stravedeva per lui. A nulla serviva metterle davanti agli occhi il cambiamento climatico, gli oceani di plastica, il capitalismo feroce, le pandemie a raffica, i nazionalismi aggressivi, i cancri sempre più precoci, l'innalzamento delle acque e le guerre imminenti: Maracuja parlava del figlio come se fosse destinato a salvare il mondo. La sera in cui saltarono in aria le Edizioni del Taglione, lei se ne stava lì a ricamare sull'ottimismo. L'esplosione si era sentita addirittura in cinque arrondissement di Parigi.

"Meno male che quella sera Loussa e Zabo erano alla Ferramenta; festeggiavamo il mio compleanno. Zabo è la mia madrina, ha assistito alla mia nascita, lo sapevi nonna?"

Nange diceva anche che Ben stava bene, che Julius il Cane mangiava troppo, che Julie era andata a scrivere qualcosa da qualche parte, un libro sugli errori giudiziari, con Rabdomant, credeva, che tutti erano tornati al lavoro, che senza di lei la Ferramenta era proprio vuota. Diceva che lo straordinario successo commerciale de *La loro grandissima colpa* avrebbe permesso a Zabo e Loussa di mettere su una nuova sede della casa editrice, più moderna e in una posizione migliore. Annunciava che la panetteria dei Frutti della passione sarebbe diventata un negozio vero e proprio adesso che Verdun panificava insieme con Ludovic.

"Verdun ha comprato una nuova impastatrice, ad asse obliqua, una camera di lievitazione, una macchina formatrice, una spezzatrice e una camera di riposo, insomma tutto l'occorrente."

La panetteria non era più solo dell'orfanotrofio, ma dell'intero quartiere, se non addirittura dell'arrondissement. La gente veniva da lontano apposta per i croissant dei Talvern.

Nange raccontava anche gli strascichi della vicenda Nonnino, così come giungevano alle orecchie di Verdun.

"L'esercito del vecchio si è completamente dissolto. La cosa tremenda è che si ritrovano cadaveri un po' dovunque."

Siccome la nonna non ci capiva granché, Nange spiegava come Julie e Verdun avessero provocato la caduta di Nonnino.

"Hanno fatto passare il vecchio per un eroe della polizia nazionale!"

"Noooo!" ridacchiava la nonna. "Hai sentito, Paul! E come hanno fatto?"

Nange spiegava come Julie e Verdun avessero redatto dei

falsi messaggi che Sigma aveva fatto passare come provenienti dal ministro della Giustizia di cui aveva hackerato l'account.

"Sciocchezze che potevano essere lette da 290,6 k di follower. Ti rendi conto, nonna? Duecentonovantamilaseicento persone! I fanatici dei pettegolezzi ci si sono buttati a pesce e hanno diffuso quella vanverata a una velocità tale che gli informatici di place Vendôme non sono riusciti a bloccare l'attacco."

"Ma non è illegale fare delle cose del genere?" si stupiva la nonna. "Non è che rischia, Sigma?"

"Nessun rischio. Ha diluito completamente la sua identità digitale. È altrettanto rintracciabile di una goccia d'inchiostro nell'acqua della Mosa. E poi è per una buona causa!"

"Benjamin è al corrente?"

"No, figuriamoci. Sigma lo protegge, Benjamin, da tutte questi giochetti della modernità. Dice che non sarebbe contento di scoprire che oggi la verità è qualcosa che si costruisce."

Nange spiegava alla nonna che tutte quelle notizie false avevano infettato ogni livello della giustizia e della polizia nazionale, i due ministeri, i commissariati, le prigioni, quindi la malavita e di conseguenza gli uomini di Nonnino. Una pandemia lampo. Alla fine, le televisioni private e pubbliche erano state costrette a diffondere la notizia. I consulenti della sicurezza e gli abbonati dei talk show si erano precipitati a dibatterne. Morale, la Francia non parlava d'altro. Non la guardi la tivù, nonna?

"Oh! A Paul piacciono soltanto i programmi sugli animali. Gli fanno bene, credo. E io, d'altra parte, non voglio che si agiti a sentire le notizie. È come Benjamin, lui, non appartiene ai nostri tempi."

Di ritorno alla Ferramenta, Nange ci faceva rapporto.

"È proprio carina con il suo uomo, sapete. Tutti i giorni verso le undici lo porta alla sua panchina dove guardano passare le chiatte. All'una in punto, tornano agli Aliossi per il pranzo, nel loro appartamentino. Dopodiché lei lo mette a sedere davanti alla televisione, mentre io le leggo. Lui guarda i documentari sugli animali, è vero. Come colonna sonora, lei gli mette i podcast di France Culture. Dice che è un uomo coltissimo, e che non bisogna assolutamente privarlo di quell'ossigeno mentale. È proprio adorabile con lui, vi assicuro. Gli ha regalato delle cuffie che gli fanno una testa da mosca. Ogni tanto se le toglie poi se le mette di nuovo, si diverte."

"Ma lui in che stato è? Dicevi che era quasi morto, quando è tornato?"

"Sta sempre meglio. Lei lo rimette in forze alla grande. Lo portano in giro in sedia a rotelle, ma nelle giornate buone riesce a camminare fino al salice piangente. Nella prima settimana non ce la faceva."

"Come fa a rimetterlo in forze?" chiese Alceste, che prendeva già appunti per il prossimo romanzo.

Mara produsse il suo nitrito di guerra.

"Ah! Come fa da sempre la nonna a guarirci tutti? Qualcuno può rivelare al nostro romanziere il segreto della nonna per resuscitarci quando siamo sgangherati totali? Il suo rimedio miracoloso?"

L'intera tribù rispose all'unisono:

"È il suo *gratin dauphinois*!".

34.

La chiatta di Grégoire in mezzo alle altre due, constata Nonnino seduto in riva alla Mosa accanto a quei due cianciaroni. Bene. Intelligente, Grégoire, ha scelto una fiamminga, una spit troppo vecchia e troppo vistosa per qualunque traffico. Questo riduce il rischio di ispezioni. La *freycinet* belga ha più probabilità di essere perquisita. Grégoire, quindi, ha ancora il controllo sui suoi uomini. Almeno di alcuni. E lavora con i Paesi Bassi. Io ero contrario. Se i messicani si accorgono che gli facciamo le scarpe, sarà la guerra. A meno che Greg non abbia deciso di mollare la caramella messicana per quella olandese. Approvvigionamento più discreto e più veloce, questo è indubbio. Ma chimicamente più stabile, l'olandese? È tutto da vedere. Se anche è roba di cui si muore, questo non vuol dire che si debba trascurare la qualità del prodotto. C'è morire e morire. La caramella olandese può provocare delle convulsioni per niente belle da vedere. Ah, questi giovani... I soldi facili, sempre... Mi domando che carico trasporta Grégoire come copertura, nella fiamminga. Organizzare un treno di chiatte per un traffico dal volume così esiguo come le caramelle è davvero un'ottima idea. Ma un'andata e ritorno ogni due giorni è troppo. Non dovrebbero essere così regolari. Vabbè, non sono più cose che mi riguardano. Sono scomparso, io. Fine di Nonnino, viva Paul

Lalbrache, alias signor Paul, ridotto alla vita degli animali e alla lettura ad alta voce. Dalla bocca di questo ragazzino ho sentito proprio di tutto. La vera ragione della mia sconfitta, e adesso le avventure di Zé Martins, lette alla nonnina adorata...

Durante la sua effimera gloria, Zé Martins, il bambino dio del calcio del Nordeste, si era comportato male con la sua famiglia. Non aveva mai fatto visita ai genitori nel villaggio di pescatori di cui era originario, a nord del Ceará, vicino a Camocim. Neanche un soldo, mai, ai dodici fratelli e sorelle che pure faticavano per tirare a campare. Tutto il contrario di Maradona che, una decina d'anni prima di lui, riempiva gli stadi e bucava gli schermi facendo la fortuna della sua famiglia. Lui, il giovane Zé, aveva dilapidato la sua breve fortuna in automobili chiassose, autisti gallonati e abiti ridicoli. Uno sborone alla Balestro. Quando la polio gli aveva segato le gambe, si era ritrovato solo come un traditore. Non gli era rimasto altro da fare che andare a piagnucolare fra le braccia della nonna, Cauani Martins. Ma nonna Cauani era poco disposta ad asciugare le lacrime di quel *calhau apagado* (quel sasso spento).

Nonna Cauani era un alveare. Tra i figli suoi e quelli che le avevano lasciato appena nati, aveva tirato su trentadue Martins, che a loro volta gliene avevano mandati una caterva da crescere attaccati alle sue sottane. Se si batteva la zona intorno a Camocim, la tribù Martins superava ampiamente il centinaio di ragazzi e ragazze in età di giocare a calcio. Quasi tutti avevano fame.

"Non devi fare altro che insegnare a loro quello che sapevi fare tu con due piedi e un pallone," aveva dichiarato la nonna al nipote.

"*E isso, idiota, ou se afogar nas tuas lágrimas.* O fai così, coglioncello, o ti tocca affogare nelle tue lacrime."

Zé Martins insegnò quindi il calcio ai giovani della sua tribù. Non era difficile, sognavano tutti una gloria analoga alla sua e la maggior parte di loro era dotata. Zé si rivelò un allenatore eccezionale. Poteva farti calciare per un'ora contro il tronco di un albero di cocco, intorno a cui dovevi girare senza che la palla toccasse terra anche solo una volta. I ragazzi della tribù Martins formarono ben presto due squadre da undici. Le ragazze si occupavano della comunicazione e della logistica. Benché cabocli, i Martins si facevano assurdamente chiamare gli Unni bianchi, *Os Hunos brancos.* Ben presto gli Unni bianchi sgominarono tutte le squadrette del Ceará. Poi trionfarono davanti ai sessantaduemila spettatori dello stadio Castelão sconfiggendo il Fortaleza e il Ceará sporting club (4-1 e 6-0). Affrontarono quindi gli altri stati del Nordeste. Sgominarono il Piauí, il Maranhão, il Pernambouc. Le capitali cadevano una dopo l'altra: Teresina, São Luís, Rio Grande do Norte. (È bello come una litania di conquiste imperiali, si diceva il signor Paul.) Una volta dominato il Nordeste, gli Unni Bianchi si sentirono pronti a conquistare il Sud, Salvador, Belo Horizonte, Brasília, Rio, São Paolo, e di lì a poco il resto del mondo. Questo, perlomeno, era il progetto. Ma appena varcati i confini del Ceará, le truppe di Zé presero a squagliarsi come ghiaccio nella cachaça. L'ebbrezza del successo, l'indisciplina, la droga, l'alcol, le risse e le sparizioni – soprattutto le sparizioni –, decimarono i ranghi della grande armata. Alle porte di Rio, Zé Martins si ritrovò solo, o quasi. Dov'erano finiti i suoi giocatori? Che ne era di loro? Cosa gli era successo?

Era questo il cuore del romanzo di Alceste, l'inchiesta condotta dall'autore per più di seicento pagine. Alceste dimostrava che la maggior parte dei giocatori era stata comprata o rapita e che, tre o quattro anni dopo, ritrovavi i migliori di loro nelle più prestigiose squadre europee. Giocavano sotto altri nomi, erano diventati straricchi, si erano adattati benissimo alla loro nuova identità, godevano della loro gloria come un tempo Zé della sua gloriucola, e non manifestavano la benché minima nostalgia per la terra natale. Quelli che non avevano abboccato all'amo erano stati eliminati. Uccisi. Comprese le ragazze che cominciavano a nutrire sospetti su quella deriva generale. Un vero massacro. (In effetti, sì, ci siamo andati con la mano un po' pesante, ammette il signor Paul.) Un massacro di cui Alceste analizza i metodi e scopre autori e mandanti, fino a delineare la mappa di una gang del calcio e a risalire ai suoi vertici per denunciare alla fine i responsabili più noti. Alcuni di loro figurano, infatti, sull'elenco di Lapietà. Ecco che cosa rivela *La loro grandissima colpa*.

Quel tipo lì ci ha disfatto da solo tutto il maglione, concluse il signor Paul. Un'organizzazione tessuta con tanta pazienza! Ha tirato il filo finché non ci siamo ritrovati tutti in mutande. Un romanziere, porco cane, un romanziere da solo. Avrei dovuto dare le sue budella ai cani e seppellire il resto nel Bois de Vincennes.

Ma no. Questo non avrebbe impedito la pubblicazione del libro.

Una delle scene più intense de *La loro grandissima colpa* si svolge in piena notte, sulla piazza del paese di Zé Martins dove il sindaco ha fatto mettere un televisore collettivo. Alla tivù trasmettono una partita di calcio. È una finale tra le due squadre migliori d'Europa. Zé, seduto dentro il carrello della spesa zeppo di cuscini che gli funge da sedia a rotelle, non distoglie gli occhi dal giocatore più brillante della partita. Lo riconosce. È Salvador, pensa, è suo cugino Salvador. Quel *tackle* da ladro, è Salvador, quel dribbling da vipera, è Salvador, quegli sguardi a destra quando parte a sinistra, quegli scatti fulminei, quel cucchiaio da prestigiatore, è Salvador. Non c'è dubbio, quel giocatore inafferrabile altri non è che suo cugino Salvador Leandro Martins. Senonché i capelli biondo luna, la cresta da mohicano, i tatuaggi che gli fanno un'altra pelle, la muscolatura da titano e il nome nuovo lo rendono irriconoscibile. Salvador non ha più nulla del giunco scuro che tre anni prima faceva la gloria degli Hunos brancos. Intorno a Zé, tutti se la ridono: Ma Salvador è morto annegato nella cachaça, Zé! Che cazzo dici, Zézé, quel tipo lì è grosso tre volte Salvador, ha i capelli biondi e dritti mentre lui ce li aveva neri e ricci, i tatuaggi suoi non sono roba delle nostre parti. Il cugino Salvador è morto, Zé. "*O primo Salvador morreu e desapareceu.*" Morto e scomparso. Zé però non demorde: se quel ragazzo non è suo cugino, allora ha appena visto giocare la sua anima.

Si è addormentata.

È Un Angelo si alza in silenzio. Ficca nello zaino il romanzo di Alceste, lancia un ultimo sguardo alla nonna ed esce dalla stanza in punta di piedi.

A mercoledì prossimo.

Il signor Paul ascolta i suoi passi dileguarsi nel corridoio senza distogliere gli occhi dallo schermo della tivù. Un bradipo avanza lento sul ramo di un mango, da qualche parte nell'Amazzonia colombiana. Quell'animale è l'incarnazione del sonno, pensa il signor Paul. Vive come fosse sempre sul punto di addormentarsi. E si addormenta come impossessandosi del mondo. Il ramo che stringe con le lunghe braccia artigliate si confonde con la sua pelliccia. Lui è l'animale, ed è l'albero. Adesso che dorme, nessuna forza al mondo sarebbe in grado di separare il ramo dalla bestia. È un mango addormentato. Il che risveglia nel signor Paul un ricordo. Succedeva in Perù. Una qualche amichetta di un cliente di Nonnino, incantata da un bradipo che trascinava il corpo sonnolento verso un albero di cocco, l'aveva preso in braccio come un orsacchiotto a cui si fanno le coccole. La mano del bradipo si era lentamente richiusa sul polso della ragazza. E l'animale si era addormentato. Impossibile svegliarlo. Impossibile aprire la manina i cui artigli ora incidevano la carne delicata del polso. Presa dal panico, la ragazza aveva scosso il braccio come una indemoniata, ma niente da fare, il bradipo rimaneva attaccato. Urla di terrore. Pensava di cullare un angioletto, si ritrovava preda del diavolo. Avevano dovuto tagliare la mano dell'animale con una tenaglia. Il bradipo non si era svegliato. Aveva preferito dissanguarsi, morire come se sognasse. Io, si era detto Nonnino, avrei tagliato il braccio di quella cretina.

Lei dorme. Dorme così profondamente da farti venire il dubbio che non si sveglierà più. Un bradipo. Lo è sempre stata. I suoi sonni sono spazi senza fine. Lì lei sogna il mondo. Dalla sera lontanissima del loro primo incontro fino a questo istante in cui il signor Paul la contempla, in piedi in fondo al suo letto, quella donna è stata la manifattura del sogno.

Quanti anni, dalla prima volta? Quanti decenni? Ancora giovani giovani, la fine dell'Algeria, l'OAS, l'epoca degli esplosivi. Lei abitava in una soffitta, a Belleville, in rue de la Mare. Due stanzette sotto i tetti. Rivede distintamente la ragazza che lei era avanzare dal fondo del corridoio verso l'appartamento dove lui aveva appena piazzato l'esplosivo. Non camminava, lei scivolava, mezzo millimetro sopra la terra. Una lievitazione infinitesimale. Un sogno in movimento, si era detto. Ma un sogno che si dirigeva nell'appartamento dove lui aveva appena attaccato una carica di dinamite alla bombola della cucina a gas. Fosse stato un altro, un insegnante con la sua cartella, una vecchia in pantofole, un bambino che tornava da scuola, avrebbe lasciato correre. Porta aperta, porta richiusa e, in serata, bum, fine del futuro. Ma lei no. No, lei, non volle. Perché? Perché averle impedito di entrare in quell'appartamento? Di tutte le domande che la vita gli ha posto, è l'unica a cui lui permette di non avere una risposta. Le aveva aperto le braccia andandole incontro, le aveva spalancato le braccia, non come se si incontrassero per la prima volta ma come se si ritrovassero... Le aveva aperto le braccia e lei si era rannicchiata lì come se fosse il solo uomo possibile, il solo mai esistito. Avevano ripercorso rue de la Mare fino alla camera che lui aveva preso in affitto per preparare la bomba. Dopo l'amore – il primo amore, per lei, – si era addormentata. Da un momento all'altro. Un sonno così profondo che l'esplosione, tre ore dopo, non l'aveva neppure svegliata. La deflagrazione, la pioggia di tegole in frantumi, l'odore acre dell'esplosivo, le urla, il quartiere in subbuglio, e lei che dormiva beata. Era rimasto in piedi davanti al letto a guardarla dormire e, a un tratto, si era sentito solo come se gli avessero portato via il mondo. Aspettare il suo risveglio era aspettare che la terra si ripopolasse. Qualcosa come una tentazione di eternità. Era corso giù dalle scale e aveva vomitato l'anima sul marciapiede dove i curiosi commentavano l'incendio. Poi, con gli occhi rivolti alla finestra della camera, si era giurato di non avvicinarsi mai più a quella ragazza. Altrimenti avrebbe dovuto rinunciare per lei alla sua libertà di essere, alla sua stessa vita.

L'aveva però tenuta d'occhio da lontano. Gestiva una ferramenta, in rue de la Folie-Régnault, nell'XI arrondissement. Per lei lavoravano degli algerini presunti seguaci del FLN, la famiglia Ben Tayeb. Da ciò l'attentato. Anziché prendersela per l'ennesima volta con gli arabi, l'Organizzazione aveva deciso di eliminare la francese, la traditrice. Lui non la conosceva. Le avevano dato il suo indirizzo personale, rue de la Mare, ma non l'aveva ancora vista. Si era immaginato una ferramentaia, con il camice grigio e il cuore tenero, il partito dell'indipendenza, l'autodeterminazione dei popoli, la fraternità universale, il genere di banalità che a lui fregavano ben poco. Gli avevano chiesto di fare un attentato al plastico nel suo appartamento in cambio di una somma importante, vada per l'attentato al plastico. E che lei morisse a colpo sicuro, vada per la morte certa, ma allora sarebbe stato più caro. Avevano ritoccato la cifra. In quel corridoio, però, aveva scoperto che non era esattamente la donna immaginata. E ora vegliava su di lei. Che non cercassero di ammazzargliela una seconda volta. Assassino divenuto protettore, teneva d'occhio la ferramenta. Dopo che il suo appartamento era stato distrutto, a quanto pareva lei aveva deciso di trasferirsi lì. Con il padre e la madre Ben Tayeb e il loro figlio Hadouch, un neonato. Ma nessuno aveva più dato fastidio alla giovane ferramentaia. Se l'erano presa con lui, invece. I due tipi in doppiopetto che gli avevano commissionato l'omicidio l'avevano costretto a salire su una macchina (una Hotchkiss, Grégoire) che si era fermata solo in pieno Bois de Vincennes. Perché non hai giustiziato quella troia? Restituiscici i soldi. Ecco, e già che ci sei mollami quell'anello. Quello che parlava aveva tirato fuori un coltello a serramanico per mozzargli l'anulare. Ma dall'anello era spuntata la lama, che aveva trafitto l'occhio dell'imprudente per conficcarglisi nel cervello. Nell'arco tracciato al ritorno tagliò la gola al secondo doppiopetto, candidamente paralizzato dallo stupore. Aveva frugato nelle tasche dei due trapassati per trovare di che remunerare quelle due esecuzioni. Poi aveva scritto un bigliettino: *La ferramentaia non si tocca*, e l'aveva posato sul cruscotto di mogano della Hotchkiss. Verificò che quell'ordine fosse sempre rispettato, tenendo d'occhio anche i due o tre innamorati che presto cominciarono a ronzarle intorno. Quando lei partorì un maschio, lui pensò che avesse protettori a sufficienza e sparì davvero.

35.

Qualche mese dopo il ritorno della mamma agli Aliossi, ricevetti una lunga lettera dal Piccolo. Era scritta sulla carta intestata dell'Osservatorio, ma a mano, con quella grafia diligente e inclinata, tutta volatili corsivi inglesi, che non era mai cambiata sin dalla sua infanzia. Era una lettera difficile da capire. Molto. Di una estrema complessità scientifica. A volte il significato è un frutto appeso troppo in alto, specie quando ci sono di mezzo le scienze esatte. La lessi una prima volta, poi una seconda, e una terza. L'avevo attaccata con una calamita al coperchio della cucina a gas. La leggevo pulendo le verdure per un *tian* (quasi altrettanto complesso), che avevo in mente di fare per cena.

Mio caro Ben,
dopo la partenza della mamma mi hai chiesto se vivo anch'io i suoi soggiorni con noi come altrettante piccole eternità. Nella fretta di tornare al mio laboratorio, non ho trovato il tempo di risponderti in maniera esaustiva. La risposta (su cui ho riflettuto a lungo, come puoi constatare) è sì, da sempre la mamma fa piombare anche me in quella sensazione di eternità, ed eccone qui la spiegazione.

Ci hai fatto caso che quando la mamma annuncia il suo arrivo rispondiamo tutti immediatamente all'appello? Dico proprio tutti (compresi Jérémy e Maracuja, i meno inclini ad avallare il mito della santa madre). Ad accogliere la mamma ci siamo sempre tutti al gran completo, è un dato di fatto. Appena torna qui, lei ci ritrova alla Ferramenta, esattamente come se non avessimo mai lasciato questo nido dove abbiamo passato senza di lei (vuoi assente, vuoi addormentata) pressoché tutta la nostra infanzia e la nostra adolescenza. Questo si spiega, Ben, con il fatto che noi proviamo tutti, in presenza della mamma, l'identica e consolante sensazione di durata.

Lasciamo da parte l'armamentario freudiano e consideriamo la spiegazione del fenomeno da un punto di vista strettamente fisico, giacché questa è la mia specialità.

È come se la totalità dei nostri atomi subisse una forza di attrazione che ci spinge a raccoglierci intorno all'epicentro materno. Gli atomi sono attratti da quella che chiamerei la fiamma glaciale del suo amore. Appena la mamma riparte, torniamo allo stato gassoso, i nostri atomi si disperdono, occupano la superficie di asfalto più estesa possibile e noi non ci vediamo più, o quasi. Siamo gli unici a saperlo, ma la tribù Malaussène non è altro che un mito. Come la maggior parte delle famiglie, la nostra non ha resistito alla maturità. L'amore (così costante, lui) con cui ci hai cresciuti non basta a riunire gli adulti che siamo diventati. Intorno a noi si sono formati altri piccoli sistemi solari che ci accaparrano: quello dell'orfanotrofio-panetteria intorno a Clara, a Gervaise e al nucleo Talvern, quello del chirurgo Jérémy tallonato passo passo dai suoi specializzandi e dai suoi pazienti, o il mio, con i miei ricercatori che dormono come me in questo laboratorio da cui non esco praticamente mai. I nipoti stessi formano una costellazione particolare intorno al sole Maracuja.

Insomma, tutto ciò si aggrega intorno a noi fino all'istante in cui, quando la mamma annuncia il suo ritorno, cristallizziamo subito intorno a lei trasformandoci in un minerale familiare straordinariamente compatto. (Per inciso, questo fenomeno perturba alquanto i nostri sistemi planetari personali. I miei ricercatori vanno nel pallone quando non ci sono, il loro lavoro e il loro umore ne risentono, e i pazienti di Jérémy sono tutti convinti di tirare le cuoia appena lui si assenta.)

Benjamin, questa teoria sulla natura psicochimica dell'attrazione materna, l'ho elaborata nel corso degli anni, e i miei studi non hanno fatto che confermarla. Ne ho tratto la conclusione di un alternarsi di condensazione e sublimazione che si produceva in concomitanza con i ritorni e le partenze di nostra madre.

Adesso, visto che ne parliamo, ho constatato anche un altro fenomeno che caratterizza la presenza della mamma fra noi. Intorno a lei il tempo si ferma. Da ciò l'impressione che abbiamo di tante piccole eternità. Appena lei arriva, tutti gli orologi si bloccano. Il tempo non rallenta, si ferma. Anche la lancetta dei minuti resta immobile. Trema, ma non avanza. Se dovessimo dare una definizione di questo guasto, parlerei di obsolescenza programmata tecnomaterna. Appena si palesa l'orizzonte corporeo di nostra madre, agli esseri che la circondano viene concessa l'eternità. Da questo punto di vista, la mamma è la soluzione all'invecchiamento. Sono sicuro che il vecchio Lalbrache non ha preso una ruga da quando sta con lei. Se fa tutte quelle fughe, forse è per il bisogno di sentire il tempo passare, di ritrovare la sua libertà, mentre noi, se ci coaguliamo intorno a lei, è invece perché il tempo non passi più. Ed è quel che succede.

Anche la luce, Ben, è catturata da nostra madre. Quando ero piccolo (davvero piccolo), sognavo gli orchi Natale, te lo ricordi? Be', la mamma aveva un ruolo non da poco, in quegli incubi. Circonfusa da una luce abbagliante, anticipava l'orco che stava per mangiarmi e lo faceva lei al posto suo. Mi divorava delicatamente. Poi, qualunque cosa facessi per dissuaderla, mangiava pure voi, uno dopo l'altro, fratelli e sorelle, come per proteggervi dall'orco, e alla fine si mangiava anche lui. Erano degli incubi davvero paurosi finché, dopo che la mamma s'era divorata l'orco, diventavano spassosissimi. Quelle mattine saltavo giù dal letto per tuffarmi nella giornata come un asteroide di energia gioiosa; una pura concrezione di felicità!

Fratellone mio, la nostra galassia familiare è il prodotto di un'orchessa che attrae intorno a sé gli atomi, si divora i suoi senza limite alcuno (e senza ingrassare) e ferma il tempo in un sonno inalterabile. Siamo ben lontani dalla fata, non siamo nemmeno più in un processo chimico, siamo prigionieri di un gorgo spaziotemporale. Nel nostro gergo astrofisico, Ben, si chiama un buco nero supermassiccio.

Hai capito? Rileggi questa prima parte prima di continuare.

Ok. Ci sei? Riletto? Benjamin, la mamma è un buco nero supermassiccio! Tu sei sempre stato il nostro sole, l'astro diurno indispensabile alla nostra vita, ci hai nutriti con la tua luce e hai orientato le nostre teste di girasoli. Lei invece è un mostro cosmico invisibile, che ci attrae in blocco nel suo immenso movimento. Se Einstein e la sua banda avessero incontrato la mamma, non avrebbero perso tanto tempo a dubitare dell'esistenza dei buchi neri e saremmo avanti di qualche decennio con le ricerche.

Ti sembrerà tutto troppo metaforico... Certo, certo. Ciononostante, l'ipotesi del buco nero materno mi ha guidato nel corso di tutti i miei studi. Non sarei l'autore di una tesi di dottorato degna di nota, né sarei oggi alla testa di un drappello di ricercatori astrali, se la mamma non avesse costituito (del tutto inconsapevolmente, ma questo è irrilevante) un potente motore di ricerca. Non scherzavo, l'altra mattina, quando dicevo che dovevo a lei il mio lavoro. Nel corso di tutta la mia formazione, ha avuto il ruolo di un'instancabile turbina matematica. Da questo punto di vista, si può forse desiderare una madre migliore? (Bisogna che ne parli con Jérémy, sarà l'occasione di una bella litigata di famiglia.)

Quanto al modo, invece, in cui la mamma percepisce la du-

rata, la sua impressione di averci appena visti ogni volta che ci lascia, è qualcosa di assolutamente reale. Il tempo scorre per lei come per noi seguendo la sua equazione logaritmica, è vero, solo che la sua condizione di buco nero (metafora, Benjamin, metafora, non aver paura, non sono matto) le impedisce di avvertire psicologicamente la durata. La mamma non ha la facoltà di sentire l'accelerazione del tempo che passa. Per dirtela tutta, non ne coglie neppure il passaggio. Per lei, la sua vita è durata una manciata di secondi inframezzati da eternità di sonno. Il suo gran tormento è aver vissuto istante per istante, inseguendo disperatamente una sensazione di durata. Da ciò la sua incessante ricerca di amore, cioè di futuro, che ahimè lei può vivere solo nell'immediatezza dell'istante presente, moltiplicando le conquiste. In ogni uomo cerca la durata, ma della loro presenza serba solo una traccia fuggevole. Quanto agli uomini, sono tutti scappati quasi subito, nel terrore più o meno consapevole di essere divorati da lei.

Per fortuna, sette volte nella vita della mamma la natura ha voluto che uno di noi costituisse la traccia di una durata percepibile e misurabile. Una traccia di nove mesi. Tu sei stato il primo della lista, mio vecchio Ben.

Cosa che mi permette di abbracciarti con tutto il mio affetto di fratello.

Il Piccolo

PS: Una notizia personale nel post scriptum. Figurati un po' che si propongono di darmi il premio Nobel per la fisica. Lo considero ovviamente come un riconoscimento per la mia équipe. Ed è giusto, perché hanno tutti lavorato davvero sodo. Tanto meglio sarebbe, poi, se questo potesse aumentare il nostro bilancio di funzionamento. Va da sé che non ne ho parlato a nessuno. Sei il primo a saperlo e sarai l'unico. L'informazione è tua, gestiscila come sempre da saggio fratello maggiore.

PPS: Ho perfezionato la mia ricetta del risotto. La prossima volta che viene la mamma, vedrai quanto è buono. Non c'è solo il gratin dauphinois *nella vita.*

In tutto e per tutto, a parte i bigliettini indirizzati a me che da adolescente appiccicava sul frigo, Il Piccolo mi ha scritto due volte in vita sua. Una prima lettera per annunciarmi la sua nomina all'Osservatorio di Parigi, e adesso questa. In quella sull'Osservatorio mi ringraziava. Mi diceva a che punto io fossi per lui questo e quello, e quanto mi fosse debitrice l'astrofisica! Che gli astri fossero in debito con me, mi fece sorridere. Che Il Piccolo mi prendesse per il suo sole e pensasse di dovermi così tanto mi fece venire le lacrime agli occhi. In realtà i miei fratelli e le mie sorelle non mi devono niente. Ciascuno di loro è quel che è da quando l'ho visto nascere. A tutte le età della loro vita, li ho trovati uguali a quel che sono oggi: Louna piena di dubbi e di fremiti, Thérèse squadrata di certezze, Clara impastata di curiosità fotografica (lascia che guardi bene, Benjamin, per favore, è importante, ho bisogno di vedere), Jérémy in rivolta contro tutto quello che non quadra, Il Piccolo eterno sognatore cosmico, e Verdun... Ah! la mia impeccabile Verdun, con il suo sguardo da agrimensore... la rigorosa misura delle cose e la difficile verità degli umani. I miei fratelli e le mie sorelle sono quello che sono da sempre, impossibile influenzarli, né io né nessun altro, un po' come quei personaggi di romanzo per i quali, una volta girata l'ultima pagina, quali che fossero i nostri timori e le nostre speranze, non abbiamo potuto fare nulla.

Il Piccolo si sbagliava, non ho considerato folle la sua descrizione della mamma come un buco nero supermassiccio, non ho pensato che fosse andato fuori di testa, anzi, ho riletto una quarta volta la sua lettera per capirla bene e l'ho trovata *somigliante*. Al suo autore e al suo argomento. Nostra madre, "turbina matematica", presentata dall'uomo delle stelle come buco nero della supernova Malaussène, accidenti, se lo diceva lui era comunque un Nobel a dirlo!

No, la cosa che più mi ha colpito di quella lettera era che fosse scritta a mano. Su un foglio di carta, dentro una busta debitamente affrancata, imbucata, timbrata. Il segno di una intimità tangibile. Quella lettera di carta era un pezzo vivo del mio fratellino. Peraltro, una delle ultime lettere scritte a mano e spedite per posta a qualcuno della mia generazione! Una reliquia! Ecco perché non l'ho mostrata a nessuno. Ero ben deciso a tenere segreta la notizia del Nobel il più a lungo possibile; diciamo fino alla cena che stavo preparando. Ahimè, nell'istante in cui prendevo questa decisione la porta della cucina si è aperta di volata e Maracuja si è fiondata verso di me come il missile vivente della modernità. Urlava con tutti i suoi polmoni:

"Cazzo, zio, ma lo sai cos'ho appena scoperto su Instagram? Indovina! Indovina che roba ci capita! No vabbè, indovina! Non ci crederai! Dai, indovina".

Mi sono asciugato le mani, ho ripiegato la lettera del Piccolo, l'ho infilata in tasca e ho detto:

"Il Piccolo è candidato al Nobel per la fisica".

Rimase secca. (Sì, secca.) Per la prima volta da quand'era nata, venivo io a sapere qualcosa prima di lei.

"E lo dici così?" chiese.

Non era un rimprovero legato a quella specifica circostanza, era il grido della gioventù scandalizzata. Proprio vero che ai vecchi non gli fregava mai di niente. Loro, gli interessava solo il passato. Venivo a sapere che mio fratello stava per essere consacrato re delle stelle e continuavo bel sereno a preparare il mio *tian* come se mi avessero dato i risultati del Lotto, a cui peraltro non gioco mai. Non si capacitava. Decise di riconnettermi al reale.

"Ma non ti rendi conto, zio, è una cosa fantastica! Ripigliati un po', dai, bisogna festeggiare!"

Così nacque il nuovo progetto di Maracuja Malaussène.

"Ci andiamo tutti!" esclamò.

"Dove?" chiesi.

"Dove, dove, a Stoccolma, no?!"

Progetto che illustrò durante la cena in presenza dei suoi due uomini e dei suoi due cugini.

"Noleggiamo un bus alla Bernhard, come abbiamo fatto per il camion del grande Georges, ci carichiamo su tutta la famiglia, e accompagniamo Il Piccolo a Stoccolma! È molto più figo che inquinare un botto andandoci ognuno per conto suo o aspettare qui mentre là lo cerimonizzano! Eh, Nange? Che ne pensi?"

È Un Angelo pensava che eravamo lanciati in una nuova epopea maracujana, cioè precipitati nel prossimo mare di casini. Accampò che aveva troppo da fare per andare a Stoccolma e che le sue visite agli Aliossi lo costringevano a una regolarità cui non poteva derogare.

"Chi mi sostituisce con la nonna, se vado a far turismo in Svezia?"

"Non c'è bisogno di sostituirti," obiettò Mara, "mica durerà un mese!"

"È tutto da vedere," commentò Manin, "con te, si sa quando si comincia..."

Iuc approvò:

"Una volta a Stoccolma, vorrai andare a Fårö ad annusare le ceneri di Bergman...".

"Poi ci porterai a visitare la casa di Selma Lagerlöf," dissi, "e ci trascinerai sulle tracce di Gösta Berling... Te lo ricordi com'eri innamorata di Gösta, quando ti leggevo le sue avventure?"

"Chi è questo Gösta?" chiese Manin.

"Non faremo nulla di tutto questo," tagliò corto Mara. "Andiamo, applaudiamo e torniamo indietro. Sono mica cretina, lo so che la gente ha da fare."

Si illuminò.

"E poi, non devi preoccuparti, Nange, porteremo anche la nonna. La nonna e Paul, portiamo anche loro, ma certo! Te l'immagini la felicità della nonna? Il suo Piccolo nominato campione del mondo nella sua categoria! A Paul, invece, frega poco, lì o da un'altra parte... Ma la nonna, Nange!"

Gli occhi di Nange lanciarono un SOS a Sigma. Quelli di Signor Malaussène non batterono ciglio. Sapeva che la frittata era fatta, che nessuna forza al mondo poteva fermare lo tsunami Maracuja. Osservavo mio figlio con interesse. Avrebbe tentato una sortita? Sigma vide che lo guardavo, mise su uno sguardo risoluto, gonfiò il petto per un rifiuto categorico ma, nell'istante in cui stava per reagire, Maracuja esclamò:

"Ho un'idea!".

Merda, pensò Sigma.

Non credo di esagerare affermando che "Ho un'idea" fu la prima frase pronunciata da Maracuja appena le parole poterono costituirsi in un'espressione compiuta nella sua testa di bambina...

Idea che subito espose.

"Portiamo tutti."

"Tutti?"

"Non solo la nonna e Paul, ma tutti: Zabo e Loussa, Hadouch, Mo, Simon, i medici Marty, Berthold e Postel, tutti i sopravvissuti dei volumi precedenti, anche gli sbirri, Rabdomant, Silistri, Carrega, padrino, sua moglie, gli amici del Vercors, Robert, Nelly, Dédé, Mick, Yolande, Roger, Yves, Jean-Marie, tutta la vecchia guardia, certo, tutta la banda degli amici che hanno visto crescere Il Piccolo. A Stoccolma! E anche la medica legale Castri, che zitta zitta ci ha restituito l'orecchio di Iuc, e l'infermiere Sébastien che ha curato Joseph, e la mia amica Alice con il suo OMNI. E Alceste, ovviamente, che tutto questo lo scriverà! Una baldoria della madonna!"

Ho fatto notare che un bus solo non sarebbe stato sufficiente.

"È perché non conosci la Bernhard, zio. Loro lavorano con i musicisti, sono abituati a maree di gente. Hanno bus a due piani, certi cosi giganteschi con cesso, docce e tutto, ci manca giusto la piscina. C'è pure una cucina dove Pippo, Mamadou e Dany potranno far da mangiare per tutti."

Con il crescere dell'eccitazione, il suo progetto si precisò.

"Sigma, la facciamo lì, la prima della nostra performance! Proiettiamo il film sul bus! Iuc, a tua madre farà bene vedere e sentire tuo padre. Lui è pazzesco in quel film, no? È un testamento stupendo! Il de profundis del capitalismo! Dopo averlo sentito, la gente se ne tornerà a casa meno stronza. È per questo, no, che ci siamo fatti il mazzo per dei mesi? Un'occasione unica! Figata, dai!"

Iuc sparò l'ultima cartuccia senza troppe illusioni, mi parve.

"Tempo che organizziamo tutto, e sarai incintissima, Mara!"

"Esatto," approvò Manin.

"E allora? È un'avventura collettiva! Avrà pure diritto di esserci anche il piccolo inquilino, no?"

36.

“Signor Paul?”

La voce del custode insiste:

“Signor Paul?”.

Il signor Paul contempla la moglie addormentata. Ha sempre difficoltà a distogliere gli occhi da lei quando dorme. La guarderebbe fino a crollare anche lui dal sonno. Così era il primo giorno, così è ancora oggi. Sempre ragazza. Anche se vecchia signora. Senza che il tempo, però, abbia scavato alcun solco. Quell'andatura immutata, quella lievitazione infinitesimale, un così lento sonno... La manifattura dei sogni, sì...

“Signor Paul, il consiglio l'aspetta.”

Il consiglio di amministrazione degli Aliossi, riunito su sua richiesta, aspetta da quasi un'ora il signor Paul.

“Arrivo, Joseph.”

Distogliere gli occhi da lei è letteralmente come filare via da... Da cosa, poi? “Filare via da un sogno” gli dà sui nervi, e poi non significa niente. Ma le parole, vicino a lei, hanno la spiacevole tendenza a perdere significato. Sta di fatto che è ora di filare, come dicevano i ragazzi alla fine delle operazioni. Ce la filiamo, Nonnino. Solo che qui niente più ragazzi, niente più Nonnino. Qui ormai solo il signor Paul, ex commerciante in vini e spiriti e fondatore occulto degli Aliossi. Signor Paul, punto e basta. Per la *gendarmerie*, Paul Lalbrache, vecchio malato con la propensione alle fughe, il cocco del brigadiere Antonin Manne che lo crede un po' andato di testa.

E invece non è andato proprio da nessuna parte, ma è qui, protetto agli Aliossi dalla più brillante idea della sua carriera: creare una residenza per anziani a uso di malviventi la cui età giustifichi l'Alzheimer. Una struttura sociosanitaria quanto mai rispettabile, autorizzata dalla Direzione dipartimentale degli affari sanitari e sociali, con l'accordo della giunta provinciale e l'approvazione del prefetto regionale. Un covo insospettabile. Uno scappa, fa il suo colpo, e poi torna a nascondersi agli Aliossi, smagrito e cencioso, seduto su una sedia a rotelle sotto la maschera inespressiva della malattia. Riportato indietro da un gendarme, per giunta. Il fior fiore della mala sotto la candida protezione della vicina *gendarmerie*. Cosa vuoi di più? Il colpo di Nonnino non è andato a segno, è una cosa dolorosa, umiliante, irreparabile, non c'è dubbio, ma il signor Paul il suo l'ha messo a segno eccome. Qui non corre alcun rischio. Se non di finire i suoi giorni guardando passare le chiatte all'ombra di quella donna, sicuro di non stancarsi mai di lei, né della sua andatura, né del suo sonno, né della sua sorridente adorazione, né del suo *gratin dauphinois*.

Bastava dire di sì.

Ecco, ha detto di sì.

Dopo aver resistito a lungo.

Non è una sconfitta, è una fine. E ci vuole, una fine.

Un solo obbligo, il dovere, ogni tanto, di presiedere un consiglio di amministrazione.

Mandare avanti la baracca.

Fare il capo, insomma.

Dai, forza, consiglio. Tanto più che il signor Paul ha una proposta importante da fare.

"Joseph, la mia sedia."

Il signor Paul prende posto nella sua sedia a rotelle.

"Dove, il consiglio?"

"Nell'ufficio del signor direttore."

Ah! Sì. Nell'ufficio di Legamin. Legamin, il suo compagno della prima ora, esperto in atti amministrativi, telefonate gentilmente minatorie e limpida gestione delle strutture sociosanitarie.

Di questo parleranno, per l'appunto, di gestione, il signor Paul, Legamin, Kramzi, Maréchal, Castella e Poincaré. Sì, c'è anche un Poincaré. Ma non è il suo vero nome. Falso come quello di tutti gli altri, compreso il signor Paul. Si frequentano tutti da anni senza che nessuno di loro conosca la vera identità del suo interlocutore. Un consiglio di amministrazione di eteronimi. Sarebbero in centocinquanta, se dovessero essere presenti sotto tutte le loro identità fittizie.

"L'ordine del giorno?" chiede il signor Paul prendendo posto a un capo del tavolo ovale.

"Firmare il rinnovo della convenzione tripartita," risponde Legamin. "I nostri cinque anni sono passati."

Il signor Paul interroga con lo sguardo:

"Nel consiglio provinciale abbiamo sempre le persone giuste?".

"Sempre lì," risponde Legamin.

"E all'Agenzia regionale della sanità?"

"Ci sono."

"Ottimo. Rinnoviamo. Siete d'accordo?"

Tutti d'accordo. Si firma. È una formalità, peraltro.

"Poi?"

"Crollo della qualità in Smart Food. Forniture pessime. I nostri ospiti mangiano sempre peggio."

"Un possibile sostituto?"

"La Bio Citoyenne," propone Castella. "Sono nuovi. Prodotti locali, niente pesticidi, meno cari, migliori imballaggi e più regolari."

"Cambiamo?"

"Per la nostra reputazione dietetica sarebbe perfetto," osserva Legamin.

Si cambia.

"Poi?"

"Licenziare Samantha Lerieux. Ha restituito un ceffone a una paziente e ha saltato due turni di notte."

"Da quando, queste scorrettezze con la pazientela?"

"Da quando ho verificato," risponde Legamin. "Ma mi sa che vanno avanti da un po'. Giravano certe voci. Li sgrida parecchio."

"La famiglia lo sa, dello schiaffo?"

"Non credo."

"Avvisali, e digli che la licenziamo."

Legamin annuisce, ma il signor Paul alza l'indice.

"No, aspetta, licenziarla non basta."

Silenzio. Scambio di sguardi. Poincaré finisce per chiedere:

"Paul, non la vorrai mica...".

Il signor Paul accenna un sorriso.

"Poincaré, ma per chi mi prendi?"

Lascia a Poincaré il tempo di rimangiarsi quel sospetto ridicolo.

SIGNOR PAUL: No, bisogna licenziarla, ma con un grosso indennizzo. Burnout.

KRAMZI: Se facciamo una cosa del genere, cominceranno tutti a dargliele di santa ragione ai malati.

SIGNOR PAUL: Piazzeremo in ogni stanza una videocamera di sorveglianza.

POINCARÉ: Allora accuseranno Legamin di metodi polizieschi!

SIGNOR PAUL: Non se gli aumentiamo lo stipendio.

Qui, silenzio. Come se nessuno avesse sentito. Ma il signor Paul sa aspettare che le parole facciano il nido nei suoi interlocutori.

"Di quanto, l'aumento?" chiede alla fine Poincaré.

Il signor Paul li punzecchia:

"Allacciatevi le cinture, signori".

Sembrano davvero attaccarsi alle sedie.

"Raddoppiamo gli stipendi."

"Cosa?"

Il "cosa" è scappato a Kramzi.

SIGNOR PAUL: Raddoppiamo, Kramzi. E non un centesimo in più per noi.

CASTELLA: Paul, ma stai scherzando, vero? Ci inimicheremo tutti i proprietari di residenze per anziani!

SIGNOR PAUL: Lo spero proprio. Legamin farà una pubblicità enorme al loro malumore. È ora di puntare il dito contro le strutture lager in cui si mette a repentaglio la sicurezza degli ospiti per avarizia salariale, restrizioni alimentari e negligenze sanitarie, contro i trafficanti di anziani che non hanno alcun rispetto per la dignità umana.

LEGAMIN: Paul ha ragione, faccio partire una campagna di diffamazione su scala nazionale e niente niente ti moltiplico i ricoveri per dieci.

MARÉCHAL: Per dieci?

SIGNOR PAUL: Per dieci, bello mio. Le Rose canine, La Vestale, Gli Stornelli, I Nostri Anziani e una decina di altre strutture sono in fallimento, hanno abusato di certe caramelle letali. C'è una indagine in corso. Loro si stanno svuotando e vendono, noi ricompriamo e riempiamo. Legamin, spiega un po' tu.

LEGAMIN: Il signor Paul ha ragione, l'unico mercato che oggi tira è il mercato della virtù. E noi saremo la miglior residenza per anziani sul mercato virtuoso.

POINCARÉ: Le videocamere ci costeranno un occhio della testa.

SIGNOR PAUL: E non hai idea di quel che ci frutteranno. Questo si chiama capitale fiducia, Poincaré.

CASTELLA: Cos'è questa storia delle caramelle letali?

La classica fine riunione, insomma. Si tirano fuori le bottiglie, si chiacchiera. Il signor Paul gentilmente spiega che un certo colonnello organizzava dei cori di musica barocca che facevano il giro delle residenze per anziani proponendo alle famiglie delle caramelle killer, di origine cinese, messicana o olandese. Le famiglie ne andavano matte e i vecchi morivano come mosche.

POINCARÉ: Cazzo, ma perché non l'abbiamo avuta noi per primi questa idea?

LEGAMIN: Perché se l'avessimo avuta ora chiuderemmo bottega. La polizia le ha beccate, le strutture che avvelenavano. L'entusiasmo delle famiglie alla fine ha dato nell'occhio. Il colonnello in questione se l'è presa in quel posto. E noi ce le portiamo via per niente, le residenze. È questa la buona idea, Poincaré. Con la prospettiva di una marea di nuovi ricoveri. Il che ci permette di raddoppiare gli stipendi qui agli Aliossi. Capisci?

MARÉCHAL: Qualcuno lo conosce, quel colonnello?

Così vanno le classiche fine riunione. Nella modalità chiacchiera a ruota libera. Nessuno lo conosce, quel colonnello. Salta fuori anche la storia di quel gendarme fantasma che si farebbe chiamare Nonnino e da una trentina d'anni lavorerebbe di nascosto per lo Stato. Ci si chiede chi possa mai essere quel tipo.

"Un infiltrato," suggerisce Legamin.

"Un gran pezzo di merda," digrigna Kramzi.

"In ogni caso è finito," assicura il signor Paul.

"Non vorrei dire," fa osservare Poincaré, "ma se ne vedono di cose strane, al giorno d'oggi."

"Eh, sì," annuisce il signor Paul, "le caramelle uccidono, i virus pandemizzano, la Russia ha brame da impero, il sole surriscalda e la democrazia si squaglia come le nevi perenni;

stai vivendo gli ultimi secondi dell'eternità, Poincaré, c'è una fine a tutto."

Poi, voltandosi verso Legamin:

"Mi riaccompagni, Gamin?".

Legamin si piazza dietro la sedia a rotelle.

"Signori, alla prossima."

Legamin spinge il signor Paul sul linoleum del ritorno.

"Complimenti," gli mormora all'orecchio, "i tuoi bonbon hanno bell'e che sgominato la concorrenza."

"Era lo scopo dell'operazione, Gamin," risponde il signor Paul dietro la sua maschera di assenza.

Legamin gli stringe affettuosamente la spalla.

"Viva la virtù, caro il mio vecchio compare."

Paul tamburella la mano dell'amico.

"Viva noi, Gamin."

Quel che li unisce fin da quando si sono conosciuti, quei due, è una risata folle, nera e muta, inestinguibile.

37.

Quando arrivano alla porta del suo appartamento, Paul alza un dito; Legamin si ferma. È Un Angelo sta leggendo alla nonna.

Paul osserva il profilo del ragazzo, chino su *La loro grandissima colpa* e, all'improvviso, eccolo folgorato dalla somiglianza.

Pastor!

Non se l'aspettava. Perché proprio stamattina? Eppure la storia la conosce da tempo. "Il mio Pastor," dice ogni tanto la nonna del ragazzo all'arrivo di È Un Angelo, "il mio adorabile pastorello." Un giorno gli ha detto: "Paul, quel bambino mi ricorda il mio amore più bello". Non era una confessione, era un ricordo tenace, una nicchia sacra nel cuore di quella donna. Aveva raccontato a Paul la storia di Pastor, il giovane ufficiale di polizia morto fra le sue braccia a Venezia. Un'agonia lentissima... Non sapeva che anche Paul lo aveva conosciuto, il giovane ispettore Pastor. Che, anche per Paul, Pastor era un ricordo indelebile. Ed ecco che quella mattina, lì sulla porta della camera, in Paul deflagra il ricordo. È Un Angelo chino su *La loro grandissima colpa* resuscita l'ispettore Pastor chino su altre pagine.

Un lampo che fissa un paesaggio.

Trentacinque anni prima.

Paul all'epoca si chiamava Chabralle. (Allora Chabralle, oggi Lalbrache, a Paul non va di sforzarsi tanto in materia di eteronimi. Non bisogna complicargli il lavoro, alla polizia.)

Paul Chabralle in cella.

Per la rapina al Crédit Industriel di avenue Foch. Quattro morti, ma quaranta milioni di franchi; quando ci vuole ci vuole. Eravamo ancora nel secolo del franco pesante.

Il commissario di divisione Cercaire aveva arrestato Chabralle per i quattro omicidi del Crédit Industriel ma anche per un'altra bella sfilza di assassinii.

Sospettato, quanto meno.

Fama di mostro.

In cella con mani e piedi legati, due gendarmi a tenerlo d'occhio. Sorvegliato come Hannibal Lecter, il famoso mangiatore di agnelli.

(Anche Paul lo era stato, gendarme. Il suo senso del nascondiglio sicuro, già all'epoca.)

Durante il fermo, Paul si era beccato un trattamento bello tosto. Gli avevano riservato il meglio in termini di torture che non lasciano tracce davanti al giudice istruttore. Lui non solo aveva resistito, ma ne aveva approfittato per stilare il catalogo delle sevizie che doveva insegnare alle sue reclute. Ai suoi soldati prima o poi sarebbe toccato subirle o praticarle, tanto valeva che le imparassero. Appena esco, bisogna che me ne occupi.

Anche se non era ancora Nonnino, infatti, Paul era già alle prese con il reclutamento. Teneva le sue prime lezioni. La squadra del commissario Cercaire l'aveva catturato proprio durante una di queste lezioni. Ma lui era stato avvisato e i ragazzi avevano fatto in tempo a filarsela. Non preoccupatevi, gli aveva detto, tornerò. Arringava i suoi allievi: tutto quello che ci succede è interessante, miei cari, trasformate ogni rogna in un'occasione di apprendimento. Interessatevi, imparate, che imparare calma. Colui che trasforma in sapere le cose che gli piombano sulla testa non ha paura di nulla. Siate curiosi fino in fondo. Solo la curiosità ha la meglio sulla paura. Dai, non vi preoccupate che tornerò presto.

Insegnava già, insomma.

Seguirono quarant'otto ore di torture inutili. Paul Chabralle negava tutto, specie le evidenze, non era chi era né dove credevano fosse, vi sbagliate, mi spiace, mi confondete con qualcun altro, vorrei tanto darvi una mano ma non so proprio come farlo. Quel giorno? No, quel giorno ero da un'altra parte. Quell'anno? Ma quell'anno, ispettore, non ero ancora nato, sono molto più giovane di quel che sembra. Sorrideva. Vedeva i bestioni che lo interrogavano liquefarsi letteralmente intorno a lui. Dimagrire per lo sfinimento. Come ultima risorsa, il commissario Cercaire ci aveva provato con i suoi, di pugni. Fregava un cazzo delle tracce, a Cercaire. Aveva pestato Chabralle tanto da fargli cadere i denti e lasciarci, lui, due falangi. E da piangere per la frustrazione, pure. Poiché si avvicinava il termine delle quarant'otto ore legali del fermo di polizia. Ne restavano solo cinque. Solo cinque ore per ottenere una confessione. Allora il commissario Cercaire aveva gettato la spugna. Avevano fatto appello alla concorrenza, al campione di fronte, l'ispettore Pastor, il cocco del commissario di divisione Rabdomant. Nessuno resisteva a Pastor, si diceva.

Quando il giovane ispettore era entrato nella sua cella, il bandito Chabralle lo aspettava con curiosità.

Pastor era un ragazzino esile dalle guance un po' paffute, con un maglione che aveva l'aria di essere stato sferruzzato dalla madre durante un esaurimento nervoso. Spenzolava, Pastor. Era entrato nella cella, aveva chiesto che slegassero l'accusato e che lo lasciassero solo con lui. È sicuro, ispettore? Sicurissimo, brigadiere. Chiudete la porta, per favore, vi chiamerò io quando avrò finito.

Pastor aveva sbattuto fuori i due gendarmi.

Era divertente.

"Vieni a fare le pulizie, piccolo?"

Paul Chabralle l'aveva accolto con una banalità del genere.

"No, signore, vengo a raccogliere la sua confessione."

Il ragazzetto aveva aperto la cartella. Non una ventiquattrore, una cartella di cuoio chiaro con chiusura a scatto, cinghia e fibbia. Aveva tirato fuori dei fogli.

"I tuoi compiti?"

"No, signore, il fascicolo del Crédit Industriel e quello degli impiccati di rue Rameau."

"Ah! La calza contenitiva."

Paul non aveva potuto fare a meno di provocarlo con la famosa calza contenitiva. Si aspettava una reazione, degli insulti, una minaccia, un principio di complicità, insomma, e invece lo scolaro non aveva fatto una piega. Dopo aver sistemato i fascicoli aperti sul tavolino della cella, Pastor aveva di nuovo frugato nella cartella per tirare fuori una biro e un paio di occhiali.

Si era messo gli occhiali e aveva teso la biro.

"Sono le sue confessioni. Per la firma. Una sigla su ogni pagina e la firma in fondo. Le leggerò con lei in modo da evitare gli errori."

Chabralle si era limitato a sollevare un sopracciglio.

"Non ho confessato niente di quello che sta scritto qui."

"No, però ha fatto tutto."

Poi il giovane sbirro aveva infilato di nuovo la mano nella cartella e stavolta aveva tirato fuori la sua arma di servizio. Per puntarla contro l'accusato, senza tante cerimonie.

Non aveva armato la pistola in questione, era già fatto. L'arma era pronta all'uso prima che lui entrasse nella cella. Un proiettile nella camera. Bastava solo premere il grilletto.

Paul lo guardò attentamente.

Quel ragazzetto non sembrava recitare.

Aveva detto soltanto:

"Signor Chabralle, o firma o l'ammazzo".

E aggiunto:

"Non ha nessuna importanza, a me resta solo qualche settimana da vivere".

Chabralle aveva capito subito che era vero: la morte gli era addosso, a quel ragazzo. Pastor era, come si usa dire, l'ombra di sé stesso. L'ombra era lei. La morte e il ragazzo vivevano insieme. Un contratto di locazione breve.

Lui, Chabralle, era in piena forma. Qualche dente in meno, qualche costola incrinata, ma le mazzate di Cercaire l'avevano caricato. Cercaire e i suoi bestioni gli avevano ricordato che non aveva la benché minima pulsione suicida. Nettamente contro il suicidio, Paul Chabralle, da sempre. Vediamo cosa si inventeranno adesso, si chiedeva quando gli tiravano fuori la testa dalla vasca da bagno. Soffocava, sputava acqua da tutti gli orifizi, ma era curioso. Cos'altro? si chiedeva sgocciolando. Un manganello nel culo? Un cortocircuito nelle narici? Nella vita non c'è nulla di più interessante di quello che sta per succederti...

Curiosi fino in fondo, figlioli, dev'essere questo il vostro motto. Ripetete con me.

E i suoi allievi ripetevano strenuamente: *Curiosi fino in fondo!*

Insomma, Paul Chabralle non era il genere di accusato che salta dalla finestra per paura di crollare. Né che si impicca al ricordo di quel che ha passato.

Davanti alla pistola di quel giovane poliziotto, però, non c'era più alcuna curiosità possibile. Alcun avvenire immaginabile. La morte, punto e basta.

Paul aveva siglato e firmato. Confessato tutto quello che volevano confessasse.

Poi si vedrà, si era detto.

In tutto e per tutto, lettura e firma erano durate una ventina di minuti. Una mezz'ora, forse.

Pastor rileggeva quello che Chabralle firmava.

È questa l'immagine che il signor Paul ha appena ritrovato nel profilo di È Un Angelo che legge *La loro grandissima colpa*.

Uscendo dalla cella, con gli occhi in fondo a due orbite cadaveriche, Pastor gli aveva detto:

"Non se la prenda, signor Chabralle, neanche io ho voglia di morire".

Legamin se n'è andato dopo aver piazzato Paul davanti alla televisione. I babbuini che fanno i pazzerelloni sullo schermo, da qualche parte in Sudafrica, lasciano il signor Paul indifferente.

È intento a rivivere il seguito. L'evasione due mesi dopo. Il suo desiderio sfrenato di ritrovare quello sbirro e fargli la pelle. Di battere sul tempo la morte. Di ucciderlo prima di lei. Si chiamava Pastor, quindi. Lavorava in coppia con l'ispettore Van Thian, agli ordini del commissario di divisione Rabdomant. Pastor e Thian erano amici dei Malaussène. Ma guarda. Sì, l'ispettore Pastor aveva ritrovato Julie Corrençon mezza morta e si era legato ai Malaussène. Chiuse le indagini, salvata Julie, Pastor se n'era andato a vivere il suo amore con la madre di Malaussène. La ferramentaia? La ferramentaia. Mio dio, la ferramentaia... Secondo attacco di curiosità: rivedere la ferramentaia. Che aspetto aveva, ventisei anni dopo? Dove l'aveva portata Pastor? A Venezia. Dove, a Venezia? Un albergo, uno dei più lussuosi, forse il Danieli. Pastor era di famiglia straricca, quanto bastava a renderlo privo di immaginazione; il Danieli, quindi.

Paul Chabralle era andato fino a Venezia. A dire il vero, le sue "motivazioni", come dicono le lettere di presentazione, erano miserrime, e lo sapeva; era incavolato come una bestia, tutto qua. Se era contrario al suicidio, la passione per la vendetta, invece, era per lui qualcosa di familiare. Il suo primissimo sentimento, a esser sinceri. Era una creatura impastata di vendetta. Forse passava la vita a vendicarsi di essere nato. Morale, gliel'avrebbe fatta pagare, la sua confessione, a quello sbirro, l'unico davanti al quale avesse mai parlato. Era una cosa meschina ma naturale. Ribolliva nel calderone di un furore genetico. Se anche avesse voluto spegnere quell'incendio, non ne sarebbe stato capace. Avrebbe fatto fuori quello sbirro, punto e basta. Trovò l'albergo, trovò la camera. Quando aprì la porta, trovò la donna. Il ragazzetto era morto qualche ora prima. Lei lo cullava dolcemente. Canticchiava qualcosa a quel corpo senza vita. Alzò la testa e disse soltanto:

"È morto".

Paul non seppe mai se lei l'avesse riconosciuto. Lui sì. Era lei. Mio dio, era lei. Ventisei anni dopo. Lei.

Come la prima volta, aveva sentito il bisogno vitale di scappare. Altrimenti sarebbe finito tra le braccia di quella donna, al posto del morto, e non si sarebbe più mosso. Con uno sforzo immane, ancora una volta era filato via, aveva attraversato di corsa la reception dell'albergo per andare a vomitare nel Canal Grande. Vomitare il suo cuore esultante.

"E se andassimo a guardare le chiatte?"

Mentre È Un Angelo lo spinge nella sua sedia a rotelle fino in riva alla Mosa, Paul ricorda l'ultimo dialogo di Nonnino con Kebir.

"Allora, Kebir, hai ripulito per bene?"

E scopre la causa profonda della sua collera.

"Hai pisciato sulla tavoletta del water, ragazzo mio."

Inutile continuare a nasconderselo, se era furioso con il povero Kebir era perché aveva desiderato ardentemente la morte di È Un Angelo. Far fuori È Un Angelo in fondo a quelle scale. Vendetta postuma. Nange non era Pastor, però Nange era l'angelo di Pastor. Ebbene, quell'angelo Nonnino voleva spennarlo. Era una stupidaggine. Non avrebbe fatto altro che moltiplicare per due il ricordo. Lei avrebbe pianto sia Pastor sia il suo angelo, lo sapeva.

Allora perché?

Perché aver desiderato così ardentemente l'esecuzione di quel ragazzo?

Che mi ha preso?

A questo punto della sua riflessione (ma si può onestamente chiamare riflessione l'insieme di pulsioni tanto primitive?), e guardando le chiatte incrociarsi sulla sonnacchiosa, Paul – con il cuore che prende a squagliarsi di tenerezza – capisce a un tratto quel che gli ha preso, a Nonnino.

Rimane senza fiato.

Ho voluto uccidere quel ragazzo per la gioia di consolare questa donna.

Ecco cos'era.

Un tenerissimo bisogno di consolarla!

Mai provato prima.

Tralasciando di ripulire le scale, Kebir aveva privato Paul del piacere della consolazione. Era questa la ragione profonda della sua furia omicida. Se aveva risparmiato Kebir (Marcel, Marcel, l'hai proprio scampata bella, quel giorno!) era stato solo per spedirlo a Parigi a finire il lavoro: eliminare È Un Angelo. E davvero, stavolta. La Shoeltzer 72 non c'entrava niente (una scusa, la Shoeltzer 72), tutto quello che Nonnino voleva era che Kebir gli regalasse la gioia di consolare quella donna.

Che puerilità!

Seduto sulla panchina, con la Mosa che scorre sotto i loro occhi, Paul non si capacita. Una puerilità così sanguinaria! Che di nuovo lo prende, qui, adesso, senza preavviso, mentre la nonna e il nipote chiacchierano tranquilli sulla panchina: prendere quel ragazzino per il collo e annegarlo nel fiume solo per la dolcezza di consolare la nonna.

Gli manca il respiro. Forse impallidisce, perché lei dice: "Non stai bene, Paul mio? Soffochi?".

Lo abbraccia e gli posa la guancia sul petto.

"Mio dio come ti batte forte il cuore."

Eccome!

"Su, calmati. Non aver paura. Ci sono qua io..."

Quel vecchio cuore di bambino feroce...

Uno di quei bambini, pensa Paul, che tengono in scacco i popoli e incendiano il mondo. Per abbassare la pressione cerca di orientare i pensieri in questa direzione pseudo-storica (Erode, Gengis Khan, Hitler, Stalin, Mao, Pol Pot, Trump, Putin la sfilza infinita dei bambini totalitari), ma la conversazione che prosegue accanto a lui cattura la sua curiosità.

Nange ha appena detto alla nonna che il suo terzo figlio, Il Piccolo dagli occhiali rosa, l'astrofisico, riceverà il premio Nobel per la fisica.

"Paul, hai sentito?"

Paul sente.

È UN ANGELO: E non sai la più bella, nonna!

La nonna non sa. Non ancora.

È UN ANGELO: Mara ha deciso di portarci tutti!

LEI: Tutti?

È UN ANGELO: La famiglia, la tribù, gli amici, tutti. A Stoccolma. In bus. Per la cerimonia.

LEI: Anche noi?

È UN ANGELO: Certo, tu e Paul. Ospiti d'onore!

LEI: (stringendo più forte Paul tra le braccia) Paul, hai sentito?

Paul ha sentito, ma un qualche cortocircuito neuronale gli fa improvvisamente rivivere il loro terzo incontro, quello decisivo. Lei e lui. Per sempre, questa volta. L'uomo che all'epoca l'accompagnava nella vita (così lei parlava dei suoi uomini, compresi i padri dei suoi figli, l'avevano "accompagnata per un po' nella vita", no, "per un momento," diceva, l'avevano accompagnata per un momento nella vita), l'uomo, quindi, che l'accompagnava allora forniva animali selvatici ai giardini zoologici mentre Paul (nella fattispecie Nonnino) procurava giocatori agguerriti al mondo del calcio. Da ciò il loro incontro in Brasile. A Manaus per l'esattezza. Ah! sarà il fiume, pensa Paul; una chiatta della Mosa mi ha lasciato sulle rive del Rio Negro. A Manaus, appena prima che il Rio Negro si getti nel Rio delle Amazzoni.

L'uomo aveva appena detto a Paul che nel Rio delle Amazzoni convivono i coccodrilli e gli squali bulldog.

"I predatori più temibili di questo grazioso fiumiciattolo," diceva.

(Come si chiamava già, quel tipo?)

Chiacchieravano, lui e Paul, sul bordo di una piscina, con i cubetti di ghiaccio che battevano il tempo nei bicchieri di whisky. L'uomo descriveva a Paul l'incontro del Rio delle Amazzoni con l'Oceano Atlantico.

"L'ha mai vista, lei, la Pororoca?"

La Pororoca è il nome che i brasiliani danno al fenomeno tumultuoso di questo incontro: il fiume più possente del mondo che si scontra con l'oceano.

"Un'esplosione d'acqua inimmaginabile," diceva l'uomo. "Uno tsunami permanente. Gigantesco. E in quel bordello acquatico, l'incontro tra i coccodrilli e gli squali bulldog."

Al tipo si illuminarono gli occhi.

"Uno scontro pazzesco! Da vedere per credere."

L'uomo voleva esportare quello spettacolo in Europa. Coccodrilli contro squali bulldog. Il suo grande progetto. Ci voleva un pubblico, per quella sfida millenaria. E un finanziatore.

"Ci sta? Trionfo assicurato! E la prospettiva, caro mio, di farsi dei gran bei soldi!"

Nella piscina davanti a loro, un bacino sperimentale di una sessantina di metri, stavano insieme i due tipi di animali. Quattro per parte. Formati notevoli. Gli squali scivolavano a fior d'acqua in un'indifferenza silenziosa e i coccodrilli, pazienti come la preistoria, aspettavano immobili. Quando il muso sfiorava l'estremità della vasca, i bulldog tornavano indietro, senza neppure smuovere l'acqua, in un eterno andirivieni, mentre i coccodrilli aspettavano, da sempre. Bestie che non si stancavano mai.

"Ben nutriti," sosteneva l'uomo, "possono convivere. Ma se li privo di cibo, o se una femmina è incinta..."

A un certo punto della conversazione, l'uomo aveva posato il bicchiere, si era alzato, aveva fatto il giro intorno alla sedia di Paul per sollevare la zanzariera di un'amaca che Paul non aveva notato.

Paul si era voltato.

E l'aveva vista.

Lei.

Nell'amaca.

Addormentata.

Era la terza volta.

Altri quindici anni passati.

La stessa.

Il tempo non l'aveva cambiata ma – come dire? – confermata. Definitivamente.

Paul non poteva staccare gli occhi da lei.

Dopo averla guardata a lungo, l'uomo era tornato a sedersi accanto a Paul e, riprendendo il bicchiere, distrattamente aveva buttato lì:

"E questa scema pensa che mi piacciano gli animali".

Due secondi dopo, coccodrilli e squali si pappavano insieme il tizio (ma come si chiamava, già?) in uno straordinario ribollio di acqua, carne, ossa e sangue.

Quando l'addormentata si svegliò, era rimasto solo Paul.

Gli aprì le braccia.

Le stesse braccia che oggi lo cullano in riva alla Mosa:

"Stoccolma, Paul mio, alla Konserthuset, una gita insieme a Stoccolma, che ne dici? Al Piccolo farebbe tanto piacere".

38.

Contro ogni previsione, il progetto di Maracuja fu un flop. A parte i suoi due uomini, i suoi due cugini e io che dico sì a tutto, non trovò nessuno per andare a festeggiare Il Piccolo a Stoccolma.

C'era chi non gliene fregava una cippa del Nobel, altri che Il Piccolo lo adoravano ma non lo vedevano da vent'anni, altri ancora che non avevano nessuna voglia di vedere il Taldeitali: Marty di rivedere Berthold, per esempio, e Berthold di ritrovare Marty (repertorio dei personaggi, prego).

MARTY: Ti voglio tanto bene, Mara mia bella, e non sono indifferente alle cose della scienza, ma viaggiare con Berthold, perché mai? Dammi una sola ragione valida.

BERTHOLD: Maracuja, se mi fai salire sullo stesso bus di Marty, ti criogenizzo.

Jérémy si rifiutava ovviamente di abbandonare i pazienti, Gervaise e Clara di lasciare l'orfanotrofio, Ludovic e Verdun di chiudere la panetteria e al padrino Titus non passava neanche per la testa di lasciare il letto coniugale. Tatanita, il suo tocco di cioccolato, era contrarissima:

"Va a finire che il mio uomo me lo fa ammazzare, quell'invasata!".

Anche Alceste si era mostrato indifferente:

"Maracuja," le spiegò, "da un punto di vista strettamente

letterario, che le persone ci vadano, a Stoccolma, o che si rifiutino di andarci, per me è uguale. A me interessano le persone in sé, così come sono. Il reale. Capisci? Lì o da un'altra parte è irrilevante".

Il rifiuto più categorico le era venuto da Hadouch.

"Santo dio, Maracuja, siamo appena usciti da una guerra, non so se te ne sei resa conto. Commisurata a noi, è stata una guerra mondiale! L'abbiamo vinta, d'accordo, ma non grazie a te, ti segnalo. Anzi, tu casomai sei stata l'elemento scatenante, la nostra Elena di Troia. Tu e i tuoi cugini quasi ci rimanevate secchi e adesso, appena sparato l'ultimo proiettile, riattacchi con una delle tue idee suicide? Ma cos'è che vuoi, la scomparsa dei Malaussène?"

"Hadouch..."

"Taci. Credi che dall'altra parte non ce ne siano, di superstiti? Mara, te lo sei mai chiesto cos'ha in mente un superstite se è un guerriero armato fino ai denti?"

"Hadouch..."

"Ha in mente la vendetta, Maracuja, ha in mente solo questo! Far fuori tutto quello che in qualche modo è associato allo schieramento dei vincitori. Non è su un bus che ci vuoi far salire, tu ci vuoi far salire sul *Titanic*!"

"Posso dirla, una cosa?"

"No, non puoi. La tua arca di Noè sarà silurata e io non potrò farci proprio niente. Questa spedizione non si farà, punto e basta."

Anche Il Piccolo esprimeva qualche riserva.

"Non ti scaldare, Mara, ma non ha senso che io vada a ritirare il premio a Stoccolma, ho troppo lavoro qui, vedo se ci può andare qualcuno al posto mio. Il direttore del laboratorio o un funzionario ministeriale, magari."

Che Mara fosse delusa è dir poco. Distrutta. Era la prima volta che le opponevano un rifiuto unanime e categorico. Classico stupore da smacco. Napoleone dopo la sconfitta spagnola. Cospicua perdita d'identità conquistatrice. Mara scoprì che nessuno crea il mondo a propria misura. Crollò fra le mie braccia per piangere tutte le sue lacrime.

Lo zio Hadouch era quello con cui ce l'aveva di più.

"Da quando siamo piccoli," singhiozzava, "Hadouch, Mo e Simon vegliano su di noi. Io questa cosa l'ho rispettata, zio, ma non hai idea della rottura di sentirsi sempre quegli angeli custodi sopra la testa, quando andavamo a scuola, quando andavamo a ballare, o quando cercavo di portarmi a letto i primi fidanzati. Hadouch gli faceva l'esame, capisci! E questo beveva troppo, e quell'altro fumava, e l'altro era sposato oppure viveva sulle spalle di una. Come se non fossi capace di difendermi da sola! E quei cagasotto si tiravano tutti indietro quand'era il momento di quagliare. Non osavano più guardarmi, manco da lontano. Ti rendi conto del ritardo che ha accumulato la mia sessualità?"

Da quand'è che ho smesso di capire i giovani? È forse il motivo per cui i giovani si confidano così volentieri con me: la certezza di non essere capiti gli permette di aprirsi con sincerità.

Mara era incazzatissima anche con gli amici del Vercors: Robert, Dédé, Mick, Yolande, Yves, Jean-Marie, Magali, tutti quelli che proteggevano Alceste nel capanno di Dédé mentre finiva *La loro grandissima colpa*.

"Tutti pensionati, zio, come minimo la tua età, ormai non gli frega più di niente. Il Piccolo l'hanno visto crescere; Robert gli ha insegnato a mungere le vacche, Mick l'ha iniziato alla speleologia, Dédé alla raccolta dei funghi. A dieci anni Il Piccolo parlava con l'accento di Jean-Marie. Quando Yves è stato operato alla schiena, l'ha aiutato a piantare le lattughe e a raccogliere le patate. E nessuno di loro vuole alzare il culo per il suo Nobel! Ma ti pare?"

"Sono dei montanari, Mara, e quindi Stoccolma... quattromila chilometri quasi piatti andata e ritorno."

"Potrebbero accompagnare te e Julie, in ricordo dei bei vecchi tempi, se non altro!"

I bei vecchi tempi... Quale rappresentazione poteva farsi Maracuja Malaussène – puro condensato di futuro – dei bei vecchi tempi? Personalmente, non vedevo cos'avessero di bello quei tempi in cui scoppiavano bombe intorno a me al Grande Magazzino, Julie veniva gettata nella Senna, massacravano il fidanzato di Clara, il chirurgo Berthold distribuiva i miei organi a destra e a manca, davano fuoco a Thérèse, Sigma rischiava di essere fatto fuori nella pancia della madre e Julius il Cane moltiplicava le crisi epilettiche. No, francamente, a scorrere i decenni, non trovavo un solo anno che potesse concorrere al premio di bei vecchi tempi. E poi, i miei amici del Vercors erano come me, più interessati all'esigua porzione di vita che ci restava. Sapere in che salsa l'avrebbe cucinata il caso biologico era la sola cosa che ci importava. E questo non è un piatto che si divide con il primo che capita.

Tutte cose che non potevo spiegare a Maracuja.

Nata dopo.

Ah! I nati dopo... Neanche ce la si immagina, la distanza!

Peraltro, non ebbi la possibilità di accennare la benché minima spiegazione. Mara si era addormentata fra le mie braccia. Avevo la mano posata sulla sua pancia, dove la vita cominciava a manifestare pretese di indipendenza. Era come se vegliassi su due creature addormentate. (Mai approfittare del sonno delle persone amate per tornare subito a vivere. Aspettare un po'. Il tempo necessario. Mio unico principio educativo.)

Mara dormiva quindi profondamente, con la testa sulle mie ginocchia, quando fece la sua felpata apparizione È Un Angelo. Tornava dagli Aliossi. Indicò con il mento la cugina.

"Cazziatone generale?"

La mia testa confermò che così era stato, più o meno.

"Be'," mormorò Nange, "quando si sveglia lo fa a me, il cazziatone."

Le mie sopracciglia chiesero perché.

"Mi ha proibito di parlare alla nonna del viaggio a Stoccolma finché non ha radunato tutti. Non vuole darle una delusione se poi non se ne fa niente."

E? domandarono le medesime sopracciglia.

"Be', gliene ho parlato lo stesso, sai come sono fatto, alla nonna non posso nascondere nulla. Ed è strafelice, Ben. Andare a Stoccolma per il Nobel di suo figlio! Sono sicuro che ha già la valigia pronta."

La mamma si era messa in moto. Con tutto il suo orgoglio di mamma, mentalmente era già lanciata verso Stoccolma. Senza aver ancora lasciato Gli Aliossi, la mamma viaggiava verso la gloria del figlio.

Le conseguenze di questa partenza non si fecero attendere: capovolgimento immediato e radicale della situazione. Tutti coloro che avevano opposto a Maracuja un rifiuto categorico cambiarono idea come un sol uomo. L'espressione *seguire il movimento* assunse per me tutto il suo significato quando Il Piccolo me ne diede la spiegazione fisica.

"La mamma si è messa in moto, i suoi pianeti la seguono, Ben, è naturale. E trascinano con sé i loro satelliti. Semplice fenomeno astrofisico."

Credo di essermi ammutolito.

"È quel che scrivo nella mia lettera, Benjamin. Immagina che il sole lasci la nostra galassia, tutti i pianeti lo seguirebbero, anche solo per paura del buio."

"Non mi hai mai detto che la mamma era il nostro sole."

"È il nostro buco nero, il principio gravitazionale è lo stesso, infinitamente più potente, tutto qua. La mamma è il nostro pozzo gravitazionale. Finché rimane immobile vicino a noi, ci organizziamo intorno a lei. Appena si muove, ecco che ci trascina tutti. Nel caso specifico, l'intero nostro sistema solare, con te nella parte dell'astro luminoso. È diventata così compatta con gli anni che nemmeno i fotoni riescono a sottrarsi alla sua forza gravitazionale. La mamma è inevitabilmente il nostro orizzonte degli eventi, Benjamin. Non possiamo farci niente, ci attira in lei, è così. E i nostri satelliti con noi."

Ovviamente, ciascuno mise innanzi il proprio libero arbitrio per giustificare l'adesione.

ALCESTE: Non posso negare di essere attratto dall'aspetto romanzesco della situazione. Ammetto che voglio proprio vederla, tutta la tribù Malaussène alla Konserthuset di Stoccolma. Ce l'ha una giacca, Benjamin? E un papillon?

ROBERT: A Maracuja non abbiamo mai potuto rifiutare niente, Benjamin. Ci piace farle piacere.

JEAN-MARIE: Sì, a me dispiaceva darle un dispiacere.

JÉRÉMY: Quando Maracuja vuole, Maracuja ottiene. E tu dai ovviamente la tua benedizione di patriarca, e tutti ovviamente si accodano, e io ovviamente prima m'incazzo e poi mi adeguo come un pirla.

MARTY: Diciamo che cedo a un moto di curiosità antropologica: come invecchia un coglione? Solo Berthold può rivelarmelo. Due giorni di bus con lui dovrebbero illuminarmi.

HADOUCH: Ok, lo so già che è una cazzata ma vi accompagno. Esigo dieci posti per i miei uomini. Avete bisogno di soldati.

TITUS: Mica posso tirarmi indietro, se Hadouch ci va. Il mio tocco di cioccolato è furibonda, ma mi accompagna. Se bisogna morire, almeno moriamo insieme, dice. Ho detto a

Brochard e a Valmondois di chiedere un permesso per malattia e di non dimenticarsi le armi di servizio. Vengono anche Silistri, Rabdomant, Carrega e alcuni della vecchia guardia. Buoni tiratori, tutti quanti.

Anche Il Piccolo cambiò idea come se la mamma non c'entrasse niente.

IL PICCOLO: A pensarci bene, Benjamin, se voglio che il mio laboratorio ne abbia poi dei vantaggi significativi in termini di finanziamenti, bisogna che quel premio lì vada a ritirarlo io. Impossibile farsi rappresentare.

39.

Quel che Paul prova costruendo la sua bomba nel laboratorio degli Aliossi ha qualcosa della Pororoca brasiliana. Collisione di sentimenti potentemente contraddittori: desiderio sfrenato di polverizzare l'avversario contro la voglia profonda di risparmiare la donna della sua vita. Farla finita una volta per tutte con quelli che hanno annientato Nonnino, ma vivere il suo amore fino all'ultimo respiro. Sparpagliamento non negoziabile dei corpi nemici contrapposto a lento addormentarsi mano nella mano con l'amata. A cui si aggiunge l'eterno conflitto tra la sua sete innata di vendetta e il suo congenito orrore per il suicidio.

Non c'è dubbio, pensa, alla bomba del Taglione lavoravo molto più serenamente. Si era anche sentito felice di riprendere l'arte dell'esplosivo. Delicatezza da orafo nella manipolazione della nitroglicerina e soddisfazione matematica nel calcolare la giusta quantità di carica per il volume esatto della casa editrice.

Tecnicamente, questa bomba pone un altro problema: la quantità di persone da spazzare via. È Un Angelo annuncia ogni settimana un numero diverso di passeggeri e tocca rifare i calcoli. Perché un bus strapieno non si fa saltare in aria come una casa vuota.

Una faticata, quindi, e un po' di preoccupazione. Ma anche, come dicono oggi, delle "vibrazioni positive". Per esempio, il bel ricordo delle prime lezioni che dava alle sue reclute sulla nitroglicerina.

"Guardate bene, miei cari."

Con una pipetta, Nonnino posava una minuscola goccia di un liquido oleoso su un'incudine da fabbro. Tirava fuori dal borsello il mazzuolo Morlaix e lo abbatteva sulla gocciolina.

Un'esplosione formidabile.

Maschi e femmine sobbalzavano.

Tutti.

Una gocciolina così piccola, per un'esplosione così potente.

"Cercate di non lasciarvi cogliere di sorpresa," raccomandava Nonnino. "Guardatemi bene e controllatevi."

Gocciolina.

Mazzuolo.

Esplosione.

Inevitabile sobbalzo.

Anche fra i più stoici.

"C'è poco da fare," sorrideva Nonnino, "l'esplosione *è* la sorpresa. Sinonimi, in un certo senso. L'unico a non sobbalzare è quello che schiaccia il bottone."

(Dio come gli piaceva l'insegnamento!)

La cosa che aveva sbalordito di più gli adolescenti era il fatto che quella goccia esplosiva, ottenuta per condensazione del glicerolo e dell'acido nitrico, poteva anche essere somministrata come farmaco.

"Nooooo!"

"E invece sì! Per curare l'angina pectoris, per esempio. Una piccola trombosi, e oplà, dinamite. Per non spaventare il paziente, la chiamano allora trinitrina e gliela fanno sciogliere sotto la lingua. Ma è lo stesso prodotto."

Dopo qualche secondo di riflessione Medhi aveva buttato lì:

"Ma perché no, in fondo? Il principio è lo stesso".

"Spiegaci un po', Mehdi," aveva chiesto Nonnino.

"Dilatazione in tutti e due i casi," aveva risposto Mehdi.

"Cioè?"

Era intervenuta Marguerite:

"Dilatazione minuscola e vitale nel caso del tessuto arterioso, dilatazione gigantesca e letale nel caso di un contesto compatto".

"Questione di proporzioni," aveva approvato Grégoire.

"Basta non cannare i calcoli," aveva riso Marguerite.

Nonnino aveva provato una tale soddisfazione pedagogica che quasi avrebbe desiderato l'approvazione di un ispettore scolastico.

La bomba trovò la sua perfetta collocazione nel borsello di vecchio cuoio bollito.

40.

Mi aspettavo di salire su un autobus, un pullman, una roba riconoscibile da un uomo della mia generazione... Figuriamoci! Mara ci ha fatto infilare dentro a un enorme coso di design, a metà strada fra la supposta gigante e la balena beluga, bianco come la neve, assolutamente smisurato, da ridurre Moby Dick alle dimensioni di una sardina. L'equivalente su strada di quei mastodonti galleggianti che fanno sembrare Venezia un villaggio di lillipuziani. Mara aveva ragione, un vero e proprio veicolo da esilio, avresti potuto caricarci su un popolo intero. "Ma rigorosamente a impatto zero!" pontificava nel microfono il responsabile della Bernhard, "motore elettrico, batterie autoricaricabili, Parigi-Stoccolma senza neppure l'ombra di un'impronta carbonica, nessun inquinamento e silenzio assoluto, milleottocentottanta chilometri puliti come la mia coscienza!"

Sorvolo sulla felicità di tutti di ritrovarsi, Mara che si getta fra le braccia di Théo, uno dei suoi due padri, il preferito: "Papàààààà!", Titus e Silistri che si abbracciano come due resuscitati, Tatanita che sussurra all'orecchio di Maracuja "Te, gioia bella, se mi fai ammazzare il mio uomo, ti faccio a pezzi", Rabdomant che mi prende paternamente per le spalle con le sue vecchie e solide mani: “La sua ultima avventura, Malaussène, speriamo di uscirne vivi”, Robert che mi bisbiglia all’orecchio: “Ma cos’è ’sta roba, un missile? Mara ci spedisce su Marte? Siamo messi davvero così male, quaggiù?”, il commissario di divisione Carrega che dà una pacca sugli addominali ad Hadouch: “In libertà, Ben Tayeb? Ti ammiro”. Marty che si siede d’autorità vicino a Berthold. “Allora, vecchio mio, come andiamo a coglionaggine?” e così di seguito fino all’arrivo dello champagne, beninteso, stappato in onore del Piccolo dalle guance paonazze, mostruosamente intimidito dall’ampiezza della celebrazione e ansiosissimo di sottopormi il suo discorso di ringraziamento: “Che cosa ne pensi Ben, non è troppo...”. Venne poi la proiezione della famosa *performance Lapietà* (ampiamente descritta nel volume precedente), la grande pavoneggiata del grande Georges, brillantissima e scandalosa, oggetto di un acceso dibattito che accompagnò i belligeranti fino alle porte di Stoccolma, fatte salve le pause per il banchetto preparato da Pippo e le brevi penniche necessarie alla digestione.

Ma la cosa cruciale è un’altra, pensa giustamente il lettore.

Quella cazzo di bomba è scoppiata o no?

Domanda legittima a questo stadio di un racconto che lì deliberatamente converge. Tanto più che, in qualità di narratore, sono nella posizione migliore per rispondere.

Anche se...

Due o tre eventi concomitanti mi hanno un po’ confuso le idee. Eventi che i miei lettori abituali hanno senz’altro previsto. Prima di tutto, una nascita. Mara era in piena discussione – dava dell’“ok boomer” a chiunque la contraddicesse – quando impallidì, crollò e partorì. I dottori Marty, Berthold, Postel-Wagner, Castri e Malaussène (Jérémy), l’élite insomma della medicina francese, si precipitarono come se si gettassero su un pallone da rugby e nei secondi successivi la medica legale Castri emerse dalla mischia brandendo il bambino più stupefatto che io abbia mai visto, l'espressione più pura della meraviglia di nascere. Che fosse l'ambiente? La musica di sottofondo? La luce da acquario? Il numero di spettatori? I loro applausi unanimi? Insomma, non si capacitava! Una tale ovazione quando non hai fatto ancora niente... E io, Benjamin Malaussène, io che fui presente a ciascuna delle loro nascite, capii che, se mai mi fosse stato dato di vivere fin là, avrei rivisto la stessa stupefazione nel suo sguardo di uomo adulto. Proprio come avevo letto la sete di immagini nello sguardo di Clara, la ricerca di verità in quello di Verdun, la sdrammatizzazione nel sorriso di È Un Angelo, la curiosità a trecentosessanta gradi negli occhi di Sigma, il dubbio incazzato in quelli di Maracuja, capii all'istante che quello, quel bambino, poiché era un maschio, avrebbe portato per sempre in volto lo stupore di essere al mondo. Nello stesso momento, ho sentito la voce soddisfatta del tipo della Bernhard uscire dagli altoparlanti della sua balena viaggiante per annunciare che eravamo arrivati:

"Stoccolma, Hötorget 8, Konserthuset, capolinea!".

"Ed è così che lo chiameremo!" ha esclamato Jérémy strappando il piccolo allibito dalle mani della sua collega Castri.

"Stoccolma?" si è strozzata Mara. "Vuoi chiamare mio figlio Stoccolma?"

"Ma no," ha detto Jérémy.

"Konserthuset?" ha chiesto Mara, "vuoi chiamare mio figlio La casa dei concerti?"

"No," ha detto Jérémy.

"Hötorget?" ha chiesto Mara ormai tendente al rosso fuoco. "Sai cosa vuol dire in svedese Hötorget?"

"Il mercato del fieno," ha risposto nel microfono il tipo della Bernhard.

"Ma no, Mara! Lo chiameremo Capolinea! Capolinea Malaussène!" ha ripetuto con l'inspiegabile fierezza che lo prende ogni volta che trova un nome. "Capolinea Malaussène è stupendo! È di una tale saggezza, Capolinea Malaussène!"

Mara, che aveva appena messo al mondo un bambino, era in procinto di eliminare un adulto. Un evento glielo impedì.

La mamma si era alzata. La mamma avanzava nel corridoio del bus ormai immobile. Andava verso il nuovo arrivato, con la sua andatura un po' celeste. Man mano che si avvicinava a lui calava il silenzio. Lo prese delicatamente fra le braccia e il neonato (giuro che è vero anche se non so tanto bene che cosa intendo) assunse all'improvviso un'aria di evidenza posando la testa contro il petto della bisnonna.

Poi, nel silenzio assoluto, la mamma disse:

"Paul mio, ti presento il tuo pronipote!".

Capolinea faceva scorrere uno sguardo placido su tutti i presenti.

"E già che ci sono," aggiunse la mamma indicandomi, "ti presento tuo figlio Benjamin."

Tutti gli occhi si voltarono allora verso il vecchio che, fino a quel momento, nessuno aveva davvero guardato. Vidi nello stesso istante Iuc portarsi la mano all'orecchio mancante, Julius il Cane cadere riverso come un giocattolo gigante, Jérémy gettarsi su di lui perché non si inghiottisse la lingua durante la crisi epilettica, e il vecchio, là in fondo, aprire febbrilmente il suo borsello...

È stato da lì, credo, che mi si sono un po' confuse le idee.

Repertorio

ADRIEN: v. Titus.

ALCESTE: romanziere di "verità vera" pubblicato dalle Edizioni del Taglione. Penultimo titolo: *Mi hanno mentito*. Ultimo titolo: *La loro grandissima colpa*.

ALICE: musicista. Amica dei cugini Malaussène. Suonatrice di OMNI.

ALLIER: commissario di polizia.

Aliossi, Gli: residenza per anziani di Beaujeron-sur-Meuse.

ANTIGONE: soprannome dato dalla Regina Zabo a uno degli autori di "verità vera" delle Edizioni del Taglione.

ARIANA: Ariana Matassa, moglie di Georges Lapietà nonché amica d'infanzia del capitano Adrien Titus che l'aiutava (invano) a fare i compiti. La chiamava "mio piccolo cugino", per la sua somiglianza, allora, con certi piccoli insetti dalle zampette lunghe detti anche cugini, fra i contadini.

ARMAND: soldato di Nonnino. Carceriere di Lapietà. Originario della regione del Nord.

ARPAGONE: soprannome dato dalla Regina Zabo a uno degli autori di "verità vera" delle Edizioni del Taglione.

BALESTRO, Jacques: procuratore sportivo al servizio di Nonnino – anche detto "scout". In altri termini, reclutatore di giovani calciatori. Conosciuto un tempo in Brasile con il nome di Ryan Padovani. Zio Ryan, per i ragazzini che reclutava.

BAPTISTE: fratello calciatore di Alceste. Anche lui reclutatore nelle truppe di Nonnino.

Belleville: quartiere dell'Est parigino e della famiglia Malaussène dove l'autore abita dal 1969. È la Geografia ridotta dalla Storia alle dimensioni di un fazzoletto, un pianeta in miniatura.

BENJAMIN (o Ben): è il primogenito della tribù Malaussène. Si definisce lui stesso "fratello di famiglia". Padre di Sigma. È direttore editoriale alle Edizioni del Taglione – in realtà capro espiatorio professionista (v. sotto).

Bernhard: società di trasporti, con sede a Colmar, dove i cugini Malaussène, usando il nome della musicista Alice, hanno noleggiato il camion utilizzato per rapire Georges Lapietà nel volume precedente.

BERTHOLD: chirurgo eccezionale e clamoroso idiota. Ricordarsi di chiamarlo "professore". Lui e il dottor Marty si contendono il corpo di Benjamin ne *La prosivendola*.

BERTHOLET: commissario di divisione.

BO: guardia del corpo cinese di Alceste.

Capro espiatorio: abbiamo tutti bisogno di un colpevole per sentirci innocenti, tranne poi adorarlo dopo averlo giustiziato. La funzione di capro espiatorio è antica quanto il mondo e sembra destinata a durare per l'eternità (v. René Girard, *Il capro espiatorio*, trad. di C. Leverd, Adelphi, Milano, 1999). Qui Benjamin Malaussène svolge tale funzione presso le Edizioni del Taglione.

BROCHARD: tenente di polizia, sul caso Lapietà. Fa squadra con il tenente Valmondois e il capitano Adrien Titus.

BRUNO: portiere de Gli Aliossi.

CARDINALE, Claudia: attrice che gode stabilmente del mio solido affetto cinematografico. Si vedano *Il Gattopardo* di Visconti, *C'era una volta il West* di Sergio Leone. È così che Georges Lapietà vede la moglie. Io la preferisco in *Otto e mezzo* di Fellini.

CARREGA: ispettore di polizia nei volumi precedenti, laconico e timido, vestito in qualunque stagione con uno di quei giubbotti di pelle con il collo di pelliccia resi un tempo celebri dalla squadriglia Normandia-Niémen. Ricompare qui come commissario di divisione. Sempre più o meno innamorato di Clara Malaussène senza che si sappia, da sette volumi, se sia o meno corrisposto.

CASTELLA: membro del consiglio di amministrazione della residenza per anziani Gli Aliossi.

CASTRI, Ana: medica legale formata dal dottor Postel-Wagner. Pratica anche l'agopuntura e la bicicletta.

CERCAIRE: commissario di divisione. Compare ne *La fata carabina*, dove segue il caso degli assassini delle vecchiette a Belleville.

CLARA: madre di È Un Angelo, a sua volta figlia di sua madre e di padre ignoto. Fotografa il mondo così com'è e quale che sia. Sorella preferita di Benjamin, forse perché è stato lui a metterla al mondo con le sue mani, dopo che l'ostetrica si era sbronzata con l'etere e i medici avevano abbandonato l'ospedale. (Hadouch era presente, può testimoniare.) Lavora con Gervaise a I frutti della passione, l'orfanotrofio.

COLONGE: v. Frédéric.

CORIOLANO: personaggio di Shakespeare, noto per l'indole attaccabrighe. Soprannome dato dalla Regina Zabo a Tony Schmider, uno dei suoi autori, pericolosamente sensibile alle critiche.

COURSON DE LOIR (monsignore): negoziatore nel volume precedente. In questo si occupa dei cori a livello nazionale...

DANY (il grande Dany): cameriere al Sorriso, il ristorante preferito di Benjamin.

DAVERON, Louis: capo di gabinetto del ministro della Giustizia.

DÉDÉ: amico vertacomicoriano dell'autore. Dédé mi presta sovente il suo capanno nella foresta per scrivere, quando casa mia è troppo piena. Benjamin nasconde Alceste in quel capanno per tutta la prima parte del volume precedente. Dédé, Lulu, René, Yves, Mick, Yolande, Roger, Robert e gli altri amici vertacomicoriani dell'autore sono cresciuti insieme a Julie Corrençon.

ERWAN: soldato di Nonnino in formazione.

È UN ANGELO (detto NANGE): nipote di Benjamin, figlio di Clara Malaussène e del fu Clarence di Sant'Inverno. Nato ne *La prosivendola*. Lettore emerito. Ascoltare Nange che legge ad alta voce è come concedersi un biglietto di ingresso nella testa dell'autore.

FACA (colonnello Augusto Parmenido): capo della guardia civile a Fortaleza, capitale del Ceará nel Nordeste del Brasile. Compare in *La loro grandissima colpa*, l'ultimo romanzo di Alceste.

FALCK, Jacques: qui, psichiatra cinefilo, consulente del tribunale di Parigi. Nella vita, amico dell'autore.

FAUSTINE: sorella di Alceste. Svolge un ruolo economicamente importante nelle truppe di Nonnino.

Fata carabina, La: storia, più o meno ispirata alla realtà, che l'ispettore Van Thian raccontava la sera ai bambini della tribù Malaussène.

Ferramenta, la: la tribù Malaussène abita da sempre in una ex ferramenta, a Parigi, in rue de la Folie-Regnault, nell'XI arrondissement.

FOUCART: commissario di polizia.

FRÉDÉRIC: Frédéric Colonge, soldato di Nonnino, reclutato a dodici anni e mezzo nei quartieri alti di Parigi.

GECKO (il): amico di gioventù del capitano Adrien Titus e fratello di Ariana Matassa, moglie di Georges Lapietà.

GÉRARD (o Gégé): soldato di Nonnino, fatto fuori nel volume precedente. L'avevano travestito da gendarme.

GERVAISE: figlia adottiva dell'ispettore Van Thian. Ex suora specializzata nelle signorine da marciapiede, pentite e non. Nonché ex ispettrice di polizia. Qui, direttrice dell'orfanotrofio I frutti della passione con Ludovic Talvern, marito di Verdun.

GONZALÈS, William J.: amministratore del gruppo LAVA (*Il caso Malaussène, Mi hanno mentito*).

GOUJON: commissario di polizia.

Grande Magazzino, il: primo luogo di lavoro in cui Benjamin Malaussène esercitò il mestiere di capro espiatorio (*Il paradiso degli orchi*).

GRÉGOIRE: luogotenente di Nonnino.

HADOUCH: famiglia Ben Tayeb. Hadouch è l'amico d'infanzia di Benjamin. Il suo fratello di latte, per così dire. Hadouch, Mo il Mossi e Simon il Cabila vegliano sulla tribù Malaussène dal primo volume.

HERVÉ: broker di assicurazioni. Lui e Théo sono i padri di Maracuja.

I frutti della passione: orfanotrofio creato da Gervaise. Inizialmente riservato ai figli delle puttane morte nelle strade di Parigi, si è pian piano aperto a tutti i bambini abbandonati prodotti da questo vasto mondo. Lavorano lì Gervaise, Louna e Clara. Nonché Ludovic Talvern, il marito di Verdun. Se ne narra ne *La passione secondo Thérèse*.

IUC: unico figlio di Georges Lapietà e Ariana Matassa. Iuc è il suo soprannome. Il suo nome non lo conosciamo.

JEAN-MARIE: amico vertacomicoriano dell'autore. Ex minatore con l'accento meridionale più musicale che si possa immaginare.

JÉRÉMY: fratello di Benjamin e figlio di sua madre. Padre ignoto. È lui a scegliere tutti i nomi della tribù. A lui si devono quelli di Verdun, È Un Angelo (Nange), Signor Malaussène (Sigma), Maracuja (Mara) e Julius il Cane. Diventato neurochirurgo sotto l'influenza di Marty, il medico curante della famiglia Malaussène.

JR: JR è JR. L'artista. Se non lo conoscete, cercatelo da voi. Il lettore troverà qui la descrizione di una delle sue opere.

JU: guardia del corpo cinese di Alceste.

JULIE: giornalista e passione unica di Benjamin. Figlia del governatore coloniale Corrençon e di Mélina Mélini. Nata nella casa di campagna di famiglia del Vercors, les Rochas. Madre di Sigma.

JULIUS IL CANE: cane dei Malaussène. Razza molteplice, odore sostenuto, temperamento indipendente ma fedeltà a prova di bomba. Come può lo stesso cane bazzicare la stessa saga per quasi mezzo secolo? La risposta si trova ne *Il caso Malaussène. Mi hanno mentito*.

KAMEL: soldato di Nonnino.

KEBIR: soldato di Nonnino. Il suo vero nome è Marcel.

KLEIN, Benoît: commissario di divisione presso la Brigata finanziaria.

KRAMZI: membro del consiglio di amministrazione de Gli Aliossi.

KYOKO: dipendente dell'Hôtel Nippo.

LALBRACHE, Paul: marito della madre dei Malaussène.

LAVA: consorzio specializzato su scala europea nella fornitura di acqua potabile e nel trattamento delle acque reflue.

LAPIETÀ, Georges: uomo d'affari, ex ministro, consulente del gruppo LAVA. Marito di Ariana Lapietà e padre di Iuc. Rapito da un estorsore, in questo volume si narrano i tentativi per liberarlo.

LEGAMIN: direttore de Gli Aliossi.

LEGENDRE, Xavier: commissario di polizia, genero del commissario di divisione Rabdomant. Termina qui la sua carriera come capo dei servizi attivi della polizia giudiziaria. Non vorrei parlar male di lui, ma insomma.

LÉO: soldato di Nonnino in via di formazione.

LERIEUX, Samantha: infermiera a Gli Aliossi.

LJUŠKA: domestica della coppia Lapietà. Grembiule bianco su camicetta e gonna nere. Probabilmente di origine polacca.

LORENZACCIO: soprannome dato dalla Regina Zabo a uno degli autori di "verità vera" delle Edizioni del Taglione.

LOUNA: figlia di sua madre e di padre ignoto. Sorella di Benjamin. Infermiera. Poi consulente matrimoniale. Nel *Paradiso degli orchi* partorisce due gemelle che l'autore non sa che fine abbiano fatto.

LOUSSA DE CASAMANCE: dipendente delle Edizioni del Taglione. Senegalese originario della Casamance, specialista di letteratura cinese. Vecchio amico di Benjamin. Molto intimo della Regina Zabo.

LUDOVIC: v. Talvern.

MAGALI: moglie di Jean-Marie.

MAGDA: soldato di Nonnino in via di formazione.

Malaussène: villaggio vicino a Nizza dove si è trasferito il commissario Rabdomant quando è andato in pensione. Da non confondere con un altro villaggio, Malaucène, situato ai piedi del Monte Ventoux, che si scrive con la c.

MALAUSSÈNE: v. Benjamin.

MAMADOU: lavapiatti al Sorriso, ristorante frequentato abitualmente da Benjamin, Loussa de Casamance e Julius il Cane.

MAMMA: madre della tribù Malaussène. Sette figli: Benjamin, Louna, Thérèse, Clara, Jérémy, Il Piccolo e Verdun. Nessuno li ha mai sentiti chiamarla altrimenti che mamma. L'autore ignora il suo nome.

MANIN: tenente di polizia, con un grande avvenire davanti, sempre che non muoia prematuramente in servizio.

MANNE, Antonin: giovane gendarme. Commovente quando si prende cura del signor Paul.

MARACUJA (detta Mara): nipote di Benjamin Malaussène e figlia di Thérèse (Thérèse si è rifiutata a lungo di rivelare l'identità del padre. Oggi la cosa è caduta in prescrizione e possiamo dire che è Hervé e/o Théo).

MARÉCHAL: membro del consiglio di amministrazione de Gli Aliossi.

MARTINS, Nelson Paraiso: giovane brasiliano, vittima di Jacques Balestro e accolto ai Frutti della passione.

MARGUERITE: allieva di Nonnino, specializzata negli interrogatori. Parallelamente, studentessa di Medicina.

MARTY: amico dell'autore e da sempre medico della famiglia Malaussène. È stato lui a mettere al mondo È Un Angelo ne *La prosivendola*. A lui si deve anche la vocazione di Jérémy per la medicina.

MEDEA: soprannome dato dalla Regina Zabo a una degli autori di "verità vera" delle Edizioni del Taglione.

MEHDI: luogotenente di Nonnino. Ha un dottorato in Lettere.

MÉNESTRIER: amministratore del gruppo LAVA.

MENOTIER: commissario di divisione, un filino carrierista, responsabile del caso Vaubertin. Non avrebbe dovuto immischiarsi nel caso Lapietà.

MICK: amico vertacomicoriano di Benjamin e dell'autore. Lui stesso autore di un fumetto sull'attacco nazista della fine di luglio del 1944 e sul massacro di cui furono vittime gli abitanti di Vassieux-en-Vercors.

MO IL MOSSI: luogotenente di Hadouch Ben Tayeb. Inseparabile da Simon il Cabila. Tutti e tre protettori della tribù Malaussène.

MONERET: vicedirettore del carcere in cui sono detenuti Kebir e la sua banda. Perché ha staccato la videocamera di sorveglianza?

NADÈGE: coinquilina del tenente di polizia Manin.

NANGE: diminutivo di È Un Angelo.

NEMO: pioniere della street-art. Re dello stencil. Amico dell'autore.

NONNINO: Nonnino è Nonnino. A lui è dedicato tutto il presente volume.

OMNI: strumento musicale, creato da Patrice Moullet. Da solo è un'orchestra intera.

PADOVANI, Ryan: v. Jacques Balestro.

PAUL: v. Lalbrache.

PASCOU: soldato di Nonnino. Ferito nel volume precedente. Un proiettile nella spalla, un altro nel piede.

PASTOR, Jean-Baptiste: ispettore di polizia ne *La fata carabina*. Il prediletto del commissario di divisione Rabdomant. Fa squadra con l'ispettore Van Thian e applica un metodo di interrogatorio infallibile. Amore indimenticato di mamma Malaussène.

PICCOLO, IL: fratello di Benjamin e figlio di sua madre. Di padre niente affatto ignoto se dobbiamo prestar fede al racconto intitolato *Cristianos y Moros* in *Ultime notizie dalla famiglia*. Divenuto astrofisico, è direttore di ricerca all'Osservatorio di Parigi. Oggi è alto 1,98 m. Porta sempre degli occhiali rosa (o rossi, dipende dalle volte).

PIPPO: amico siciliano di Benjamin e dell'autore. Proprietario del ristorante Il Sorriso, in rue Bayle, nel XX arrondissement di Parigi. Loussa de Casamance, Julius il Cane e Benjamin ci vanno volentieri a pranzo.

POSTEL-WAGNER: medico legale che lavora anche sui vivi. Amico dell'autore, di Benjamin e di Gervaise. Postel-Wagner mette al mondo Signor Malaussène nel romanzo eponimo. Autore de *Il mistero Arnolfini*. Libro meraviglioso!

PRIMO: soldato di Nonnino. Carceriere di Lapietà. Nonché giocatore di scacchi.

RABDOMANT: commissario di divisione incaricato di tutti i casi in cui è coinvolto Malaussène, compreso (segretamente) da quando è andato in pensione a Malaussène, paesino eponimo non lontano da Nizza.

RITZMAN: amministratore del gruppo LAVA.

ROBERT: Robert Mazet, amico vertacomicoriano di Benjamin e dell'autore, amico d'infanzia di Julie Corrençon.

RYAN (zio): v. Balestro.

SAM: soldato di Nonnino in via di formazione.

SÉBASTIEN: infermiere. Braccio destro del dottor Postel-Wagner. Amico dell'autore.

SIGNOR MALAUSSÈNE (detto Sigma): figlio di Benjamin Malaussène, di Julie Corrençon e di Gervaise Van Thian. Nato in *Signor Malaussène.*

SILISTRI, Joseph: commissario di divisione originario delle isole. Fa squadra con il commissario Titus. Gravemente ferito nel volume precedente.

SIMON IL CABILA: luogotenente di Hadouch Ben Tayeb. Inseparabile da Mo il Mossi. Fra i suoi incisivi soffia il vento del Profeta.

SOUZIER, Bertrand: procuratore generale della Repubblica e cugino della Regina Zabo.

Taglione, Edizioni del: casa editrice fondata da Talleyrand e diretta dalla Regina Zabo. Dagli anni 2000 le Edizioni del Taglione si sono specializzate nella pubblicazione di autori di "verità vera".

TALVERN (giudice): sorella di Benjamin (Verdun), moglie di Ludovic Talvern e giudice istruttore incaricato del caso Lapietà.

TALVERN, Ludovic: marito di Verdun Malaussène, di cui fu professore di Diritto delle obbligazioni. Ex giudice penale. Educatore e panettiere a I frutti della passione.

TATANITA: moglie del capitano Adrien Titus.

THÉO: amico dei Malaussène e padre di Maracuja insieme con Hervé, un amico di passaggio.

THÉRÈSE: sorella di Benjamin. Padre ignoto. Madre di Maracuja, che ha partorito in *La passione secondo Thérèse.*

THIAN: v. Van Thian.

TITUS, Adrien: poliziotto di origine tartara. Capitano. Fa squadra con il commissario di divisione Silistri e la giudice Talvern. Sposato con Tatanita, il suo "tocco di cioccolato". Amico dei Malaussène e padrino di Maracuja.

VALMONDOIS: tenente di polizia, fa squadra con il tenente Brochard e il capitano Adrien Titus.

VAN THIAN: ispettore di polizia franco-vietnamita e bambinaia di Verdun Malaussène ne *La fata carabina* e *La prosivendola*. La voce di Jean Gabin in un corpo simile a un fuscello. Figlio di Louise e di Thian de Mong Cai. Padre adottivo di Gervaise, collega e amico dell'ispettore Pastor, con cui lavorò agli ordini del commissario di divisione Rabdomant.

VAUBERTIN, Pascal: libraio ambulante. Causa involontaria di un grandioso bordello.

VERCEL: membro del consiglio di amministrazione di LAVA.

Vercors: massiccio delle Prealpi del Nord. Uno dei centri della Resistenza. Il governatore Corrençon e la figlia Julie posseggono lì una casa di campagna, les Rochas. L'autore ha nel Vercors molti amici che lascia a malincuore alla fine di ogni estate. Gli abitanti del Vercors sono i vertacomicoriani.

VERDUN: sorella di Benjamin (la più giovane). Padre ignoto. Nata urlante ne *La fata carabina*. È stato Jérémy a battezzarla "Verdun", come l'omonima battaglia. Diventata giudice istruttore con il cognome Talvern. V. Talvern (giudice).

YOLANDE: moglie di Mick.

YVES: amico vertacomicoriano dell'autore. Bisogna assaggiare le sue lattughe e il suo vinello.

ZABO (detta la Regina Zabo): direttrice delle Edizioni del Taglione, capa di Benjamin Malaussène.

ZÉ MARTINS: giovane calciatore ne *La loro grandissima colpa*, il nuovo romanzo di Alceste.

Ringraziamenti

Vanno a tutti coloro che accompagnano la tribù Malaussène dagli esordi. E in primo luogo a Robert Soulat e Christian Mounier che l'hanno accolta nella cantina della Série Noire. Quanto bene gli ho voluto, a quei due!

Indice

11 Riassunto del volume precedente
Il caso Malaussène

15 1. Nonnino

61 2. Si cerca

89 3. Azione

135 4. Intervallo

147 5. La stagione degli interrogatori

225 6. Dove inizia la fine

259 7. Implosione

313 8. La mamma

383 Repertorio

395 *Ringraziamenti*